徳間文庫

七剣下天山 上

梁羽生
土屋文子 監訳

徳間書店

目次

主な登場人物

楊雲驄《ようううんそう》　明慧の婚礼を知り、間にもうけた一児を奪い去る

凌未風《りょうびふう》　若くして晦明禅師《かいめいぜんじ》のもとで修行を積んだ天下随一の俠客

納蘭明慧《ならんめいけい》　満洲族杭州総兵の娘、親王ドドに嫁がされる

ドド　清朝の鄂親王《がくしんのう》として杭州で反乱軍を制圧した

楚昭南《そしょうなん》　楊雲驄と並ぶ天山《てんざん》派の使い手だったが、いまや清朝につく裏切り者

康熙帝《こうきてい》　清朝の皇帝

傅青主《ふせいしゅ》　当代随一の医術家にして無極《むきょく》剣法の使い手

冒浣蓮《ぼうかんれん》　傅青主に育てられた聡明な少女

劉郁芳《りゅういくほう》　浙南《せつなん》匪賊の女首領。請われて天地会のリーダーに

韓志邦《かんしほう》　天地会の元リーダー、十年来、劉郁芳のことを想っている

易蘭珠《えきらんしゅ》　ドドを襲った少女。明慧と瓜二つ

張華昭《ちょうかしょう》　劉郁芳の仲間。清軍に捕らえられる

納蘭容若《ならんようじゃく》　明慧の甥。詩才に長《た》け帝の寵愛を受ける

桂仲明《けいちゅうめい》　記憶喪失の少年

李思永《りしえい》　呉三桂の陰謀で殺された李自成の縁者

呉三桂《ごさんけい》　清を引き入れ平西王となるが、今また寝返り清に対して挙兵する

序　銭塘江に死す

南国の爽やかな秋、さやかな月が中天近くにかかっている。ものみなすべて寝静まる時刻だったが、杭州総兵の屋敷うちでは賑やかに笑いさざめく声がひきもきらなかった。

今宵は杭州総兵の令嬢の婚礼前夜なのである。総兵は満洲人で、姓を納蘭、名を秀吉といい、清朝開国の際の功臣のひとり。ドルゴンの入関に従い転戦すること二十余年、その功績が認められ、杭州総兵の職を得た。娘は明慧といい、その名にたがわぬ美貌と聡明さで一族の誉れであった。総兵には男の子がなく、赤子は明慧ひとりであったため、まさに掌中の珠《たま》のように慈しんで育てた。

納蘭秀吉が総兵に就任したのち、皇室の遠縁にあたる親王が明慧の名を慕い、息子の嫁にと求めてきた。その息子はドドといい、満洲人中一、二を争う好漢として名が高かった。年端もいかぬうちから強弓をひき駑馬《どば》を御すのが巧みで、乗馬も剣術も八旗《はっき》軍中屈指の腕前で、二十二歳の年に西征に参加し、ジュンガルおよび大金川・小金川を平定した。今年わずか二十八歳にして両江の提督に任命され、皇室における最年少の将校として期待の星であった。納蘭秀吉はこの家族と姻戚関係を結ぶことは錦上に花を添える慶事であるとして、おおいに喜んだ。

しかしこの婚礼の前夜、納蘭家の令嬢は宝石のような涙を浮かべていた。雨にうたれる梨の花のような風情である。長いことそうしていたが、やがて小さな声で「母さま」と呼びかけた。「母さま」というのは乳母であった。納蘭明慧は乳母に育てられたため、実の両親より親しみを感じていた。控えの間にいた乳母はすぐに入ってきたが、明慧のようすに思わず声をもらした。

「お嬢さま、なにをそんなに悲しんでおいでなのです！　みなさんあんないい嫁ぎ先はないっておっしゃってますのに、奥様がお知りになったら大層お嘆きになりますよ。お嬢さま、どうか昔のことはお忘れになって……」

納蘭明慧は乳母の話をさえぎった。「母さま、わたしのことは放っておいてちょうだい。お願いだからあの子をここに連れてきて。あと一目会いたいの！」

乳母はかぶりをふると、一声ため息をついて命じられたままに出ていった。

まさにこのとき、窓の前に吊した紅紗のあかりの燭光《しょっこう》がゆれた。微風がそよぎ、黒い影が窓から飛び込んできた。姿のいい若者だった。ゆれる燭光の下でその瞳は恨めしげな色をたたえている。

「妹よめでたいことだな」若者は苦笑を浮べた。

納蘭明慧は星のような明眸《めいぼう》をかすかに見開いた。「あなたまでわたしの苦衷をわかろうともせず、そんな恨みごとをいうの？」

若者は袖を払って一歩前に出ると、焦りの感じられる口調でいった。「逃げようと思えば逃げられるじゃないか。北でも南でも世界は広いんだ、おれたちが生きていける場所ぐらいあるさ」

納蘭明慧は顔もあげず、消え入りそうな声でいった。「どうしてあなたは漢人なの？」

若者の顔色が変わった。「おまえのことを女ながらに豪傑だと思っていたが、ほんとうのところ、おまえは愛新覚羅《あいしんかくら》氏の朝廷の孝行娘だったんだな！」いい終わらぬうちに角笛が一斉に鳴り始めた。若者は目を見張ると、ぱたりと落とした両手を背中にまわし冷ややかにいった。「おれを殺したいんなら、なにもこんな手を使うまでもなかったのに。おまえの婚礼の祝いに、諸手を差し出して摑まえさせてやったものを！」

「な、なんてことをいうの！」

若者が窓辺に近づき外を見やると、庭には数十のあかりがともり真昼のような明るさだった。かまびすしい人声があたかも潮騒《しおさい》のように東門のあたりから聞こえてくる。

若者が振り返りなにかいいかけたとき、外から足音が聞こえてきた。若者は身をひるがえすとばりのうしろに隠れた。扉が開き納蘭明慧の乳母がはいってきた。赤子を背負い、はあはあと息をきらしている。「お嬢さま、総兵府の大牢から脱獄した者がいるそうですよ。今夜は大勢の衛兵がこちらの警護にあたっていたので、あちらじゃ人出が足りていなかったようです。何人か逃げ出したやつがいるので、さきほどあわててこちらにも取り調べに来ていましたよ。お嬢さま、大丈夫でいらっしゃいますか？」

納蘭明慧はそれには答えず、乳母の手から赤子を抱き取ったが、赤子はわっと泣き出してしまった。そのとき、とばりの陰から若者が飛び出してきた。乳母は一瞬ぎょっとなったが、すぐに相手がだれであるか気づいた。「楊旦那さま、お嬢さまをお責めにならないでください。明日はおめでたい日なんですから」

「わかっている」若者はうなずくと、ため息をつき、いきなり明慧の手から子どもをひったくった。

「どうするつもりなの？」

若者は窓辺までしりぞくと、冷ややかにいいはなった。「今日からさき、この子はもうおまえのものではない。おまえはこの子にふさわしくない！」

若者は歯をくいしばると、赤子を抱いて窓から飛び出した。背後で納蘭明慧が悲鳴をあげたが、若者は振りかえろうともせず、軽功を使って灰色の大鶴のように枝伝いに月影の下に消えていった。

庭はとても静かだったが、外の大通りはざわめいていた。若者が目をやると、総兵府のあたりで天をつく火が見え、街中を子を連れて泣きわめきながら大勢のひとがやたらと走り回っている。赤子を抱いて人混みにまぎれこんだ若者を、不審に思うものはだれひとりいなかった。清兵が脱獄犯を追っているのだと思うと心がゆらぎ、思わず若者は後ろを振り返った。しかし総兵府の近くの路地にはみな清兵の大部隊が警戒にあたっていた。囚人はすでに外部に逃げたようだ。それを追って騎馬隊が向こうに走っていく。暗闇をすかして見たがはっきりとはなにも見て取れず、若者は腕の中の赤子を見やってため息をついた。遠くから剣戟《けんげき》の音が聞こえてはくるが、いまの自分にできることは人の流れにそって郊外に逃げ出すことだけだった。

真夜中をすぎ、月は次第に西に傾き、赤子はぐっすりと眠っている。若者がどこか休める場所を捜していると、突然かすかな馬蹄《ばてい》の音が聞こえてきた。おそらく脱獄囚を追跡している清兵がこんなところまで追ってきたのだろう。切迫した蹄の音からすると、ひどく追いつめられているようだった。

若者が立っているあたりに荒れた墓があった。一面草が茂っていて身体の半ばを隠すことができる。若者が赤子を抱いて墓の後ろに身をひそめると、雑草がふたりの姿を覆い隠した。若者が目をこらすと、二頭の馬が追っているのがどちらもまだ子供であることがわかった。少年と少女、どう見てもせいぜい十六、七歳といったところである。

少年と少女は若者が隠れている墓から二十歩ほどのところでいきなり立ち止まると、それぞれすらりと剣をぬいた。二頭の馬は目前に迫り、馬上の男たちはひらりと飛びおりた。ひとりは鉄鎖をふりまわし、ひとりは刀を光らせている。ふたりとも容貌魁偉《かいい》な満洲族の大男で、ずいと前に進み出ると神妙にお縄をちょうだいしろとどなりつけた。少年少女はこれを無視して、二振りの剣を流星のように走らせてふたりの大男に血みどろの戦いを挑んだ。

少女の攻撃はきわめて敏捷だった。さっと身をかがめると、剣尖がいなずまのように刀を持った男の喉《のど》めがけてまっすぐに突き刺してくる。男は一歩退くと「鉄鎖横江」の型を使って刀で受けた。少女はさっと剣をもどすと、素早く次の攻撃にかかった。少年の攻撃は少女ほど迅速ではなかった。どうやら闘い方が異なるようである。少年はまるで重いものをひきずるようにして剣を使った。剣尖は東を向き西を向くが、その守りは厳重きわまりなく、鉄鎖の男はぶんぶんと鎖をふりまわしているものの、いまだ少年の剣に触れることすらできずにいた。

墓の背後に伏せている若者はかなりの目利きだった。十八歳のとき江湖に身を投じて以来十年、さまざまな流派の型を目の当たりにしてきたため、少年少女の剣法を一目見ただけで、ふたりとも高名な師匠に技を伝授されたことを見抜いた。ただ少女の剣法はいかにも素早く機先を制してはいるが功力が十分ではなく、戦いが長引けば必ずや疲弊してしまうだろう。一方少年のほうは、剣の扱いは緩慢だが「無極剣法」の神髄を体得しており、押されているように見えて少しも痛手をこうむってはいなかった。若者は、子供を抱いて戦いを見つめながら、密かに三つの鉄菩提を握りしめ、少女が危機に陥ったら助けてやろうと身構えていた。

闘うことしばし、突然少女が劣勢に立ち始めた。刀使いの男は刀を横薙《よこな》ぎに斬りつけると同時に二本の手投げの箭《せん》を放った。しかものみならず地面についた刀尖を支えに空中でとんぼをきるや、「独劈華山《どくへき》」の型で少女の頭頂めがけて斬りおろしてきたのである。

少女の絶体絶命の危機に、若者はここぞとばかり三つの鉄菩提を投げた。刀使いの男は自らの投げた箭が少女の背後に迫った瞬間、いきなりボトリと地に落ちるのを見た。一瞬呆然とした隙に腕に激痛が走る。

「おれの妹を傷つけるな！」

振り返るいとまもなく左肩の肉をごっそりと削り取られた。

少年の無極剣法はあまたの使い手を輩出している流派である。まだ腕が未熟なためすぐに敵をうち負かすことはできなかったが、こうして優位を占めた上は、闘いながらも少女のことを気に掛ける余裕ができた。少女の危機と見るや突如急襲に転じ、「抽撤連環」の型で、正確きわまる無数の刺突《しとつ》を敵の胸や腕に見舞った。鉄鎖使いの男は押されてじりじりと後退するが、少年は深追いはせず、きびすを返すと少女の救援に向かったのである。

これぞまさに蟬を捕ろうとした蟷螂《とうろう》の背後にいつのまにかヒワが迫っていたようなものである。刀使いの男が振りむく間もなく肩の肉をごっそりと削り取られたその瞬間、少女は身体を返して剣を構え直し、すさまじい勢いで攻撃に出た。傷をおった刀使いの男に、どうしてこの疾風のような前後の挟み撃ちが防げよう。二筋の剣光が光るのを見たと思った瞬間、巨漢の満洲人はスパリと三つに裁断されて血しぶきをまき散らした。

一方、鉄鎖使いの男は小才がきいた。仲間が殺されるのを見るや、たちまち馬に飛び乗って逃げ出した。乗り手をなくしたもう一頭も、立て続けに長々といななくと走り去っていった。

墓の背後で激戦を見守っていた若者は、自分が暗器《あんき》を投げて助けてやったことに少年も少女も気づいていないのを見て、ひそかに笑みをもらした。（しょせん世間知らずのひよっこだな）

少年と少女は利剣を鞘《さや》に収めると、ぎゅっと手を握り会ってなにやらささやきあっているようだったが、墓の背後に隠れた若者には、ただふたりの唇が動いているのが見えるだけで、なにを話しているのか聞きとれなかった。ふいに、少女が両手をもぎはなすと声を荒らげた。

「それじゃ、あなたがいったの？」

少年はそうだとうなずいた。

すると少女は、なにかおぞましいものでも避けるかのようにいきなり一歩飛びすさるや、少年の顔を音高く平手打ちにした。そして、ふいに両手で顔を覆いわっと泣きながら走り去ってしまった。少年は依然としてその場にたたずみ、少女の後ろ姿が完全に見えなくなってから、ようやく一歩一歩まっすぐに歩き出した。若者は呼び止めようとしたが、荒野をさまよう幽鬼のように目をすえて歩く少年の姿に思わずぶるっと身震いすると、声をかけようにも言葉がでてこなかった。少年は荒れた墓のかたわらを通り過ぎていったが、草藪《くさやぶ》には足をふみいれず、若者が隠れているのに気づくようすもなかった。

そのとき、ごうっという風のような、しかし風ではない音が聞こえてきた。若者は月を見上げ、今日が中秋から三日目であることを思い出した。銭塘江《せんとうこう》の夜潮はまさに秋の大増水の時期におこるのだ。若者は茫然と立ち上がると、潮騒の音をたよりに銭塘江に向かって歩き出した。

銭塘江の数十里におよぶ河面が、月影にきらきらと輝いていた。まだ潮は上ってきておらず、はるか遠くをながめやっても見渡す限り天まで続く水のみで、霧にかすんだ水面は涯《はて》がないように思われた。若者は子供を抱き、ひとり歩いていくと、潮の音が耳をよぎった。百もの悔いが押し寄せてきて、酔ったように痴《し》れたように歩いていくと、いきなり耳元で「楊雲驄!」と呼びかけられ、夢から醒めたように声のほうに顔を向けた。

振り返るなり若者ははっとなった。目の前に立っていたのは鷲鼻に落ちくぼんだ目をした老人で、ふたりの強壮な若者を従えていた。納蘭明慧の婚約者、ドドの師叔《ししゅく》である満洲武人「鉄掌」ことレンフルである。

レンフルは厳しい面差しをして、笑っているようないないような恐ろしげな顔で冷ややかにねめつけると、両手を交差して立ちはだかった。「楊雲驄、一瞥《いちべつ》以来達者にしていたか？　きさまがここ数年でしてきたこと、納蘭総兵はだましおおせても、この老いぼれをだますことはできんぞ。ドド提督は貴いお家柄、納蘭お嬢さんはわれら満洲族第一の美女、きさまはその納蘭お嬢さんを辱《はずかし》めたのみならず、わが一族をも辱めたのだ。知らなかったらそれまでのところ、知ってしまった以上、ドドに代わってこの恥辱をすすがねばならん」

楊雲驄は左手に赤子を抱き、身動きひとつせず表情すら変えず、男の話を聞いていた。レンフルの傍らにいたふたりの若者が押さえきれなくなって左右から一斉に攻めかかってきた。楊雲驄は冷ややかに笑うと、グルリと半ば身体を回転させて右から襲いかかってきた若者の掌打《しょうだ》をはっしと右手で摑《つか》んだ。そのままぐいとひねりあげると、若者は殺される豚のような悲鳴をあげ、数十丈のかなたに投げ飛ばされた。このときになってようやく左側の若者も攻めかかってきた。楊雲驄はさっとかがんで敵の勾拳《こうけん》を避けると、すっくと立ち上がって若者の顔を殴りつけた。若者の顔はたちまち五色の顔料をぶちまけたように、黒目が飛び出し真っ赤な血が飛び散り……ばったりと地面に昏倒《こんとう》した。このとき、楊雲驄が抱いていた赤子が目を覚ましてわっとばかりに泣き出した。

レンフルはふたりの弟子があっさりとうち負かされるのを見て、怒号をあげると、横っ飛びに身を躍らせ、「直劈華山」の型で構えた右掌を渾身の力をこめて楊雲驄の頭めがけて繰り出してきた。楊雲驄も受けてたち、右掌を翻《ひるがえ》すとやはり力一杯上方に打ちかかった。両掌が交わり、バシッと巨木同士がぶつかりあうような音がした。このとき、赤子がすさまじい悲鳴をあげると楊雲驄の手の中から飛び出してしまった。楊雲驄は素早く数丈も飛び上がると、大雁のように飛んで、うまいぐあいに子供に追いつき受け止めることができた。

楊雲驄が受けた打撃は軽くはなかったが、レンフルのほうはもっと深刻な痛手をこうむっていた。楊雲驄の一掌を受けたレンフルは、立っていられないほど身体が震え、よろよろと二十歩ほども後じさった。かれはその鉄掌でもって世間に聞こえた男である。それなのに敵の掌力をはばみきれなかったことで、はらわたが煮えくり返るような思いだった。すっくと身体を伸ばすとぎらりと光る三角のやすりを取りだした。このやすりこそレンフル独自の武器で、その名を「喪門銼」といった。匕首《ひしゅ》としても短戟としても用いることができるほか、点穴《てんけつ》にも使えるという恐るべき武器である。このとき楊雲驄は赤子を抱き留めて縫い取りのある帯で背中にくくりつけ、やはりぎらりと輝く短剣を手にしていた。

レンフルの喪門銼は、長さわずか二尺八寸しかないが、楊雲驄の断玉剣はそれより若干短かった。武術家が用いる武器は「一寸の短、一寸の険」という。長槍《ちょうそう》や大戟での闘いなら両者の間に一定の距離があるが、短い武器を交えるとなると、すぐ目の前に利剣が迫ってくることになり、一瞬の油断で黄沙《こうさ》に血をまき散らすことになる。

レンフルは怒れる獅子のごとき勢いで攻めてきた。出す手はことごとく攻めの手である。赤子がひっきりなしに泣くので楊雲驄は跳躍できないうえに、赤子を守ることにも注意を割かねばならず、全身汗だくになって激しく消耗していった。しかし、かれの短剣は国内屈指の名手に伝授されたものであり、その技は決して侮れるものではなかった。楊雲驄は山のようにどっしりと腰をすえると、縦横無尽に短剣をふりまわして少しもひるむそぶりを見せなかった。

ふたりはすさまじい戦いを繰り広げた。レンフルは流星のごとき迅《はや》さで赤子を狙ってしかけてくる。巧みに避け続けていた楊雲驄だったが、背負った赤子の悲鳴に気を散らされ、一瞬できた隙をついてレンフルの掌打が胸に命中した。しかしその瞬間、楊雲驄の短剣もまたレンフルの脇腹に突き刺さっていた。

相打ちである。楊雲驄は目の前に金色の星が飛び交い、どうと倒れた。しかしその瞬間ですら、赤子の身をかばい、背負った赤子を押しつぶさぬよううつぶせに倒れた。

一方レンフルもまた重傷を負って倒れていたが、血のように赤い両目をカッと見開いていた。両者の距離はわずか四、五尺だったが、どちらも起きあがってさらなる攻撃を加えることはできず、ただ互いににらみ合うばかりだった。夜風の中に響くしゃがれた赤子の泣き声、このありさま、この雰囲気、まさに恐怖に胸が轟《とどろ》く一幕である。

やがてレンフルはひくひくと痙攣《けいれん》しながら、地面を手で掻いて楊雲驄に這い寄ってきた。楊雲驄はぎょっとなって身体を動かそうとしたが、全身まるで力がはいらず、指一本動かすことができないばかりか、生臭いものがこみあげてきてガバッと鮮血を吐き出した。「鉄掌」と称されるレンフルの掌打が心臓を直撃したのだから無理もない。掌傷《しょうしょう》は剣傷より重篤《じゅうとく》となる。

楊雲驄はレンフルが瀕死の猛獣のようににじり寄ってくるというのに、なすすべもなく、怒りと焦りのあまりついに気を失ってしまった。

かなり長い時間が過ぎ、耳元でだれかが繰り返し「楊大俠《たいきょう》、楊大俠！」と呼ぶ声がきこえた。ゆっくりと意識をとりもどすと、さきほどの少年が目の前にいた。楊雲驄はいぶかしく思い、低い声でたずねた。「どうしておれの名を知っている？　ここになにをしに来た？」

少年は最初の問いには答えず、うつろで力のない双眸で、突然大声をだした。「河に身を投げようと思っていました！」

楊雲驄は冷ややかにたずねた。「だったらどうしてさっさと投げないんだ？」

「あなたのこんなさまを見て、どうして身投げなどできましょう？　楊大俠、わたしはあなたを存じ上げております。もう何年も前に、あなたがわれわれの舵主《だしゅ》をご訪問なさったおりにお見かけしたのです。そのときはまだ子供でしたが」

楊雲驄は手で身体を支えると、黙ってうなずいた。「そういうことか。どうせいま身を投げなかったんだから、これからも身投げなどするなよ。辛いことがあったからって身を投げてしまえばそれまでだ。しかしおまえの大勢の師友《しゆう》たちは、漢族復興のためにもっとずっと大きな屈辱を受け、死んだり傷ついたりしているのだぞ。なのにおまえら若い者ときたら、つまらない理由で簡単に死のうとする。そんなことでどうしてみなに顔向けできる？」

楊雲驄はわずかに頭を持ち上げると厳《おごそ》かな顔つきで少年を見つめていた。その声は低くしゃがれていたが、どの一言も鳴り響く鐘のように少年の心をうった。少年は目の前の楊雲驄を見つめた。江湖にその名を轟かせた大俠も、いまや力つきて死のうとしている。少年はほんの少しやましげな色をうかべていった。「大俠のお言いつけのとおりにいたします」

楊雲驄は苦労して自分の下着を引き裂くと、右手の中指に嚙みつき、血をほとばしらせた。声一つあげず下着に直接指で文字をしたためる楊雲驄の姿を、少年は呆然と見つめていた。

楊雲驄は書き終わると、少年に下着を手渡し、とぎれとぎれに告げた。「この血書を持って行け、おれの短剣も証拠として一緒に持て。そしてこの赤子を天山のわが師父、晦明禅師に送り届けてくれ。師父はおまえに独り立ちできるだけの剣法をさずけてくださるだろう」いいおわると、大事をなしとげたように両目を閉じ、もはや二度と口を開くことはなかった。

ときに残月は西に沈み、曙光《しょこう》がさし初《そ》めようとしていた。銭塘江の河面はるか遠くに一筋の白線が見えた。ゴウッという音が遠くから聞こえてくる。少年は血書をしまいこむと、短剣を背負い女児を抱き、江湖を遠望した。言いようのない思いが胸に満ちてくる。するとそのとき、またしても遠くから馬蹄の音が聞こえてきた。少年が耳を澄ますと、すみきった少女の声が大声で「兄さん！」と叫んでいるようだ。少年はふいに深いため息をつくと、長衫《ちょうさん》と鞋《くつ》をぬいで河の中に投げ捨て、自分は岸辺の柳の木の下藪にかくれた。

やってきたのは男ふたりとひとりの女だった。女のほうはさきほど少年に平手打ちをくらわせた例の少女である。少女は馬をせめて駆けながらひっきりなしに「兄さん、どこにいるの？出てきてちょうだい！」と叫んでいる。男たちのほうはずっと少女をなだめていた。

岸辺についた三人は、横たわる死体を見つけ呆然となった。男のひとりが大声で叫んだ。

「これは楊大俠じゃないか？　なんてこった！　楊大俠、楊大俠、一体どうなさったんです？」

抱き上げて確かめると、楊雲驄はすでに事切れており、思わず驚きの声をあげてしまった。

楊雲驄は晦明禅師の衣鉢《いはつ》を継ぐ人間であり、武林《ぶりん》でもまれにみる剣術の名手だ。どうしてその男がこんな状態で死んでいるのだろう？

このとき、少女の方もまた悲鳴をあげた。河川敷に飛び降りると銭塘江に飛び込もうとする。ふたりの男が見やると、河面に漂う長衫と、岸辺の砂の上に置かれた一足の鞋が見えた。

一瞬のうちに銭塘江の怒潮が押し寄せてきて雷鳴のような音が轟いた。白堤の上に水しぶきがあがり、怒潮は奔走する万馬のように、またたくうちに堤に襲いかかった。ふたりの男は驚きの声をあげて少女に飛びつくと、ひきずって撤退した。これほど素早く行動したにもかかわらず、三人は全身に水しぶきをあびた。

三人の姿が完全に見えなくなってから、少年は柳の木の下藪から出てくると、一歩一歩北を目指して歩き出した。

第一回　五台山清涼寺

山西《さんせい》の五台山《ごだいさん》は仏教の聖地として名高い。山上の清涼寺は後漢の時代に建立されたといわれており、爾来《じらい》千余年参詣者が絶えない。清朝の帝もまた即位後幾たびも参拝に訪れ、寺の改修や仏像の修復を行い、五台山の霊鷲峰を仏教の一大中心地に変えた。

康熙十三年にあたるこの年は清涼寺文殊菩薩《もんじゅぼさつ》の開眼供養の年でもあった。式典の開催は三月二十九日の予定にもかかわらず、年が明けるとすぐ各地から大勢の信者が集まってきた。開眼供養当日のにぎわいはいうまでもなく、早朝からぎっしりと信者や見物人がつめかけていた。

人混みの中に、三筋の鬚《ひげ》をたらしたつややかな頰の儒冠儒服の老人がいた。同行者は美しい若者だったが声音に女らしいところがあった。儒冠の老人は名を傅青主といい、当代随一の医術家にして無極剣法の使い手であり、同時に書道家でもあるという明末清初の傑物だった。

美しい若者は男装の少女で冒浣蓮という名である。少女の父は冒辟疆という名士だった。当時名妓として聞こえた董小宛は詩詞にも手芸にも長じた才女だったが、冒辟疆の才を慕い、自ら願い出てその側妻となった。ふたりは大変気があい、仲むつまじく暮らしていたが、その美貌を聞き知った洪承疇は冒辟疆のもとから董小宛を奪い取って順治《じゅんち》帝に献上し、順治帝は董小宛を貴妃に封じた。董小宛を失った冒辟疆は、鬱々と楽しまぬまま人生を終えた。

傅青主は冒辟疆の生涯の親友だった。臨終に際し冒辟疆は、当時三歳だった冒浣蓮が一門に冷遇されることを恐れ傅青主に託した。このため冒浣蓮は幼時よりこの父の友人のもとに身を寄せ、武芸を身につけた。

その早朝、ふたりも群衆に混じって式典見物に訪れていた。

「蓮児、あのふたりを見てごらん」

傅青主にいわれて顔をあげた冒浣蓮は、驚いて飛び上がった。ひとりは、まるで首吊り死体のように見える七尺はあろうかという長身の男で、竹のようにやせて蒼白な顔をしている。もうひとりは太った小男で、斗升《としょう》のように巨大な頭のてっぺんはつるつるに禿げている。

冒浣蓮はひどく気持ちが沈んでいたのだが、このふたりの奇相には思わずくすっと笑ってしまった。笑い声を聞きつけたふたりがくるりと振り返ったので、傅青主はあわてて冒浣蓮の袖をひくと人混みにまぎれこんだ。「あのふたりは江湖で名の知れた人物じゃ。背の高いほうは喪門神の常英、低いほうは鉄塔の程通といってな。なすべきことがある身であんな連中の注意をひいてどうする？」

それからしばらく歩いていくと、今度は冒浣蓮が小さな叫び声をあげた。「伯父さま、あの和尚をご覧ください！」

冒浣蓮が指さすさきに角張った顔に福耳をした和尚が立っていた。周囲でひしめきあう人々は、だれひとり和尚には近寄ろうとせず、和尚が一歩動くたびにさあっと道をあけるため、そこだけ空間ができていた。傅青主は思わず「おっ」とつぶやいた。「あのクソ坊主まで出てきおったか。あやつはな、いまだかつて念仏を唱えたこともなければ生臭は食い放題、江湖の些事に首を突っ込んでは喜んでいるような男で、怪頭陀通明和尚と呼ばれておるんじゃ」

東側の山間《やまあい》の平地に一群の人々がやってきた。猿を牽《ひ》く者、刀槍を背負った者、銅鑼《どら》や太鼓を打ちならす者、どうやら大道芸人のようである。中でもひとりの婦人が目をひいた。みなりは質素ながら挙措はあくまで端正で輝くばかりの容貌に貴婦人の風格がある。傅青主は冒浣蓮にささやいた。「あのご婦人、ただの大道芸人ではないな。あの目つきを見るに二、三十年は内力《ないりょく》の修行を積んでおろう」

そのとき、怪頭陀のまわりで人混みが割れるのを面白くなく思ったのだろう、ひとりの若者がわざと前に飛び出してきた。通明和尚が両肩をいからせると、若者はよろめいてまっすぐ歩けなくなり、次々と数人の見物客にぶつかると冒浣蓮のほうに倒れかかってきた。咄嗟《とっさ》に平衡を保とうとした若者の手が、冒浣蓮の腕をつかみそこねてあやうく胸に触れそうになった。冒浣蓮は真っ赤になって両腕を交差させてはばむと無極掌の擒拿法《きんだほう》で相手を倒そうとしたが、予想外に相手は強く、逆に腕を摑まれてしまった。冒浣蓮は恥ずかしさに腕を振り払い、内力を使って若者を押しのけた。

詫びをいれる若者はよく整った顔で、おっとりした中にも才気が感じられる。冒浣蓮は思わず耳まで赤くなると、なすすべもなく一礼を返した。

ふたりがさらに進むと、ほどなく山上に到着した。寺の前には清兵の大部隊が左右に分かれて列をなしていたが、寺前の二、三丈平方ほどの土地にはひとっこひとり見あたらなかった。冒浣蓮が不思議に思っていると、見物人のおしゃべりが耳にはいった。

「どうやら今回お上は参詣なさらんのだな。道に黄綾も敷き詰めていないし、儀仗隊《ぎじょうたい》もないし、寺門の守衛だってたった数十人しかいやしない」

「今回はな、鄂親王《がくしんのう》ドドさまが総代でお見えになるのさ。ドドさまは大袈裟なことがお嫌いで、ほんの数人の親兵しかお連れにならずに巡幸なさることもあるんだそうだ」

「その鄂親王ドドさまってのは、十数年前両江提督をしていたドドさまかい？　あんとき杭州でそりゃあ立派なご婚礼があったのを覚えているよ。ただお式の前の晩に、前朝の魯王の残党が脱獄して、街中大騒ぎになったがな」

自分とは関係のなさそうな話に興味をなくした冒浣蓮の耳に、そばにいた秀才風の男の話がとびこんできた。

「陛下は五台山には特別な興味をお持ちで、即位して間もないころから何度も参詣においでになっているのに、開眼供養にお越しにならないとはどういうわけだろう。なあ、大詩人の呉梅村の詩に、陛下が五台山にご参詣のおりのことを詠んだものがあるそうだが、知っているか？」

「わたしは都から来たんだ、むろん知っているとも。都じゅう大層な評判だが、意味がよくわからんものだから、みなが首をひねっているんだ。その詩というのはな、『双成の明倩たる影徘徊し、玉にて屏風を作り壁にて台を作る。薤露《かいろ》千里の草に凋残《ちょうざん》し、清涼山下六龍来たる』

というんだ。双成とは神話に出てくる西王母《せいおうぼ》の侍女だが、ご参詣のさまを詠じた詩なのにきれいな仙女が出てくるなんて妙だろう？　しかし呉梅村は先帝が最もご寵愛なさった文学侍従《じじゅう》だし、この詩にもきっとなにか意味があるんだろうがな」

思わずひきこまれた冒浣蓮はじっとふたりを見つめてしまった。それに気づいたふたりの秀才がにこりと笑ったので、冒浣蓮は決まり悪げにたずねた。「どうして寺門はまだ開かないんでしょうか？　前の広場にはだれもいないし」

近くにいた老人が口をはさんだ。「お若いのはこういう大典は初めてか。門前の最初の線香に鄂親王さまが火を点じられてから寺門は開くんじゃよ。親王さまが文殊菩薩の前で最初のお焼香なさってからようやく式典が始まり、信者たちが入って参観するという手順になっとるのさ」

突如山の下から先払いの銅鑼の音が鳴り響いたかと思うと、満州兵に守られた八人かつぎの大駕籠《おおかご》が清涼寺の前に到着した。駕籠の前に掲げられたふたつの大灯籠《おおとうろう》には「鄂親王府」の四文字が大書されている。

そのとき、山の中腹でもひとびとのざわめきが起こった。傅青主と冒浣蓮が振り返って眺めると、ひとりの軍官が無理矢理人混みをかきわけて飛ぶように山を上ってくる。その背後には紅《くれない》の僧袍《そうほう》をまとったラマ僧が従っている。傅青主は眉をひそめるとひとりごちた。「どうしてあやつまでわざわざ遠路はるばる見物に駆けつけて来たんじゃ？」

「伯父さま、あれはだれです？　通明和尚より腕が立つのでは？」

「いまは訊くな。あとで話してやる。今日は見物のつもりで来たんじゃからな」

日が昇った。金色の光が満ちあふれ天空が紅霞《こうか》に照り映えた。変幻自在な雲の中に、血のような日輪がのぼり、春色満面の山や谷を照らしだした。鄂親王の高官用の駕籠もまた、朝日の下まばゆいばかりの姿を浮かび上がらせた。

人々が息をひそめて鄂親王のおでましを待ちかまえる中、突如清涼寺からすらりとした少女が飛び出してきた。顔を軽紗でおおい、手に待った線香を廟門《びょうもん》の前に挿すと勝手に拝みだした。突然の暴挙に驚いた近衛兵たちがあわてて駆けつけると少女の両腕をつかんだ。少女はまるで小さなニワトリのように抵抗ひとつせず、鄂親王の駕籠の前までひきずられていった。

しかし次の瞬間、いきなり少女はふたりの兵士をつきとばすや、左手の掌打を放って鄂親王の駕籠の扉を粉々に吹き飛ばし、右手の短剣をつきつけて大声で叫んだ。「ドド、今日こそおまえの最期だ!」

駕籠の中の人物は軽く鼻を鳴らすと、少女の腕をぐいとつかんだ。少女は驚きの声を発すると、勢いに乗った剣をすんでのところでひっこめた。するとそのとき、人混みの中から現れたひとりの若者が大きな鳥のように身をおどらせて立て続けに三つの鏢を駕籠めがけて放った。

少女ははっと驚きから醒め、次々と飛んでくる鏢を短剣で払い落とした。少女の腕をもってすればこの程度の鏢を打ち落とすことなどたやすかったが、さきほどの衝撃が尾をひいたのだろう、ふたつまでは落とせたが三つ目は駕籠の中に飛び込んでしまった。

突然一転してドドを助けた少女に、いあわせた江湖の好漢らはみな首をかしげた。そして第三の鏢が飛び込んだというのに、駕籠の中からは物音ひとつしないのもまた不気味であった。

通明和尚が人混みをかきわけて前に出ると、大声で叫んだ。「ドドを逃がすな！」

さきほどの大道芸人や喪門神常英、鉄塔程通らのひとびとが陸続と飛び出してきた。

暗器を放った若者が駕籠の前に駆け寄って垂れ布を引きあけると、中からいきなり鏢が飛び出しザクリと左腕に命中した。数百名の近衛兵の半分が駕籠を取り囲み、半分が敵に当たり、将官のうち比較的腕のたつものが暗器を放った若者を取り押さえるべく走った。

そばで見ていた冒浣蓮には、暗器を放ったのがさきほど自分とぶつかった若者であることがはっきりと見て取れた。見ているうちに、軽紗で顔をおおった少女は風のように剣を舞わせて人混みを切り開くと、若者を引きずりだした。若者は鏢を受けた左腕からどくどくと血を流していたが、幸い急所をはずれていたのでなんとか持ちこたえることができた。

清涼寺の前は混戦状態となり、見物していた人々は四方に逃げ散ってしまった。「ドド、おとなしく出て来い！」

喪門神常英と鉄塔程通がわめく声に応じて、高官用の大駕籠の垂れ布がさっと開き、しなやかな姿態のいかにも端正な貴婦人が出てきた。悠揚迫らぬ態度でかろやかに歩み出るとかすかに朱唇《しゅしん》を開いた。「おまえたち鄂親王になんの用です？」

あまりの意外な展開に寺前の騒動がぴたりと静まった。常英も程通もわめくのをやめ、通明和尚はだらりと戒刀《かいとう》をたらし、近衛兵たちは刀を横たえてぴたりと足を止めた。通明和尚らは実は魯王の残党であり、ここにやってきたのはドドへの報仇が目的だった。

満州人が清朝を開いたのちも、南朝政権はしばらくのあいだ命脈を保ち、清朝勢力に対抗する軍民は、相次いで福王、魯王、桂王ら明朝皇室ゆかりの者を擁立していった。魯王を擁立したのは東南の志士張煌言、張名振らである。魯王は浙江省《せっこう》紹興《しょうこう》に都を定め、「監国」を自称し、五、六年にわたり小朝廷を維持してきたが、ドド麾下《きか》の大将軍陳錦に制圧されてしまった。魯王の残党は杭州でひそかに復興を謀ったが、その情報が漏れたため数百人が捕らえられ杭州総兵の大牢に投獄された。ドドの婚礼前夜、このうちの数人が脱獄逃走し、その際の混戦でまたもや多くの犠牲者が出た。このため魯王の残党はドドに対し海のごとき恨みをもっており、事件から十六年、再び五台山に集結してドドを生け捕り、死者を弔わんとしたのである。ドドの妻子であれば皆殺しも辞さぬ勢いであったはずなのに、突如ドドの駕籠から現れた貴婦人がドドの王妃であることはわかっていながら、だれひとり手出しができる者はいなかった。

「用がないのなら下がりなさい」

鄂王妃はかすかにほほえみ、そういいすてると寺門を押し開いて中に入っていった。

「張公子に鏢を放ったのはあの賊の女房だ、あの女も敵なんだ、みんななにを遠慮している?」常英は叫ぶと王妃の背中めがけて喪門針をふりだした。鄂王妃は振り向きもせずに、音だけで判断してすべての喪門針を素手でつかみとった。かっとなった通明和尚らが再び撃って出たが、鄂王妃は金鼓の音が響く中、清涼寺の中に消えてしまった。

このとき、またもや山の下から一斉に金鼓が鳴り響く音がして、一隊の軍馬が駆けのぼってきた。甲冑姿も鮮やかに、右手に刀矛《とうぼう》、左手に鉄盾《てつじゅん》を構えている。敵に攻撃されたら、まず盾で防ぎ刀矛で反撃に出るのだ。ダンダンと耳を聾せんばかりの音が響いたかと思うと、あっというまに清涼寺のぐるりを包囲してしまった。満州の禁衛軍である。もっぱら皇宮および各親王の護衛にあたっており、近衛兵団より格段に精鋭揃いだった。

顔を軽紗で覆い短剣を持った少女は、傷ついた若者を守ってまさに囲みを突破しようとしたところをこの禁衛軍にはばまれてしまった。「どこに行く！」

長剣がいなずまのように襲いかかってきた。さっとかがんだ少女の頭上を間一髪で長剣は奔《はし》りすぎる。少女はすっくと立ち上がると、敵の腕めがけて短剣で斬りつけた。ところが敵もさるもの、剣を退くどころか逆に腕を転じて少女の腕に打ちかかってきた。顔をあげて見やると、攻撃してきた相手は意気軒昂とした堂々たる体格の男であり、少女はただ者ではないと思った。少女の心に疑心が生じた途端、大声で叫ぶ声がした。「あれはドドの賊じゃないか！」

驚く少女をしりめに敵は傲然《ごうぜん》と答えた。「だったらどうした？」

ドドと見破って大声で詰問してきたのは喪門神常英と鉄塔程通のふたりである。ふたりがドドを引き受けた隙に、少女はドドの麾下の兵にひきずられていく傷ついた若者の救援に向かった。

程通と常英は江湖でも名のある猛漢である。重厚な武器を使い力もまた強く、ドドとはまさに五分五分の力量だった。常英の喪門棒が大蛇や毒龍のように横になぎ縦にはらえば、程通の二本の斧は山をも動かす勢いで重々しく攻めかかってくる。しかしドドの功力《こうりょく》も負けてはおらず、ときに空を飛ぶ鷹やハヤブサのように、ときに大地に伏せる猛虎のように、一振りの長剣でふたつの兵器を相手にしながら一歩も後には退かなかった。

通明和尚が目を怒らせて雄叫《おたけ》びをあげると激闘に飛び込んできた。長剣と戒刀がまっこうからぶつかりガキッと火花が飛び散った。両者ともに親指の付け根がカッと熱くなったが、通明和尚は刀をひくどころかまっすぐにつっこんできてドドの脈どころに斬りおろす。一方ドドはスイと避けると、たちどころに攻守を変えて、通明和尚の背後にまわりこむと背中めがけて刺突を放つ。通明和尚はふりむきもせず、気配を頼りに返す手で敵の腕に一太刀を見舞う。このときドドが手をひかなかったら、両者相打ちとなっていたことは間違いない。

捨て身の通明和尚とは異なり、親王であるドドは命を棄《す》ててまで戦う気はなかった。そこで「大彎腰、斜插柳」の構えで身をかがめ足場を変えると、突き刺す剣を強引に引き戻した。ドドもまた幾分怯《おび》えていたのだ。

またたくうちに、両翼に分かれていた禁衛軍が潮のように押し寄せてきてドドの盾となった。このときドドが率いてきた人馬が次々と山を上り、ふもとから中腹まで長蛇の列ができた。その数しめて二、三千。金鼓が一斉に鳴り響き、満山に吶喊《とっかん》の声が響き渡った。さきほどの大道芸人の女性が間髪《かんはつ》入れず合図の火箭《かせん》を放った。これを認めた魯王の残党は、すみやかに戦線を離脱し、各人山上めがけて突進した。

ドドが振り返ると正面に大道芸人の女がいた。これに追いすがると、女は軽捷な身ごなしで逃げる。ドドは思わず知らず霊鷲峰《れいしゅうほう》の難所に誘導されていた。奇岩怪石が険しく切り立ち、峰をめぐる道は足場が悪い。禁衛軍は山腰《さんよう》の下で魯王の残党を追撃しているので、高峰の上にいるのはドドと女のみである。思わずドドはひるんだ。あたかも女はドドの胸の内を知るかのように振り返って笑うと、蛇焔箭《じゃえんせん》を放った。ドドが身をひいて避けると、音をたてて火焔が傍らをかすめ飛び、付近の雑草が燃え始めた。女は蔑《さげす》むように剣を横たえてドドを睨みつける。百戦不敗の名将が、こんな女相手に怖じ気づくとは。ドドは怒りを感じた。女は「浙南匪賊《せつなんひぞく》」の女首領・劉郁芳に瓜二つである。「浙南匪賊」とはすなわち明朝魯王の残党のことである。魯王を壊滅させたのはドドであるため、両江提督の地位についたいまとなっても、魯王の残党の活動に関することは、地方官吏《かんり》が送ってきた文書を兵部《ひょうぶ》で複写してドドのもとに届け、その意見を求めてくるのだ。「女首領」劉郁芳が台頭してきたのはここ数年のことである。以前の首領であった劉精一は魯王の部下の大将のひとりであり、劉郁芳はその娘である。劉精一の死後、魯王の残党は公に劉郁芳を首領に推戴《すいたい》し、三十歳にも満たない年若い娘に完全に服従した。ドドは報告書類の中で劉郁芳の似姿を見たことがあったため、一目でそれとわかったのである。

劉郁芳の無極剣法は、太極と武当両派の長所を兼ね備えたものであり、その敏捷なることこの上なかった。縦横無尽に繰り出されるドドの長剣も勢いをつけて巻き上げ、「回風劇柳」の型で音をたててドドの長剣をはねのけた。その隙に女は剣をひき、負ける前に退く。

頭に血が上ったドドは大股で追撃した。突如劉郁芳は両方の峰を繋《つな》ぐ石橋の上に飛鳥のようにひらりと飛び乗った。石橋の幅は三尺に満たず、その長さは十余丈。両端には険峻な奇峰がそびえ立ち、下は百丈の深谷である。ドドは追いすがる勢いの余り、熟慮の余地なく石橋に飛び乗った。劉郁芳は眉をさかだてると青鋼の剣を銀色の虹のようにひらめかせ、険しい石橋の上でドドと激闘を繰り広げた。

劉郁芳は身軽さにおいて勝り、ドドは功力の深さで勝っていた。剣が風を切る音だけが響く中、両者ともにいなずまのような剣気を光らせて百合あまりも戦ったが、それでも勝負はつかなかった。通明和尚らを追い上げてきた禁衛軍もようやく霊鷲峰に到着し、峻険な場所で死闘を繰り広げるドドと女の姿に、両陣営とも固唾《かたず》をのんだ。

傅青主と冒浣蓮は岩の上で高みの見物をきめこんでいたが、ややあって冒浣蓮がいった。

「傅伯父さま、あの大道芸人の女性はわたしたちと同じ無極剣法ではありませんか？」

傅青主はなにやら考え込んでいるかのようすで、しばらくしてから答えた。「思い出した、あのひとはおまえの師姐ともいうべきひとじゃ。二十年前、わしの師兄《しけい》単思南と魯王麾下の大将劉精一は親密な関係だったので、劉精一の娘を義理の娘として六歳のときから武術を仕込んだんじゃ。単南思の剣法は自ら一派をなしていた。無極剣法と武当剣法を融合させ剛柔兼ね備えた技を編み出し、天山の晦明禅師とふたりながらに当世の二大剣術名家に数えられていたものじゃ。あの女性が劉精一の娘であることはまずまちがいなかろう。残念なことにいくらか功力がドドに劣るようじゃ。剣法だけを論じれば、とっくに勝っていてしかるべきなんじゃが」

両者の戦いは益々激しさを増していく。劉郁芳はさっと剣を左手に持ち替えると誘い手を放ち、幻惑されたドドの剣が振り下ろされたとき、劉郁芳は「細胸巧翻雲」の型でもって三丈ほど間合いをとった。同時に右手で真っ黒なものをふわりと頭から被せた。これぞ劉郁芳の秘策、

「錦雲兜《きんうんとう》」である。鋼の糸で織りあげた一種の網で、網の周囲には三日月型の逆鉤がついていた。逃げ遅れたドドの肩は「錦雲兜」に包まれて突起が肉に食い込んだ。劉郁芳がグイとばかりに引っ張ると、鮮血がぼたぼたと迸り落ちる。ドドはかすかに鼻を鳴らすと、手中の長剣を縦横無尽に振り回し、水も漏らさぬ防御を張った。

一方劉郁芳の剣は風のように舞い、容赦なく攻め寄せてくる。ドドが絶体絶命の危機に追い込まれたとき、突如左の断崖の上で大声で叫ぶ声が聞こえた。「おれに任せろ！」

さらにもうひとりの声が叫んだ。「楚昭南、なにをする？」
いい終わらぬうちに、流星のように飛んできた人影が石橋の上にぴたりと降り立った。男はいきなり「錦雲兜」の鍛え抜かれた鋼の綱を剣でズタズタにすると、ドドを背中でかばい、劉郁芳に向かっていった。ドドはつきささった棘をひきぬくと、まさに撤退しようとしたところで、石橋のもう一方の端に立ちはだかる怪頭陀通明和尚に気づいた。こうなってはふたたびこの和尚と雌雄を決するしかない。ドドのはらわたが煮えくり返った。

楚昭南の突然の出現にいあわせただれもがぎょっとなった。傅青主も眉根を寄せて冒浣蓮にいった。「今朝方みかけた軍官じゃよ。あれは江湖で『游龍剣』の楚昭南と称されている男じゃ。やはり晦明禅師の弟子で、二十年前は大師兄の楊雲驄とふたりして天山二剣と称されていたものじゃ。惜しむらくはふたりは正反対の性格で、豪気でからっとしていて一生明朝復興のために奔走した楊雲驄とは異なり、楚昭南は利に聡《さと》く、大漢奸《だいかんかん》呉三桂に取り入ってその軍中の総教頭にまでなりおった。楊雲驄の死後、天山の技は絶え、いまややつが唯一の後継者となったために、いっそう好き勝手にのさばりおるんじゃ」

石橋の上では二組の人間が戦っていた。身体の向きを変えることすらできない険阻《けんそ》きわまりない場所である。なるほど楚昭南の剣法はなかなかのものだった。迅速無比の劉郁芳の剣が過たず急所をついているにもかかわらず、どういうわけかどの突きも無力化されてしまうのだ。楚昭南が一体どうやって攻撃を躱《かわ》し反撃に転じているのか、肉眼で見定めるのは難しかった。

「どうやらわしが出ていかざるを得んようじゃな」

傅青主は冒浣蓮に「みだりに動くな」といいおくと、両腕を振って大雁のように下に飛び降りていった。

まさにそのとき楚昭南の「極目滄波《きょくもくそうは》」が劉郁芳の胸めがけて繰り出された。青鋼剣をはねのけられた劉郁芳は剣を退く手がまにあわない。傅青主は右手の無極剣を斬りおろしながら、左手で劉郁芳の腕をつかみ、内力を用いて後方に放り投げた。劉郁芳は勢いに乗って空中でくるりとんぼをきると、羽毛のようにふわりと対岸の崖の上に立った。

剣で受けた楚昭南は、敵の内力の巨大さに驚いた。相手が足場を固める前に谷底へ突き落とすつもりでいたのに、剣がぶつかった瞬間押し寄せてきたすさまじい力に押され、二歩ほど退くはめになった。一方傅青主は数十年の内力修行を積んだ自分が上空から攻撃をしかけたというのに、楚昭南を倒すことができなかったことに驚きを禁じ得なかった。

楚昭南は戦うほどに吹っ切れてきて、剣招も益々速くなった。しかし傅青主の剣さばきは次第に遅くなっていく。それなのに迅速無比な剣をもってしても楚昭南は傅青主を攻めることができなかった。どこに剣尖を向けようとも、常に強い力にはじかれてしまう。傅青主はあたかも千金の重さをひきずるがごとく、剣尖を東や西に向けるにもすさまじい力を要しているように見えるのだが、曲線を描いて上昇する剣光は身体のまわりに形のない鉄や銅の障壁を築いているかのようだった。最高の内家剣法を相手にしていることを知った楚昭南はひやりとして息をのんだ。

楚昭南は攻められず、傅青主も撃ちこめない。両者ともに焦りを感じ始めた。膠着状況の中、いきなり傅青主が剣を退いたため大きく身体が開いた。すかさず楚昭南の剣が攻め入ると、傅青主は身じろぎひとつでぴたりとこれを閉め、楚昭南の剣刃をつなぎとめるや、いなずまのように左手で上から斬りおろした。避けそこねた楚昭南は、右手の剣を突きだして巻き上げると、左掌でもって迎撃にでた。パシッと音が響くと共に、両者ともに糸が切れた凧のように石橋の下の万丈の谷に墜落していった。傅青主は山腹まで落ちたところで、崖からのびたくねくねとした松の枝をつかんで落下の勢いを殺したが、楚昭南は弾丸のように空中でくるくるとまわりながらまっすぐ谷底に落ちていった。

ときにドドもまた通明和尚に追いつめられていた。石橋の端まで押されていき、これ以上退いたら崖下に落ちるというところまで来た。崖の上には劉郁芳の剣が待ちかまえている。

しかしこのとき、混戦を見つめていた劉郁芳は再び火箭を放ち停戦を命じた。

「ドド、生き延びたいか?」

劉郁芳の問いかけに、ドドは何気ないふりを装って答えた。「だったらなんだ?」

「もし生き延びたくば禁衛軍をひかせなさい。今日はお互いに手出しをせず、おまえが無辜《むこ》の民を捕らえることも許しません」

「それからどうなる？」

「それからのことはそれからのこと。おまえは当然われわれを見逃すことはできないし、われわれとておまえを赦《ゆる》すことはできません」

「なかなか公平だな、ではそうしようじゃないか！」

ドドは声をあげて笑うと、長剣で停止の指示を発した。

さすが軍律は行き届いていた。命令が下達《かたつ》されると、またたくうちに刀剣は鞘に収められ、強弓はゆるめられた。包囲されていた魯王の残党たちは囲みの外に出て、見物客たちはひとつながりになって下山していった。

通明和尚は刀を横たえて立ちすくんでいた。悔しさに歯がみする思いで大股で石橋を通過するドドを見送っている。崖に身を寄せていた軽紗で顔を覆った少女が、ふところに手をいれてなにやら暗器でもさぐっているようすなのに気づいた喪門神常英は、あわてて背後から止めた。

「お嬢さん、。首領はすでに命令なさったんだ。信義を失うようなまねをしちゃいかん」

崖からはいあがってきた傅青主に劉郁芳は改めて挨拶し、長年会わずにいた師叔に感謝の言葉を述べた。ドドが石橋を渡り終えると劉郁芳も人々を率いて霊鷲峰を超え、山の反対側から下山していった。

道中人々の口は重かった。成功まであと一歩というところまでいったのだから、意気消沈するのも無理はなかった。しかし劉郁芳の選択が正しかったことはだれもが了解していた。ドドひとりと引き替えに多くのひとが命を落とすのでは本末転倒だ。

一行の足取りは極めて速かった。高い峰を越え深い谷を通り抜け、十余里の山道を二時間ほどで歩ききってしまった。目的地である武元英山荘では、大勢のひとが待ちかまえていた。劉郁芳は傅青主にいった。「ここは江湖の先達、武元英どののお屋敷です。こちらに滞在させていただくために参ったのです」

「終南派の名宿武元英のことですかな？　あの男とは長年の友人ですぞ」

「まさにそのひとです」

そのとき、留守居をしていた魯王残党のひとりが出てきて劉郁芳の耳元でなにやらささやいた。劉郁芳が眉をひそめた。「わかりました！　まずは荘主に伝えてください。わたしたちは別院で少し休憩させていただき、ちょっとした事務処理を済ませてから、あらためて荘主と韓総舵主《そうだしゅ》にお目通りにあがります、と」

通明和尚がたずねた。「天地会の韓志邦総舵主もお見えになっているので？」

「そうです」

劉郁芳は通明らの人々を率いて中に入り、傅青主と冒浣蓮、それに軽紗をかぶった娘も同行した。席がさだまると劉郁芳は厳しい顔を軽紗の少女に向けた。「お嬢さん、どうか悪く思わないでいただきたいのですが、いままで恩怨《おんえん》を明らかにしてきたわれわれとしては、あなたにお伺いせねばなりません。今日あなたはドド王妃を守ったかと思うと、命がけで張公子を救ってくださいました。われわれにはその間の事情がまったくわかりません。来意を教えていただけませんか？　そしてお顔を拝見させてはくださいませんか？」

娘は無言のままゆっくりと軽紗をはねのけた。居合わせたひとびとの視線が一斉に少女に集まり、奇声を発する者すらあった。少女の容貌はドド王妃とそっくりだったのである。少女は易蘭珠と名乗ると、ぐるりとひとびとを見渡した。

「英雄児女《えいゆうじじょ》でいらっしゃるみなさんなら、わたしがなぜドド王妃を守ったか、わたしの口から申し上げるまでもなくおわかりになっていらっしゃることでしょう。わたしはドドを刺し殺すつもりだったのですが、そこにいたのは王妃でした。身に寸鉄もおびていない女性を殺すことなどできません。王妃が張公子を傷つけたのはそれから後のことです」

「お嬢さん、気を回さなくとも大丈夫ですよ。あんなことをおたずねしたのも、あなたをわれわれの仲間として受け入れたいと思えばこそです。もしあなたがお嫌でなかったら、わたしのほうが馬齢《ばれい》を重ねていますから、あなたを妹と呼ばせてくださいな」

劉郁芳は自ら下におりると易蘭珠の手をひいて自分の隣に座らせた。易蘭珠は目を潤ませると「お姉さま」小さな声でいった。

傅青主が来ていることを伝え聞いた武荘主が大いに喜んで迎えを寄越したので、傅青主は館の使用人についていくつもの庭を通りぬけ精緻な書斎に案内された。そこで待ち受けていたのは武元英ひとりだったが、二十年ぶりの再会を果たしたふたりは万感胸に迫るものがあった。ひとしきり久闊《きゅうかつ》を叙したところで、いきなり武元英がいいだした。「傅兄上、お願いがあるのですが、わたしの顔をたててはいただけますまいか」

「なにかな？」

「仲人をしていただきたいのです」

　傅青主は笑った。「年頃の娘さんに知り合いなぞおらんし、連れの冒浣蓮はまだ子供じゃ」

武元英も笑った。「冒お嬢さんを、という話ではありません。あなたの姪御《めいご》さんの劉郁芳お嬢さんです。あのかたはご両親も師父《しふ》もお亡くなりになりましたから、師叔であるあなたが決めていただかないと」

「相手はどんなひとじゃな？」

「必ずや劉郁芳お嬢さんにふさわしい相手かと。天地会の総舵主、韓志邦です。男気があるばかりでなく、正直で温厚なお人柄です。もともとは馬場を持っていたのですが、清兵に侵略されたのち衆を集めて天地会を作り、そのために奔走していたので、もうすぐ四十になるというのにいまだ妻帯しておらんのです」

傅青主はしばらく考え込んでいたがおもむろにいった。「劉お嬢さんがどう思っているのか訊いてみよう。しかし応じるかどうかはあのひと自身の問題じゃからな」

「これから韓総舵主に会いに行くというのはどうです？」

「結構じゃな」

ふたりが客間を出ると、子供のはしゃいだ笑い声が聞こえた。

「韓おじさん、おじさんの負けだよ、言い逃れはだめだよ！　ぼくお馬に乗るんだから」

武元英が扉を押し開けて中に入ると、大きな男が床にはいつくばり、子供が肩にまたがって手を叩いて大笑いしている。武元英が一喝《いっかつ》した。「成化、騒ぐでないぞ！」子供がぴょんと飛び降りると大男も立ち上がり、赤ら顔をさらに赤くして恥ずかしそうに笑った。豪快な中にもある種のかわいげがある。武元英は思わず笑ってしまった。「韓どのはますます子供っぽくおなりだ。どうやら成化を甘やかしすぎのようですな」

武元英は傅青主に引き合わせた。「こちらは天地会の総舵主、韓志邦どのです。こちらは愚息の成化です。さあ成化、こちらに来て伯父さまにご挨拶なさい」

武成化は今年で十歳になるが、武元英五十歳のときの子供であるため、目に入れても痛くないほどのかわいがりようである。手に将棋の駒を持ったまま飛ぶようにやってきた。「韓おじさんと将棋をさしたんだ。三回連続でぼくが勝ったんだよ」

「手に持っている駒を全部伯父さんに向かって投げてみなさい。手品を教えてやろう」いきなり傅青主にそういわれ、成化がちらりと父親を見やると、武元英が笑った。「おじさんが投げろとおっしゃっているんだから投げてみなさい」

成化は父親にしかられなかったどころか、鼓舞すらされたので有頂天になった。そこで大量の駒を握りこむと、両手をあげて「満天花雨」の金銭鏢を投じる手法で傅青主めがけて投げつけた。傅青主はハハと笑うと腕を袖にしまいこんだ。飛び交う駒が音もなく落ち、傅青主が両袖を開くと、将棋の駒はバラバラと立て続けに袖の中から落ちてきた。傅青主は京劇の水袖(衣装の袖先についた白く長い薄地の絹)の身のこなしで暗器を巻き取ったのだ。前代未聞の技に、いあわせただれもが大いに驚いた。

「この水袖の技を初対面の挨拶代わりに成化に伝授しようと思うが、どうかな、ご満足いただけますかな？」

「それは願ってもないことです！」武元英は大いに喜ぶと、急いで成化に叩頭《こうとう》させた。

このとき使用人が入ってきて武荘主になにやら告げた。武荘主はいった。「劉お嬢さんのご都合がよろしいのなら、入っていただきなさい」

ほどなく客間の外でかまびすしい人声がして、通明和尚、常英、程通らが次々と騒ぎ立てた。

「韓の兄者、いらしてたんですか？　われらのことなどお忘れだったのでしょう」

通明和尚らの背後にはかれらの女首領である劉郁芳がいたが、劉郁芳もまたにこやかな笑みを浮かべ、おっとりと上品な中にも高貴な身分であることへの矜持《きょうじ》が見て取れた。

脇で見ていた傅青主はひそかに嘆いた。男女の仲とは微妙なものだ。傅青主の目からすれば、韓志邦は真っ正直な男であり、このたびのことも、劉郁芳が五台山で事を起こすと知って遠路はるばるおっとり刀で駆けつけてきた情誼《じょうぎ》には並々ならぬものがあるように思われた。しかし劉郁芳の顔つきを見るに、相手を重んじてはいるものの距離を置く感じで、どうやら結婚の成立は難しいようである。

このときまたもや新たな顔が現れた。ひとりは小柄で精悍、双眸には生き生きとした活力が満ちていた。もうひとりは赤黒い肌のいかにも頼もしげな顔である。韓志邦の紹介により小柄で精悍な男は楊一維という名で、天地会の智恵袋であり、赤黒い顔の男は名を華紫山といい、天地会の副舵主だということがわかった。ふたりともピリピリと緊張を漂わせている。

ふたりが席を定めるのを待って劉郁芳が口を開いた。「韓総舵主とわたくしで提携について相談いたしました。思うに、双方ともに同じ目的を持ち、故国再興の心もなんら異なるところはございません。そこでわたくしたち魯王の残党は全員天地会に入らせていただきたく存じます」

楊一維がいった。「それはこの上ないことです、総舵主もわれわれもみなで歓迎いたしますぞ」

韓志邦があわてていった。「一維、そんなことをいってはならん！」

「総舵主のおっしゃるのは——」小首をかしげる通明和尚を韓志邦は遮った。

「われわれがあなたたちを歓迎するとか、あなたがたがわれわれを歓迎するとか、そういう問題ではないのです。このたびの提携には主客があってはなりません。それにわたしとしては、総舵主には劉お嬢さんに就任していただきたい！　わたしなんぞは無骨者ですから」

「やはり韓総舵主が引き続き留任なさるのがよろしいかと存じます。天地会はすでに西北に地盤を築いておいでですが、わたくしどもはそれに比べればまだ人数も少のうございますし」劉郁芳が重ねていった。

「そうですな！　われら一同劉お嬢さんには敬服つかまつっておりますぞ。おっしゃることにいかにも道理がおありだ」

韓志邦は揚一維をにらみつけた。「おまえたちが敬服しているのならなおさら劉お嬢さんに総舵主になっていただくべきだろう」

楊一維はきまり悪げに口ではそうですね、といったが、腹の中では劉郁芳が辞退してくれることを願っていた。ところが劉郁芳には彼女なりの考えがあり、辞退などしなかった。「韓舵主がそこまで強くご推薦くださるのなら、微力なりともやらせていただきましょう」

韓志邦は大いに喜んだ。通明和尚の喜びもひとしおだった。しかし楊一維だけは内心面白くなかった。みなの意見が定まり、吉日を選んで改めて開山立舵の礼を執り行うこととなった。そして立舵の前に、韓志邦は自ら進んで各地の天地会成員に劉郁芳の命令に従うよう通達した。

続いて話題は五台山でのドドとの激戦と楚昭南が雲南《うんなん》から駆けつけてきたことになった。劉郁芳がいった。「あの悪党は容易にはあしらえない相手です。われわれの中では、傅師叔を除いてあの男と互角に戦える者はいません。今回あの男は傅師叔によって断崖に突き落とされましたが、それで事切れてくれていたらと願うばかりです」

傅青主がいった。「わしも完全にうち勝ったわけではない。楽観視は許されまい。あやつの功力をもってすれば、必ずしも墜死したとは限るまい」

注意深く耳を傾けていた韓志邦がいきなり手を叩いた。「思い出しました。ひょっとしたらあの男ならあやつを制圧できるかもしれません」通明和尚が勢い込んでそれはだれかとたずねると、韓志邦はいった。「わたしも会ったことはないのです。名を『天山神芒《てんざんしんぼう》』凌未風という ことぐらいしか知りません」

劉郁芳がいった。「変わった二つ名ですね」

「天山神芒というのは短箭のような形をしたとげのある植物で、天山にだけ生えるのです。非常に鋭く尖っていて金属のように硬く、刺さるとひどく痛みます。凌未風の剣法は手厳しく話し方もまた辛辣《しんらつ》なので、この二つ名がついたということです。しかし西北ではとても評判の高い男ですよ。モンゴル、チベット、ウイグル各地の集落ではとても尊敬されています。山地の住民や遊牧民たちとは篤い情誼を結んでいるようです。ただこの男は基本的に一匹狼で、どこへ行っても現地のひとたちの中にまぎれこんでしまうので、見つけるのが難しいのです。このたび山西に来る前に、その男を知っている兄弟たちを何人も派遣してあちこち捜させました」

この風変わりな人物の話にだれもが驚き、大いに興味を持った。

劉郁芳が軽く手を叩いてみなの話を中断させた。「天山神芒とおっしゃる方の話はしばらくおいておきましょう。まずは本筋について話し合わねば。一つ目は、張公子が今日五台山で敵の手に落ちたということです。もし助け出せなければお父上に顔向けができないことになります。二つ目は今日ドドがあれほど大勢の禁衛軍を連れてきたということです。あの男の常の行動にはないことです。必ずやなにか隠れた理由があるはずです。満洲人の入関以来三十一年、中原《ちゅうげん》はすでに平定されました。ただし、台湾とウイグル、モンゴル、チベットの一帯だけはまだその版図《はんと》に入っておりません。台湾は遠く海によって隔てられており、なんの成果も得られないでしょうが、西北と塞外《さいがい》の各集落が力をあわせて清に抵抗し、その上で台湾と力をあわせて軍陣を張れば、あるいはよい結果が得られるかもしれません。もれ聞くところによりますと、清朝は西北計略を企図しているとか。ドドがこちらに来たのもそれと関係があるのかもしれません。徹底的に状況を探り出さねばなりません」

傅青主がたずねた。「張公子というのは……？」

「さきの大将軍張煌言のご子息です。武荘主の甥弟子にあたり、終南派の第三代の弟子です。師門を出た最初の戦で敵の手に渡すわけには参りません。なんとしてでも助け出さねば」

張煌言は抗清の名将で、かつて魯王の全軍を率いた主帥《しゅし》である。

傅青主は毅然として立ち上がった。「あまたのご英雄が老いぼれを棄てるをいとわぬとおっしゃるなら、わしは今夜冒浣蓮と山の探査に出ることを願い出ますぞ」

傅青主の武術は卓越しており、最も順当な人選に思われたが、だれも冒浣蓮の腕前のほどを知らなかったため、しばらく口を開くものはなかった。やがて通明和尚が大声でいった。「わたしが傅ご先輩に同行させていただいたほうがいいのでは？」

このとき庭の外でカラスが騒いだ。傅青主が笑っていった。「外の槐《えんじゅ》の樹の上のカラスが騒がしいな。浣蓮や、あれをつかまえておいで」

冒浣蓮は軽やかに立ち上がり、さっと両腕を広げただの一飛びで中庭の真ん中に飛び出た。勢いもつけずまっすぐ上に飛び上がると、ふわふわと槐の樹の梢にまで到った。カラスはカーと一声鳴くと飛び立とうとはばたいたが、冒浣蓮は足先をちょいと梢につけると、箭のようにまっすぐ上に数丈も飛び上がり、カラスがちょうど飛び立ったところを見事につかまえてストンと飛び降りてきた。人々は呆然と見ほれ、通明和尚は親指を立てた。「なんという軽功だ！まったくたいしたもんだ！」

全員が声をそろえて笑った。

この夜、傅青主と冒浣蓮は黒装束に身を包み、夜陰に乗じて五台山の北面から山頂をめざした。五台山の五つの峰は台のようで大山として有名である。ドドが連れてきた数千人の禁衛軍は清涼寺周辺にのみ兵員を配置していたが、そこからは全山を見渡すことができた。傅冒のふたりは動きが風のように迅速であった上に闇夜にも助けられ、発見されることがなかった。

山頂から密かに下降し、いまだ中腹にも到らぬとき、ふいに傅青主が冒浣蓮の耳元でささやいた。「気をつけろ」

身体を起こすと素早く数丈さきに身を潜め、冒浣蓮もそれにならった。面覆《めんおお》いをつけた人影がさっと振り返った。

第二回　皇帝の秘密

暗闇の中でも少女であるのが見て取れた。面覆いの間からのぞく瞳が漆黒の天空にはめこまれた星のようである。少女は追ってきた冒浣蓮を認めてにこりと笑った。「それぞれの道を行きましょう」そういうや、さっさと別の山道を走りだした。

聞き覚えのある声である。相手を確かめるため追いかけようとした冒浣蓮を傅青主がひきとめた。「追わんでいい。あれは易蘭珠じゃ。われわれと同行したくない事情でもあるんじゃろう」

ふたりは物凄い軽功を使ってあっという間に清涼寺の前に着いた。清涼寺をとりまく五基の大銅塔はそれぞれ十三層あったが、その各層の外部に十八個の琉璃燈《るりとう》がはめこまれており、墨を流したような闇夜の中、寺のまわりを明るく照らし出していた。寺の前には禁衛軍の巡邏《じゅんら》が入ったり出たりしており厳重な警戒態勢がしかれていた。中央の主塔の前に配された弓手の弓には矢がつがえられており、緊迫した空気が漂っている。ふたりは岩のうしろに伏せ、どうやって中にはいったものか思いあぐねた。そのときふいに激しい風が吹いて砂礫《されき》が乱れ飛んだ。刹那、左の大銅塔の第三層の正面にあった三個の琉璃燈がふっと消えた。暗闇をかすめ飛ぶ人影を認めた禁衛軍は、わっと大声で叫ぶと空に向かって次々と箭を射た。騒ぎの中、再び突風が吹いて中央の塔の正面にあった三個の琉璃燈が一斉に消えた。傅青主は急いで冒浣蓮の手をひくと叫んだ。「早く」

慌てて闇に飛び込んだふたりは、軽々と主塔の第一層に飛び乗り、手をついて身体を弾ませると第二層を越えて第三層に達し、するりと中に潜りこんだ。

主塔の内部はどの層も広々としており、中央の大広間以外にもいくつもの部屋があった。潜りこんだふたりは暗器で大広間の灯りを消した。ほどなく「気死風」(風を通さない灯籠の一種)を持ったふたりの人間がやって来てぶつぶつとつぶやいた。「今夜はまた随分と風が強いな。外の琉璃燈ばかりか、中のあかりまで消えてしまうとは。まったく妙なことだ」

ふたりは時間を無駄にせず、いなずまのように躍り出るなりそれぞれ相手に点穴した。声も出せぬうちに唖穴《あけつ》を点穴されたふたりは外にひきずり出された。塔のひさしに立ち、第四層の琉璃燈のあかりでその姿を確認した傅青主たちふたりは危うく叫びそうになった。なんとふたりは禁衛軍でも一般の人間でもなく、宦官《かんがん》の服装をしていたのだ。容易に信じられなかった傅青主は、ふたりの下半身を手探りしてみた。「まさに」

冒浣蓮が羞恥のあまり顔をそむけたので、傅青主は連れが少女であったことを思い出し、やはり気まずい思いをした。傅青主はふたりの唖穴を解くと、片手にひとりずつ摑んで小声で詰《きつ》問《もん》した。「さっさというんじゃ。お上がいらしているのか? どの層においでなのだ? いわぬのなら塔から突き落とすぞ!」

高くそびえ立つ銅塔は下が見えないほどである。ふたりの宦官は思わず震え上がると、いった。「へ、陛下は六層においでになります」

傅青主はふたりを塔の中に押し込むと、冒浣蓮とふたりで勢いよく躍り上がり、四層と五層を立て続けに越えて六層の外に出た。中をのぞき見ると、なるほど数人の宦官が居眠りしており、室内には黄綾のとばりを垂らした大きな寝台があった。あの中で皇帝が眠っているのに違いない。ふたりが飛び込むと、宦官たちが驚き騒いだ。冒浣蓮は黄色いとばりを開くと中を手探りした。するとどうだろう、とばりの中の人物は鯉がはねるように飛び起きるなりギラリと光る匕首を冒浣蓮の心臓めがけて繰り出してきたのである。冒浣蓮は素早く男の手を掴み、わずか半寸の差でピタリと止めた。

意外なことに男の武芸は本物で、いきなり腕に力をこめてぐいと押し下げると、匕首は地面に落ちたが冒浣蓮の戒めからは見事抜けだし、左掌の「銀虹疾吐《ぎんこうしっと》」でもってすばやく冒浣蓮の右肘に突きを見舞った。冒浣蓮は掌で受け止めたが、勢いあまって数歩の後退を余儀なくされた。男は雄叫びをあげると身体をぶつけてきたが、信じられぬほどの速さですっ飛んできた傅青主が素早く男の両頬を張った。反撃しようとした男は、擒拿法で手を捕まれ力一杯ひねりあげられ、全身の力がぬけて動くに動けなくなった。

傅青主が皇帝の所在を聞き出そうと利剣を手に宦官を脅すと、若い宦官たちの視線がひとりの老宦官に集まった。傅青主はひょいと手を伸ばしてその宦官の身体を軽く叩いた。老宦官は皇帝の身近にはべる内侍《ないじ》のひとりだったが、骨にしみいるほどの激痛にあわてていった。「皇帝はこちらにはいらっしゃいません。この銅塔の地下に清涼寺のご住職の禅房に直通する地下道がございまして、陛下はその地下道を通ってご住職に会いに行かれておいでです」

傅青主はとばりの中の男を指さした。「あれはだれだ？」

「宮中のバートル（勇士の意。清朝の官職名）にございます」

傅青主はしばし手順を考えたのち、手にした剣でひとりの若い宦官の衣装を剝《は》ぎ取ると、冒浣蓮にこれを着て宦官に化けるようにいった。もともと宦官とは声も仕草も女性的なものである。冒浣蓮にはうってつけの扮装だった。傅青主は老宦官にいった。「わしらを地下道に案内しろ。もし地下道で歩哨になにか訊かれたら、わしのことは皇帝が請来した医者だというんじゃ」

老宦官が無言で壁の上を押すと、壁が開いて扉が現れた。二重になった壁の中には百数段の梯子があり、まっすぐ地下道の入り口まで通じている。

地下道の中も警戒は厳重で、十余歩ごとにひとりの武官が立っていた。老宦官はいつも皇帝についてこの地下道を出入りしているので、武官たちはなんの疑いも持たず、誰何《すいか》されることすらなかった。すぐに地下道のつきあたりに着いた。傅青主と冒浣蓮、腕をとられた老宦官とバートルは地下道の出口で足をとめた。上で話す声が聞こえてくる。はっきりと聞こえたわけではないが、「游龍剣」楚昭南の声であることはわかった。どうやらあの男、墜死していなかったと見える。

上から聞こえてくる声は次第に大きくなっていくようだった。若者の声がひどく厳《いか》めしくたずねた。「呉三桂め、ほんとうにそのようなことを？」

楚昭南は戦々恐々とした声で答えた。「嘘を申し上げるなど滅相もございません」

突然沈黙が訪れたかと思うと、ドオンという轟音が響いて地下道の前後に鉄の隔壁が落ちた。ふたりが愕然として振り返ると、隔壁は自分たちと歩哨の武官ふたりを一緒に地下道の中に閉じこめてしまった。上方で楚昭南が大声で叫んだ。「地下で盗み聞きしているのは何者だ？」

「盗み聞きした連中を捕らえてまいれ」

頭の回転の速い傅青主は隔壁が開くなり老宦官とバートルを点穴で倒し、スラリと佩刀《はいとう》を抜いた。異変に気づいた歩哨たちが地下道の両側から駆けつけてきたが、傅青主の驚くべき神技に手合わせするなり点穴されてしまった。地下道の口を塞いでいた鉄蓋がいきなりはねのけられ、傅青主が「気をつけろ」と叫んだとき、外から暗器が雨あられと打ち込まれてきた。

傅青主と冒浣蓮は剣をふるって全身を上下させ冷たい光を巻き起こした。飛んできた暗器は粉々にうち砕かれ、両方の石壁にぶつかって鋭い音をたてた。傅青主は叫んだ。「飛び出すぞ！」

雨のごとく暗器が降り注ぐ中強引に飛び出すと、無極剣の「迎風掃塵《げいふうそうじん》」でもって剣をかざして突進した。銀色に輝く刀刃がぐるぐると円を描き、冒浣蓮もぴたりとそれについて地下道から飛び出した。

入り口で待ちかまえていた游龍剣の楚昭南は、人影が飛び出すなり剣を斬りおろした。傅青主は剣を横なぎにしたが、剣尖がキンと鳴って二振りの剣はどちらも相手にはねのけられてしまった。楚昭南は目を凝らし、相手がまさに傅青主であることを知って激怒して叫んだ。「老《ろう》匹夫《ひっぷ》、今度こそおまえと勝負だ！」

ふたりの激闘が始まる中、冒浣蓮はいあわせた若者が逃げようとしているのに気づき、捉えようとしたが、大挙して駆け付けて来た衛兵らに応戦している間に、帝は側門から中に駆け込んでしまった。

傅青主は全身の絶技を使って剣を繰り出し、風雲わきおこるかのような攻撃を仕掛けたが、楚昭南は立て続けにこれをはじき返して反撃し、どちらも相手を傷つけることはできなかった。しかし、楚昭南を押しとどめてはいたものの傅青主ひとりではどうにもならない。咄嗟の機転でいきなり目の前のひとりに標的を変え、いなずまのごとき剣さばきでさっと腕を斬り落とした。武官は「ぎゃっ」と叫ぶと昏倒した。傅青主はできた隙間から囲いを飛び出すと、仏殿の中央にある祭壇に飛び乗った。

広々とした祭壇の上には六体の尊者と十八羅漢《らかん》の像が安置されていた。二十四体の大きな仏像はどれも鉄で鋳造されているようであり、並び順がでたらめだった。傅青主は祭壇の上の仏像を遮蔽物《しゃへいぶつ》にして出たり入ったりした。楚昭南と衛士たちは包囲して攻めることができず、鬼ごっごよろしく追いかけるしかなかった。

冒浣蓮もまた衛士たちの容赦ない追撃にさらされていたが、幸い腕のたつ衛士はみな楚昭南に助太刀して傅青主を追っている。その上冒浣蓮は軽功に優れており、仏殿の中を魚が泳ぐようにちょろちょろと動き回り、容易には捕まらなかった。緊迫した空気の中、祭壇の上から傅青主が声をはりあげた。「蓮児、やつらに毒砂をくらわせてやれ！」

医術に長じた傅青主は暗器を使うことを好まなかったが、冒浣蓮には学ばせた。奪命神砂である。この砂鉄には毒液にひたしたものと無毒なものの二種類があった。この暗器を伝授するとき、傅青主は冒浣蓮に、ほんとうに自分の身が危ういとき以外は絶対に有毒の神砂を使ってはならぬと諄々《じゅんじゅん》と説いて聞かせた。その毒砂を使えというのだからかってないことである。

冒浣蓮にとってこのような体験は初めてのことだったので、自らの懐に必殺の暗器を秘めていることなどすっかり忘れ果てていた。傅青主の言葉に雀躍すると、左手に鹿皮の手袋をはめて暗器を入れた袋をさぐった。有毒の奪命神砂を握った手をふりあげると、投じられた神砂は、幾つもの黒い線に分かれて敵めがけて飛んでいった。顔面にこれを受けた数人は、痛みこそ感じなかったがややすると全身が痒くてたまらなくなってきた。江湖での経験が長い衛士たちは、傅青主が「毒砂」と口にした瞬間から身構えていたので、身体に異常を感じるとおのずと恐慌を来《きた》した。すくみあがった衛士たちは敢《あ》えて冒浣蓮に近づくことができなくなった。

神砂の射程距離は短い。敵に二、三丈の間合いをとられてしまうとなす術《すべ》がなかった。衛士たちは神砂の届かぬ距離まで退くと次々と暗器を発射してきた。剣一本の単身で対応するのは容易なことではない。傅青主が叫んだ。「わしに構うことはいらん、さきに逃げるんじゃ！」

冒浣蓮は二握りの奪命神砂を投じると、衛士たちが逃げ散った隙に矢のように窓から飛び出すや、「壁虎遊墻《へきこゆうと》」を展開していなずまのように大仏殿の瓦屋根に駆け登った。

清涼寺の大仏殿は北京製の琉璃瓦で葺《ふ》かれている。この種の瓦はひどく滑るため足場が悪かった。冒浣蓮はいっそのことと、左右の足を交互に滑らせ、あっというまに屋根の中央にたどり着いた。清涼寺の各所に供えられた仏燈と五個の大銅塔にはめこまれた琉璃燈が互いに照り映えて白昼のような明るさである。ひとり瓦の上を滑っている冒浣蓮は恰好の標的となった。地上から次々と暗器を発射され、仏殿の中にいたときより避けにくくなった。

逃げ回る冒浣蓮の風帽を一本の箭が射飛ばし、長い髪があらわになった。焦ったところにさらなる暗器が襲いかかった。冒浣蓮が左足で滑り出すと、目の前の琉璃瓦に鉄球が命中して大きな穴があいた。平衡を失った冒浣蓮は穴の中に落ちてしまった。

冒浣蓮が落ちたところは十王殿の大仏の上だった。冒浣蓮が仏像の大きな手を力いっぱい引き寄せて身体を安定させようとすると、なんと仏像が動き出した。冒浣蓮が引くにつれてギギッと半回転し、背後に扉が現れた。追跡から逃れるため冒浣蓮は考えもせず中に飛び込んだ。中に入った冒浣蓮は驚いて飛び上がった。そこは極めて贅をこらした僧舎であり、中央にひとりの老和尚が座っていた。白髭をたくわえ、その隣には姿勢を正した若者が立っている。さきほど仏殿で取り逃がした帝である。老和尚は眉をたれた穏和な表情で合掌したままなにもいわない。帝は唇をかすかに動かして、なにか懇願しているかのようだった。

冒浣蓮は自分が聞かされた話はほんとうだったに違いないと確信した。そのとき、背後からいきなり掌風《しようふう》が吹きつけると、あっというまに冒浣蓮は腕を捕まれてしまった。相手の五本の指は鉄鉤のようにがっちりと食い込み、冒浣蓮は身動きすらままならなかった。

帝は冒浣蓮の姿を認め、驚きのあまり大声でたずねた。「一体おまえは何者だ?」

老和尚は双眸を開いていたが、瞬時になにかを感じ取ったかのようにさっと顔色を変え、驚きと喜びが入り交じった表情を浮かべた。炯々《けいけい》と両目を輝かせ、いきなり口を開いた。「この女性なら知っておる」続いてゆっくりと吟じた。「悠々たる生死別れて年を経、魂魄《こんぱく》かつて夢に入り来たらず」

老人はじっと冒浣蓮を見つめると、ひとりごとのような問いかけのような言葉をつぶやいた。「おまえは一体ひとなのかそれとも精霊なのか？　ああ、おまえはほんとうにあのひとに似ている！　おまえはあのひとの魂魄とはいわずとも化身《けしん》であるには違いない！」

冒浣蓮は完全に悟った。同時に哀しみと怒りを感じた。「あなたが順治帝なんですね！　わたしの母上は？　生きているんですか死んでしまったのですか？　ここにいるのですか宮中にいるのですか？　どうか母上に伝えてください、あなたの蓮児が会いに来たと！」

帝は怒りに身を震わせた。「この女は狂っている。閻中天、この者を取り押さえろ！」

閻中天とはさきほど冒浣蓮を捉えた侍従であり、帝の腹心の部下でもある。はからずも皇室の秘密を知ってしまった閻中天は、それが禍《か》となるか福となるかいまだ知らずにいた。

老和尚は双眸を光らせて帝にいった。「このこを嚇《おど》かしてはならん。おまえが小さいときこのこの母親はおまえを抱いてくださったのだぞ」

そういうと、ゆっくりと冒浣蓮を助け起こし、ため息をついた。「おまえの父親はあのひとを失ったが、わしもまたあのひとを得ることはできなかった。そもそもこの濁世に住むひとではなかったのだ。一体どこに行ったらあのひとに言づてなどできるというのだ？」

冒浣蓮は大きく目を見開いた。「では母上は亡くなったのですか？」

「夢幻塵縁《むげんじんえん》、電光石火、水中の月のごとし、鏡中の影のごとし、霧の中の花のごとし。董鄂妃《がくひ》は偶然この世に姿を現したが、いまとなっては色空しく幻滅したのじゃ。人我ともに忘れたものを、おまえはなぜさように執着するのだ？」

「禅問答なんかわかりません。早くおっしゃってください、母上は一体どうしたんですか？」

「やむを得まい、そこまで母を慕うのであれば、あのひとのところに連れていってやろう」

そういうとゆっくりと立ち上がり、冒浣蓮の手をひいて外に歩き出した。帝と閻中天はいかにも気まずい顔で黙って後に従った。

老和尚は冒浣蓮の手をひいて脇戸を出た。大殿を通り過ぎると武器の交わる音や叱咤追撃する声が聞こえてきた。傅青主が仏像の間を行ったり来たりしながら白絹のような剣光をほとばしらせつつ孤軍奮闘している。老和尚は冒浣蓮にたずねた。「このひとはおまえの連れかね？」

「あのかたは傅青主とおっしゃいます、わたしの連れです」

老和尚は帝にいった。「玄燁（帝の名前）、あの者どもに手を退かせろ。傅青主は冒辟疆どのの親友で、世外の高士だ。あの男を煩わせてはならん」

帝は不本意だったが、さからうわけにもいかず、しかたなく命令を下した。傅青主は長剣を鞘におさめた。身体についた埃《ほこり》をはらい祭壇を飛び降りると、老和尚に向かって小さくうなずいてみせたが、礼はいわず言葉も発しなかった。

老和尚は左手に冒浣蓮を右手に帝の手をとり、背後に傅青主と閻中天を従えて、無言のままゆっくりと歩いた。侍衛《じえい》らは不審に思いながらもあえて近づいて来なかったが、楚昭南だけが遠くから剣を持って随行していた。

一行が通過すると、衛士や宦官が腰をかがめてさっと両側に道をあけたが、老和尚は省みることなく黙然と歩いていった。しばらくすると清涼寺の中の槐の古木が陰を作る庭に出た。消え残った星がまたたき暁光が明け初めようとしている。五台山に夜風が吹きぬけ、松風の音と滝の轟きが響きあって楽の音となった。老和尚は青草の茂る荒れ塚を指さし冒浣蓮にいった。

「この中におまえの母親の衣冠がある。おまえの母親は逝去したのだ」

この老和尚はまさに順治帝であった。董小宛を得た順治帝はことのほかこの女性を寵愛して鄂妃に封じたが、董小宛は冒辟彊や残してきた娘の浣蓮を恋しがり、日々鬱々として楽しまなかった。このため順治帝は砂を嚙むような心持ちだった。ただでさえ漢人の女が寵愛を受けていることを不快に思っていた太后《たいこう》は、この状況に激怒し、宮女に命じて董小宛を棍棒で殴り殺させ遺体を河に棄てた。これを知った順治帝は生きる望みを失い、ひそかに宮門を出ると五台山で出家して清涼寺に董小宛のための衣冠塚を作った。

荒塚を見た冒浣蓮は哀しみに打ちひしがれ、寒風も露もかまわずに草の上に伏しておがんだ。墳頭にはふたつの長明燈が暗緑色の光をはなち、白玉の墓碑に刻まれた文字を照らしていた。「江南才女董小宛之墓」。そこに「貴妃」といった類《たぐい》の文字が書かれていないのを見て、冒浣蓮は少しだけ気持ちが軽くなった。老和尚もまた草藪に結跏趺坐《けっかふざ》していたが、その顔は蒼白だった。帝は怒りも露わに顔をそむけていた。傅青主は暗黒の星空を見上げると、医術上の難題でも案じるかのように人生の秘密について考えていた。

順治帝は清朝の「開国の君」ではあったが、即位したのがわずか六歳であったため、治世の大半は叔父のドルゴンと母后《ぼこう》に後見されており、長じたのちは太后が年下の叔父に嫁ぐという椿事があった。あたかも西方におけるハムレットのような状況である。順治帝は精神的抑圧を受け憂鬱な日々を過ごした。出家した後は懺悔《ざんげ》の毎日だった。天下に君臨した自分が、ひとりの女の心も得ることができなかったことを思うと、君主だの権力だのといったことが虚しく思えて笑えてくる。冒辟彊と董小宛という世俗を離れて結ばれた一対の男女を自分は引き裂いてしまったのだ。順治帝は深く悔やみ、荒れ塚の傍らに足を組んで座り、富貴栄華や恩讐に関する思いが電光石火のように心の中をかすめすぎていった。

冒浣蓮は幾たびか拝むと、立ち上がり、剣鞘を撫でながら順治帝を見た。老和尚は石と化したかのように結跏趺坐している。冒浣蓮は戦慄を覚え、知らず知らず手の力が抜けていった。傅青主が深いため息をついていった。「浣蓮や、帰るぞ！」

そのため息も消えず、いまだ足を踏み出しもせぬうちに、一群の武官たちが軽紗で顔を覆った少女を追って近づいてきた。冒浣蓮は思わず声をあげた。「蘭珠お姉さま！」

冒浣蓮が老和尚に遭遇したそのとき、易蘭珠もまた不思議な邂逅《かいこう》をとげていたのである。それにはまずドド夫妻の話から始めねばならない。

劉郁芳の暗器を受けたドドの傷は、致命傷でこそなかったが失血が多く、清涼寺に戻ると床についていて静養していた。鄂王妃納蘭明慧は夫の様子に多少憐憫《れんびん》の情を覚え、手ずから薬湯を呑《の》ませると、よく休むよう勧めた。結婚以来十六年、ずっと冷ややかだった妻が思いがけず親身に世話をしてくれたので、ドドはくつろいだ幸せな気分になり、まもなく眠りに落ちた。ひとり物思いにふける鄂王妃のもとに、甥の納蘭容若が訪ねて来た。「おばさま、また新しい詞ができました」

若者は鄂王妃納蘭明慧の弟の息子にして清代最高の詞人であり、名を納蘭容若といった。父親の納蘭明珠は当朝の宰相《さいしょう》（官号は太傅）である。納蘭容若は並ぶ者なき才能を誇り、詞名を全国に轟かせていた。帝は容若を大変寵愛し、どこに巡幸するときも常に連れていった。しかし貴族の家柄であるにもかかわらず、納蘭容若は自由を愛し交遊を好み、決まり切った宮廷の暮らしを嫌いぬいていたが、さりとて抜け出すわけにもいかず鬱屈した毎日を送っていた。容若の貴族の血管の中には反逆者の血が流れていたのだ。

宮中でも家族の間でも、容若と最も気があうのはおばの明慧だった。納蘭明慧は甥の気質をわきまえていて、笑みを含んでいった。「あなたが数日前に書いた詞の中に『別に根芽のあるならん、人間《このよ》の富貴の花ならず』という二句があって、陛下がご不快を示されたそうですが、今日もまた新しい詞を書いたのですか?」

「朗読してさしあげます」

容若は外套の中から「馬頭琴」を取りだして弦の調子を整え、嫋々《じょうじょう》と弾き始めた。

辛くいとおしい空の月、一夜は円《まろ》く夜夜細し。月輪のごと清らに澄めば、おんみのために熱からん。思い絶ゆるをいかんせん、燕はなおも飛び来るに。歌は終われど愁いは消えず、春につがいの蝶を見る。

泣くような訴えるような琴の音色に聞き惚れる納蘭明慧の頬を涙が伝い落ちた。光る涙の中に楊雲驄の面影が揺れ、明慧は十六年前の婚礼前夜のことを思い出した。どうしてあのとき天空の鳥のように飛び立とうと思わなかったのだろう？　そしていまもまた自分は籠《かご》の中に閉じこめられているのではないか？　ぼんやりしていると、琴が最後の音を刻んだ。余韻が漂う中いきなり少女の声がした。「いい詞ですね」

明慧と容若が驚いて立ち上がると、軽紗で顔を覆った少女がしとやかに部屋の中に立っている。納蘭明慧の武術の腕はそれなりのものだったが、琴の声に聞き惚れていたのでいつのまに少女が入ってきたのか気がつかなかったのだ。「おまえはだれです？」

「わたしは罪人です！」

少女は歯をくいしばって答えた。その声はどこかで聞いたことがあるような気がした。少女の身体つきは自分のよく知っているひとに似ているようだった。納蘭明慧は突然奇妙な感覚を覚えた。かつてみたどの夢でこの少女と会ったのか思い出せない。こんなにも親しくこんなにも見知らぬひと……。

納蘭容若は少女の姿形や挙措がおぼに瓜二つであるのを見て奇異に思った。「あなたはどんな罪を犯されたのですか？」

「わたしもどんな罪を犯したのか知りません。わたしの母親は小さいときにわたしを棄てましたので、これもきっと前世の報いなのだろうと思っているだけです」

鄂王妃はさっと飛び上がると少女の手を取ろうとしたが、少女はついと退き、双眸に凜然とした表情を浮かべ、冷ややかに笑った。「わたしに触ってはなりません、あなたは高貴な王妃さまで、ご自分の生んだ娘を棄てたことなどおありにならない。わたしなんぞに触ったら汚れてしまわれます」

鄂王妃はぐったりと椅子に倒れ込むと、両手で顔を覆った。三人は顔を見合わせ、空気は死んだように静まり返っていた。かなりの時が過ぎ、鄂王妃が突然たずねた。「教えてくれませんか、あなたはなんというお名前なのです？」

「易蘭珠と申します」

鄂王妃はほっとため息をついた。「あなたの姓は楊ではないのですか？」

「どうして楊である必要が？　王妃さまは楊という方を好いていらっしゃるんですか？」

鄂王妃は黙然として答えず、ただ小さくつぶやいた。「易蘭珠、易蘭珠……」

そこではっと気づいた。「易」という文字は「楊」という文字の半分である。「蘭」という文字は納蘭という姓の二番目の文字だ。そして自分が棄てた娘は、幼名を「宝珠」といった。

鄂王妃はゆっくりと立ち上がると、両手で椅子の背にしがみついた。困惑のあまり身体に力が入らなかった。このとき外から侍女が扉を叩いた。「旦那さまがお目覚めになりました。王妃さまにお越しいただきたいそうです」

鄂王妃は夢から醒めたように自分の身分を思い出し、扉を隔てて侍女に命じた。「わかりました。おまえがさきに行って旦那さまのお世話をしていなさい。わたしは後から参りますから」

そういうと再び腰をおろし、易蘭珠にたずねた。「なにか困難があって、わたしの助力が必要なのですか?」

「なにも困難などありません。困難なんかみんなひとりで克服してしまいました」

「では、ここにはなんの用事もないのですか?」

「仮にあったとしたらどうなさいますか?」

「あなたのことなら、なんでも手助けしますよ」

「では、今日清涼寺の前で捉えた若者を解放してください」

「今日わたしを暗殺しようとしたあの若者ですか?」

「そうです」

鄂王妃はしばらく考えこむと毅然として答えた。「解放しましょう」

そういうとゆっくりと立ち上がって後ろの部屋にはいっていった。

そのとき扉の外で足音が聞こえ、鄂王妃が今日暗殺を図ろうとした若者を連れて来た。捕らえられた若者は、明朝魯王麾下の大将軍張煌言の子息で、名を張華昭といった。鄂王妃の鏢が当たった傷は致命傷でこそなかったがかなりの重傷だった。ドドはこの若者に尋問するつもりだったのだが、自分の傷のほうがもっと深刻だったため、尋問できぬまま後ろの部屋に監禁していたのである。鄂王妃が自ら引き取りにいったため、むろん即座に引き渡された。

ただでさえ仇当人が引き出しに来たことに驚きと疑惑でいっぱいだった張華昭は、部屋の中に軽紗で顔を覆った少女がいることに気づいて愕然となった。まさに今日、自分にさきがけてドドを暗殺しようとした少女ではないか。その少女がなんと仇の部屋に穏やかに座り豪奢な服装の若者と閑談している。思わず「あっ」と声がもれた。

易蘭珠は立ち上がっていった。「張公子、わたしと一緒にいらしてください。歩けますか？」

張華昭はちょっとためらったが、やがてこくりとうなずいた。「歩けます」

「この令箭《れいせん》を持ってお行きなさい。ひょっとしたらなにかの助けになるかもしれません」

鄂王妃は易蘭珠に短箭を手渡した。翡翠を彫って作った短箭には小さな文字で「鄂親王ドド」と記されており、易蘭珠は敢えて固辞することなく受け取った。が、その身体はかすかに震え、瞳からは涙のしずくがこぼれた。

易蘭珠と張華昭は庭の外に出た。月影もなく星も見えない暗い空に夜鴉《よがらす》が鳴きながら飛び去っていく。遠くの銅塔の琉璃燈のあかりは、茂った樹の葉越しにひどく暗く見えた。ほどなく道を巡邏の禁衛軍がやってきた。易蘭珠が令箭を見せると、なにも尋ねられることなく通過することができた。しかししばらく行くと、突然張華昭の体が傾いだ。

石畳の上の苔で滑ったのだ。驚いた易蘭珠が慌てて支えたが、道にはみ出していた木の股に胸をぶつけてしまい、傷口がまたもや痛みだした。思わず張華昭は「うっ」と声をあげた。

「痛みますか？」

「大丈夫です」張華昭は易蘭珠の手を退けると、薄闇の中を手探りで歩き始めた。

声を聞きつけて近くにいた禁衛軍がやってきた。易蘭珠は令箭を見せてなにごともなく通過しかかったが、中にいた武術師範が易蘭珠の面覆いを奇異に思った。注意深く観察した結果、張華昭の衣服の胸にできている血の染みに気づいた。

「つかまえろ！」師範は叫ぶなり張華昭めがけて掌打を振り下ろした。

たちまち混戦になった。角笛が鳴り響く中、夢中で走った張華昭は、いつの間にか易蘭珠とはぐれてしまった。いくつもの暗い小道を駆け抜けるが、背後から敵の足音が迫ってくる。考える暇もなく目の前に見えた小さな精舎《しょうじゃ》の扉を押し開け飛び込んだ。しかしそこでついに気力が尽き、倒れ込んで気をうしなってしまった。

易蘭珠は張華昭が恐慌を来し勝手に駆けだしたのを見てはらはらした。助けに走りたかったが、またもや禁衛軍にはばまれ、なすすべがなかった。易蘭珠は疾風のごとく剣を舞わせ、いなずまのような光彩をまき散らした。武術師範の腕は決して悪くなかったが、易蘭珠の思いがけない剣法に幻惑されてしまい、じわじわと後退した。易蘭珠は「乳燕穿簾《にゅうえんせんれん》」を使ってひらりと飛び上がって囲みを突破すると前方にひた走った。四方八方から禁衛軍が追いかけてくる。まさに絶体絶命かと思われたとき、易蘭珠は董小宛の衣冠塚の傍らにたたずむ傅青主と冒浣蓮、順治帝と帝に遭遇したのである。

帝の姿に気づいた禁衛軍は慌てて追撃をやめた。

老和尚はゆっくりと立ち上がると帝にいった。「このひとたちを困らせてはいかん。みな山からおろしてやりなさい」帝が黙然として返事をしないので、老和尚は手をふっていった。

「おまえたちはみな山をおりなさい」

順治帝は袖の中から一連の真珠を取りだすと冒浣蓮に手渡した。「持っていきなさい、これはお母さんの形見だ」

易蘭珠もこれには驚いた。今夜はまるで夢のようなことばかり起こる。易蘭珠は気を落ち着かせるといった。「もうひとり連れがいるんです」

老和尚がいった。「一緒に行けばよい」

帝は思わず怒りに目をむいた。「まさかわたしがおまえたちの仲間を捜さねばならんのか？」

老和尚はわずかに顔色を変えると帝にいった。「なんといった？」

帝の腹心の衛士である閻中天が大胆にも進み出ていった。「この者の仲間はだれが捕らえたのかわかりません。清涼寺は大変広うございますから、すぐに探し出すのは難しいでしょう。どうかこの件は手前にお任せください。探し出した上で無事山の下まで送り届けます」

帝は閻中天に目配せすると大声で言いつけた。「結構だ、ではそのようにしよう。おまえは百名の宮廷侍衛をつれて調べろ。慎重に捜査するんだぞ」

拝命して立ち去ろうとする閻中天を帝が呼び止めた。「待て、朕の命令を禁衛軍の副総領張承斌に伝えたら、おまえは急いで朕のところに戻ってまいれ」

閻中天は「はっ」と一声応じると、命令を受けて下がった。傅青主は皇帝の顔色を読み、嘘であることをみぬいたがどうしようもなかった。老和尚に向かって再び小さくうなずくと冒浣蓮と易蘭珠に呼びかけた。「では行こうか」

老和尚は痛ましげに笑った。「おまえたちも行ってしまうのだな」

そういうとじっと帝を見つめた。「お通しするよう命じるんだ」

帝は嫌々ながら父親にいわれるままに「お通ししろ」と命じた。禁衛軍が一斉に「お通ししろ」と応じ、その声が次々と逓送《ていそう》されていった。傅青主ら一行三人はその声が轟く中、大手を振って立ち去ることができた。帝はぐいと歯をくいしばり、楚昭南は剣を撫でながら一行が堂々と寺門を出ていくのを見送っていた。

傅青主らが平和裏に下山を果たしたころ、清涼寺の中は天地をひっくりかえしたような騒ぎになっていた。禁衛軍の副総領張承斌は百名の宮廷侍衛を引き連れ、寺の中に潜んでいる張華昭を捕らえんとあちこち探し回った。

意識を失っていた張華昭はいきなり冷気が脳髄にしみ通るのを感じた。目を開けると豪奢な服装の若者が冷水を吹き付けたところだった。納蘭容若である。あたりを見渡すとそこは贅を凝らした優雅な書斎だった。沈香が立ちのぼり部屋いっぱいに書物がある。張華昭は起きあがろうとしたがまったく力がはいらなかった。納蘭容若は笑った。「よかった、目が醒めましたね。みだりに動いてはだめですよ。大変な出血だったんですから。さっき止まったばかりですよ」

そのとき扉の隙間から松明のあかりが差し込んできて、人声と足音が聞こえた。納蘭容若は羽毛のふとんを張華昭の頭にかぶせると、さっと扉をあけて叫んだ。「何事だ?」

相手が相国《しょうこく》の子息、納蘭容若であることを見て取った張承斌はあわててかしこまった。「宣旨をたまわりまして逃亡犯を捜しております。公子さまのおじゃまをするつもりはございませんでした」

納蘭容若は冷ややかに笑うと手を広げた。「さあ、逃亡犯ならここにかくまっているぞ！さっさと入ってきて捜せばよかろう」

羽毛ふとんの中の張華昭はこれを聞いて全身に冷や汗をかいた。

第三回　武家荘の風波

宮内侍衛を拝命してもうかなりになる張承斌である、納蘭容若が皇帝のお気に入りであることぐらい知らぬわけがなかった。いくら中を調べろといわれたからといって、はい左様でと入るわけにもいかなかった。納蘭容若は再び冷笑を浮かべた。「なぜ入って来ない？　いまわたしの寝台に寝ているのがその逃亡犯だぞ」

ひとりの衛士がそそっかしくも戸口から首をつっこんだ。「公子さまのご命令とあらば捜査いたしましょう。寝台にだれか寝ているようにお見受けしますが」

納蘭容若の顔色が変わった。張承斌は慌てて近寄ると愚かな衛士の顔を平手打ちにした。

「きさま納蘭公子のおじゃまをする気か？　全員ここから出て行け！」

納蘭容若が扉を閉めると、外から張承斌がしきりと詫びをいれてくる。納蘭容若はそれには取り合わず羽ふとんをひきあけた。張華昭は汗だくになっていたが具合はよさそうだった。

さて一方、部屋に戻った康熙帝はやたらと室内を歩き回り、冷笑を浮かべたりため息をついたりいきなり壁に拳を叩きつけて痛さに悲鳴をあげそうになったりした。そのとき、扉を叩く音がした。「閣中天か？」

はいと答える声に、帝はさっと扉を開けて、閻中天を中に導き入れた。首をのばして部屋の外を確かめる。「衛士たちは外で歩哨に立っているのか？」

「手前の判断でそうさせていただきました。あの者どもの足音が陛下のおじゃまになりませんよう、全員外の防衛にまわしました」

帝はうなずいてほほえんだ。「賢い処置であった」

帝は扉を閉めると顔を引き締め声を落としてたずねた。「宮中に入って何年になる？」

「十五年になります」

「では先帝には三年仕えたことになるな」

「は。まさに三年でございます」

突然帝の顔がこわばり殺気が見え隠れした。閻中天の心臓がどきりと跳ねあがった。帝は悲しげにたずねた。「では、おまえはこの清涼寺の老住職が何者か知っているか？」

閻中天はばたりと床にひざまずいた。「存じ上げません」

「嘘を申すな！」

閻中天は立て続けに床に頭を打ち付けると、腹をくって答えた。「お赦しください、手前はなにも存じません。かの老住職はいくらか先帝に似ておいでのようにお見受けしましたが、しかしお髭は真っ白ですしご容貌《ようぼう》もお変わりになってしまわれました。しかと拝見したわけではございませんので、定かなことは申し上げられません」

帝は声をあげて笑った。「立て。やはりおまえは忠実で正直だな」

闇中天が身を縮めて立ち上がると、帝の双眸がまっすぐ顔を射抜いてきた。「あの老住職こそ先帝そのひとだ。今夜の騒ぎがあったのだ、顔を見知った旧臣でなくともあれが先帝であることぐらい見当はついたろう？」

闇中天はかしこまって腰を曲げるとなにも答えられなかった。唐突に帝がいった。「呉梅村がどんな死に方をしたか知っているか？」

闇中天は全身を震わせた。「存じ上げません」

「朕が下賜《かし》した毒酒を飲んで死んだのだ。あやつめ先帝が五台山にいることを暗示した詩など書きおった。その上董小宛めが山上にいるなどというでたらめを。さように大胆不敵な輩《やから》は、毒殺されて当然と思わぬか？」

竦《すく》み上がった闇中天は全身に冷や汗をかき、あわてて地面にはいつくばるとまたもや立て続けに叩頭した。「当然でございます、当然でございますとも！」

帝はおかしくもないのに笑うと闇中天を助けおこした。「利口なやつだ。では、このように遅くに朕がおまえを召しだしたのはなぜだかわかるか？」

闇中天は全身に汗をかきながら思った。このような秘密を聞かされたのには必ずやなにか深いわけがあるに違いない。これは大きな好機だ。うまく立ち回れば功名利禄は思うままだろう。しかししくじれば、呉梅村のようにわけもわからぬうちに無念の死をとげることになる。闇中天は腹をくくった。「手前はただ陛下おひとりに忠誠を誓うものでございます。陛下のお言いつけとあらば、万死もいとわずやらせていただく所存にございます」

帝の顔に殺気がみなぎった。「朕がいいつけるまでもあるまい?」

このとき隣室でひとしきり咳き込む声が聞こえると、境の壁が叩かれた。「玄燁、だれと話しておるのだ? もうこんな時間だというのにどうしてまだ寝ないのだ?」

帝は優しく答えた。「父上、お加減がお悪いのですか? すぐにそちらに参ります」

「おまえはほんとうに親孝行だな、わしのことは心配いらん、おまえも休みなさい」

帝は答えず、閻中天の手をとった。「様子を見に行こう。おまえがよろしく世話してくれ」

老和尚は帝が閻中天を伴って現れたことを奇異に思った。帝はすでに何度も五台山を訪れているし、腹心の衛士をかたわらに控えさせていることもままあったが、いまだかつて人前で自分を父親だと認めたことはない。今夜のこの振る舞いはいささか腑に落ちなかった。

閻中天は土気色の顔をしてかすかに両手を震わせている。老和尚がちらりとそちらに目をやると、帝がいった。「父上、これはあなたの旧臣です。特に父上のお世話をさせようと連れてまいりました」

「おまえの名は?」

「閻中天と申します。三年間陛下にお仕えさせていただきました」

うっすらと思い出した老和尚は微笑みを浮かべた。「結構、結構。わしの身体を起こして座らせてくれ」

閻中天はゆっくりと近づくと、両手を和尚の脇の下に入れて身体を起こさせた。その目は真っ赤に血走り殺気をみなぎらせている。老和尚は驚いて叫んだ。「なにをする?」

出家の身とはいえ、もと皇帝である。順治帝の威厳はいまだ健在であり、一喝された閻中天はぱっと両手を放すと瘧《おこり》にかかったように震えが止まらなくなった。支えをなくした老和尚は寝台の下に転がり落ちた。帝は焦り震える声で叱りつけた。「お、おまえ、ちゃんと父上のお世話をしないか！」閻中天は気をとりなおして、腰をかがめ老和尚を脇にかかえこんで引きずり起こすと、目を閉じて力一杯締めつけた。

「玄燁、おまえは！」老和尚が一声悲鳴をあげた。清朝開国の君主は敵の剣ではなく、なんと息子の手によって殺されてしまったのである。

閻中天は立ち上がったが筋肉がピクピクと痙攣していた。帝を見やると大病が癒えたばかりのような土気色の顔をしている。かなり長い時間がたってから、帝はふうっと息を吐き出した。

「よくやった、朕についで参れ！」

帝について隣室に戻ると、皇帝は白玉の酒器に淡緑色の酒を注ぎ、閻中天に手渡した。「まずこの酒を飲んで気を落ち着かせろ」閻中天は呉梅村のことを思い出し冷や汗が流れた。ためらいに酒器が受け取れない。帝は小さく笑った。「大事をなし終えたのだ、君臣ともに一杯飲まねばなるまい」

皇帝は一気に杯を干すとひっくり返して空になったことを示し、すぐにまたもう一杯注いだ。

「今後ともおまえは一番の腹心だ。明日から禁衛軍の総領と太子少保を務めるがいい。しかと励めよ！」閻中天は有頂天になり、ガバと伏して幾度も叩頭すると、立ち上がって杯を受け取り一気に飲み干した。

暗い部屋の中で君臣が顔を見合わせて笑ったとき、窓の外で冷ややかに笑う声が聞こえた。闇中天が飛び出すと、琉璃瓦の上を灰色の服をまとった人影が飛鳥のように駆け抜けていった。大内衛士中随一の武術の腕を誇る闇中天の功力は、決して楚昭南に劣るものではなかった。さっと裾をからげるや波をかすめる燕のように琉璃瓦の面を走った。突然男はまるで闇中天を待ち受けるかのように歩みを遅らせた。闇中天が鷹のような勢いでつかみかかると、男ははっしとその手をうけとめてぐいとひねった。数十年修行を積んできた鷹爪功夫《ようそうこうふ》が通用しなかったことに、闇中天は愕然となった。男はいきなり声をあげた。「闇中天、自分が死にかけているのも知らないで、わたしと争ったりしてどうする？　おまえは毒酒を飲んだんだぞ！　攻撃をやめろ。まだ解毒できるかどうか診てやるから」

闇中天はぎょっとなった。目の前に金の星が乱れ飛び天地がぐるぐると回り足が宙に浮いたかと思うと、琉璃瓦の上に倒れて下に滑り落ちていった。

灰色の服の男は放たれた箭のように闇中天の帯を掴むとその身体をひきずりあげ、瓦の上に押さえつけた。そのまま懐から一本の銀針を探り出すと背中の天枢穴《てんすうけつ》にグサリと刺した。闇中天が「ぎゃっ」と叫ぶと、男はその身体をひっくり返して力一杯ひねりあげたので、闇中天は悲鳴をあげようと口を開けたが、その声を発する前に三粒の碧緑《へきりょく》色の丸薬を放り込まれてガクガクと揺さぶられた。「どうだ？」

闇中天はうなずいた。「ありがとう」

全身がむずがゆいが気分は幾分よくなった。灰色の服の男が与えた丸薬は、天山にある太古から氷のとけることのない地に生える雪蓮にその他の薬物を加えて練り上げたもので、さまざまな毒を解毒することができた。閻中天の深甚な功力にも助けられ、猛毒を飲んだにもかかわらず閻中天はしばらくの間は持ちこたえることができた。

近くにいた衛士たちが早くも声に驚いて駆けつけてきた。灰色の服の男は閻中天にいった。

「急いで一緒に山をおりるんだ。ちゃんと治療しないと命の保証はできんぞ」閻中天は慌てて応じると灰色の服の男に続いて飛び降り、声を励ました。「なにを騒いでいる？　賊はとっくに逃げたぞ。これから下山して捜査する」

衛士たちはみな、閻中天が皇帝の一番のお気に入りで禁衛軍の副総領張承斌より大きな権力を持っていることを心得ており、あえて邪魔だてする者はいなかった。閻中天は立ち去る前に、決して皇帝を騒がせぬよう言いつけて行った。

一方、傅青主と冒浣蓮が山に偵察に出た後、武家荘中の英雄たちは心配でたまらず眠るどころではなかった。真夜中になって易蘭珠もいなくなったことがわかり、さらに不安は募った。一晩中待ってもだれひとり戻っては来なかった。武荘主は、使用人全員に備えをさせると同時に、何人かに農民の格好をさせて耕作に行かせ、情報を探るよう命じた。

武家荘の大人たちが焦燥する中、武成化だけが元気一杯で、夜が明けるなり姉の瓊瑤と共に裏山にツツジの花を摘みにでかけた。武瓊瑤はまだ十六歳で、やはりおてんばな娘だった。その日は、春風が新鮮な土の香りと心にしみいるような花の香りを運んでくる、めったにないほどの好天だった。

武家荘の裏山は、五台山が北西の寒風をさえぎるため気候が比較的温暖で、暮春三月にしてすでにツツジの花が山全体を赤く染めていた。早朝、草木には露が光り、さまざまな鳥たちは巣を離れて歌い、光は満ちあふれせせらぎは澄み渡り、うきうきした武瓊瑤は弟に花をつんでやりながら俗謡を歌い始めた。

「春が来たらね　山中のツツジよ　ツツジはね　朝露みたいに咲いているの　遠来のお客さまちょっと休んでお行きなさいな　一輪どうぞ　花の香りをお家に連れてお帰りなさいな……」

「姉さん！」

いきなり武成化が叫んだ。声のしたほうを見やると、山間《やまあい》の窪地から緋色の僧袍をまとったラマ僧がやって来る。鍋底のような顔、天を向いた鼻孔、ひどく醜悪な容貌である。

「成化、あのひとに構うんじゃないわよ」そういったものの、瓊瑤自身がまず笑いだしてしまった。

ラマ僧は美しい少女が自分を見て笑っているのに気づくと、大股で近寄ってきてなにやらぺラペラと話しかけた。チベット語のわからぬ武瓊瑤がかぶりをふると、ラマ僧は前方を指さした。殴られるのではないかと武瓊瑤が飛び退くと、ラマ僧は大口を開けてゲラゲラと笑い、手をふって追いかけてくる。姉がラマ僧に追いかけられていると思った成化は、男の顔に泥団子を投げつけた。ラマ僧はぎゃっと悲鳴をあげ、成化は乗りかかった船とばかり、足を曲げるとバネではじかれたように空中でとんぼをきってラマ僧の頭に飛び乗った。ラマ僧の襟をひっぱると、ラマ僧は大声で叫んで頭を後ろにぶつけようとするが、一足早く武成化は飛び降りていた。ラマ僧は団扇《うちわ》のような手を広げ腰をかがめてつかまえようとするが、成化は魚のようにスルスルと逃げ回ってしまう。弟が危ないと見た武瓊瑤も、急いで駆けつけると終南派の遊身掌法を展開して、花の間を飛び交う蝶のように右に左にラマ僧に拳掌《けんしょう》を見舞った。しかし鍛えあげられた身体をしたラマ僧は、殴られても蹴られても蚊にさされたほどにも感じぬようすで、怒り狂ってなにごとかわめき散らしている。

「成化、なにを騒いでいる?」

するとそのとき、傅青主と冒浣蓮と易蘭珠がやってきた。喜んだ姉弟はラマ僧そっちのけで三人のもとへ駆け寄っていった。追いかけてきたラマ僧を「順手牽羊」の技で傅青主が取り押さえる。ラマ僧がなにやらわあわあ罵《ののし》っていると、易蘭珠がそばに寄ってなにごとか話しかけた。ラマ僧はたちまち笑顔になり、傅青主は拘束していた手を放した。

「わたしは武家荘を捜しています」ラマ僧は片言の中国語でいった。辺境で育った易蘭珠はチベット語がわかる。易蘭珠はラマ僧の言葉をみなに通訳した。ラマ僧は傅青主を指さした。

「昨日こちらの居士《こじ》が楚昭南を谷底に打ち落としたので、谷底に捜しに行くと、危うく楚昭南に殺されそうになった。幸いひとりの漢人が助けてくれた。漢人は楚昭南と戦ってあの男を追い払い、武家荘を捜しに行けというのでこうしてやってきたのだが、道理をわきまえぬこの子供たちに出会ってさんざんな目にあわされた」

いかにも腑に落ちぬ話である。なぜ楚昭南は味方であるはずのラマ僧を殺そうとしたのだろう? それに、楚昭南ほどの凄腕を持った男がどうしてその漢人におめおめと追い払われてしまったのだろう？　傅青主がその漢人はどういう男だったかたずねると、ラマ僧はうまく説明できず困惑していたが、ふいに彼方を指さして易蘭珠にいった。「お訊きになるまでもないようだ、ほら、あそこにやって来ます」

　いい終わらぬうちに山間の平地からふたりの異様な装束の男がやってきた。ひとりは飾り気のない灰色の夜行衣《やこうい》、もうひとりは清宮衛士の服装である。易蘭珠は見るなり「あ」と叫ぶと、親しいひとに出会ったかのように満面の笑顔で駆け寄ろうとした。

　ところがそれより早く傅青主が動いた。傅青主は袖を払って滑空する孤鶴のように易蘭珠を飛び越えふわりと着地すると、ぐいとばかりに閣中天をつかんだ。「衛士どの、おまえさんも来おったか？」

　灰色の服の男が前方に立ちはだかると手をかけた。「まあそうかしこまらずに」

　傅青主の手の感触はまるで枯柴のようだったが、いきなり二本の指をそろえるや、灰色の服の男の左の肩井穴《けんせいけつ》めがけて点穴してきた。男は逃げも隠れもしないどころか迎え入れてくる。傅青主の点穴は命中したにもかかわらず、男はなにも感じなかったかのようにゆったりと笑っている。「ご先輩ご冗談はおやめください」

　男はちょっと後ろに下がると両掌で礼をした。「若輩者がここにご挨拶申し上げます」

　傅青主もぬかりなく、やはり両掌で合掌して一礼を返した。双方ともにひゅうひゅうと掌風が吹き、目に見えぬところでぶつかりあっているかのようだ。ついに傅青主が三、四歩押し返され、灰色の服の男は危うく倒れそうなくらいぐらぐらと揺れた。

そのとき駆けつけてきた易蘭珠がふたりの間に立った。「傅おじさま、こちらは天山神芒凌未風です!」そして凌未風にいった。「こちらが無極派の傅青主先輩です」

凌未風は「おや」といって、「神医傅青主先生でいらっしゃいましたか。失敬、失敬!」慌ててあたらめて挨拶をした。今度は心から礼を尽くしたもので、掌風を発することはなかった。凌未風が敢えて自分を「神医」と呼んだのは、一目おいているのは武芸ではなくあくまで医術の腕前であることを暗にほのめかしているのだろう。傅青主はにこりとほほえみ、はじめてじっくりと凌未風を見た。辺境の伝奇人物は、決して大男ではなくむしろ中肉中背で、一番目につくのはその顔を走る見苦しい二筋の刀傷だった。凌未風はじろじろと自分を見つめてくる傅青主に笑いかけた。「傅老先生、まずはこちらをご紹介しましょう」

闇中天に目をやった傅青主は、思わず声をあげるといきなり闇中天の手をとって走り出した。凌未風もわけもわからず後を追う。傅青主は闇中天をせせらぎのほとりにひっぱっていった。

「水を飲め。それからその水をツツジの花に吹き付けるんじゃ」

闇中天が言われたとおりにすると、生き生きとしたツツジの花がたちまち萎《しお》れ、ひとひらひとひら地面に落ちた。真っ白に変色した赤いツツジを見つめながら傅青主はつぶやいた。「帝とはなんと残酷な男じゃろう。これはチベットの孔雀の糞と雲南滇《テン》池の鶴頂紅をあわせた毒薬じゃ。この種の毒物を服すると、半時もせぬうちに身は融け骨がくずれるのが普通なのに、なぜあんただけこんなに長く持ちこたえられたのだろう?」

凌未風がいった。「わたしが天山雪蓮から作った碧霊丹《へきれいたん》を服用させたのです」

傅青主はうなずくと無言のまま闇中天の手をひいて歩きだした。闇中天はおろおろと傅青主にたずねた。「解毒法はあるのですか?」

「全力を尽くすのみじゃ」

凌未風がたずねた。「なぜ帝はそんな猛毒をさきに飲んでみせたんですかね?」

傅青主はいった。「孔雀の糞と鶴頂紅の毒を解毒するには、長白山の人参と天山の雪蓮とチベットの曼陀羅花をまぜあわせ、于闐の美玉と一緒にすりつぶして、さらに鶴の唾液で溶かして練り上げた解毒薬を服用すればいい。帝は当然あらかじめそれを服用しとったんじゃろう」

闇中天は不安げにいった。「そんな珍しい生薬ばかり、内裏以外の一体どこで手にはいるのでしょう?」

「ほかの者ならもはや救いようがあるまいが、ひょっとするとあんたならまだ助かるかもしらん。いまはなにも訊くな。わしと一緒に来なさい」

傅青主らの帰還については早くも知らせが届いており、武荘主と韓志邦が出迎えに来ていた。韓志邦は凌未風の姿に望外の喜びを得て大声で叫んだ。「なんとこれは珍客だ!」

凌未風がいった。「韓総舵主がわたしを捜しておいでと伺いまして。派遣なさった方はわたしの居所を探し当てられなかったようですので、こうしてこちらからお伺いしたという次第です」

「わたしは総舵主じゃありませんよ。どうぞ新しい舵主に会ってください」

韓志邦はにこにこと凌未風の手をとると、急いで中に引き入れた。「劉さん、天山神芒をお連れしましたよ、どうぞお顔をお見せください！」いい終わらぬうちに通明和尚を伴った劉郁芳が中から現れた。その姿に、凌未風の心に湖に石を投じたようなさざなみが広がった。

凌未風は身も心もかすかに震えるのを感じたが、わざと物憂げにいった。「江湖に名高い『雲錦剣』劉郁芳どのですね？　総舵主になられたそうでおめでとうございます」

すぐさまニヤリと笑ってつけ加える。「暮春三月、まさに江南の最も美しい季節だというのに、劉総舵主がわざわざ西北にやっていらしたのは、ドドの賊めが理由ではないでしょうね？」

男の無礼な口のききように劉郁芳はハッとなったが、こわばった笑みをうかべた。「凌英雄はつまり、われわれはこちらに来るべきではなかったとおっしゃっておいでですの？」

「滅相もありません。ただもしドドひとりのためになら、兵を挙げ衆を動かす意味がないと申し上げたのです。漢族の山河を復興するためには、ひとりやふたり暗殺したところでどうなるものでもありません」

通明和尚が不快を露わにした。「われわれ魯王の残党は江南《こうなん》で官軍に包囲討伐され足場を失いました。かろうじて数人で西北に馳せ参じて来たのはこの地に再び礎を築かんがため。ドドとはたまたま遭遇したに過ぎません。凌英雄はわれわれを嘲笑《ちょうしょう》なさるおつもりか？」

凌未風は両手をもみ絞って笑った。「まさかそんなとんでもない！　しかし大事を図るなら江南に戻ったほうがまだいいと思うまでです」

傅青主はこれはなにかわけがあると思ってたずねた。「それはどういう意味ですかな？」

凌未風はラマ僧を指さした。「この男は大変な機密情報を携えております。中に入って話しましょう。しかしそれよりもまず、どうかこの男を治療してやってください」

劉郁芳は凌未風が両手を振り絞る仕草を見てふいに胸がざわつくのを覚えた。凌未風のようすはかつて知っていた少年に酷似している。しかし、少年は美しい顔立ちをしていたが、凌未風の顔はあまりにも醜かった。劉郁芳は思わずしげしげと辺境から来た男を見つめてしまった。

傅青主は、みなと離れて閻中天を静かな個室に連れていった。「ほかの人間ならたしかに救いようがないところじゃが、あんたになら『気功療法』を試してみることができるじゃろう。心を安らかにして気を静め意識を丹田《たんでん》に集めるんじゃ。そうして二十四時間静かにここに座って毒素を腸の一隅に集める。しかるのち、瀉薬《しゃやく》でもってそれを排泄してしまうんじゃ。それから薬で基礎体力を養えばおそらくそれでなんとかなるじゃろう」

傅青主は大いに感謝する閻中天に、「気功療法」における座り方と呼吸法を指導した。閻中天が学んでいた「坐功」のそれと大差なかったため苦もなくのみこむことができた。

手当てを終えた傅青主がみなのいる広間に戻ると、群雄はしんと静まり返り緊迫した空気が漂っている。凌未風が笑った。「傅ご先輩がいらっしゃった、相談しましょう」

「なにごとですかな？」

「傅先生は昨晩冒お嬢さんと偵察に行かれた際に、楚昭南と皇帝の会話を耳にされましたね？」

傅青主はちょっと考え込んだ。「たしか呉三桂のことを話していたように思う。帝はひどく立腹しているようすじゃった。呉三桂とわれわれになにか関係があるのかね？」

「大いに関係ありですよ。呉三桂は清朝に反乱を企てています」

傅青主はあまりの驚きに半信半疑だった。呉三桂は満洲人を関内に引き入れる手引きをした大漢奸である。いまや「平西《へいせい》王」に封じられ、昆明《こんめい》に府を開き、雲南・四川《しせん》の両省を領有し、清朝でも重きをなしている藩王《はんおう》だった。その呉三桂が清朝に反乱とは、あまりに唐突である。

凌未風は傅青主のようすに笑みを浮かべた。「ラマ僧と闍中天のふたりが証人ですよ」

清兵入関の際、最も功績が大きかったのが明朝の叛臣《ほんしん》呉三桂、尚可喜、耿仲明の三人である。功労第一の呉三桂が「平西王」に封じられたほか、尚可喜は「平南王」に封じられて広東を、耿仲明は「靖南王」に封じられて福建《ふっけん》を領有し、三人併せて「三藩」と称された。しかし帝の即位後、統治を堅固なものとした帝は「三藩」の存在を目障りに思うようになった。このため「三藩」自ら職を辞すようしむけた。狡猾な尚可喜が帝十年に「藩王」の位を息子の尚之信に譲る旨を奏請すると、単に申請が許可されたのみならず、尚可喜は配下の部将を引き連れて遼《りょう》東《とう》で隠居させられることとなった。これを知った呉三桂は、自らも位を剝奪《はくだつ》され領地を削られるのではないかと疑心暗鬼となり、ついに清朝に反乱を起こすことを決意したのである。

モンゴル・チベットの一帯はいまだ清朝の統治が及んでいなかった。呉三桂は腹心の楚昭南を派遣し、ダライラマに謁見して密約を結んだ。挙兵の上、呉三桂が優位に立った場合、モンゴルとチベットもこれに同調する、呉三桂が不利になった場合は、ダライラマが調停に入る、という内容だった。呉三桂はあらかじめ逃げ道を用意したのである。もともとこの男は漢族の山河を回復するためではなく、たんに私利私欲のためだけに動いていたのだ。ダライラマと連絡をとる一方で尚可喜、耿精忠（耿仲明の孫が「靖南王」を継承していた）とも連絡をとった。

　ダライラマとの話し合いが順調に終わった楚昭南は、ラマ僧と共に復命に戻ることになり、その道すがら五台山の文殊菩薩の開眼供養を見物することにした。私利に聡い楚昭南は呉三桂の挙兵は失敗すると考え、呉三桂を裏切って清朝側に寝返ることにした。群雄との戦いも辞せず剣をぬいてドドを救ったのもこのためである。状況を察したラマ僧は、楚昭南に殺されかかり、すんでのところで凌未風に救われたのである。

　凌未風の話にひとびとは言葉もなく聞きいっていた。

「閻中天の話によると、帝はすでに腹心を福建と広東に派遣して尚可喜と耿精忠を監視するよう手配しているそうです。さらに四川にも別の人間を派遣して、川陝《せんきょう》総督趙《ちょう》良棟に呉三桂の防衛に当たるよう命じるようです」

　劉郁芳が熟慮の後ゆっくりと口を開いた。「もしそうなら、われわれは帝の勅使に一歩先んじねばなりませんね」

　会議が続く中、ふいに屋敷の外にかまびすしい人声と戦馬がいななく声が響いた。

　五台山で大敗を喫したドドの怒りは尋常ならざるものがあった。その上偵察にきた傅青主と冒浣蓮にさんざんかき回されたと知っては到底収まりようもなく、怒り心頭に発していたところにもたらされたのが張華昭救出の知らせである。ドドは不審に思った。後ろの部屋に閉じこめていた張華昭が救出されたというのに、物音ひとつ聞こえなかったのはなぜだろう。納蘭王妃はほほえんで夫の疑惑をなだめようとした。「あなたときたら、そんなつまらないことまでご自分で管理しようとなさらなくても。いまはゆっくりご静養くださいませ。いくら相手の腕が立とうと、寺には雲のごとく侍衛が控えているのですからよもや入ってくる気遣いはありません。あの刺客《しかく》を逃がした人間を罰するのであれば、どうぞわたくしを罰してください。あの者の監視はわたくしの責任だったのですから」

ちょっと拗《す》ねてほほえむ愛しい妻の顔を見れば、この上怒ってられるわけもない。ドドは張華昭を見張っていた衛士を尋問することすらしなかった。実のところ、かりにそうしていたとしても、たいしたことは聞き出せなかっただろう。鄂王府の衛士は旦那さまより奥方さまのほうをずっと恐れていたので、王妃が張華昭を逃がしたなどと容易に口を割るわけがなかった。

しかしドドにもほかの考えがあった。翌早朝禁衛軍の総領張承斌を呼び出すと、三千の禁衛軍兵士を預け、付近の村の捜索を命じた。親王のドドには禁衛軍の統率権があり、当然張承斌はこの命令に従わねばならなかった。

武家荘は山のふもとの大きな村にあった。武荘主は江湖で名の聞こえた人物であったため、江湖出身の張承斌は武元英とは面識があった。村におりた張承斌は、畑仕事をする農民に扮して偵察を行っている武家荘の使用人をつかまえ、拷問《ごうもん》の末、屋敷に少なからぬ人数が逗留《とうりゅう》していることを白状させた。張承斌は大いに喜ぶと、ただちに数千の禁衛軍に風も通さぬ厳重さで武家荘を包囲させた。驚き騒ぐ群雄を後目《しりめ》に、とりあえず武元英が状況を見に出た。

塀に登ると、館の外では戈《ほこ》や矛《ほこ》が日に照り映え、みっしりと武装した三千の禁衛軍が強弓を手に、いまにも矢を射かけようとしている。張承斌は武元英の姿を見るなり大声でいった。

「はるばる遠方より参ったわれわれを、武荘主は中にいれてもてなしてはくださらんのですか？」

武元英はまったく感情を面に出さず、朗々と声をはりあげた。「なにぶん狭い山荘ですから、みなさん全員をお迎えするわけには参りません。しかしせっかくお越しいただいたのですから、数人の将校の方においでいただき茶など差し上げたく存じますが」

「大軍の世話がご心配なら、副将と三百の選抜兵を行かせましょう。武荘主は武林のご先輩です、細工はなしに願いますぞ」

張承斌が令旗を振ると、さっと隊伍が開いて十基の大砲が押し出された。

武元英の思惑では、張承斌を欺《あざむ》いて中に入れ、これを人質にとるつもりだった。ところが情勢を見るに、張承斌はぬかりなく備《そな》えているようすである。副将なぞ迎え入れたところで人質の用をなさず、それどころか村人が大量に虐殺《ぎやくさつ》されるのは目に見えている。屋敷の外にいる武元英は緊張し、屋敷の内にいる群雄はじりじりと焦った。

そのころ閻中天は、静かな部屋で傅青主の教え通り「気功療法」に取り組んでいた。座禅を組みはじめるとすぐに胸の中がすうっと爽快になってきた。閻中天は武芸者としての半生を命を張って利禄のために奔走してきた。静かに座禅瞑想する機会など持たなかった。こうして静かに足を組んで座っていると、初めのうちは頭の中がからっぽでなにひとつ存在しなかった。しかしにわかにさまざまな思いがこみ上げてきた。皇帝の薄情さを思い、江湖の俠客《きようかく》の義気を思い、いままで自分がやってきた事柄を思うと、良心が目覚め、思えば思うほど慚愧《ざんき》の念にかられるのだった。自分の一生は皇帝の鷹や犬も同然だった。主人のために善良な人を摑まえては殺してきた。それなのにこうして万死も辞せずこの身を救ってくれようとするひともいる。思いは波濤《どとう》のように次々と押し寄せてくる。傅青主には安静第一と言い渡されていたのに、閻中天の心の中はまるで戦場のようだった。

するとそのとき、隣室から壁越しに話し声が聞こえてきた。低く押さえられた声だったが、静まりかえった部屋の中でははっきりと聞こえた。

「禁衛軍は風も通さぬほどこの屋敷を厳重に包囲してしまったぞ。楊兄貴、どうしたらいいと思う?」

「いい考えなぞあるものか。かといって座して死を待つわけにもいかん。華兄貴、死ぬときは死ぬときだ。しかし、あんたはだめだな、自分のことばかり考えおって。武家荘一千数百の老若男女のことが憂われるよ。今日はおそらくだれひとりこの災厄を逃れられまい」

「武荘主のようなよい方が、こんな最期を迎えることになるとはなぁ」

閻中天にはふたりの会話が一字一字はっきりと聞こえた。とりわけ「自分のことばかり考えおって」という一言が、万もの箭のように心に刺さり、辛くてたまらなかった。猛然と歯を食いしばって立ち上がると、疾風のように扉を開け屋敷の外に駆けだしていった。

そのとき武元英は、苦渋の末、張承斌の副将を受け入れる決断を下していた。

副将はまさに得意満面で、三百の禁衛軍を引き連れて武家荘に入ってきた。ところが屋敷の門をくぐったところで、声が響き渡った。「なにをしに来た？　張承斌は来ているのか？　ここに来させろ」

副将は、声の主が宮中衛士を総括し最も皇帝に寵愛されている閻中天であることを知って、ひとかたならず驚いた。「こちらにおいでとはまったく存じ上げず失礼つかまつりました。張承斌は外におります」

「おまえたちは出て行け。張承斌を呼べ！」

副将は唯々諾々《いいだくだく》と命令に従った。

行ったかと思うとすぐに戻ってきた副将に驚き、張承斌が馬を進めて前に出ると、突如塀の上に現れた男が微笑を浮かべていった。「張承斌、陛下が昨夜わたしを通しておまえにお言いつけになった件、どのように処理したのだ？　まだ復命を聞いてはおらんぞ」

張承斌は閻中天の姿に驚きいぶかしがりつつも、その質問に恭《うやうや》しく答えた。「卑職は昨夜逃亡犯を捜査いたしましたが発見できず、その旨ご報告にあがりましたところ、陛下はお時間がおありにならぬごようすでした。ところが本日早朝、鄂親王がわたしをここにお指し向けになったのでございます」

閻中天はかすかに笑った。「陛下はいままさにおまえを捜しておいでだぞ。わたしは友達に会いに来たのだ。おまえは来るには及ばぬ。急いで戻るがいい」

宮廷において閻中天は張承斌の直属の上司にほかならず、その命令は皇帝の命令にも等しかった。こういわれてしまえば張承斌としては鄂親王の命令はあとまわしにするしかなく、手をついて「はっ！」と応じると大軍を率いて退散していった。

禁衛軍がすっかり撤退してしまうのを見届けて、ようやく閻中天はゆっくりと塀の上から下りてきた。迎えに出た傅青主が慌ててその身体を支えた。閻中天の顔は紙のように真っ白で、足下がふらついていた。「ありがとうございます、わたしはもうだめです」

閻中天の体内で数万もの蛇が蠢《うごめ》き、あちこちに食らいついているかのようだった。さきほどまでは気力を奮い起こして必死に持ちこたえてきたが、これ以上は無理だった。武元英は閻中天の手をとると目に涙を浮かべた。「閻兄者、われわれ一同あなたに感謝してやみませんぞ」

閻中天の顔にうっすらとほほえみが浮かんだ。「わたしが一生の中でした唯一のよい行いでした。これでもう思い残すことなく死ぬことができます」そういうと閻中天は瞑目した。傅青主が脈を確かめると、すでに途絶えている。傅青主はため息をつき、黙々と遺体を抱きあげた。

閻中天が息絶えたことを知らぬ韓志邦がやってきてたずねた。「助かる見込みは？」

傅青主は悲しげに答えた。「たとえ回天の術があったところで救うことはできんかったじゃろう。この男は最悪の毒薬を飲まされた上に、夜中走り回ってしまった。天山雪蓮のおかげでなんとか命脈を保っておったが、毒気は体内に広がってしもうた。わしが教えた気功療法は、一昼夜の安静が必至じゃったのに、あの男は飛び出し、精神気力を使い果たしてしまったのじゃ」

韓志邦は眉をひそめた。「だれが閻中天に知らせたのでしょう？」

楊一維と華紫山が互いに顔を見合わせたがなにも言えなかった。さきほど閻中天が治療を行っている部屋の隣でわざと現状を憂いてみせ、閻中天をたきつけて出ていかせたのはこのふたりだったのだ。しかしふたりとも閻中天の侵されている毒がこれほどのものとは知らなかったのである。

劉郁芳はちらりとふたりを見たがその所業を暴き立て責めようとは思わなかった。そこですぐに口を開いた。「閻中天の死はそれだけの価値があったといえるでしょう。禁衛軍は一旦退きはしましたが、所詮時間稼ぎにすぎません。事情がはっきりしたら再び大挙してやって来ることは間違いありません。ぐずぐずしてはいられません。わたしたちも早く作戦を練らなくては」

すぐに相談の結果、屋敷を棄てて遠くに逃げることが決まった。武家の父娘と使用人たちは華紫山と楊一維について山西に留まり、西北の天地会を主管する。劉郁芳と韓志邦は雲南に入り呉三桂の状況を探る。呉三桂が私利私欲のためだけに動いていることは重々承知していたが、呉三桂と朝廷との対立を利用すれば漢族復興の一助にはなる。傅青主と冒浣蓮は四川に入って現地の情勢を探る。通明和尚と常英、程通は広東広西に赴き、中央との分断を図る。易蘭珠は単身で都に行って張公子を救い出すことを自ら願い出た。だれもがあまりに危険すぎると止めようとしたが、傅青主は昨夜のさまざまな怪事を思いだし、易蘭珠の後押しをした。「行かせてやりなさい。この子が行くのが一番ふさわしかろう」

第四回　仏舎利争奪

山西大同《さんせいだいどう》のほど近く、帯のようにくねる桑乾河《そうかんが》の黄色い水が滔々《とうとう》と絶えることなく東に向かって流れていた。両岸には山々が連なり、河に臨む切り立った絶壁にはいくつもの洞窟が穿《うが》たれていた。これらはいにしえの仏教徒が切り開いたもので、「雲崗石窟《うんこうせっくつ》」と総称されている。その数は大小百あまり、内部にある仏教彫刻は世界的に有名である。

時まさに暮春、晴朗な天気のもと、連なる山々の間をふたりの男とひとりの女が黙々と歩いていた。ふたりの男は「天山神芒」凌未風と天地会副舵主《ふくだしゅ》の韓志邦、女は天地会総舵主の劉郁芳である。五台山《ごだいさん》で群雄と別れた三人は迂回路を選んでまず西行して雲南《うんなん》に入ってから、三日の行程を経て雲崗についた。険しい山岳地帯には人煙すら見あたらず、ましてや宿屋など捜すべくもなかった。劉郁芳が笑った。「どうやら今夜は石窟に野宿するしかないようですね」

凌未風がいった。「あなたは広々とした場所が好きでしょう？　石窟になんか泊まれますか？」

劉郁芳はいぶかしく思った。「どうしてわたしの好みを知っているんですか？」

劉郁芳は子供のころ杭州に住んでいた。普通女の子は窓を開け放すことをいやがるものだが、劉郁芳の部屋だけはいつも窓布が巻き上げてあった。郁芳は陽光を好み暗闇が嫌いだった。

「そうじゃないかと思っただけですよ。女の子っていうのはきれい好きだから」

「子供のころはそうでしたが、いまは江湖《こうこ》をさすらう身、どんなところでも平気ですわ」

歓談するふたりの姿に、韓志邦の胸に異様な感情が芽生えた。韓志邦は十年前から劉郁芳に思いを寄せているのに少しも気づいてもらえないのだ。それなのに劉郁芳は凌未風に対してはまるで旧知のごとく親しげである。凌未風の方はひどくそっけなかったり、ときにはわざと楯突くようなまねまでするというのに、劉郁芳は気にもしていないようすである。

一行は適当な洞窟をみつくろって宿にすることにした。入り口には「仏転洞」の三文字が刻まれている。そこは、壮大な石窟で、中の坐仏は高さが三丈余りもあった。指一本がおとなの背丈よりまだ長いのである。四方の壁には中原《ちゅうげん》の地とは趣が異なる不思議な壁画がびっしりと刻まれていた。いまにも壁を突き破って飛んでいきそうな見事な飛天に、劉郁芳が思わず賛嘆の声をもらすと、凌未風も賞賛した。「西北には長年いるが、こんな美しい壁画は見たことがないな」

劉郁芳はなにかひっかかるものを感じた。「長年西北にいらしたのですか?」

「十六年いましたよ」

劉郁芳はさっと顔色を変えるといきなり行嚢《こうたく》から巻いた絵を取りだした。見目麗しい少年の絵姿だった。劉郁芳は双眸《そうぼう》を光らせじっと凌未風を見つめた。凌未風は渾身の力で内心の激しい動揺を抑えると淡々と笑った。「なかなかの絵ですね。顔の子供っぽさまで生き生きと表現されている。この少年はおそらくまだ十五、六歳でしょう?」

劉郁芳の尋常ならざる顔つきに不思議に思った韓志邦が近づいてきた。「これはだれです?」

桑乾河の激流が河岸を叩く音が洞窟の壁に反響し、あまたの戦鼓《せんこ》が響き渡るかのようだった。

「あの川瀬の音は銭塘江《せんとうこう》の潮の音にとてもよく似ています」

劉郁芳はため息をつくと、ひどく疲れた顔で石壁にもたれかかった。

「この絵はわたしが描いたのです。この少年は子供のころの友達です。銭塘江の大潮の夜、わたしはこの少年の頬を平手打ちにしました。そして少年は銭塘江に身を投げて死んでしまったのです」

「どうして友達に平手打ちなどなさったのです?」

「わたしが間違っていたのです。わたしたちの父親は魯王《ろおう》の部下で、どちらも戦死しました。わたしたちは魯王の残党と共に杭州に隠れひそんでいたのですが、ある日、当時杭州を鎮守していた納蘭総兵に数名の仲間が捕まってしまいました。この友達もその中にいたのです。あとから聞いた話によると、この友達の供述により、杭州にいた魯王の残党はほぼ一網打尽にされてしまったというのです」

韓志邦は拳を握りしめるとダンと石壁を叩きつけた。「そんなやつに平手打ちなどむしろ手ぬるい。殺してしまえばよかったのです」

「ときにはとても複雑な事情があることだってあるのです。ちゃんとわかりもしないうちに妄《みだ》りに決めつけてしまっては、きっと大きな間違いを犯すことになるでしょう。わたしの友達は、小さいときからとても強い子供でしたが、捕まったときはまだほんの十六歳だったのです」

「子供だからって赦すことはできません」

劉郁芳は韓志邦の口出しを無視して続けた。「友達は捕まってさまざまな拷問を受けましたが、仲間を売るようなことは一言も言いませんでした。そこで敵は計ったのです。ある男に抗清義士のふりをさせ、友達と同じ牢獄に閉じこめたのです。友達がひきずりだされて殴られるときは、その男も友達よりもっと酷く殴られました。まだ子供だった友達はおかげですっかりその男のことを仲間だと信じてしまったのです。男は、脱獄したいが逃れた後に隠れる場所がないと友達に話しました。そこで友達はわれわれの本部の住所を教えてしまったのです。わたしたちは、仲間が脱獄した後、獄卒《ごくそつ》を捕らえてその口から詳しく事情を聞き出したのです」

韓志邦はあまりの話にしばし呆然となり、口を開いたときその声は震えていた。「劉さん、どうか差し出口をお赦《ゆる》しください、ひとつおたずねしたいのですが……」

劉郁芳は髪をうしろにかきあげ、韓志邦に向かい合うとせっぱつまった口調で相手の言葉を断ち切った。「あなたがなにを訊きたいのかわかっています。この十余年、わたしはいつもあのひとの絵を持ち歩き、結婚のことなど考えたこともありませんでした」

韓志邦は長いこと黙り込んでいたが、ぽつりとつぶやいた。「なんと恐ろしい考え方だ」

「わたしに平手打ちにされたときのあのひとの顔を見たら、あなただって恐ろしい考え方だなんて思えなくなるでしょう。目を閉じるだけですぐにあのひとの顔が浮かんでくるのです。怖じ気づき絶望した子供っぽい顔が。わたしは一番の親友を殺してしまったのです。二度と取り返しのつかない過ちを犯してしまったのです」

凌未風はふんと鼻で嗤《わら》った。「そんなことでよく天地会の舵主なぞやっていられますね。なんとも肝っ玉の小さいことだ。そう悪夢ばっかり見るもんじゃありません。お聞きなさい、外にだれかが来たようですよ」

石窟の中にわあんと音が反響し、火あかりが暗闇の中を次第に近づいてきた。凌未風は手を上げて迎えに出た。入ってきたのはラマ僧が四人と軍官の服装をした男だった。凌未風も韓志邦もチベット語がわかる。話を交わした結果、この連中も宿場をやり過ごしてしまい、ようやくたどりついた石窟で一夜を過ごすことになったのだとわかった。

ラマ僧は四人とも友好的だったが、軍官の態度は鼻持ちならなかった。袖口にほどこされた飛鷹の刺繍からすると呉三桂王府の人間であるらしい。凌未風は思わずじろじろと見てしまった。軍官がぶつくさと文句をいうので、凌未風たちもこれを無視して勝手に仏像の後ろで休んだ。仏像は高さが三丈もあり大きな屛風のように双方を隔てていた。

ラマ僧たちは大層興がのったようすで、仏像の前に焚き火を焚いて踊りながら歌いはじめた。初めは高ぶったよく響く歌声だったが、次第にもの寂しい調子に変わっていった。劉郁芳は不思議に思ってたずねた。「あのひとたちはなにを歌っているんですか?」

凌未風はひとしきり歌に耳を傾けたのち答えた。「かれらが歌っているのはチベットの伝記的物語で、ハドロという若者の話です。ハドロは草原の英雄であり優れた歌い手でもあったけれど、非常に誇り高く、かつてだれにも頭を下げたことがなかった。そんなハドロがアガイという名の羊飼いの娘に恋をしたんです。ところがアガイはハドロよりもっと自尊心が強く、ハドロがみなの前でひざまずいて求婚したら応じると言ったのです。ハドロはほんとうにひざまずいて求婚しました。草原の娘たちは、自分たちの英雄が辱《はずかし》められるのを見るに忍びず顔を覆ってしまいました。ハドロは言います。『閑雲野鶴のようなわたしの夢は、いまや大空の幻と消えてしまった。二十年心に抱いてきた自負も、氷雪のようなあなたの才智に膝を屈した』」

劉郁芳は淩未風の通訳に酔然となった。ふと目に入った淩未風の瞳の中にも異様な輝きがきらめいていた。

「聞いてごらんなさい。美しい詩ですよ。いまは羊飼いの娘アガイが胸の内を語っています。アガイはかつて藩王《はんおう》の王子の求婚を拒絶したことがあるのです。ほんとうに愛していたのはハドロそのひとにほかならなかったので。『すべての栄華はわたしにとって優曇華《うどんげ》の花のように儚《はかな》く　生きとし生けるものすべて朝になればその姿は虚しい　わたしはただ夜空に光る明星を見る　石が爛れ海が枯れるまでとこしえに滅びぬものを　あの不滅の星々はあのひとの漆黒の明眸　行って膜拝《もはい》せよとわたしにいい、行って祈求せよとわたしにいう　十数年にわたる痴情眷恋《けんれん》　願わくはかれの心に脈々と長く流れていられるよう』」

「すてきな歌ですね。結果はどうなったんですか？　ふたりは結婚したんですよね？」

「いいえ、結果はだれにも予測できないことでした。ハドロは非常に誇り高い男でした。アガイのことは愛していたけれど、自分の自尊心も大事だったのです。ハドロがひざまずいて求婚し、アガイが笑ってまさにかれを助け起こそうとしたとき、なんとハドロは匕首《ひしゅ》でアガイを刺し殺し、続いて自分も自害して果てたのです。ハドロは死ぬ前に歌いました。『歓楽の時間はあっけなくまばゆい 暗黒の天空にいなずまが光るように 広大な天空に一瞬で消えゆくものでも 快楽と悲哀で織りあげた愛の思いを照らしだすのだ』」

韓志邦が大声を上げた。「そんなの情理に適《かな》いません。わたしだったら絶対に愛するひとを殺したりしない」

凌未風が笑った。「わたしもしませんよ。でももしわたしがハドロだったら衆人環視の中で屈辱を強いるような女には絶対に求婚なんかしませんがね。この歌は情理には適わないかもしれないが、人間の自尊心を歌っているんです。たとえそれが過大なものであったとしてもね。この歌の題名はね、草原で最も強情なのはだれ、というんですよ」

軍官は歌声が邪魔になって眠れず、うるさそうにチベット語でいった。「歌うのはやめろ、さっさと寝るんだ、明日はまた早朝には出発だぞ」いいおわらぬうちに石窟に陰気な笑い声が響いた。「道を急ぐことはいらんさ、おまえたちに明日はないからな」

ふたりのラマ僧がぱっと飛び起きると外に向かって突進した。真っ暗な石窟の通路の中でビジバシと音だけが響き、凌未風が仏像の背後から顔をのぞかせると、いきなりふたつの真っ黒い物が飛んできた。ふたりのラマ僧はろくに戦いもせぬうちに投げ倒され、まりのように放り投げられた。軍官と残りふたりのラマ僧はいきなり顔色を変えて激怒すると、武器を手に迎え撃った。通路に長くひく笑い声が響き数人の黒衣の男が飛鳥のように飛び込んできた。韓志邦は肩をそびやかして飛び出そうとしたが凌未風に引き留められた。

「慌てるな！　まず何者かを見定めるんです」そういううちに仏像の前に現れた男の姿に凌未風は危うく叫びそうになった。

三人の黒衣の衛士《えじ》のうち主立ったひとりはなんと游龍剣の楚昭南だったのである。驚いたのは凌未風だけではなかった。ラマ僧と軍官も驚愕の声をあげた。軍官は名を張天蒙といい、楚昭南同様呉三桂腹心の部下である。

「兄者、手を出すな、味方だ」張天蒙が慌てて叫ぶと、楚昭南は一歩前に踏み出した。

「天蒙、あいつらに舎利《しゃり》を出させろ、そうしたら命だけはゆるしてやる」

「舎利」というのは仏門の宝である。有徳の僧というものは死後火葬にすると、骨肉が焼けて灰になった後でも真珠のような形をした骨だけがひとつ残るという。それがすなわち「舎利」である。桂王を追ってミャンマーに入った呉三桂は紫光寺の鎮守の宝——龍樹《りゆうじゆ》禅師が残した「舎利」を強奪した。龍樹とは釈迦の大弟子で、大乗仏教の創始者である。仏教の聖なる品は、第一が釈迦の残した仏歯であり、第二が龍樹禅師が残した「舎利」である。呉三桂はダライラマと連絡をとるために、張天蒙に「舎利」を預けチベットまで護送させた。四人のラマ僧は雲南までこれを迎えにきたのである。これを知った楚昭南は即座に帝に話し、皇帝はすぐにこれを奪取せんと、武功の卓越した衛士ふたりと楚昭南を派遣した。帝の注意がそちらに逸れたために、武家荘の群雄は捕まることなく無事各地に散ることができたのである。

張天蒙は楚昭南が口を開くなり「舎利」を要求してきたことを奇異に思った。「楚兄者、チベットからお戻りになるところですか？　舎利の護送は平西王《へいせい》がわたしにお命じになったことですから、相済みませんがご要望には応じかねます」

「平西王だと？　舎利を持ってくるようお命じになったのは今上皇帝だぞ」

張天蒙は驚いて叫んだ。「寝返ったのか！」

「呉三桂にできることがおれにできないとでも思うのか？　おれだって叛逆くらいできるとも。訊くが、おまえは呉三桂の側につきたいのか、それとも皇帝の側か？」

平西王府では楚昭南よりやや低い地位にいる張天蒙は、呉三桂反逆のことなどまるで知らなかった。楚昭南の言いぐさはまさに青天の霹靂《へきれき》で、すぐには声も出せなかった。

「さあ、どうなのだ？」なおも楚昭南に迫られて、張天蒙の心は麻のように乱れて決心がつかなかった。残るふたりのラマ僧は、漢語で叫ぶ楚昭南の言葉の意味はわからなかったが、そのようすから張天蒙になにやら無理強いしていると見た。そこでふたりして飛び出すと、左右から「大力千斤拳」を繰り出した。楚昭南は地を蹴って飛び上がるとウサギをさらう鷹のような勢いでふたりのラマ僧の背中に摑みかかった。まさに手が届く寸前、ふいに仏像の背後で轟音が響くと一個の鉄菱が流星閃電のごとく襲いかかってきた。楚昭南は素早く空中で「鯉魚《りぎょ》打挺」をして転がって逃れ、ついでの駄賃に鉄菱を後ろに蹴り返した。仏像の背後にいた韓志邦は飛び出したところに鉄菱《てつびし》をくらい、慌てて手にした八卦紫金刀ではじき飛ばした。鉄菱こそはじき飛ばしたものの親指の付け根がじんと痺れた。なんともすさまじい勢いである。

韓志邦が足をふんばったところに、すかさず楚昭南が襲いかかる。韓志邦は身を低くして楚昭南の胸めがけ八卦紫金刀を突きつけた。楚昭南が左手の袖を振るや、たちまち強風が起こり韓志邦の顔面を直撃した。韓志邦が顔をそむけたため刀は空を突き刺した。楚昭南はつむじ風のように韓志邦の背後にまわりこみ、すばやく韓志邦も楚昭南の下腿《かたい》を薙《な》ぎ払った。韓志邦は素早かったが、楚昭南はさらにその上をいった。韓志邦が一刀を繰り出すときには楚昭南はすでに向きを変えており、韓志邦の目の前に敵の右掌が迫っている。一瞬目が泳いだ隙に右腕にしびれが走った。楚昭南の武芸は卓抜しており、向きは変えても出す手は変えず、左手の指で韓志邦の穴道《けつどう》めがけて点穴をくらわしたのだ。どさっと音をたてて紫金刀が地面に落ちた。

　このとき初めて韓志邦の顔を確認した楚昭南の連れが大声をあげて叫んだ。「天地会の総舵主だ！　やつを逃がすな！」

　楚昭南がぞっとするような笑みを浮かべて駆け寄ろうとしたとき、ふいに金属のように黒っぽい光沢を放つものが仏像の背後から打ち出された。楚昭南は内勁《ないけい》を使って袖を横に払ったが、暗器《あんき》をはたき落とすどころか袖に大きな穴があいてしまった。暗器は肌すれすれにかすめ飛ぶと、そのままぐさりと石壁につきささった。袖箭《しゅうせん》に似ているがそれとはまた違った暗器である。

　仏像の背後から男と女が飛び出してきて楚昭南の前に立ちはだかった。楚昭南はさっとばかりに佩剣《はいけん》を抜いたが、前には出ずに一丈ばかり飛びすさった。「おまえは晦明禅師のなんなのだ。再三再四おれに楯突くとは、このおれが本当におまえを恐れるとでも思っているのか？」

　凌未風が冷ややかに楚昭南に向かって笑いかけた。「師門の淵源《えんげん》を論じれば、貴兄に敬意を表して師兄《しけい》と呼ばねばならないが、江湖の道義を論じればいっそ賊と罵《ののし》るべきか。師兄と敬われるのがいいか、それとも賊と罵られるほうがましか？　どっちにしろさっさと決めてくれ」

凌未風が遠く江南を離れ、天山《てんざん》の頂で十年にもわたって晦明禅師に武術の指導を受けたことを知る者は少ない。少なくともかつて晦明禅師の門下であった楚昭南は知らなかった。大師兄楊雲驄の死後、これで天下をひとりじめできると思っていた楚昭南は、あの日五台山で突如現れた凌未風が天山掌法の絶招《ぜっしょう》を使うのを見て度肝を抜かれ、不覚にも掌打をくらってしまった。いまこうして公然と名乗りを上げ師兄と呼ばれてみると、慌てると同時に別の想念もわいてきた。たとえこの男が晦明禅師の弟子であったとしても、所詮まだ三十そこらの若造である。数十年研鑽《けんさん》を重ねてきた自分の功力《こうりょく》には及ぶまい。だったらなにを恐れることがあろう？

そこで楚昭南はじろりと横目をくれると傲然《ごうぜん》といった。「だれがきさまの師兄だ？　おれを師兄と呼びたいのなら、まず手並みのほどを見せてみろ、さあ！　とくと掌法を教え願おうか」

楚昭南は凌未風に一掌をくらったことをいまだに恨みに思っていた。必ずや掌法でもって面子を取り戻すつもりである。そこへ楚昭南の連れの衛士が割り込んできた。「鶏を割くのに牛刀を用いるまでもない。まずはそれがしがお相手いたそう」

この衛士は名を古元亮といい、河南《かなん》の点穴の名門・古家の末裔《まつえい》である。その点穴の腕は掌法の中にあっても絶大な威力を誇り、内裏でも一流の達人だった。

「まずきさまのお手並み拝見といこうか。暗器がよければつきあうぞ。しかしあらかじめだまし討ちはなしということを確認しておきたい」

古元亮は凌未風の暗器の腕を警戒し、江湖での果たし合いのきまりごとなど持ち出してきたのだ。凌未風はほほえんだ。「暗器など使わんでも、おまえをきりきり舞いさせてやれるさ」

「口で戦うわけではないわ、この技受けてみよ！」古元亮はいいおわらぬうちに弦を離れた箭のように飛びかかってきた。凌未風の「天枢穴」めがけて掌打を打ち込む。その掌風の強さといい正確に穴道を狙ってきたことといい、侮《あなど》れぬ相手である。

凌未風は右手を刀のように使って掌打を払い、斬り、押し、つかみ、持ち上げた。天山擒拿《きんだ》手《しゅ》の絶技を展開し、左手の二本の指を揃え、古元亮の両掌が乱れ飛ぶ中を一気に突き進んで敵の穴道を狙った。古元亮は凌未風に動きを封じられて按穴掌法を全く使えなくなってしまったが、凌未風は左手を点穴用の鉤を持っているかのようにひねり、古元亮の三十六の要穴めがけて点穴してきた。これぞまさに「そのひとの道をもってそのひとの身を治む」、目には目をである。点穴の名家である古元亮は敵の力量のほどに驚嘆した。凌未風もまたえげつなかった。一カ所点穴するごとに、「三里穴」「湧泉穴」「天元穴」などと大声で叫ぶのである。あたかもわざとどこに点穴しているのか相手に見せつけているかのように。古元亮は右に左に逃げまくり、全身びっしょりと冷や汗をかいていたが、見守るひとびとの目にはぴょんぴょん飛び回るその姿はすこぶる滑稽《こっけい》に映った。

「さがれ、さがれ！」興ざめした楚昭南が大声で叫んだ。両掌を交差してまさに飛び出そうとすると、凌未風が怒号とともに狂風のように素早く古元亮の背後にまわりこみ、ぐいとばかりにその右腕をつかむや、左手で腰の後ろを突いた。古元亮は死んだ蛇のようにぐにゃりとくずおれた。凌未風が古元亮の身体をぽいと放ると、慌てて楚昭南が受け止めた。古元亮はきつく両目を閉じ四肢をこわばらせている。急いで「伏兎穴《ふくとけつ》」を押してやると、古元亮はぐわっとばかり瘀血《おけつ》を吐き出し、地に倒れ伏してぴくりとも動かなくなった。

楚昭南はもはや我慢ならず、両掌を揃えて凌未風に飛びかかった。凌未風が両肩をそびやかしてすっと避けると、楚昭南はがむしゃらに右掌で疾風のように切りつけてくる。凌未風はやはり受けず身体を倒して攻撃をそらすと、なんと巨大な鷹のように軽快に飛んで楚昭南の掌底からすり抜けていく。楚昭南が両手で擒拿しようとすると、凌未風は一丈あまりも飛び上がり、翼を広げた燕のように身体を傾けて滑空していった。

「どこへいく?」楚昭南が怒号をあげて追いかけてくる。凌未風はぴたりと足を止めると力のある目でにらみつけてきた。「手出しはやめろ。きさまを師兄と思えばこそ、こうして三手ゆずったのだ。この上おまえが進退をわきまえぬのなら、今度こそ本気で戦うぞ。おれが負けたらこのまま天山に戻るが、きさまが負けたらどうする?」

「舎利を持って行け」

「よし、いざ勝負だ」楚昭南は敵の正面に身体を向けると、両掌にはらんだ強風を凌未風の胸めがけてぶつけてくる。凌未風が一掌ではらいのけると、両者は風が馳せ、いなずまが走るように打ち合いを始めた。手があがるごとに強風を帯び、石窟の中に長年堆積していた塵が掌風に攪拌《かくはん》されて四方に飛散する。あたかも黒い霧が瀰漫《びまん》しているようだ。もともと薄暗かった石窟に黒い風が吹き付けるさまはまさにぞっとするような光景だった。通路の焚き火が霧の中で明滅するかのようにゆらめく。居合わせたひとびとはみな息を殺し、頭上から重いもので圧迫されているように息ができなかった。

ひとしきり打ち合うと、両者ともにさっと数歩後退した。丸く目を見張ってにらみ合うさまはまるで闘鶏のようである。楚昭南が気合いもろとも数歩離れたところから掌打を繰り出し、凌未風は合掌した形で同じく離れた場所から掌打を放った。両者は衣の先すら触れあわぬ距離を隔てて闘いを続けた。しかも闘うほどに動作は次第に緩やかになる。まさに同門の兄弟弟子が手合わせの練習をしているかのようだった。劉郁芳や韓志邦は武術に関しては目利きだった。早くから双方の一挙手一投足のすべてにいくつもの変化が隠されていることがわかった。数歩の距離を隔てていても、繰り出すどの技にも守りがあり攻めがあり敵の攻撃に対応していた。このように最高の掌法による闘いでは、もしどちらか一方に少しでも疎漏《そろう》があった場合、相手はわずかに身体を動かすだけでたちまち必殺技を繰り出すことができるのだ。

百余りもやり合う間も、両者ともにわずかに触れては即座に離れていく。依然としてどちらが優勢なのかわからなかった。凌未風が大声をあげると、楚昭南がいきなり後退した。凌未風は狂風のようにまっすぐにつっこむと楚昭南の胸めがけて掌打を見舞った。楚昭南はひらりと飛び上がるとうまいこと大仏の中指に飛び乗った。凌未風が慌てて手を退くと、楚昭南は出し抜けに巨鷹のように飛びかかってきた。真上から凌未風の頭頂めがけてまっすぐ掌打を落としてくる。凌未風が両掌を上に向けてはっしと受け止めると、四掌が交わった瞬間、パン！パン！と両者ともに一丈ばかりもはじき飛ばされた。

楚昭南は凌未風より長期間武芸の修行を積んできたが、童子功を学んだ凌未風は精をもらしたことがないため内功の基礎がしっかりできあがっている。その点酒色に走った楚昭南の功力はやや凌未風に劣った。しかも近年志を得た楚昭南は修練が疎かになっており、両者はともに拮抗《きっこう》した功力を持ちながら凌未風に押されてしまった。実のところさきほどの攻撃で凌未風は一手勝っており、続けて必殺技を繰り出そうとしたところで楚昭南が仏像の指に飛び乗ったのである。このまま掌打を放てば仏像を破壊してしまう。凌未風は掌勢を撤収するしかなかった。高所に地の利を得た楚昭南は優位に立ち、このためふたりは表面上は引き分けたかに見えた。

この初めて顔をあわせた師弟の功力が自分より上であることは明白であり、楚昭南は焦りと怒りを覚えたが、利欲に惑わされて手をひくこともできない。地面に倒れるやすぐ起きあがり、かすかに剣刃を鳴らして「游龍剣」を抜いた。この剣は鉄を泥のように削るという天山派に伝わる宝剣のひとつである（もうひとつは短剣で、楊雲驄が所持していたが、その死後は易蘭珠の所有に帰した）。剣法の造詣《ぞうけい》が深く宝剣をも所持する楚昭南は、技では負けたが傲慢にも凌未風との剣での対決に挑んだ。

凌未風もまた臆する色も見せず、左足を前に出して剣尖を倒すと、まっすぐにつっこんできた。下から剣尖をはねあげて楚昭南の右腕に斬りかかる。天山剣法中最も危険度の高い「極目滄波」である。楚昭南はむろんこれを知っていた。宝剣の鋭いことを頼りに剣を繰り出す。素早く「烏龍掠地《うりゆうりやくち》」で身体を低くし、さっさっさっと続けて三剣凌未風の下腿を横なぎにした。凌未風はものすごい速さで流星のように跳ね回るので、楚昭南の剣は凌未風の足下の地面を掃くばかりで身体に触れさえしない。楚昭南が手を変えようと身体を立てるとたちまち凌未風が立て続けに五剣攻めたて、楚昭南は手も足も出なくなってじりじりと後退を余儀なくされた。

しかし楚昭南の剣法には数十年の蓄積があった。凌未風の強みがその迅《はや》さであることを見抜くや、楚昭南は冷笑を浮かべて足を止め、剣のみを四方に振り回し始めた。真っ暗な石窟にたちまち銀色の虹が現れ環を描いて舞った。凌未風の得物《えもの》は普通の剣である。楚昭南の宝剣に当たればあっけなく折れてしまうため、迂闊《うかつ》にはつっこめない。楚昭南は銀色の虹の中から凌未風の隙をじっとうかがった。

激闘の音が響く中、凌未風が剣をひいた。楚昭南は気合いもろとも刺突《しとつ》を繰り出す。白絹のような剣光が凌未風の背後に殺到した。凌未風はくるりと回転すると、迅雷のごとく振り上げた剣がカキンと音をたててまともに楚昭南の剣とぶつかった。劉郁芳が思わず悲鳴をあげた。今度ばかりは僥倖《ぎょうこう》で逃れることはできまいと思ったのだ。ところがその後突然の静寂が訪れた。武器の交わる音どころか足音すら聞こえなくなった。

なんと凌未風の剣は楚昭南の剣の平に貼りついており、その剣刃は触れていない。楚昭南は力をこめて剣を引き戻したが、なにかが粘り着いたかのように引き戻すことができない。晦明禅師は各派の剣法の長所を集めて天山剣法を創立した。この一手は太極剣法の「粘」の字訣である。ここで力ずくで剣を引き戻せば、凌未風は影のようにからみつき連綿と絶えることのない攻撃をしかけてくるだろう。楚昭南はやむを得ず内勁で戦わざるをえなくなった。

武林《ぶりん》でもまれに見る闘剣である。石窟の中は静まりかえり刺繍針の落ちる音すら聞こえるほどだった。やがて楚昭南が小さくあえぎ、額に玉のような汗をにじませている。兄弟弟子のどちらもまさに生死の瀬戸際で、助け出す手だてはなかった。

全員が固唾《かたず》を呑んで見守る中、ラマ僧の連れの軍官――楚昭南のかつての同僚である張天蒙がこっそりと壁づたいにラマ僧のひとりに近づき、素早く指で点穴した。ラマ僧は悲鳴をあげるとドサリと倒れた。張天蒙はラマ僧の懐から白檀《びゃくだん》の箱を取りだし、獰猛《どうもう》な笑みを浮かべるといなずまのように石窟の外に逃げ出していった。

「舎利が奪われた！　舎利が奪われたぞ！」ラマ僧たちの叫ぶ声に、凌未風は大声をあげると猛然と剣をひき、きびすを返して追撃した。楚昭南はぐらりとつんのめったがすぐに体勢を立て直し、白絹のような剣光をまきちらして容赦なく追いすがった。

凌未風はすばらしい軽功であっという間に通路を駆け抜けると石窟から出た。張天蒙はすぐ目の前である。凌未風は飛び上がると張天蒙の背中めがけて剣を振り下ろした。しかし張天蒙もぬかりなく武器を準備していた。龍紋《りゅうもん》鎖骨鞭《さこつべん》である。鎖でもって刀剣を巻き取ることもできれば、硬い武器として使うこともできた。楚昭南と共に呉三桂の陣中で重きをなしてきた男である。おのずと腕もたった。頭の後ろで風音がするのを聞くや、振り返りもせず鞭をふるって凌未風の剣を見事に巻き取った。張天蒙は大喜びで振り返ると、力一杯ひっぱったが、なんと剣はまったく動かない。それどころか凌未風が剣を突き出すので剣尖がこちらの脈どころを突き刺しにくる。張天蒙はぎょっとして急いで手を振るい素早く鎖骨鞭を解いた。たちまち凌未風の剣がいなずまのように襲いかかってくる。

張天蒙は凌未風の攻撃に押されてじりじりと崖っぷちまで後退を余儀なくされた。ゴウゴウと水音を轟かせて瀑布《ばくふ》がなだれ落ちている。その下ははかりしれない深さの桑乾河である。すぐに楚昭南がかけつけてきた。張天蒙はひゅっとなにかを投げた。一瞬凌未風は暗器かと思ったが、そうではなく、攻撃されたわけでもなかった。

張天蒙が楚昭南に叫んだ。「受け取れ！」

続いて張天蒙はにやりと凌未風に笑いかけた。「おれを殺せ！　舎利のことは忘れろ」

凌未風ははっとして、振り返って跳躍すると楚昭南に向かって走った。楚昭南はたったいま受け取った品を懐に入れようとしている。視力のいい凌未風はそれが錦の箱であることを見て取った。凌未風は張天蒙を棄てて楚昭南に剣で斬りかかった。凄まじい迅さの剣さばきでまたたくうちに四、五十手が繰り出される。

張天蒙は飛ぶように跳躍すると、飛び出した小山の上にひらりと飛び乗った。まさに楚昭南と凌未風の真上である。張天蒙はふたりを見下ろすと力一杯岩を押した。バラバラと大きな音をたてて砂礫《されき》が飛び散り泥土がはねあがる中、石臼のように大きな塊がガラガラと落ちていった。闘いの最中にある楚昭南と凌未風は共にかわすことができず、一斉に前に飛び出すと地面に転がり、ふくべのように桑乾河に向かって転がり落ちていった。カッとなった凌未風は「鯉魚打挺」で身を躍らせ、小山の上の張天蒙めがけて剣を投げつけた。張天蒙はぎゃっと叫んで串刺しになった。

凌未風は巧みな軽功を使い、頭から河面に落下しながら河辺の断崖から尽きだした石筍《せきじゅん》に

「鷂子《ようし》翻身《ほんしん》」で軽々と両脚をひっかけた。ふと下に目をやれば、楚昭南は瀑布によって川下に押し流されていた。身体半分が水につかり、片手で必死に河岸の石をつかみ立ち上がろうともがいている。双方ともに危険きわまる状況だった。

第五回　石窟の怪

凌未風は両脚を絶壁の石筍にひっかけると、えいとばかりに逆さになって楚昭南の首ねっこを摑み、鶏でも捉まえるように水面からひきあげた。宝剣を奪い取り両手で喉をしめあげると、楚昭南はしゃがれた声を振り絞った。「おまえに舎利をやる!」

凌未風はちらりと視線を投げると両手をゆるめた。「出せ」

凌未風がびしょ濡れになった白檀の箱を受け取ると、生まれて初めて負けを認めた楚昭南はいかにもばつが悪そうな顔をしている。凌未風が楚昭南を崖の上に引き上げようとしたとき、青い光が音をたてて炸裂《さくれつ》した。断崖からぶらさがっている凌未風は避けようもなく、背中を焼かれ顔にも火の粉がふりかかった。慌てて石壁を押してその下に転がりこんだ。炎は消えたが痛みは消えない。楚昭南は勢いをつけて身体の向きを変えると凌未風を仰ぎ見た。凌未風が目をむいて怒号をあげると奪い取った游龍剣を構えるので楚昭南はそれ以上登ってはいけなかった。そのとき崖の上が騒然となり、怒鳴り声と剣戟《けんげき》の音が渾然と鳴り響いた。

蛇焰箭《じゃえんせん》を放ったのは、ふたりいた楚昭南の連れのうち、郝大綬という衛士である。同僚の古元亮が凌未風の点穴に倒れたのを後目《しりめ》に、人混みに紛れて洞窟の外に飛び出したところで、凌未風と楚昭南が同時に崖下に落ちるのを目にして、残忍極まる蛇焔箭を放ったのだ。凌未風を殺せればよし、かりに楚昭南を巻き添えにしたところで、それはそれで構わぬ腹だった。

韓志邦と劉郁芳は郝大綬の冷酷なやり口に顔色を変えて怒った。韓志邦は八卦紫金刀を手に突進し、劉郁芳はお家芸の錦雲兜《きんうんとう》を投げた。郝大綬は武器を韓志邦に打ち落とされ、自身は錦雲兜で血塗れになりつつも、死にものぐるいで突進した。しかしその目の前にふたりのラマが立ちはだかった。ラマらは左右から飛びかかってくると、さっと屈んで郝大綬の脚をそれぞれ摑み、ぶらんこをこぐように揺すった。数回揺すると、かけ声もろとも崖から放り投げた。

楚昭南は、頭上から振ってきた人間に、これはしめたと小躍りした。敵だろうが味方だろうが気にもせず、郝大綬の身体を受け止めると水面めがけて放り投げた。遺体が浮き上がってきたところで内勁をこめて跳躍し、それを足がかりに上に向かって飛び上がった。凌未風より十余丈離れた別の崖に飛び移ると、手も足も使って猿のように絶壁をかけあがり、雲を霞と逃げていった。韓志邦は立て続けに鉄蓮子《てつれんし》を放ったが遠すぎてどれも届かなかった。

劉郁芳は地団駄を踏む韓志邦をなだめ凌未風の姿を捜した。韓志邦が火口《ほくち》をつけると、火の光で絶壁を這い登る凌未風の姿が見えた。

「あのひと、怪我をしているわ。日頃の腕前からしたら、あんなに辛そうに登っていくはずがないもの」劉郁芳はふわりと錦雲兜を放った。錦面兜は長さ数丈の鋼の縄であり、尖端には逆鉤をつけた鋼網がついている。暗器として敵を捕縛することもできるが、こうして救命用具として使うこともできた。凌未風はすでに崖を半分ほど這いのぼっている。劉郁芳は両足を崖っぷちにひっかけ身を乗り出すと、鋼縄を静かに揺らした。指先が縄に触れ、凌未風ははっしとそれを摑んだ。劉郁芳は「気をつけて」と声をかけるとぐいと縄を揺すった。鋼縄がぴんと張り、凌未風の身体が空中に放りあげられた。凌未風はぶらんこをこぐ要領でぐんぐんとこぐほどに高くはねあがった。劉郁芳は身体を縮めると内勁を使って鋼縄を巻きあげた。そうとは知らぬラマたちは口々にその膂力《りょりょく》を誉めたてた。

凌未風の背中は焼けこげ皮膚が赤剝《あかむ》けになっている。振り返った顔を見てラマたちが驚き叫んだ。もともと二本の刀傷がある上に、硫黄《いおう》で焼かれ見るも無惨に真っ黒に腫れあがっていたのだ。凌未風は笑った。「もともと不細工なんだ、ちょっとばっかり醜くなったからってどうってことはない」

劉郁芳がいった。「気分はどうです?」

「皮肉がちょっと焼けただけです、大したことはありません」凌未風はいいながら白檀の箱をラマに手渡し、ほほえんだ。「さんざんやり合ってようやく舎利を取り戻しましたよ」

ラマたちは一斉に感謝を述べ、主立ったラマが用心深く箱を開けて中を確かめた。数粒の真珠のようなものがまばゆく輝いている。じっくりと検分していたラマが震える声で叫んだ。

「舎利がすり替えられている!」

凌未風も驚いてたずねた。「なんだって? これは舎利じゃないのか?」

「これは真珠です、舎利はこんなにキラキラと光ったりはしない」

実は張天蒙が同じような大きさの白檀の箱に密かに真珠をいれておいたのである。そもそもは万一強盗に襲われたときの用心のつもりだったが、楚昭南の話を聞いて呉三桂への叛心が芽生えた張天蒙は、楚昭南が危機に陥った際に、まずラマの「舎利」を奪い、帝に献上して手柄を立てることにしたのだ。後に凌未風に追いつめられ時に、巧みに「金蟬脱殻《きんせんだっかく》」の計を使ってにせの「舎利」を楚昭南に放り、凌未風の目をそらしたのである。

凌未風はすぐには声も出せず、ようやく忌々《いまいま》しげにいった。「今度会ったらあいつの生皮剝《は》いでやる！」

凌未風がなおもしきりと謝るので、ラマたちは非常に申し訳なく思った。「たとえにせの舎利だったとしても、施主さまが命がけでわれわれのためにご尽力くださいましたご恩は一生忘れはいたしません」

ラマたちは、凌未風の傷が重く、自分たちは急ぎチベットに報告に戻らねばならないため、これ以上かれをわずらわさぬよう、一斉に別れを告げると払暁《ふつぎょう》には出立していった。

劉郁芳と韓志邦は凌未風を支えて石窟に戻った。洞窟に入るなり、凌未風は「うっ」とうめいて地面にすわりこんでしまった。

「どうしました？」

「わたしの行嚢を持ってきてください」

凌未風は劉郁芳が持ってきた行嚢から二粒の碧緑の丸薬を取りだして飲み下した。天山雪蓮を配合したもので、火毒の解毒にはうってつけの霊薬だった。しかし劉郁芳はそれだけでは満足せず、凌未風の顔にできた無数の火傷《やけど》や水疱に、自分が携帯していた軟膏をぬりつけた。凌未風が顔をそむけて嫌がるので劉郁芳は笑った。「江湖の人間同士、なにを遠慮など」

凌未風が観念して目を閉じると、劉郁芳の両手が震え軟膏のはいった瓶を取り落とした。

凌未風はごろりと転がると腕を枕にした。「傷のことはほっといてくれっていったでしょう」

「以前はこんな顔じゃなかったはずです」

「もちろんちがいますよ。刀傷やら火傷やら。どっちにしても醜男であるにはちがいありませんけどね」

「そんなことありません！　こうしてじっくり拝見するととてもきれいな造りだわ。わたしの杭州の友人に似ていたはずです！」

「わたしは杭州になど行ったこともありませんよ」

劉郁芳ははっと我に返った。もし人違いなら自分は男の美醜を取りざたしていることになる。まさに総舵主にあるまじきことであり、韓志邦に軽蔑されても仕方のないことだ。劉郁芳はカッと頬が熱くなるのを覚え、こわばった笑みを浮かべた。「あなたほど腕のたつ方が、どうして顔に刀傷をうけるようなことになったのか、それが不思議だっただけです」とっさにこじつけてはみたものの、それで糊塗《こと》できたとは思えなかった。

「この刀傷はウイグルに来たばかりのころ、楊雲驄大俠《たいきょう》の仇のひとりにやられたんです。その男はわたしが女の子連れだったので斬りかかってきたんです。危うく殺されるところでした」

「楊大俠の仇があなたとなんの関係が？　それにどうして女の子なんか連れてはるばるウイグルまで？　その子はお幾つだったんですか？」

ったですよ！」

凌未風は失言に気づいた。「このことはいずれお話ししましょう。その子はまだ二歳でした」韓志邦が口をはさんだ。「たった二歳、劉舵主、あなたは……あなたはなにもいっていなか

ほんとうは「安心したでしょう」といいたかったのだが、口もとまで出かかったところで怒らせてはまずいと思い、とっさにいい改めたのだ。しかし劉郁芳はじろりと韓志邦をにらみつけた。ひどく不機嫌だった。なぜ韓志邦がそんな態度をとるのか理解できなかった。

翌日、凌未風の傷は歩けるほどに回復した。劉郁芳はそれでも懇《ねんご》ろに看護を続けた。韓志邦は一日中ものも言わず笑いもしなかった。三日目の朝、劉郁芳が目覚めると韓志邦の姿が見えない。土の上に指で大書した走り書きが残されていた。

「わたしは粗野な人間で物事のきまりがわかりません。あなたとは昔からのおつきあいですが、新しい知己には及ばぬようです。天地会のことは凌英雄と協力なされば、大いにやりがいもあり万事うまく運ぶでしょう。これでお別れです。どうぞお身体をお大切に」

冒頭に「拝上劉総舵主」、末尾に「粗人韓志邦」とある。

劉郁芳は黙然と言葉もなく、凌未風はいった。「さっぱりしたやつだが大きな誤解をしているようだ。わたしは『新しい知己』かもしれないが、『昔からのおつきあい』の間を裂く気など毛頭ないんですがね」

劉郁芳はため息をついた。「あまりにお心が狭いわ。妄りにひとりで飛び出して、悶着《もんちゃく》でも起こしては」

劉郁芳ににらみつけられた韓志邦は、悶々と輾転反側《てんてんはんそく》したあげく、自分のような男は劉郁芳にはふさわしくないと思いつめ、翌朝空が白むのを待たずひとり洞窟を後にした。

行く当てもない韓志邦は、とりあえず足の向くままでたらめに山を歩いた。露に濡れ暁風《ぎょうふう》に頬をなぶらせていると、遠くで鹿の鳴き声が聞こえた。ふと見やるとまだらもようの子鹿が一頭、せせらぎで水を飲んでいる。おそらく母親を失い群からはぐれたのだろう。

「子鹿、子鹿、わたしも友達がいないんだ。どうかわたしを嫌わないでおくれ。友達になろうじゃないか」とりとめもなくひとりごちると、突如咆吼《ほうこう》が轟き、樹林から大きな金銭豹が飛び出してきて子鹿に襲いかかった。

「こんなにかわいい子鹿に、なんてことをするんだ！」韓志邦はカッとなって立て続けに袖箭を放ったが、距離があるのと豹の皮膚が分厚いために致命傷を与えることができなかった。豹はただ激痛に狂ったように吼えている。後脚を咬まれた子鹿もやはり痛みのあまり狂ったように駆け回っている。金銭豹は刺さった箭などものともせずに執念深く子鹿を追い、その後を韓志邦がうっぷんを晴らすかのように軽功で追いかけた。

子鹿は追いつめられ小さな石窟の中に飛び込んだ。韓志邦は子鹿の後を追う豹の肛門に袖箭を射込んだ。豹は大声で吼えるとどさりと地面に倒れた。起きあがれずにいるうちに、顎《あご》をとらえて首をへし折ってやると胸のつかえがすうっととれた。

「ざまをみやがれ！」豹を放り出し、洞窟の中に入っていくと、哀れな子鹿の声が聞こえた。

「何者だ？」

いきなりの人声に韓志邦が目を凝らすと、男が子鹿を押さえつけ、刀で角袋を切り取ろうとしている。男は韓志邦を見るなりさっと立ち上がって飛刀《ひとう》を投げつけてきた。なんと張天蒙である。凌未風の剣が刺さり大量に失血したため、この洞窟に隠れて傷を養っていたのである。韓志邦が素早く紫金刀で刺突をはなつと、張天蒙は二歩前に出て龍紋鞭で迎え撃った。紫金刀が鞭にはじき返され、怒り心頭に発した韓志邦は、風のように飛んで刀を振り上げた。張天蒙は機敏に動けぬらしく、ただ攻撃を受けるばかりだ。韓志邦が勝ったと思った瞬間、いきなり怒号をあげた張天蒙が後方に身体をそらせ紫金刀を長鞭でからめとった。紫金刀が韓志邦の手を放れて飛んでいっても張天蒙は攻撃の手をゆるめず、容赦なく相手の胸を鞭打った。韓志邦はごろごろ地面を転がるとひっそりと動かなくなった。

張天蒙は小躍りして止《とど》めの一撃とばかり前に出た。しかし近寄った途端、雨霰《あめあられ》と鉄蓮子が飛んできた。虚を突かれて顔面と両肩に直撃をくらい、脇へ飛び退くと、綿花でも踏んだかのように脚に力がはいらない。凌未風にやられた傷口からまたもやどくどくと出血しているのだ。張天蒙は地べたにへたりこんだ。韓志邦は飛び起きると再び鉄蓮子を見舞った。しかし今度は備えのできていた張天蒙は、それをことごとく受け止めると、逆に投げ返してきた。武術の腕なら張天蒙のほうが上である。韓志邦は避けきれず、右腕に一発くらってしまった。

しかしその一撃は痛くも痒くもないのである。敵の気力が衰えていることを知った韓志邦は大声で笑うと、猛然と飛びかかり、渾身の力をこめてみぞおちに拳打を打ち込んだ。張天蒙も負けじと両掌で韓志邦の脇腹を打つ。両者はもつれあって一団となった。やり合ううちに地面に押し倒された張天蒙は、狂ったようにわめくと思い切り相手の肩にかみついた。激痛に韓志邦が悲鳴をあげた隙に、張天蒙は右手を引き抜き、いなずまのように敵の右腕を摑んで力一杯ねじりあげた。擒拿手法で掌を折り曲げられた韓志邦は、あまりの痛みに左手もゆるめた。張天蒙は目にも留まらぬ早業で左手で韓志邦の脈どころを摑んだ。両手に力をいれられなくなった韓志邦は身体ごと張天蒙にのしかかると、喉笛にくらいついた。その口中に生臭い血が流れ込み、韓志邦は胸がむかついて吐きたくなった。

韓志邦はガバッと血を吐き出した。張天蒙の喉が裂け大きな穴から泉のように鮮血が吹き出している。韓志邦は、なおもしっかり摑んで放さない張天蒙の両手は無理矢理ひきはがすと立ち上がった。しかし四肢《しし》が痺れて力が入らない。再び地面に寝転がると、顔を覆い目を閉じて気を養った。

さきほどの子鹿が、韓志邦は自分の友達であることを知っているかのようにゆっくりと近づいてきて胸に頭をこすりつけた。韓志邦はそっと子鹿を撫でてやった。「豹は死んだし、悪者も死んだよ。子鹿、子鹿、もう怖がらなくていいからな」

ふいにまた甘ったるい液体が喉を滑り落ち、たちまちのうちに丹田《たんでん》に暖気が昇り、身体がぐっと爽やかになった。鹿の血だった。豹に咬まれた傷や張天蒙に刀で切られた傷からどくどくと出血していたのである。鹿の血には増血作用がある。おかげで韓志邦は徐々に気力と体力を回復していった。

次に目をさますと、地面にできた血だまりに小さな箱が浮かんでいた。ハッとなって拾い上げ服の前おくみできれいに拭った。開けると中にはなにやら真珠のようなものが入っていた。箱の周囲には奇怪な文字が刻まれていた。それは梵字《ぼんじ》で、韓志邦には読めなかったが、これが舎利であることはわかった。韓志邦は喜んで箱を行嚢にしまいこんだ。

かたわらの子鹿を撫でるとすでに息絶えていた。突如激しい寂寥が襲ってきた。自分には親族も友達もおらずこの世でたったのひとりぼっちだ。韓志邦はぼんやりと横になると熟睡の中に落ちていった。

どのくらい寝たのだろう。目が覚めると朝の光が差し込んでいた。立ち上がってみると、身体はふらつき、ひどく空腹でもあったが、気分は昨日よりずっとよくなっていた。いま外に出たところでこの体力では保たないし、敵に会っても闘えないだろう。どうやらこの石窟で何日か休むに如《し》くはないようだ。しかし食料はどうする？ 袋の中には乾糧が少しあるだけだが、だからといって子鹿の肉を食べるのは忍びがたい。韓志邦はキラリと目を光らせると手を叩いて笑った。「どうして豹のことを忘れていたんだろう？」

韓志邦は昨日首をへし折ってその辺に捨てておいた豹の死体を石窟の奥にひきずりこむと、焚き火を焚いてあぶって食べた。

勢いよく燃える火の光に照らされて石窟の中がよく見通せた。四方の石壁にはたくさんの人物像が描かれている。人々の姿勢は様々で、実に奇妙なものだった。

瞳をこらしてよく見れば、眉を下げた穏やかな顔で合掌しているような者、拳をこすり掌をすりあわせているような者、虎か獅子のように敵に飛びかかろうとしている者、猿か鷹のように擒拿の姿勢をとっている者、手にした刀剣を縦横に振り回している者など、どれもみな不思議千万である。しかし描かれてからかなりの年月が経過しており、薄れてはっきりと見て取れない画像や、剝落《はくらく》してただ点々と痕跡のみを留めているものもあった。

韓志邦は退屈しのぎに石壁に沿って歩きながらひとつひとつ数えていった。はっきりと弁別がつくものが三十六幅、薄れてしまってよくわからないものとすでに剝落してしまったものが七十二幅あった。弁別可能な三十六幅のうち、六幅は座像で、中の三幅はどれもみな膝を組んで手を垂れて正面を向いて座っていた。三幅ともそっくり同じに見えた。そのほかの三幅は少しだけ違っていた。中の一幅は側面を向けて座禅しており、もう一幅は胸の前で合掌していて、さらにもう一幅は背筋をぴんと伸ばしている。

腹一杯豹の肉を食べてやや気力が回復した韓志邦は、どうせほかにすることもないしと、壁に書かれた画像の姿勢をまねてみた。前面の六幅はさっぱりわけがわからなかったのでやってみる気になれず、目で見て理解できるものだけを選んで学ぶことにした。まず最初にいくつかの掌法をやってみた。するとなんとも不思議なことに、一通り絵の通りに動いただけで、気血が流通し心身ともに爽快になり活力がわいてくるので、やればやるほど楽しくなってきた。

韓志邦は数日余計に滞在することにすると、三十幅の絵の通りに掌、刀、剣の型について練習した。何度も繰り返していると、三日もしないうちにすらすらとそらんじてできるようになった。

四日目の朝、豹の肉も食べ終わり、洞窟の中の朽木も燃やし尽くした。行嚢に荷物を詰め込み、いまにも洞窟を出ようとすると、ふいに外から人声と足音が聞こえてきた。韓志邦は慌てて仏像の背後にうずくまって隠れた。

「おや、死臭のような臭いがするぞ!」洞窟の入り口で来訪者がいった。そのとき初めて韓志邦は張天蒙の死体をまだ埋めていなかったことに気づいた。何日も石窟の中にいて鼻が慣れてしまっていたのと、洞窟の中が涼しかったために、少しも臭いを感じなかったのだ。

しばらくするとふたりの男が入ってきた。手に持ったたいまつで張天蒙の死体を照らし、わっと驚きの叫びをあげた。「この男は楚昭南がいっていた呉三桂の部下じゃないか? 大層腕の立つ男だそうだから、きっと凌未風に殺されたんだろう」

「ほかのやつならともかく、凌未風が中に潜んでいるかと思うと怖いな」

韓志邦はむっとして思わず飛び出すと大声で叫んだ。「凌未風でなくともおまえたちの始末ぐらいできるぞ」

ふたりはぎょっとして飛び上がった。ほかでもなく禁衛軍の武術師範である。大敗を喫した楚昭南は、急ぎ戻って禁衛軍副総領張承斌を訪ね、有能な部下に手分けして凌未風を捜させたのだ。韓志邦の顔に刀傷がないことを確認したふたりは、相手は凌未風でないとばかり、安心して韓志邦の攻撃を受けてたった。

韓志邦は大声で一喝するといきなり両掌を発した。敵はさっと左右に分かれた。片や両拳を握りしめ、三十六路の長拳を繰り出し、すさまじい拳風が顔面を直撃してきた。片や両掌を刀のように使い、熟練した目にもとまらぬ速さでチベット天龍掌法を見舞ってくる。一拳一掌、まさに絶妙の取り合わせだった。韓志邦は次第に石窟の一隅に追いつめられていった。咄嗟に石壁から学んだ掌法が出た。右腿を上げ、身体を傾け、踵でぐるりと回って右掌を繰り出す。左の敵の拳を捕らえ懐にむかってぐいと引き、「順手牽羊」でもって敵の身体を引きずるや、大声で「もちあがれ！」と叫んだ。敵の身体が空に浮き、旋風を舞きおこしてひゅっとばかりに投げ飛ばす。その身体がちょうどもうひとりの敵を直撃し、後ろ向きに倒した。韓志邦に放り出された方は勢いあまってそのまま箭のように飛び出すと、頭から仏像につっこんだ。頭蓋が割れ脳漿《のうしょう》が流れ落ち、仏像もまたぐらぐらと倒れそうになった。

一打でもって敵を倒した韓志邦は気をゆるめることなく両脚をトンと置き、狂風のように掌から先に突進すると、這い起きたばかりの敵めがけて掌打を見舞った。敵は再び倒れると、声も出さずに事切れてしまった。

わずか数手で強敵をふたりもうち負かした韓志邦はまさに狂喜乱舞だった。ぐらぐらと倒れそうになっている仏像に急いで駆け寄ると、キラリとその目が光った。仏像の下に古い小さな本があったのだ。そっと手に取ると積もった埃を吹きのけ頁を開いた。中の文字は舎利の箱の内側に刻まれた字体と同じで、一字も読めなかった。最後まで頁をくっていくと、ようやく二行だけ漢字で書かれた頁があった。「達磨易筋経《だるまえききんきょう》、縁ある者に留贈す」。その下には小さな字で数行の注意書きがあった。「一百零八式、式式に神奇を見、九圖六座像、第一は根基を紮《たば》ぬ」。最後の一行は小さな字で、「後学無住謹んでしるす、唐貞元五年九月」。これを見ても韓志邦には依然としてなにもわからなかった。しかし古雅で愛すべきようすの本だったので、ついでとばかりに行嚢の中にいれた。

後年韓志邦はようやく知ることになるのだが、達磨禅師とは南北朝梁の武帝の時代、インドより中国にやって来た高僧であり、「禅宗」の創立者である。「易筋」「洗髄」の二経は達磨禅師の武芸の精華を集めたもので、壁に描かれた百八個の画像は、武術を学ぶ者の間でその名も高い「達磨百八式」の真本にほかならなかった。残念なことに韓志邦はただ三十式を学んだに留まったが、最も重要なのは最初にある六個の座像であり、それについては韓志邦はまったく学ぶことがなかった。よってまさに得難い機会を得たにもかかわらず、韓志邦は大敗を喫してしまうことになるのだが、それはまた後の話である。

ゆっくりと石窟を出ると、陽光があまねく地に満ち、山間に群がり咲く花がその艶を競っていた。石窟にいた数日の間、まったく日の光を見ることがなかったが、こうして青空の下に出て草花の間に立つと、のびのびとくつろいだ気分になり、数日来の憂鬱は淡い煙のように白雲の間に消え散ってしまった。

そのときふと、ほど近い崖の上で叫び声があがり砂礫がバラバラと降ってきた。上でだれかが闘っているのだ。好奇心にかられた韓志邦は山藤を手がかりに崖の上によじのぼった。見れば四人の黒衣の衛士が三人のラマを取り囲んで激闘の最中である。三人のラマのうちひとりは、張天蒙と共に舎利を護送していた者である。ラマたちは四人の衛士に圧倒され、防御に手一杯で反撃の余地がない。韓志邦は我慢できなくなり、虎のように咆吼すると抜刀して飛び出していった。

「だれかと思えば、韓総舵主ではないか！」衛士のうちふたりが陰険に笑うと韓志邦に挑んできた。ひとりは判官筆《ほうがんひつ》を、もうひとりは鋸歯刀《きょしとう》を得物としている。組み合うやいきなり容赦なく攻めたててきた。

八卦紫金刀の連環六十四式は明代の武人単思南が編み出した刀法のひとつであり（いまひとつは鉤レン刀）、ひとたび剣を繰り出せばまさに流星が飛び散りいなずまが走るがごときすさまじい攻撃となる。一方ふたりの衛士もまた共に珍しい在野の武器を使っていた。とりわけ判官筆の男の技はきわめて巧みで、敵の隙を徹底的に攻め立て穴道を狙ってきた。一対一の対決であったなら、韓志邦の力で十分対応できた相手だったが、一対二の戦いを余儀なくされているいま、必死で闘っても引き分けるのが精一杯だった。

一時間ほども闘ううちに韓志邦は次第に手こずるようになってきた。ラマの方を横目で見れば、かろうじて凌《しの》いでいるに過ぎないようだ。焦りを感じた韓志邦は、さっと鋸歯刀をかわすと、紫金刀を振り上げて、判官筆の男の目の前で刀を閃かせてみると、相手は「横斬」の手だと思いこみ、判官筆で反撃しようとしたが、韓志邦の刀尖がすっと下がって筆をくぐり抜けて跳ね上がり、男の肩に大きな穴を開けた。

韓志邦は身体を返すと背中で敵の風音を聞いて、「盤龍繞歩《にょうほ》」の型で返す刀で一太刀、鋸歯刀の男の一撃は空を斬りドサリと地面に倒れた。韓志邦はこのときようやく振り返ると男の身体を一刀両断にした。判官筆の男は激痛を堪えて飛び上がり命からがら逃げていく。韓志邦も深追いはせず、刀を挙げてラマらの加勢に加わった。

韓志邦はラマを攻撃している禁衛軍の服装をしたふたりの軍官に、素早く刀を振るった。たちまちひとりが地面に倒され、もうひとりはぎょっとなって手にした銀槍を外にはらって阻もうとしたが、韓志邦はくるりと回転すると刀光一閃、敵の銀槍を撫でた。刀刃が銀槍沿いに上方に滑り、男が手をゆるめるとそのまま槍は地面に落ちた。韓志邦は飛び出して左手で敵の腕を摑んでぐいとばかりにひねりあげた。男は痛みに悲鳴をあげると、羊のようにおとなしく韓志邦に牽《ひ》かれていった。

韓志邦は立て続けに六人の禁衛軍の軍官をうち負かしたが、その際に用いた技はすべて石壁の画像から学んだものであった。韓志邦は狂喜乱舞の心境で、上機嫌のまま軍官を尋問した。

「さんざん民草《たみぐさ》を虐《しいた》げてきたのだ、もう十分だろう。今日はおまえが苦しむ番だ」

「どうか命だけはお助けください」

「助けてやるのは構わんが、だったら話せ、ここになにをしに来た？」

「われわれは命令を奉り、凌未風の行方を捜しております」

韓志邦は腹をかかえて笑った。「わたしにすら敵わぬおまえらが凌未風を追ってどうする？」

「あなたさまの武術の腕は凌未風より上でございますよ」

「だれがおべんちゃらなぞ使えといった？」口ではそう罵りながらも韓志邦は内心まんざらでもなかった。

韓志邦に解放されると、軍官は後をも見ずに頭を抱えてあたふたと逃げていった。三人のラマは口々に感謝の言葉を述べ、とりわけ面識のある僧は、韓志邦を抱きしめて額に口づけした。このような習慣に慣れていない韓志邦ははにかんだ笑みを浮かべた。「もう結構です、あなたたちは舎利を捜しに来たのでしょう？」

面識のあるラマは名をツォンダワンチェンといったが、そのいうところによると、舎利を失った後、チベットには戻らず聖物を出迎えに来た僧侶らと出会い、合流して毎日張天蒙の行方を捜していたのだという。とっくに高飛びしただろうとは思いながらも、あきらめきれず、雲崗石窟の付近を捜査していたところで、さきほどの軍官たちに遭遇してしまったというのである。

「ほんとうに誠心誠意捜しておられるんですね。これをご覧なさい」韓志邦は思わず大声で笑うと、懐から白檀の箱を取りだし開いてみせた。

「これは舎利です！」ツォンダワンチェンはばたりと地面にひざまずいて叩頭《こうとう》した。残りふたりのラマも真相がはっきりすると、やはり急いで叩頭して礼を述べた。

韓志邦はただでさえ身の置き所がないような気持ちだったのに、三人のラマはいきなり立ち上がると、各自懐から一枚の絹地を取りだし、両手で韓志邦に捧げた。ラマの最も尊い贈り物である「ハダの献呈」である。韓志邦はあわてていった。「こんなことをしていただいては困ります、とんでもないことです」

ツォンダワンチェンはラマを代表していった。「あなたはわれわれラマの大恩人におなりになったのです。どうかわれわれと共にチベットにおいでください」

韓志邦は最初のうちこそ辞退しようとしたが、やがて少し考えるとほほえんで応じた。
このさき何年待てば、韓志邦は凌未風、劉郁芳のふたりと再会できるのだろうか。

第六回　平西王府

韓志邦とラマたちが康藏《こうぞう》高原を越えているのと同じころ、凌未風と劉郁芳も雲貫《うんかん》高原で風塵にまみれていた。十日以上も共に旅してきたふたりの間には奇妙な感情が芽生えていた。凌未風は劉郁芳に対し、長年の友達であるかのようにふるまうこともあれば、見知らぬ他人のようにふるまうこともあった。終始堅苦しい態度を崩さぬ中にも、ときに優しい配慮がほのみえることもあった。劉郁芳はいままで、他人からこれほど冷淡にあしらわれたことも、気遣いを示されたこともなかった。長年江湖の水に馴染み、経験を積んできた劉郁芳ではあったが、それでもこの蜘蛛《くも》の巣のように錯綜した感情の網目に自ら身をゆだねてみたくなるのだった。

この日ふたりは華寧《かねい》に着いた。昆明からわずか三百里ばかりである。ふたりは払暁に起き出すと道を急いだ。夕暮れ時には昆明に着けそうだった。とある幽谷にさしかかると、ふいに空が翳《かげ》り霧が濃くなった。空は墨のように黒くなり目の前の道すらはっきりとは見えなくなった。凌未風がぎょっとして叫んだ。「烏蒙山《うもうさん》の濃霧だ。すぐに瘴気《しょうき》がやってきますよ用心しなくては」

ふたりは息を潜め手探りで進んだ。と、いきなり目の前が明るくなり山々に抱かれた大きな湖が現れた。帯のようにうねうねとのび広がる湖の上には白雲が漂っている。中腹からふもとまで蒼緑色の杉と柏が樹林を作り湖の中にまで及んでいた。実に美しい景色である。上空にはまだ濃霧が漂っていたが、湖水に立つ波はまるで白玉のように明るく輝いていた。劉郁芳は地図を取りだしていった。「これは撫仙湖《ぶせんこ》ですね。瘴気が薄いわ。ちょっと休んでいきましょう」

彝族《いぞく》の人々が雲南の特産品である香茅《こうぼう》を燃やして瘴気を避けていた。凌未風は劉郁芳とともに近寄って村人に挨拶をすると、天を指さし手真似で自分たちの来意を告げた。彝族の人々は純朴で、ふたりの来意がわかると、すぐに席をあけて座る場所を作ってくれた。

凌未風はそのとき、彝族にまぎれてふたりの漢族の男がいるのに気づいた。両手で頰杖をついて刀傷を隠すと焚き火のほうへ顔を伏せた。霧は益々濃くなり、彝族の人々は香茅をくべなおして火勢を強めた。そのとき、さらに新たな男が足早に近寄ってきた。その足運びからすると武林の使い手であるのは間違いなかったが、その姿を見れば書生のなりをしている。とても清秀な容貌でせいぜい二十歳過ぎだろう。若者は彝族の言葉を解し、到着するなり、彝族のひとたちと大声で親しげに談笑を始めた。

しばらくすると、今度は幽谷の中から黄色い服を着た大男が数名現れた。男たちはひどく横柄な態度で、彝族の人々に挨拶もせず割り込んでくると、ふたりの漢人の隣に座を占めた。

漢人の男が抱拳《ほうけん》して名をたずねると、黄色い服の男は冷ややかに笑った。「金崖、おまえはおれを知らぬかもしれんが、おれはおまえを知っているぞ。平南《へいなん》王尚之信の下で羽振りを利かせているそうだな。そちらの連れもおおかた王府の使い手だろう」

金崖と呼ばれた男はしばらく相手を見つめていたが、いきなり口を開いた。「ご先輩は邱東洛先生ですね。十年前歴城でお目にかかったことがあります。いまはどちらにおいでで？」

邱東洛は金崖のへりくだった口調にやや気をよくしたが、一歩詰め寄ると大声で尋ねた。「尚之信から呉三桂への手みやげがあろう。おれに見せてみろ」

金崖の顔色が変わった。「申し訳ありませんがそればかりは仰せのままにはいたしかねます」

邱東洛は陰気に嗤《わら》うと三人の連れにいった。「探れ」

三人の男たちが一斉に飛びかかってきた。金崖はわっと逃げまどう彝族のひとびとの間に巧みにもぐりこみ、さっと首を縮めて男の掌打を避けた。なんとその掌が、人混みに潜んでいた凌未風の身体に当たってしまった。正体を明かす気などさらさらなかった凌未風は、反射的に「卸力解勢」の技で応酬してしまった。男の掌は凌未風の胸元をかすめ、力のいれどころをなくした男は、体勢を崩して身体が前に泳いだ。その隙に金崖はさっと身を起こすと、すかさず蹴りを飛ばして男の身体を二丈もはね飛ばした。

邱東洛は驚いてこれ以上等閑視《とうかんし》するわけにもいかなくなった。慌てて駆けつけたところでたまたま凌未風と目があった。邱東洛はぐるりと両目を上に向け一声奇声を発するとゲラゲラと笑いだした。「だれかと思えば、きさまだったか！」

凌未風は傲然といいはなった。「これはこれはお珍しい。十六年前あんたに二太刀頂戴したが、幸いなんとか斬られもせずに達者にしているよ」

「おまえは昔の決着をつけるつもりかもしらんが、おれが新たにけりをつけてやろう。よし、上等だ、いま一度一騎打ちといこう」

このとき黄色い服の大男のひとりが劉郁芳を指さした。「邱ご先輩、浙南《せつなん》の匪賊の女首領もここにおります。まとめてやってしまいましょう」

「これは重畳、男女ふたりの英雄にお会いできるとは」邱東洛は上機嫌で連れの男たちに顔を向けた。「あの女はおまえたちが相手をしろ。おれはこの小僧に真価を見せてやる」

刀傷のある男が西北を股に掛けた武林の伝説の人物、凌未風であることを知った金崖は愕然となった。しかしまた、邱東洛もかつて江湖で一世を風靡《ふうび》し、にわかに消息を絶ってしまった男である。どちらも侮れぬ相手ながら、邱東洛には数人の手勢がおり取り囲まれては敵わない。

金崖は慌てて抱拳した。「邱ご先輩、わたしはこの者どもの仲間ではありません」

邱東洛はふんと鼻を鳴らした。「おまえとは事が落ち着いてまた話そう。余計な手出しさえしなければ、まだ話し合う余地もあろう」

邱東洛は凌未風には勝てる自信はあったが、劉郁芳の腕のほどは知らなかったし、金崖が結構な使い手であることもわかっている。そこでまず凌未風を優先することにしたのだ。

邱東洛というのはかなりわけありの男だった。かつて楊雲驄に殺された鄂親王ドドの師叔《ししゅく》・レンフルとは同門の兄弟弟子である。長白山脈「風雷剣」斉真君の門下で、並びは三番目だったが武術の腕は一番だった。もともと満州族で清兵と共に入関したが、漢人の名前に変え、密かに江湖の使い手を抱き込む一方、武林の情勢を探るなどして清朝のために働いていた。邱東洛は楊雲驄の死を知らず天山まで追跡してきたのだが、そのとき出くわしたのが回疆《かいきょう》にやってきたばかりの凌未風だった。当時はまだ腕が未熟だったかれは、邱東洛から二太刀をくらってしまった。晦明禅師が石を粉々に砕く綿掌《めんしょう》の功夫《こうふ》で邱東洛を追い払ってくれたために命拾いしたのである。今回邱東洛がはるばる雲南までやってきたのは実は凌未風が目当てだった。

邱東洛の三人の連れは全員内裏の一等の衛士だった。雲崗で凌未風に惨敗を喫した楚昭南が帰還後これを報告すると、凌未風のような使い手を生かしておいてはいずれ大きな禍となると思った康熙帝は、邱東洛に助手をつけ、凌未風の探査を命じたのだ。雲南に到着した邱東洛は、劉郁芳が韓志邦に宛て断崖絶壁に残した書き置きをみつけた。

そこには「さらに西行を続け、共に大業を図らんことを冀《こいねが》う」という一文があった。結局韓志邦自身はこれを見ることなく、邱東洛に見られてしまったのである。邱東洛はしめたと思い、かれらが雲南に入るだろうと即座に判断した。そして案の定、急行した雲南撫仙湖のほとりで凌未風と遭遇したのである。

邱東洛は公然と挑戦してきた。仇同士の出会いは火花を散らす。凌未風は剣をぬいて立ち上がると、二歩踏み出してくるりと振り向き、左手で劉郁芳が腰に挿した剣を引き抜きざま、右手で楚昭南から奪い取った游龍剣を手渡した。「これを使ってください」

凌未風は敢えて宝剣を劉郁芳に譲ったのである。劉郁芳の瞳に涙の粒が光った。

邱東洛の得物はありふれてはいたが左右で異なった。しかも左手で刀、右手で剣を使い分けるのである。刀と剣とは形状は似ていても用法や変化が奥深く似て非なるものなので、共に使うのはまさに困難を極めた。言うならば片手で字を書きながら、もう一方の手で縫い物をするにも等しい難儀である。しかし邱東洛の左刀右剣は、ひとたび技を繰り出せば絶好調の域に達し、単に疎漏がないばかりか一見似たように見える両手の技が、それぞれ虚々実々に異なる変化を描くのである。天山剣法の使い手としては並ぶ者のない凌未風であったが、十手あまりを闘ううちにあまりの手強《てごわ》さに押され気味になってしまった。

しかしそこはさすが凌未風である。最初の十手を過ぎると邱東洛の剣筋を見切った。さっと剣さばきを変えると「綿裏藏針」の精緻な技を繰り出す。出す手のことごとくがいくつもの変化を隠し、いたずらに隙をさらすことが決してなかった。邱東洛の風雷刀剣は極めて複雑だったが、凌未風の剣法はさらに予測不能だった。両者の戦いは益々迅く猛々しくなり、あたかも刀剣が走る光の軌跡のみが目にはいるかのようである。果たしてどちらが優勢なのか、脇で見ている人々には見当もつかなかった。

しかし邱東洛は人知れぬ苦汁を嘗《な》めていた。凌未風がここまで腕をあげていようとは思ってもいなかったのだ。その邱東洛の視界にじりじりと近づいてくる劉郁芳の姿が映った。「みなのもの、あの女賊を捕らえろ！」

さっと包囲した三人の衛士は、それぞれ張魁、彭崑林、郝継明といった。張魁の得物は赤銅刀、彭崑林が手にするのはしろめの竿である。竿の長さは七尺四寸、槍としても棍としても使えた。郝継明の武器は一対の飛抓《ひそう》で、これが一番手強かった。真っ先に繰り出された彭崑林の竿が劉郁芳の剣に当たってまっぷたつになった。彭崑林は慌てて竿を引き戻すと叫んだ。「女賊め、宝剣を使っているぞ！」

郝継明は物もいわずに真っ正面から一対の飛抓を放った。劉郁芳は飛抓を断ち切るべくぐるりと剣を回転させた。ところが郝継明もすばしこく、劉郁芳が剣を繰り出したところで、突然飛抓を打ち振ると、下から薙ぎ払う形に変え、劉郁芳が剣を振り下ろしたところを見計らって、再び両側からまつわりついてきた。飛抓は郝継明の手の中であたかも生きているかのようだった。劉郁芳は宝剣の威力に助けられ、左右から繰り出される飛抓から身を守りはしたが、てんてこまいを強いられた。

これは有利と見た彭崑林と張魁は両側から攻め込んできた。彭崑林も痛手から学び、劉郁芳の宝剣の直撃をあびないよう留意しながら、飛抓の攻めにうまく調子をあわせて半分に斬られた竿からさまざまな技を繰り出してきた。一方張魁の赤銅刀は肉厚で頑丈そのもの、宝剣の直撃をくらっても一本の傷がつくだけで断ち切られることはなかった。飛抓は遠くから攻め、赤銅刀は近くから襲い、しろめの竿は側面からかき乱し、三種類の武器による三種類の攻撃に劉郁芳は対応に苦慮した。游龍剣を恐れて敵が不意に攻め込んでこないことだけが救いだった。

劉郁芳の苦戦に気づいた凌未風の集中がわずかに削がれた。使い手同士の真剣勝負では一瞬の油断が命取りになる。たちまちその隙を邱東洛につかれ、風雷刀剣で激しく攻め込まれてしまった。凌未風は即座に気を取り直すと、邱東洛を迎えうちながらもじりじりと劉郁芳の方へ移動していった。

時間が長引くにつれ劉郁芳は次第に追いつめられていった。額に汗をかき、手が熱を帯び、呼吸がせわしくなり、心臓の鼓動が早くなった。繰り出す剣がことごとく敵に受け止められてしまい、意のままに操ることができない。上からの郝継明の攻撃を、「挙火撩天《きょかりょうてん》」でかわそうと剣を突き上げたところで、彭崑林のしろめの竿が留守になった胸めがけて刺してきた。その隙に張魁の赤銅刀が胸を横ままま剣身ではねよけようとすると、彭崑林はさっと竿を退き、ぶつかりあった赤銅刀の刃先がわずかなぎにしてきた。劉郁芳がやむなく剣で受け止めると、今度は飛抓が上から襲いかかってくる。まさに欠けたが、剣を引き戻すいとまもないうちに、飛抓が空にはじき飛ばされた。に絶体絶命かと思われた瞬間、郝継明が「うっ」となるや、飛抓が空にはじき飛ばされた。

郝継明は素早く飛抓を回収すると大声で罵った。「正々堂々と闘わず、卑怯にも背後から鏢で不意打ちするとは、一体どこのどいつだ？」

「おまえたちこそ女ひとりに三人がかりとは、それでも正々堂々と闘っているつもりか？」

書生のなりをした若者である。郝継明は声のした方を振り返るなり、素早く二つの飛錐《ひすい》を放った。若者は冷ややかに嗤った。ひゅっひゅっと二つ音がして二つの飛錐は互いにぶつかりあって湖に落ちた。若者の暗器は胡蝶《こちょう》のような形をしており、風をはらんで音を発する。郝継明の飛錐のうち一本がこの暗器にはじきとばされ、二番目の飛錐と衝突したのだ。四川唐家の独創的な暗器である胡蝶鏢である。小さな胡蝶鏢が、暗器の中でも最も重量のある飛錐を軽々とはじき飛ばしたのだ。まだ若い男がこのような特徴のある暗器を使うことに劉郁芳はひそかに驚いた。

若者はさらに変わった武器を使った。なんと二本の流星鎚《りゅうせいつい》である。長い鉄索の尖端には一個の鋼球がとりつけてあり、使わないときは腰のまわりに巻いておき、いざ使う際には手をふるとすぐに飛び出す仕掛けになっている。飛抓同様生きているかのように動く暗器だった。若者と郝継明は五、六丈の距離を隔てて闘った。飛抓と飛鎚が空中でぶつかりあい、四本の鎖索はあたかも神龍が乱れ舞うようにあらゆる方向に向かってぶんぶんと飛び回り、互いにぶつかりあうと火花が飛び散った。実に見応えのある闘いである。

若者が最強の敵をひきうけてくれたので、俄然元気が出た劉郁芳は、蛇のように素早く游龍剣を操った。冷たい光が燦爛《さんらん》と輝き、しんしんと冷気を振りまく。剣尖は南を指し北を打ち、張魁と彭崑林はじりじりと後退した。ほどなく彭崑林の竿がまたもやスパッと両断された。

劉郁芳が危機を脱したと知り、凌未風の気がかりがなくなった。ときに柳絮《りゅうじょ》のごとく柔らかく、ときに大波のように猛々しく、すばやく剣を舞い踊らせた。邱東洛の風雷刀剣は、威力も変化も十分ながら、攻めるに際しては軽々と払いのけられ、防ぐに際しては押しまくられた。左の刀と右の剣、二本の得物が一本の凌未風の剣に押さえこまれてしまうのだ。気合いもとろも凌未風が斬りこむと、邱東洛の左手の長刀がたちまち手からはじき飛んだ。凌未風はいなずまのように素早く邱東洛の顔に斬りつけるや、ぐいと右に剣尖を転じ、ザクリとその左の耳たぶを切り落とした。「これが一刀目のお返しと利息だ」

邱東洛は痛みを堪えて後ろに数丈転がると命からがら逃げ出した。

「覚えておけよ、二刀目のお返しがまだだぞ」凌未風はそう叫ぶと、声をあげて笑ったが深追いしようとはしなかった。

邱東洛は必死で逃げながらも、郝継明と一騎打ちをしている若者に向かって飛蝗石《ひこうせき》を投げた。

「郝老二、引き上げだ！」

敢えて郝継明に声をかけるとはなにかあると見た凌未風は、呼びかけに応じて飛び出した郝継明の目の前に立ちはだかった。郝継明は二本の飛抓を真っ向から凌未風に投げつけた。凌未風は避けもかわしもせず、右手の剣を跳ね上がると飛んできた飛抓の一本を纏《まと》いつかせ、わずかに後ろに腰をおとせば、郝継明はガクンと前に引きずられた。凌未風は第二の飛抓をひょいとやりすごすと左手で飛抓の鋼索を摑み、「もちあがれ！」と大声で叫んだ。左手に力をこめ右手の剣を外に振り上げると飛抓ごと郝継明の身体を振り回した。

しかし郝継明は即座に「鯉魚打挺」で着地すると、三本の飛錐を凌未風に投げつけた。凌未風は三本全てを剣ではじくと、飛錐はそろって水しぶきをあげて湖に落ちた。

一方劉郁芳は彭崑林と張魁のふたりを相手に優勢に闘っていた。張魁は赤銅刀の重量を武器に、刀刃を横に払ったところでこれを転じ、「鉄牛耕地」でもって二太刀斬りつけてきた。攻め技と見せかけて実は退き技である。劉郁芳は一声嘲笑《あざわら》い、さっと游龍剣を退いて敢えて敵の突進を誘うと、火花を散らす勢いで根本から張魁の右腕を切り落とした。張魁は激痛に悲鳴をあげると塵埃《じんあい》に鮮血をまき散らした。彭崑林は半分に斬られた竿をひきずって逃げようとしたが、迎え撃った若い書生の流星鎚に頭を割られ、あえなくその場でおだぶつとなった。

さらに逃げ続ける郝継明に凌未風が大声で叫んだ。「お返ししなきゃ失礼だからな」

凌未風が手をふると黒光りのする光芒がいなずまのように飛び出した。郝継明は振り向きもせず風音だけを頼りに飛錐を放って凌未風の暗器にぶつけようとした。ところが凌未風の暗器の勢いは驚くばかりで、箭に似て非なる武器が飛錐に当たるやその中にめりこみ、まっすぐそれをはじきかえした。飛錐は、背後に迫る風音を聞いて必死で逃げようとした郝継明の肩に大きな穴を開けた。

なおも必死で逃げる郝継明は、手近に迫った劉郁芳にも飛錐を放とうとしたが、逆に劉郁芳の放った錦雲兜に全身を覆われてしまった。劉郁芳はぐいと両手をひいて郝継明を横倒しに引きずり倒すと、游龍剣を振り上げた。しかし飛ぶように駆けつけてきた凌未風がその手を押さえた。「待ってくれ」

劉郁芳が愕然として錦雲兜を開くと、凌未風は郝継明の懐を探って一通の手紙を取りだした。「安西将軍李」と表書きがある。中身を読んだ凌未風は冷ややかに笑ってそれをしまいこんだ。

「こいつを放してやりましょう」

凌未風は郝継明を持ち上げると湖のはるか中心に放り投げた。

濃霧は収まり瘴気も散じた。激闘に湧いた幽谷湖岸は再び静寂を取り戻した。彝族の人々は驚きに目を丸くして見知らぬ漢人たちを遠巻きに眺めている。若い書生が歩み寄って何事か彝族の言葉で話しかけた。やられたのはすべて悪人だから怖がることはないと告げたのである。

このとき金崖が震えながら立ち上がると凌未風に向かって頭を下げた。「わたしはあの連中の仲間ではありません。連中がわたしを殺そうとしたのを、あなたもご覧になったでしょう」

凌未風は笑った。「あなたがあの連中の仲間じゃないことは知っています。あなたは平南王府の使者でしょう、違いますか？」

金崖がそうだとうなずくと、凌未風は冷ややかに笑った。「それにあなたが蝙蝠《こうもり》だってことも知っていますよ」

鳥の側にも獣の側にもつこうとした金崖をあてこすったのだ。金崖はひどく罰が悪そうな顔になった。

「わたしもあなたたちが持っていらした品物を拝見したいですね」

凌未風はにこやかにそういうとゆっくりと近づいてきた。

凌未風の腕は邱東洛より上だ。逃げようにも逃げきれないと悟った金崖は驚愕に血の気をなくし、じりじりと後ずさった。まさにこのとき、幽谷に澄み渡った鈴の音が響き、次いで蹄の音が遠くから近づいてきた。若い書生が凌未風に呼びかけた。「こんなやつに構うことはありません。どうせ大した役割は演じていないんですから」

「あなたの顔を立てて、ここは手出しはやめておきましょう」

凌未風は小さく笑ってふりかえると、若者と話をしようと進み出た。

凌未風が口を開く前に、若者は右手に持っていた飛錐を示した。錐の頭には箭のようなものがめりこんでいる。若者は抜き取ると凌未風に渡した。「これはあなたの暗器ですね」

若者は続けてハハと笑った。「おっと、お名前はおっしゃらないでください。当てさせていただきます。この暗器から察するに、あなたは天山神芒ですね」

言い当てられたことに驚いた凌未風が若者の名を尋ね返すと、若者は笑った。「遠くから軍馬がやって来るようです。あの連中が到着してから、改めてじっくりお話ししませんか？」

ちょうど話しているところへ、幽谷に一隊の人馬が現れた。掲げられた大旗には「平西王府」と大書されてある。馬上の騎兵らはみな、瘴気を避けるための面覆いをつけていた。

金崖は大喜びして出迎えた。「平南王使者、平西王にお目にかかります」

馬上の軍官は遠くからそれにうなずくと、ふたりの副将に金崖を出迎えに行かせた。しかし本人もその場に留まることなく、湖の周囲に馬を走らせて四方に目を走らせた。若い書生の姿を認めると、素早く馬を下りて深々と一礼した。「平西王がお越しをお待ち申し上げております。三百里手前までお迎えにあがるようとの命令でしたので、馳せ参じてまいりました」

たちまち鼓楽が鳴り響き、若者に敬意を表した。さすがの凌未風も大いに驚いた。

若い書生は悠然とした態度でほほえんでいった。「なにもそこまでなさらなくても」

副将が一頭の白馬を曳いてやってきた。「どうか李公子、これにお乗りを」

「お手数ですがあと二頭お貸しください。こちらはわたしの友達なのです」若い書生は凌未風と劉郁芳を示した。馬上の軍官と話をしながらも若者の視線はずっと凌未風に据えられていた。その瞳には明らかな期待と信頼が伺えた。

凌未風は劉郁芳に目配せすると、気持ちよく「それでは」といって馬に乗った。副将がふたりの手綱を整えると馬鞭を手渡し、軍礼でもって送り出した。金崖たちにもそれぞれ馬が用意されたが、その待遇は遠く凌未風に及ばなかった。不快に感じた金崖は道中ずっと黙りこんでいた。

一行は速やかに馬を走らせ、速くも日没後には昆明に到着した。軍官は一行を平西王府に案内した。王府は山に寄り添うように建ち、折り重なる高殿や曲がりくねった回廊が変化に富んだ景観を作り出していた。王府の総管は若い書生と凌未風を相部屋に案内し、劉郁芳は王府の女官の案内で別の部屋に通され、金崖もまた別の場所に案内された。

書生は王府の奥深くにいるというのに少しも気を張ったようすを見せず、食事をして沐浴《もくよく》をすませると横になって寝てしまった。さすがの凌未風も若者の正体を推し量ることはできなかった。

到着二日目とその翌三日目、王府の人間と呉三桂手下の大将らは鳳凰《ほうおう》でも奉るかのように若い書生を取り囲んであれこれ遊行《ゆぎょう》に連れ回した。碧鶏山《へきけいさん》に登り、大観楼に上り、昆明湖を鑑賞し、黒龍寺で遊び、まさに下にも置かぬもてなしようで、昆明の名勝をあまねく見て回った。

三日目の黄昏時、平西王呉三桂による歓迎の宴が開かれた。若い書生、凌未風、劉郁芳、金崖らは全員招きに応じた。凌未風らは武器を身につけたままだったが、王府側から咎《とが》められることはなかった。

宴席は王府の大広間に設けられていた。四面の二重壁には白檀が焚かれ、部屋の下には甲冑をまとった王府の親兵が佇立《ちょりつ》し、上には呉三桂の手下の大将と近臣がいた。

「あれは呉三桂の副将、保柱ですよ」若い書生は、不在の呉三桂の代わりに接待役を務めているたくましい体格をした将軍を示して、こっそり凌未風に教えた。

一行は即座に上坐に案内され、ひとりの武官が酒の酌をした。変わった酌の仕方である。酒を満たした杯を卓上に置くと、どの杯も深々と卓の面に沈んでしまったのだ。

保柱は手を挙げて「どうぞ」というと、二本の指で杯の縁をしっかりとはさみ、そっと引き抜いた。卓にはまりこんでいた杯はすっぽりと抜け、酒は一滴もこぼれなかった。保柱は一気にこれを飲み干した。若い書生は小さくほほえむと、中指で杯をひっかけてぐるりと回した。ぽんと飛びあがった杯を歯で受け止めると、そのまま くいと飲み干した。酒はやはり一滴もこぼれなかった。今度は凌未風と劉郁芳の番である。凌未風が目の隅でこっそりうかがうと、劉郁芳は秀でた眉をひそめている。剣術には長じていても、このような内力の修行はできていないのだろう。凌未風はりりしい眉をはねあげ、ぐるりと宴席を見渡すと、両手を卓にぽんと叩いた。「みなさん乾杯といきましょう」

卓にはまりこんでいた杯が一気に上にはねあがり、凌未風、劉郁芳、金崖らは手で受け止めて一気に飲み干したが、驚きのあまり受け取りそこねた者もあり、卓上に落ちてこぼれてしまった。保柱は一瞬顔色を変えたが、作り笑いを浮かべると若い書生にいった。

「こちらの随臣の方はすばらしい功夫をおもちですな」

若い書生は慌てて凌未風の身分を説明しようとしたが、凌未風は密かに目配せしてそれを止めた。「わたくしめなどがどうして大将軍の神技に及びましょう」

酒が三巡すると保柱は手をあげていった。「平西王は所用のため、いましばらくお待たせするかと存じますが、まずみなさんで歌と踊りをお楽しみください」

保柱が手を叩くと、ふたりの男とふたりの女が出てきて敬礼すると、すぐに二組に別れて大広間を練り歩き、踊りかつ歌った。歌は南宋の詞人、辛棄疾の一首である。

「酔うて燈をかきたて剣を看る　夢は角吹く連営をめぐる　八百里は麾下《きか》に分かちて炙《あぶ》り　五十絃は塞外の声を翻し　沙場　秋に兵を点ず……」

若い書生は手を叩いた。「あっぱれ」

賞賛の声がやまぬうちに、広間中央に踊り出た二対の男女は「馬は的盧となりて飛ぶがごとく速く、弓は霹靂の如く弦驚く」と唱いながら、両手を弓を射る形に張るや、さっと放った。凌未風の左の卓上にともっていた大きな牛脂のあかりが火の粉をあげて一斉に消えた。踊り手はくるりと回ると両手で合掌し、またもや遠くから掌を放った。掌風は凌未風の右側に向かってなぎつけ、紅燭の火がゆらゆらと揺れた。凌未風は自分の方へ倒れかかってきた紅燭に掌風を放つともとどおりまっすぐに立て、保柱に向かってほほえみかけた。「せっかくの華麗な宴ですのに、灯りを消して楽しみを損なうとは、まるで琴を焚き鶴を煮るように味気ないことです」

保柱が選んだ二対の男女は擅打劈空掌《せんだへきくうしよう》の使い手だった。舞を献じると称して技から目をそらしたのである。しかしこうして密かに比べてみれば、その四人の掌力を合わせてかろうじて凌未風ひとりに対応しているありさまである。保柱は激しく面子を失ったが、凌未風にこういわれたことを幸いにからからと笑ってみせた。「壮士の言う所、はなはだ吾意に合すですな。連中にやめさせろ」

保柱が手を振ると、二対の男女は歌をやめ舞いを収め静かに広間を出て行った。

この状況を見て、同席していたひとりの軍官が昂然と立ち上がった。「今宵の盛宴に余興なしとはちと寂しい。卑職が賓客の慰みに剣舞をご披露いたしましょう。久しく李公子の剣術の精絶なることお慕い申し上げておりました。願わくはこれより手前のつたない技芸をお見せした後、公子の絶技を拝見できればと」

若い書生はかすかに笑っただけで応諾しなかった。保柱がいった。「おまえがまず舞え。もし少しでも見るべきところがあったら、公子とて教えを賜ってくださらんとも限らんからな」

保柱は、若い書生の身分では自分の幕下の一軍官と剣舞を共にすることなど到底応じるはずのないことはわかっていた。そこでわざと軍官の申し出に同調し、若い書生がみこしをあげるよう話をもっていったのだ。

この軍官は名を范錚《はんそう》といい、楚昭南や張天蒙と並んで王府の三傑と称されており、南派摩雲剣の奥義を体得していた。大股で歩み出ると、若い書生に向かって両手で拱手《きょうしゅ》して「ご無礼お許しを」というや、さっと佩剣を鞘走らせ、右手で剣を引いて円を描き、左手は剣訣をひねり、風のように舞い始めた。保柱は得意満面で若い書生にいった。「李公子、どうです、一見の価値ありではないですかな？」

若い書生がうっすらと笑うばかりで返事をしないうちに凌未風が立ち上がり間に割ってはいった。「ひとりよりふたりで舞うほうが見応えがありましょう」

凌未風は相手の間違いをそのまま押し通してなおも李公子の随臣のふりを続けると、保柱がうなずくのを待たず大股で出ていった。凌未風がさっと游龍剣を鞘から放つと、范錚の顔色が変わった。一目で楚昭南の佩剣であることに気づいたのだ。「その剣、どこで手にいれた？」

凌未風は剣をほうりあげて受け止めると無頓着を装って答えた。「楚ってやつのですよ。剣術天下無敵を自称していたくせに、いざ手合わせしてみればてんで見かけ倒しのやつでした。でもこの剣はいいものだったので、遠慮なく頂いてきたのです。この剣に免じてやつの命は赦してやったんですがね、どうです、なかなかの剣でしょう?」

そういうと好きな玩具で遊ぶ子どものように、再び剣をぽんと放り投げた。

范鐸は声もなかった。自分の剣術は到底楚昭南には及ばない。その楚昭南の剣を奪った相手になど、どうして太刀打ちできようか? まさに進退窮まっていると、凌未風は小さく笑って剣を鞘に収めた。「この剣は宝剣です。得物に頼って勝つなんて壮夫のすることじゃありません。手前、空手で閣下のお相手をさせていただきましょう」

范鐸は賓客である凌未風に怪我をさせてはとためらったが、保柱はこの挑発に我慢ならなくなった。若い書生を軽視するわけにはいかないが、その随臣で鬱憤をはらせば、連中の鼻をへしおってやることもできるだろう。そこで大声で言いつけた。「范鐸、せっかくこれほどの使い手がそうおっしゃっているのだ、二、三手ご指導していただくがよかろう。武林の手合わせは日常茶飯事、たとえ誤って傷つけたとしても、李公子がおまえをお責めになる道理もあるまい――」

保柱の後押しを得て大いに喜んだ范鐸は、剣訣を結ぶと「白虹貫日」でもって凌未風の喉めがけ疾風のように攻め込んできた。凌未風は両掌を払って飛び出すと、右掌で剣柄を押さえ、左掌の「斜掛単鞭」でもって范鐸の脈どころに斬りつけた。范鐸の身ごなしも素早かった。左足を滑らせ剣刃を倒すと、冷たい光がほとばしり、掌を遮り肩上に振り上げ、再びさっと横にはいた。凌未風は怒声をあげると、両掌を斜めに広げ、剣刃が胸元をかすめた瞬間、さっと前に飛び出して、はっしと右掌で范鋅の肩を打った。

この掌打にはほんの三割程度の力しか込められていなかったにもかかわらず、范鋅は激痛を感じた。慌てて後ろに飛びすさり身体を開いて避けると、凌未風が笑った。「あなたの負けだ」

范鋅は歯をくいしばると、無言のまま左手で剣刃を導き、容赦なく急所を攻め立ててきた。范鋅の無礼に激怒した凌未風は、天山掌法の截手訣でもって猛然と斬りつけると、相手の擒拿を封じ、ことごとく攻めの一手で両掌を放った。ぎらりと剣刃が光る中、まっすぐに飛び込むと左手の指を揃えて范鋅の左の乳門穴めがけて点穴した。范鋅はあまりの敵の速さに退くほかはなにもできない。しかし自分では速いつもりのその動きがすでに遅く、凌未風は影が形に添うように身を屈めるや、右掌を左肘の下に滑り込ませてまさに范鋅の丹田を打った。范鋅の身体は音をたてて吹っ飛び、手にした剣が滑り落ちた。凌未風は剣を受け止め、范鋅は助け起こされた。

凌未風は奪いとった范鋅の剣をにこやかに放りあげると、さっと抜いた游龍剣でまっぷたつに切断し、のしのしと大股で席に戻った。

義憤にかられた呉三桂の手下の武官がわらわらと七、八人も飛び出してきた。「こちらの壮士が范鋅に勝ったことについてはなにもいうべきことはないが、ほかならぬわれらが頭領、楚昭南の剣を盗みとってきた上に、この場でそれを弄《もてあそ》んで見せ、さらには、すでにうち負かした范鐸の剣まで両断した。はたしてそれはどういうご了見なのか、一言伺わずにはすみませんぞ」

凌未風を取り囲んで大いに騒ぎ立てているそのとき、ふいに後ろの部屋で鼓が三回鳴り響き、ひとりの部将が黄色い旗を手に大声で叫んだ。「平西王のおなり!」

第七回　水牢

三回鼓が鳴り響き、ゆっくりと呉三桂が入って来た。堂上にいた将たちは次々と立ち上がったが、若い書生と劉郁芳は席についたままだった。凌未風も本来なら衛士たちと共に立っているべきところだったが、ここは敢えて図々しく腰をおろした。

呉三桂は年の頃なら六十過ぎ、頭頂が禿げかかりやつれた面差しだったが、老いさらばえたという印象はなかった。若い書生は必死で怒りを抑えているかのように、しっかりと両手で卓を押さえつけていた。

呉三桂は若い書生の姿に喜色満面でいった。「さすが李公子は信義に篤《あつ》くていらっしゃる。こうして千里を厭《いと》わずおいでいただけるとは、まさに感激至極ですな」

若い書生はようやくゆっくりと立ち上がるとわずかに身をかがめた。「平西王にはお変わりありませんか？」「平西王」にことさら力点を置いている。呉三桂はさっと顔をこわばらせたが、無理に笑みをうかべてみせた。「李公子、どうかその呼び名はご容赦ください。今日は腹を割って話し合わねば」

凌未風を取り巻いている衛士たちは手ぐすね引いて身構えている。呉三桂は傍若無人な凌未風の態度に違和感を覚えた。「李公子、こちらはどなたですかな？」

「西北にその名も高い大俠凌未風どのです」

保柱はその名に愕然となった。なんと凌未風が昆明に来ているとは。

「王殿のご臣下はわたしがこの剣を持っていることがご不満なようです」凌未風は昂然と立ち上がると腰につけた游龍剣を指さした。「この剣はわたしが楚昭南から奪い取ったものです。あの男はいまや今上帝の腹心の部下ですが、王殿もこの男のことはご存知でしょう？」

凌未風は懐から一通の封書を取り出すと、呉三桂に渡すよう保柱に手渡した。呉三桂は手紙を見るなりどっと冷や汗がでた。なんとそれは昆明の安西将軍李本深に宛てた朝廷の密詔《みっしょう》だったのだ。雲南巡撫《じゅんぶ》朱国治と共に呉三桂を除けという密命だった。呉三桂は動揺を押し隠すと人払いをした。

たちまちのうちに大広間に静寂が訪れた。堂上には呉三桂と腹心の将のみが残った。

呉三桂は自ら酒をつぐと、若い書生に向かっていった。「大叔父どのは蓋世《がいせい》の英雄にして輝かしい功績を残された。当時わしはまだ若く血気盛んでしてな、一手打ち違えはしたがもとより大叔父どのと対立するつもりなど毛頭なく、全ては劉宗敏、牛金星といった『君側《くんそく》の奸《かん》』を除かんがためながら、今日あるような事態にいたってしまった。この三十余年、そのことに思い到るたびに芒に背中を刺されるような思いでござった。先日ご令兄と好を通じるを得、本日はまた公子がわれらをお見捨てになることなく遠路はるばるお越しくださった。どうかこの薄酒でもって両家のわだかまりを解消いたすとしましょう」

さすがの凌未風もこれには驚いた。なんとこの若い書生は李自成の兄弟の孫だったのだ。今日ある数奇な出会いは三十三年前の出来事にさかのぼる。明朝末代皇帝崇禎の末年、李自成の農民軍は西安よりまっすぐ北京に攻めのぼり、崇禎を自殺に追いやった。呉三桂は当時遼東の総兵で山海関《さんかいかん》に駐屯し、十余万の軍馬を統帥していた。李自成の進攻を受けた明朝は呉三桂を「平西伯」に任じ、急ぎ兵を率いて北京に戻るよう言いつけた。ところが呉三桂が駆けつける前に、都は陥落し、呉三桂は再び山海関に戻った。

もはや明朝の軍事力で使い物になるのは呉三桂の麾下だけである。李自成は事態を早々に収拾するため、呉三桂の父親の呉襄作に手紙を書かせ投降を勧めさせた。己の実力は李自成には及ばないと判断した呉三桂は投降に応じようとした。ところが北京到着を前にして愛妾の陳円円が劉宗敏によって奪われたという情報が入った。劉宗敏は李自成麾下の一番の大将である。呉三桂は激怒するとともに、かりにこのまま投降しても、劉宗敏や牛金星（李自成の宰相）らに膝を屈することになるだけで、利禄は意のままにならず、愛妾を奪われた恨みも晴らしがたいと考え、そこでにわかに計画を変更すると清兵を関内に引き入れたのである。これにより李自成の軍隊と明朝の残党政権は壊滅し、呉三桂は陳円円を取り戻した代償に、最大の漢奸《かんかん》という汚名を着ることとなった。

李自成は清兵と呉三桂の挟み撃ちにあい湖北の九宮で戦死したが、その死後残された四十万の農民軍は、李自成の甥の李錦に率いられることとなった。大敵に対抗するため農民軍は明朝政府と協力関係を結び、明朝政府は李錦の軍隊を「忠貞営」に封じ、李自成の妻である高氏を

「忠貞夫人」に封じた。しかし李錦は明朝政府に協力こそしたが独立を保持し、あくまで大順（李自成建国の国号）の国号を用い、李自成を先帝と称し高氏を「太后」と称した。李錦が湖南で戦死した後は、その養子の李来亨が軍を受け継ぎ、四川・雲南の辺境を転戦した後、十余万の軍隊はチベットの山中に分散して隠れた。後に清朝が呉三桂を平西王に封じ、四川・雲南の二省の統括を命じたのは、李自成の残党に備えさせるためでもあった。

呉三桂は昆明に府を開くと、数度にわたり匪賊の巣窟を掃討するため兵を出した。しかし四川・雲南の辺境は山深く地勢が険しい上に、李来亨の部隊はまさに神出鬼没だった。このため李自成の残党は明朝滅亡後も清朝の目の上の瘤《こぶ》であり続けた。

こうした膠着状態が二十年続いた。李来亨の実力では撃って出ることはできなかったが、呉三桂もまた匪賊の巣窟に深入りすることはできなかった。この若い書生は名を李思永といって李来亨の弟であり、文才武略ともに際だって優れており、主帥でこそなかったものの、その名声は主帥である兄より上だった。

康熙十三年、清朝に追いつめられた呉三桂は自らの身を守るため叛逆を謀ったが、そのとき念頭に浮かんだのが李自成の残党である。これを放置したまま清朝に挙兵し、背後から襲われるようなことになれば、まさに腹背に敵を受けることになる。呉三桂にとって李自成の残党はにわかに焦眉《しょうび》の急となった。

「山雨来たらんと欲して風楼に満つ」、ときに昆明はまさに嵐の前夜だった。朝廷、西南各省の総管、平南王と靖南王の使者、李来亨の勢力、各方面の人間がみな昆明で互いの腹をさぐり合い、暗闘していた。打つ手がないことに苦慮した呉三桂は、結局厚顔にも四川・雲南の辺境に遣いを出し、李来亨に関係の修復を要請した。李来亨と手下の大将は三日間密議を重ねた。さまざま意見が紛糾した中、ついに李思永の一言で事を決め、八文字を大書して提出した。「我をもって主となし、外を先にし内を後にす」。上の句は呉三桂と連合する場合、必ずや主導権を掌握しなければならない、という意味であり、下の句は、清朝に対応することが先決であり、呉三桂に対する恨みはその間放置するもやむを得ない、という意味である。策が定まると、李思永は自ら危険をおかして単身昆明に赴いた。

話は前に戻る。呉三桂は李思永を見て満面に喜びの色を浮かべると延々と言い訳をした。李思永は冷ややかにいった。「王爺、多言は無用です。われわれが旧《ふる》い恨みを忘れていないのなら、今日はここには来ておりません」

「そうですとも！　これだからわれわれ一同李公子の度量に敬服いたしておるわけですよ。今日のことは、とにかくまずは満族を駆逐し関外に追い出すことですな」

この言いぐさを聞いた淩未風がいきなり芝居の一節を歌い出した。

「これこそは――鈴を解くは鈴を繋ぎし人だのみ、成るも蕭何《しょうか》、敗るも蕭何」

清兵を関内に引き入れた呉三桂そのひとが、いままたその清兵を関外に駆逐することを語っていることをあからさまにあてこすったのだ。

保柱は両眼から火を噴くほどに激怒した。「きさまなんといった？」

「手持ちぶさただったので、ちょっと歌でも歌ったまでです」

事がこじれるのを恐れた呉三桂は敢えて凌未風には取り合わず、監撫の名前を次々に挙げていった。「平南王尚可喜と靖南王耿精忠も南方から呼びかけに応じております。わしが見るに義旗を挙げぬのならともかく、ひとたび挙げれば必ずや大事はなりましょう。ほら、こちらがその平南王の使者です」

そういうと金崖を指さした。金崖は身に余るもてなしに驚き、腰をかがめた。「わたくしども一同ひたすら平西王と行動を共にさせていただきます」

呉三桂はじろりと金崖を見やった。「以後わしを平西王と呼ぶのはやめていただきたい。わしの現在の肩書きは天下水陸大元帥、興明討虜《こうみんとうりょ》大将軍ですからな」

そういうと再び李思永に笑顔を向けた。「ご令兄はいままで一貫して討虜をもって自任なさってきたわけですから、むろんいまさら二の句はありますまいな」

李思永は淡々といった。「『義旗』というは易しですが、この檄文《げきぶん》を書くのはかなりの難事でしょうね」

凌未風が突然また口をはさんだ。「『天下水陸大元帥、興明討虜大将軍』ってのは誰に封じられたのか伺ってもいいですか？　もし永明王のご最期について尋ねられたら、大将軍はなんとお答えになるおつもりですか？」

永明王とは明朝皇帝の一族であり、南明抗清の最後の支えであったが、呉三桂にミャンマーに追いつめられた末絞殺されたのである。凌未風の明らかな面罵《めんば》に、呉三桂が声も出せずにいるうちに、保柱はさっと剣を引き抜くや席越しに刺突を送ってきた。李思永はすっと立ち上がって袖を払うと、ふたりの間に割ってはいった。呉三桂が大声で叫んだ。「手をひけ！」

保柱は顔を真っ赤にし、怒りの形相も露わなまま、無理矢理剣を引き戻した。

李思永は両手を卓につくとゆっくりといった。「大将軍、どうぞお怒りをお鎮めください。凌大俠のおっしゃったことは確かに礼を失しておりますが、全く道理のないことではありません」

呉三桂は身じろぎもせず座ったまま陰気に口を開いた。「道理ですとな？　一体どのような道理なのかお教え願いたいものですな」

「大将軍は腹を割って話し合うことをご希望しておいでですね。ならばわたしの直言にもどうぞお気を悪くなさらぬよう。大将軍のご身分で反清復明の号令をお唱えになるのはやはりいささか不都合があろうかと存じます。大義名分がなければおっしゃることに筋は通りますまい。明朝滅亡が将軍の処断によることは知らぬ者とてない事実。将軍みずから『興明滅虜』を自称なさっても、たぶん民草は信服いたしますまい」

呉三桂はひどくばつが悪く、腹の中では怒りが燃えさかっていた。しかし怒りを露わにするわけにはいかぬため、眉をひそめ、ぐっと自分を押さえた。「ならば公子にはどのようなご高見がおありで？」

「あくまで『反清復明』のみを唱え『駆虜興漢』とはいわぬことです。そして大将軍の名の下に四方に号令するのではなく、家兄を前面に押し出したほうが得策でしょう」

呉三桂は袖を払って立ち上がると、作り笑いを浮かべた。「なるほど李公子は率直なお方だ。

しかしこの問題は即断即決は難しかろうかと存じます。後日改めて議論するというのはいかがですかな？　保柱、お客様をお送りしてくれ」

　保柱に目配せすると、両脇に侍っていた文武官がさっと道をあけた。

　保柱は完全に呉三桂の意をくむと、茶を出して客を送った。このとき大広間には李思永、劉郁芳、凌未風の三人のほかには、保柱ひとりがいるだけだった。ふと振り返ると保柱が残忍な笑みを浮かべている。凌未風は大声で叫んだ。「李公子、お気をつけて」

　そのとき保柱は目隠しの壁を押した。たちまちドンと轟音が轟きいきなり大広間の中央の床が陥没した。凌未風は優れた軽功で身体を弓なりにそらせ、箭のように飛び出して保柱に飛びかかった。保柱は両袖をあげていくつもの金杯を打ち出した。凌未風は空中で身体を翻して金杯を避けると、急降下する大鷹のように保柱につかみかかった。慌てて保柱が両拳を繰り出したが、凌未風はよけもかわしもせず、がっしり保柱に抱きつくと、もろともに地下牢に落下していった。

　地下牢の中は真っ暗で、延ばした手の指先が見えないほどだった。凌未風は足が地につくとすぐに大声を出した。「劉さん、あなた方全員ここにいるんですか？」

　隅の方から澄み渡ったが答えた。「凌さん？　わたしたち全員ここにいます」

　凌未風は保柱を放し、声のしたほうに歩み寄ろうとした。ところが保柱は解放されるや否や凌未風の顔面めがけて拳をふるってきたので、凌未風は力をこめてはらいのけた。「きさま死にたいのか？」

怒り心頭に発した保柱は一言もなく立て続けに七、八拳を繰り出してきた。凌未風はさきほど保柱に拳打されたところがじんじんと痛んだ。あなどれぬ功力である。これ以上打たれてはたまったものではない。暗闇の中で八卦遊身掌法を展開し、保柱の回りをぐるぐる経巡っては隙に乗じて攻め込んだ。保柱もまた負けてはおらず、風音で情勢を判断し、少しも拳勢衰えず、あたかも全身が目であるかのように、ことごとく凌未風の急所めがけて攻めたててきた。

凌未風は保柱の技が少林《しょうりん》羅《ら》漢拳《かんけん》であることを知り、その勁《つよ》さ迅さに配慮して、力ずくで受けることはしなかった。凌未風は一声叫ぶと、両掌を回転させ、もっぱら「空門」から攻めた。生身のふたつの掌を三種類の武器として、右掌で斬り、押し、擒拿するさまはあたかも一振りの五行剣のようであり、左掌で斬る、指す、突き刺すさまは単刀に点穴用の鉤を配したかのようだった。

暗闇の中で保柱にはひゅうひゅうと鳴り響く凄まじい掌風しか感じられなかったが、敵の攻撃がすべてこちらの穴道めがけて襲ってくることを知り、驚きを禁じ得なかった。暗闇の中でここまではっきりと敵の穴道を識別するとはまさに凌未風の名は伊達ではないと思った。

李思永、劉郁芳は暗闇の中で激闘の音のみを聞き、凌未風がだれと闘っているのかわからなかった。しかし双方の拳掌が交わる音を聞く限り、功力は伯仲しているように思われた。

李思永がいった。「劉さん、火口をお持ちですか？」

江湖の人間なら火口を携帯しているはずだ。劉郁芳はいわれて初めて気がついて、すぐに火口に点灯した。火のあかりでゆっくりと近づいくる劉郁芳の姿を確認した凌未風は、凄まじい力ではっしと保柱の背中を掌打し、その身体を突き転がすと右足で腰めがけて蹴りつけた。

「この野郎、まだ懲りないか？」

「湧泉穴」を踏みつけられた保柱は、全身がばらばらになりそうで激痛が内臓にしみわたった。

「おれを殺せ！　おれが死んだら、おまえらだって生きてはおれんぞ」

凌未風は眉をひそめると、足をひいて保柱を隅に蹴りやった。「おまえなど殺すのも面倒だよ」

劉未風と劉郁芳が顔をあわせたそのとき、周囲にさらさらと水が流れる音が聞こえてきた。

「水牢か」凌未風が苦笑すると、保柱はげらげらと笑い転げた。かっとなった李思永は保柱をつかみあげると窓の外に吊りだし、ざぶりと水に浸した。雲南高原で育った保柱は水に浸かった経験がない。たちまち殺される豚のような悲鳴をあげた。李思永は何度も保柱を水に浸すと再び引き上げた。「まだ騒ぐか？」

このとき外の水音がふいに止まるとだれかが叫ぶ声がした。「李公子、お返事なさってください」

劉郁芳が手にした火口の火あかりで、凌未風は水牢のようすを見て取った。壁はただの木板張りで別段堅牢な作りではなく、窓にはめこまれた大きな鉄格子も、容易にねじ切れそうに見えた。しかし部屋の外は完全に水で、部屋自体が地下深いところにあるため、入ったが最後羽があっても逃げ出すことは難しそうだった。凌未風は窓の鉄格子によじのぼって大声で叫んだ。

「何者だ？」

しかし外の男は声をよく聞き分け大声で叫び返した。「きさまに用はない。李公子を出せ」

李思永はゆっくりと窓辺に近づくと、朗々と声をはりあげた。「おまえたちの殿様はうまく策を講じたようだが、残念ながらわれらの仲間数人を殺すことができても、十万の兄弟を殺し尽くすことはできんぞ」

外の男は口調を一変させ、慇懃《いんぎん》にいった。「たしかに殿は公子に冷淡な態度をおとりになりましたが、公子もまたあまりにも頑なでおいででした。殿のお気持ちでは、公子からご令兄にお取りなしいただき、ご令兄に請うて湖北に出兵していただければ、われら両家の連盟は揺らぐことはないでしょう。公子が応じてくだされば、すぐにそこからお出しいたしましょう」

李思永は呉三桂が自分を人質にして軍隊を出すよう迫り、おのれは闘わずして漁夫の利を占めるつもりであることがわかっていた。冷ややかに笑うとフンと鼻をならした。「話し合いの余地があるのか？　もし誠心誠意抗清の意志があるのなら、すぐに部隊の呼称を改め、服飾を変え、大順の国号を唱えるべきだろう。そして呉三桂のやつは、死をもって国に詫びろとまではいわぬにしても、兵権を返上し、引退すべきだろう」

外の声が静まり返り、再び水音が響き始めた。窓まで届くのはもうじきだ。しかし李思永は泰然自若として冷笑を浮かべたままだった。するとふいに水音が止まった。水牢の天井に大きな穴が開き食べ物をいれた籠《かご》が吊り下ろされた。「李公子のお食事です」

劉郁芳は見ただけで手を出さなかったが、凌未風は受け取ってがつがつと食べた。

「まだ毒なんか入れてませんよ」凌未風はそういうと、保柱に横目をくれて食べ物を少し放ってやった。保柱はふと思い付いて、声を限りに叫んだ。「もう食べ物を吊すな。おれは飢えても平気だ」

李思永が即座に蹴り飛ばしたが、保柱は悪辣な笑みを絶やさなかった。保柱は考えたのだ。こうした状況の下では、両者互いに相手の弱みにつけこむことになる。呉三桂には李思永らを殺すことはできないが、李思永らもまた自分を殺すことはできない。ならばこの連中を飢えさせるに越したことはない。とことん腹をすかせたらこいつらとて従わぬわけにはいくまい。全員が飢えで動けなくなったら外の衛士が下りてきて自分を助け出してくれるだろう。それが保柱の計算だった。

保柱の提言を受けいれたのか、食物の供給が停止された。それから四日食べるものはなにもなかった。突然凌未風の全身が痙攣し震えが止まらなくなった。劉郁芳は力の入らぬ身体をひきずりゆっくりと近寄ると凌未風の手を取って寂しげに見つめた。真っ暗な水牢の中でも、きらめくその瞳の寂しさは感じ取ることができた。凌未風の胸が痛んだ。この胸の痛みと比べれば、身体の苦痛などとるにたりないことに思えた。

「未風、わたしたちふたりとも生きてここを出られないでしょう。だから答えてください。ほんとうのことをいってくれますか？」

凌未風は劉郁芳に取られた手をひっこめると、癖になっている仕草で指をひねりあわせ、ふっとため息をついた。「もし確実に死ぬとわかったら、死ぬ前に全てをお話ししましょう」

その指をひねりあわせるさまを息をひそめて見つめていた劉郁芳は、いきなりまた凌未風の両手を握りしめると、発作にでもかられたかのように、ひとりごちるようにいいだした。「いままでほんとに残酷なことってしたことがある？　あるならわかるでしょう、それは死ぬより辛いことだわ。わたしは子ども時代の友達を『殺し』たの。ほんとうにその子が死んだのなら、わたしは一生後悔するわ。でも死んだわけではなく、あなたみたいにただ遠くへ行ってしまっただけで、死ぬまでわたしを怨んでいるとしたら、後悔なんかじゃすまされないわ。昼も夜も悪夢の中にいるのと同じことよ。ちょうどこの水牢のように真っ暗な場所に……」

凌未颪は苦しげに答えた。「その話だけで十分残酷だ。その友達はやはり死んでいたほうがいいと思いますね。生きて戻ってきたらたぶんもっと残酷なことになる。ああ、あなたに子ども時代のことを話したことってないですよね？　われわれはもう大人ですが、ときには子どものころのことを思い出すこともあります。そうでしょう？」

劉郁芳は期待のこもったまなざしで凌未颪を見つめると低い声でいった。「おっしゃって」

凌未颪は再び手を引き抜き、指をひねりながらいった。「わたしの母親はとてもわたしを愛していました。だけど時々ひどく厳しいこともあった。あるとき年上の子どもにいじめられて、その子を殴ったんです。母親に叱られたのが悔しくてわたしは家出しました。家の近くの山のてっぺんに寝ころがって思ったんです。きっと母さんはわたしのことを死んだと思って泣いているだろう。そう思うと、子ども心にひどく快感で、同時にまた寂しくもあった……ああ、郁芳、あなたは笑っているんですか泣いているんですか？　こんな子どもの考えを滑稽だと思いますか？」

劉郁芳は喉がつまった。「どうして自分の愛するひとを苦しめるんです？」

「自分でもわかりません。たぶん、わたしのことを愛しているなら叱ったりすべきじゃないと思ったんでしょう。子どもの考えることなんてだいたいそんなもんです。そうでしょう？」

劉郁芳は息が苦しくなって三たび凌未風の手をぎゅっと握りしめた。「でもあなたはもう子どもじゃありません」

「われわれのことをいってるわけじゃない。もちろんわたしはその友達ではありませんが、もしかしたらそのひともこんな子どもじみたことを考えたのかもしれない。もしそのひとにわたしに似たところがあるのなら、たぶん幼い頃寒い異郷で育ったんじゃないですか？ そうそう、わたしのこの病ですが、これは子どものころ寒い土地にいたせいらしいです。あなたの友達がかりにまだ生きていたら、発狂しているかもしれませんね」

劉郁芳は突然かれの両手を握りしめると絶望のこもった声でいった。「ほんとうにほんの少しも許せないのですか？」

凌未風はふいに声をひそめた。「わたしは許せると思う……」

いい終わらぬうちに、水牢の上から人間がひとり吊り下げられておりてきた。

「だれだ？」李思永が誰何《すいか》すると、外套をはおって顔を隠した男は声を出さずゆっくりと近づいてきた。李思永は十分男を引きつけると素早く右手で脈どころをひねり、親指と人差し指で「関元穴」を押さえた。飢えているとはいえ李思永の点穴の腕は確かで、しかも三十六の要穴のひとつである「関元穴」を押さえたのだ。並の相手ならすぐその場にくずおれていただろう。

ところが男は小さく「うっ」と声をもらしただけで、まるで綿花のように柔らかく手応えがなかった。これは内家最上の閉穴の技ではないか。呉三桂府にこれほどの人物がいようとは。男はいきなり李思永の耳元でささやいた。「どうか落ち着きなされ。わしは絶対危害など加えん。騒がんでください。小さな声で教えてくれますかな。凌未風という方はこちらにおいでで？」

李思永は耳まで赤くなって慌てて相手の手を放すと、横たわる凌未風を指さした。男はきらりと双眸を光らせて近づいていった。

劉郁芳は心底陶酔しており、ひとが近づいてくるのにも気づかず、なおも凌未風の手を握りしめていた。「なんといったんです？　もう一度おっしゃって……許せるといったの？　だったらあなたは……あなたはだれなの？」

凌未風はいきなり手をひっこめると劉郁芳を押しのけて小声でいった。「だれか来ました」

劉郁芳は悪夢から覚めたかのようにいきなり立ち上がると、男に掌打を繰り出した。男がすっと避けると、劉郁芳は勢い余って前につんのめった。男は劉郁芳の身体を支え耳元でいった。「郁芳、目をさましなさい！　わしじゃよ！　おまえの病気を治してやるぞ」二回繰り返したところでようやく劉郁芳の耳に入り、劉郁芳はいきなり「わっ」と泣き出してしまった。

深い修行を積んだ男は夜目がきいた。ちらりと劉郁芳の顔を見て、それから横たわる凌未風を見ると、静かに劉郁芳の肩を叩いていった。「焦らずともよい。まず凌未風の病を治してやろう」

「叔父さま、わたしは大丈夫です、さきにこのひとを診てあげてください。わたしはちっとも焦ってなどいません……」

男は劉郁芳のようすを訝《いぶか》しく思ったが、かぶりをふって地面に膝をつくと凌未風の脈をとった。凌未風が相手の名を呼びかけようとすると、男は声をあげるなと手真似で指図して、懐から闇にも光る一尺あまりの銀針を取りだした。凌未風の上着を脱がせるといきなりその身体にザクザクと突き立てた。李思永がぎょっとして叫んだ。「なにをする?」

慌てて劉郁芳が割って入った。「凌未風の病気を治してくださってるんです。この方は神医なんですよ」

凌未風は背骨に銀針を中程まで刺されても、何事もないかのように声もあげないので、ようやく李思永は半信半疑になった。ややあって凌未風が「うっ」と声をげると、神医は銀針を抜き取って笑った。「よし、よし」

凌未風はさっと身体を起こして座ると頭を下げた。「神技の針治療、まさにその名に恥じぬ腕前」凌未風はそういうと、いきなり指を揃え、近寄ってきた保柱の腰の昏眩穴《こんげんけつ》を点穴した。保柱は声も出せずに昏倒した。神医が水牢の上を指さし、李思永が頭をあげて見ると、かすかに火の光が閃き、人影がゆったりと動き回っている。神医はふいに大声をあげた。「李公子、殿様のご好意によりあなたがたの治療にあがりました。それもこれも一途に連盟結成を願えばこそですぞ。どうして公子はここまで意地をお張りになるのですかな?」

男はすぐに小さな声で付け加えた。「公子、早く口裏をあわせてください!」

極めて回転の速い李思永はすぐに男の意図を汲んで大声でいった。「医者は黙っておれ！　治療の労にはむろん感謝するが、大事についてはおまえが口を挟むことではない」

神医はため息をつき、わざと大声でぶつぶつとこぼした。李思永は口調を穏やかなものに改めた。「あなたのような方とお近づきになれるのは嬉しいが、もしあなたが呉三桂のやつの説客なら、説得など無駄なことだ」

男が縄をひっぱって合図すると、男の身体は再び水牢の上に吊り上げられていった。

それから医者は二日おきにやってきて牢内の四人に気を補う薬茶を飲ませた。十日後には凌未風らの健康は完全に回復した。日神医は下りてくるなり「早くわしと一緒に来るんじゃ」と大声で叫ぶと、神医はあっという間に分筋錯骨の掌打で保柱を倒すと、薬袋から匕首を取り出して劉郁芳にいった。「あんたの錦雲兜を貸してくれ」

「錦雲兜よりこちらの方が用途に適いましょう」李思永が素早く腰につけていた流星鎚を解いて渡した。

「李公子はほんに有能じゃな」医者は匕首を投げ上げ、高さ十余丈の石壁に突き刺すと、空を昇る大雁のようにぐっと飛び上がった。右掌を匕首にかけ左手を離すと流星槌がゆらりと下方に揺れた。劉郁芳はひらりと数丈飛び上がると鎚の頭を握り、すかさず医者がこれを引くと、その勢いを借りて水牢の外に飛び出した。「金刀換掌」という技である。続いて李思永もまた同様にして飛び出した。三番目の凌未風は、全身が麻痺《まひ》している保柱を脇のしたにかいこむと、飛鎚には触れもせず、まっすぐ上に飛び上がり、十余丈の高さのところでちょいと足先を石壁につけ身体の向きを変え、水牢の外に飛び出した。医者は飛鎚を回収すると凌未風と一緒に躍りだした。

水牢の上では五、六人の衛士が入り乱れて倒れていた。いうまでもなく医者に点穴されたのである。李思永はその巧みな技に感じ入って、しげしげと医者を見やった。水牢の中でははっきりと見えなかったが、こうして明るいところで見てみると、童顔に白髪で三筋の長い髭をたらし仙人のように飄々としている。姓名をたずねようとすると、劉郁芳が笑っていった。「水牢の中ではお話しできませんでしたが、こちらはわたしの師叔の傅青主先生です」

李思永は「おお」と一声歓声をあげると、欣然としていった。「なるほど終南派の老先輩でしたか。どうりでよく練れた技をお持ちだ」

挨拶をしようとするところを傅青主がおしとどめて小声でいった。「ここは話をする場所ではない。早くわしと一緒に来なされ」

傅青主は王府の道を熟知しており、みなを連れて屋根の上に飛び上がるとまっすぐ裏庭目指して走った。逃走の最中、凌未風に抱えられた保柱が大声で叫んだ。「ものども早く出合わぬか」

たちまち下から蝗《いなご》のように暗器が斉射された。

「きさま死にたいか」凌未風が怒って右腕で締め付けるとたちまち保柱は失神した。凌未風が左手で游龍剣を振り回すと剣刃の動きにつれて冴えた輝きが円を描いた。そのまま暗器を空中に乱れ飛ばすと、まるで花吹雪のように見えた。それでも暗器の猛攻はやまず、李思永は流星槌を舞わせて敵の暗器にぶつけた。敵の鋼鏢や鉄菱といった重量のある暗器は、飛鎚にぶつかるたびに華やかな火花を散らした。傅青主の応戦ぶりはまた格別で、両方の袖をふるうだけで、あるいは払いあるいは受け、いかなる暗器も次々と集めては打ち落としてしまった。これには敵もいかんともしがたかった。

傅青主は一行を率いて幾つもの屋根を駆けぬけ裏庭に突進した。

このとき意識を回復した保柱がにやりと残忍な笑みを浮かべた。途端に前方でドンと烈火が炸裂し、こちらに向かって吹き付けてきた。硫黄火焔である。その威力を知る一行が慌てて四方に逃げ散ると、前後左右から一斉に火焔が吹き付けてきた。ねらいは全て凌未風である。火焔は無数の火龍のように凌未風を飲み込もうとする。凌未風は怒号をあげると、「一鶴衝天」でひらりと火焔を飛び越えた。花園に飛びおり、ごろごろ地面に転がって身体についた火の粉を消すとともに、保柱を遠くへ放り投げた。顔面に火傷を負った保柱は凌未風の戒《いまし》めを脱するなり、衛士の手から一本の棍棒を奪うと、狂った獅子のように衛士らを率いて前方を包囲した。まさに猛将の名に恥じぬ働きである。

傅青主らもぴたりと凌未風について花園に飛び降りた。四方を敵に取りまかれ、前方で待ちかまえていた十数人の衛士が噴火筒を噴射してきた。火がなめたところは樹木も草花もごうごうと燃え上がった。凌未風ら四人は互いに呼応して動いてはいられなくなり、四方に分散すると、衛士らのまわりを軽々と軽功で飛び回った。四人が走るところに火焔もまた襲いかかる。かっとした凌未風は上着を脱ぐとぶんぶんと振り回し、避けるどころか火焔めがけて向かっていった。上着を叩きつけて火焔を吹きはらう。ほんの刹那の接触だったが上着はごうっと燃え上がった。しかし凌未風はその上着のおかげで少しも傷つくことがなかった。

凌未風は火のついた上着を衛士らの中に投げ込むと、右手にすらりと游龍剣を抜き暴風雨のように襲いかかった。噴火筒は遠くを攻めるには向いているが接近戦には向かない。噴火筒を持っていた数人の衛士は、やむなく火器を置き、刀をぬいて応戦した。

凌未風が人垣を破ると、傅青主らも全力で疾走してその突破口から外に飛び出した。三人の男とひとりの女は四頭の猛虎のように当たるべからざる鋭さだったが、いかんせん、花園の衛士はとにかく数が多かった。たちまち四方八方から四人を押し包み、前後左右どちらを見ても刀の山に剣の海である。凌未風が先頭を走り、傅青主がしんがりを務め、李思永と劉郁芳が間にはさまれて駆けた。李思永は流星鎚を舞わせて近づく敵をはらいのけ、劉郁芳は隙間を見つけては暗器を放ち、凌未風が活路を開くのを助けた。

逃げながら傅青主が奇妙な口笛を吹いた。その音に呼応して長々と角笛の音が鳴り響いた。王府の衛士らが愕然と辺りを見渡していると、天をも揺るがす轟音が響き花園の四方の壁が粉々に飛び散った。轟音に次いで二、三十人の巨漢が飛び込んできた。主立ったものは黒衣の少女と黄衫《こうさん》の若者で、飛び込んでくるなり立て続けに弩箭《どせん》を放った。弩箭はもっぱら敵が大勢固まっているところめがけて容赦なく撃ち込まれた。箭とともに瓶につめた石灰と石ころも投げ込まれ、硝煙がもうもうと立ちこめ、火焔はごうごうと燃えさかり、いかな訓練の行き届いた王府の衛士たちも攻め込まれててんてこまいとなった。

劉郁芳は先頭に立っている少女が傅青主と一緒に武家荘にやって来た冒浣蓮であることに気づいたが、冒浣蓮と一緒にいる黄衫の若者が何者なのかはわからなかった。

李思永は冒浣蓮とその連れの若者以外は全員の顔を知っていた。なにしろ全員自分の部下だったのである。招きに応じ単身で昆明に入る前に、さきに派遣して潜伏させていた者たちだった。しかしなぜその部下たちが、この見知らぬ男女の命令をきいているのだろう。

勇猛に闘う人々の中で、とりわけ黄衫の若者の活躍が目立った。一対の長剣を目にもまばゆく煌《きら》めかせ、風雷の音すら帯びている。こんな敵なら逃げるが勝ちだ。怒りに目を赤くした保柱はまっすぐ李思永に向かって突進してきた。手にした棍棒をぶんぶんと振り回すと一丈四方の棒の花が咲き、頭上から振り下ろしてくる。

李思永は飛ぶように流星鎚を舞わせると棍棒にからみつかせた。力をこめてぐいと引いたが、なんと引っ張られたのは李思永の方で二歩ほど動いてしまった。救援にかけつけようとした凌未風は距離があったため手間取り、その隙に黄衫の若者が虎のように吼えて飛びかかってくると、白黒問わず、双剣を交差させてスパリと棍棒を両断した。一緒に流星鎚の鎚索も断たれ、鎚頭がまっすぐ上空に飛んでいった。保柱も李思永も驚きに色を失い、それぞれ数歩後退した。

黒衣の少女は李思永を指さして大声で叫んだ。「あれは味方よ」

黄衫の若者はものも言わずに身体を返して保柱に追いすがると、再び剣で斬りかかった。保柱はくるりと身体を開くと、半分に斬られた棍棒で「長蛇入洞」の技を展開し、がむしゃらに攻め込んできた。黄衫の若者は右剣を繰り出し、左剣は留めていたが、このときいきなり上方に向かって音高く振り上げると、またもや保柱の棍棒を両断した。同時に右剣は斬る攻めから刺す攻めに変わり、素早く正確に保柱の肩を貫いて大きな穴をあけた。保柱は狂ったような悲鳴をあげると、立て続けに後ろ向きに飛んで傷口を押さえて逃げ出していった。

王府三傑のひとりである范銲が急いで迎え撃って来た。范銲の摩雲剣法は迅速敏捷をもってその長所とする。ひらりと飛び上がって黄衫の若者の頭頂めがけて剣を斬り下ろしながら、その胸に蹴りを飛ばしてくる。黄衫の若者は双剣で「挙火燎天」を繰り出し、范銲の剣に剣刃をからめ上空に跳ね上げたが、胸への一撃は避けられなかった。救援に駆けつけた凌未風は、若者が蹴られるのを見て大いに慌て、素早く「龍形飛歩」を展開して数丈も飛んだが、凌未風が到達しないうちに、范銲の身体は数丈もはじき飛ばされ、地面に落ちると頭から血を吹き出した。なんと硬功《こうこう》を修練していたのだ。せいぜい二十歳かそこでの身で、内功と外功を共に修めているとは。その強さ、決して自分の下ではあるまい。凌未風は密かに舌を巻いた。

ふたりの将軍がやられて、衛士らは一斉に逃げ散ってしまった。冒浣蓮は指笛を鳴らすと、みなを案内して花園の壁が崩れた所から飛び出した。外には二十頭以上の駿馬《しゅんめ》が繋《つな》がれていた。

「ふたりで一騎です、早く撤退して」

「われわれで相乗りしましょう」

冒浣蓮の言葉に、凌未風は黄衫の若者の手をひくと馬の背に乗せた。若者は依然として一言も口をきかず、力一杯馬腹を締めると、痛みに腹を立てた馬は狂ったようにいないて長街を駆け抜けた。たちまち郊外に飛び出し、ほかの人々をはるか遠くに引き離してしまった。

「少し速度を落としてもらえませんか？」

凌未風が少年の肩に触れると、少年は小さく身震いしてフンと鼻を鳴らした。

「好きにしな」ひらりと馬の背から飛び降りてしまった。「速いのが嫌なら、おれと相乗りはやめとくんだな」そういうと奔馬に勝る勢いで走り出した。凌未風がやむなく馬を急かして後を追うと、ほどなくとある叢林《そうりん》についた。若者は一本の柳の木の下に立ち、人目などおかまいなしに軽く小唄を口ずさみだした。凌未風が近づいても全く気にとめるようすを見せない。

「河辺の魚　跳ねて水面に漂う　岸上の人よ　ただ音を聴けよ　見下ろすなよ　ましてや竿など持ち出して釣ろうとするなよ　こんな小さな魚でも　世界の海をまたにかけ　波と遊んできたんだよ」

若者の歌は恋歌のようで恋歌でなく、感嘆のようで感嘆ではないようだった。

「わたしは凌未風。回疆から来ました。あなたのご尊名は？　どちらの方でいらっしゃいますか？」名乗ればきっと驚くと思ったのに、若者は目を据えて冷ややかにうなずいただけだった。

「自分の姓なんか知らないし、どこから来たかも知らないよ。むしろこっちが教えてほしいくらいだ」

凌未風は驚くと近寄って若者の手をとった。「ともに天涯をさすらう身、こうして逢えたのだから名乗りなど必要ありますまい。名乗りたくなければ別にそれで構わないが、今日はこうして助け合ったんだから、われわれはもう友達だろう？　ちょっと話でもしませんか？」

黄衫の若者は凌未風の手をふりはらった。「なにを話せって？　おれはほんとうに生まれたての赤ん坊みたいになにも知っちゃあいないんだよ」

凌未風が不満を露わにしたので、若者は激しく手をふりはらった。「おれはほんとのことをいってるんだ。信じないってんならどうすりゃいいんだよ」

凌未風はむっとすると振り払われた手に内力をこめてぐっと握りしめた。少年は「あっ」と声を漏らすと、いきなり腕を下ろして、腰に力をいれてふりほどこうとした。凌未風も「あっ」と声を漏らして手を放した。ふたりの功力は五分五分だったのだ。凌未風は若者が怒り出すだろうと思ったのだが、予想に反してひとりでその場を離れると、一本の木によりかかり、両手で頭を抱えてしまった。

「ちきしょう！　みんなおれの名をたずねるけど、こっちこそ教えてほしいんだよ！　一体おれはだれなんだ？」

その猛々しい瞳からなんと涙の粒がしたたり落ちた。

凌未風は若者に泣かれてどうしていいかわからなくなった。遠くを見やると盛大に埃を巻き上げて傅青主、冒浣蓮、李思永らの人々が飛ぶように馬を走らせて来る。冒浣蓮は馬からおりると、傅青主に笑いかけた。「傅伯父さま、わたしがいった通りだったでしょう？　このひとは約束の場所を覚えているんだわ。なのになぜ手の施しようがないんですか？」

「極めて難しかろうな」

「でも難しいっていうのは絶望ってことじゃありません」

冒浣蓮は黄衫の若者に優しく声をかけた。「わたしたちと一緒に来て休んでちょうだい。わたしたちには大勢友達がいます。わたしたちの友達はあなたの友達で、友達の家はあなたの家よ。どうかわたしのいう通りにして。あと数日したらあなたがだれなのか教えてあげる。必ず『なくした』あなたを『捜しだして』あげるから」

　そういうと若者に李思永を紹介した。「こちらは李闖王のご兄弟のお孫さんですよ」

　黄衫の若者はつぶやいた。「李闖王、李闖王」

　冒浣蓮は慌ててたずねた。「李闖王という名を聞いたことがあるの?」

「思い出せない。聞いたことがあるのかどうかもわからない。ただほかの名前より聞き覚えがあるような気がして」若者は両手で頭を抱えて苦しげに考え込んだ。冒浣蓮はにっこりと笑った。「思い出せないのなら無理して考えることはないわ。さあ、行きましょう」

　一行が身を寄せたのは李思永の父の友人で以前李錦の副将だった男の家である。李闖王の死後、李錦の命令によって昆明郊外に隠居し、以来二十年間ずっと闖王の残党と連絡を保っていたのだ。全員が到着したのはすでに黄昏時《たそがれ》だった。主人はとうに準備を整えていて、すぐに酒飯を用意して群雄を歓待した。

　この家の庭には二株の金木犀があった。気候が温暖な昆明では初秋にもかかわらず満開の金木犀が馥郁《ふくいく》たる香気を放っており、人々は酔ったような心地になった。黄衫の若者は庭を通るとき、ひどくいらついた様子でぎゅっと目をすがめた。食事が終わり金木犀の砂糖菓子が供されると、黄衫の若者はいきなり癇癪《かんしゃく》をおこして菓子を地面に叩き落とした。主人は大いに驚いたが、傅青主が耳元でなにやらささやいてなだめた。黄衫の若者もすぐにわびをいった。

「木犀の花を見るとなにか思い出せそうな気がするんだが、どうにも思い出せなくていらいらしちまうんだ。ご主人、どうか悪く思わないでくれ」

みなは若者の挙動を不審に思ったものの、今日の王府での活躍を思えば、面と向かって責めようという者などひとりもいなかった。

李思永も凌未風も知りたいことが幾つもあったが、酒席がはねると傅青主に釘をさされてしまった。「おまえさんたちも今日は一日疲れたじゃろう。早めに休むことじゃ。明日になったら改めて事の一部始終を話そうと思うが、それでどうかな?」

大先輩の傅青主にこういわれてしまえばおとなしく引き下がって寝るよりほかになかった。しかし凌未風はどうしても眠れず、月影の庭でも散策するかと上着をひっかけて外に出た。凌未風の部屋の扉の外は広間になっていて、傅青主がひとり燭をともして読書していた。

「凌壮士、部屋に戻りなされ。これから、たとえどんなことが起きようと決して声を出してはなりませんぞ。手出しも無用じゃ」

その厳粛な顔つきに、凌未風は仕方なく部屋に戻ると外の動静を注視することにした。

それから一時間ほどが過ぎ、真夜中をまわったが、外からは物音ひとつ聞こえなかった。傅青主は石像のように身動きもせず本から目を離すようすもないので、凌未風はわけがわからず、疲れて眠くなった。そのとき、ふいに階段が音をたて、ゆっくりとだれかがおりてきた。ハッと目を見張ると、双剣を手にした黄衫の若者が殭屍のようにしゃちこばって突っ立っている。その目はすわり、顔にはかすかに殺気を帯びて、一歩一歩傅青主に近づいていく。凌未風の驚きはただごとではなかった。止めに入ろうかとも思ったが、傅青主の言葉を思い出して思いとどまった。傅青主はまるで気づいていないかのように本を読み続けていた。

第八回　黄衫児

長年江湖の荒波に揉まれ、少々のことでは驚かなくなっていた凌未風ではあったが、冷たく光る目を据わらせ殭屍のようにしゃちこばって歩いてくる黄衫の若者を見たときは、さすがに背中が粟だつのを感じた。

傅青主は若者が十分そばに近づいてから、ようやくゆっくりと立ち上がると、なにごともなかったかのようにたずねた。「よく眠れたかね？」

若者はきょとんとした顔で傅青主を見つめ、傅青主は小さく笑って茶を勧めた。若者が茶碗を受け取ると、長剣がカランと地面に落ちた。「もう少し寝ておるがいい」

傅青主が手を叩いて笑うと、たちまち若者はぱったりと倒れ、すぐに鼾《いびき》をかきはじめた。

そのとき激しく階段を鳴らして冒浣蓮が駆け下りてきた。床に横たわる若者と傍らに落ちた長剣を見て、冒浣蓮は思わずたずねた。「伯父さま、ご無事でした？」

「ああ。この子は手出しすらしとらんよ」

傅青主はそういうとほほえんだ。「浣蓮や、わしがこの子を廃人にするといったら、おまえどう思う？」

「どうしてそんなことを!?」

「殺すとはいっとらん。不具にする気もない。ただ武芸が使えんようにするだけじゃ。ちょっとした施術で全く武芸が使えんようにすることはできるぞ」

冒浣蓮は喉をつまらせた。「どうしてそんな酷いことができるんですか？　このひとを治してあげられないのは仕方ないとしても、なにもそこまでしなくったっていいじゃありませんか」

「病気が治せんからこそじゃ。この子の『離魂症（夢遊病）』はな、きっとなんらかの衝撃が原因でこうなったんじゃろうとは思うが、あいにく何もかも忘れてしもうておるゆえ、原因を探り出す手だてがない。それでは治しようがないんじゃ。とりわけ恐ろしいのは、発作を起こせばまるきりなにもわからなくなってしまうことじゃ。たとえ日中は善人であっても、夜に発作を起こせば人を殺してしまいかねん。これほどの腕を持つ男じゃ、武芸を封じぬ限りだれにも抑えることはできんぞ」

「さっき伯父さまを殺そうとしたのですか？」

「そりゃわからんが、顔に殺気が漂っておったな」傅青主はすっと立ち上がった。「この子がひとを殺すかどうかはだれにも予測のつかんことじゃ。武芸を封じず放置して夜中に騒がせるような危険はおかせまい」

「傅伯父さま、わたしをかわいいと思ってはくださらないんですか？」冒浣蓮の瞳から透き通った涙があふれた。傅青主が答える前に大雁のように空をかすめて黒い影が飛び込んできた。

傅青主は一歩退くとハハと笑った。「出てくるだろうと思っておったよ。どうしてわしのいいつけに従わなんだ？」

黒い影は凌未風だった。凌未風はせきこんだ口調でいった。「ほかのことならともかく、かれの武芸を使い物にできなくするなんて、そんなこと承伏できません。これだけの功夫を身につけるのが簡単だったとでもお思いですか？　ちゃんと治療してやれば、われわれにとっても大いに助けになるはずです。このひとの武芸を封じるなんて、黙って見ていられるものですか」

冒浣蓮も続けた。「傅伯父さま、凌大俠もこのようにおっしゃっているのですし、おやめになるわけにはいかないんですか？」

傅青主はまたもや大笑いすると、手を袖にいれてすとんと腰をおろした。「どうやって治療したもんかとさんざん考えたんじゃが、ようやく手だてが見つかったな」

「どうやって……？」

「本気でこの子の武芸を使い物にできなくするとでも思ったかね？　おまえのかれに対する気持ちを試してみただけじゃよ。しかと見極めたわい」

「またご冗談をおっしゃったんですね」

「冗談なんぞであるもんかい。いまこの子に一番必要なのは気だての優しい娘がそばにいてくれることじゃ。この子が頼れる娘でなければならん。でないと素直にいうことを聞くまい。それに忍耐強くなければならん。でないと病気の原因を探り出せんからの。しかしかように危険な男だ。もしその娘が全てを犠牲にする覚悟で十分尽くしてやれぬのなら、近寄るべきではあるまい。この子のそばにいればどんな結果になるかわからん。こういう病人はひどく敏感じゃからの。ほんとうの真心を寄せてくれているのかどうか、感じ取ることができるんじゃよ。この子に必要なのは、母親であり姉妹であり友達であり、どんなことでも腹蔵なく話すことのできる相手じゃ。そしてそれに最も適した人間がおまえなんじゃよ。それでまずおまえの気持を確かめたかったというわけじゃ」

冒浣蓮が黙っているので傅青主は笑った。「これでも傅伯父さんがおまえをかわいいと思っていないと思うかね?」凌未風もこの言葉にひかれて笑いだしてしまった。傅青主がにやにやしながらいった。「今夜試されたのは冒浣蓮ばかりではないぞ」

「わたしのことも試したんですか?」

「英雄を知るは英雄のみ。あんたは武芸を極めた男ゆえ特別に才能を憐れむんじゃろう。ちょっとあの子の武芸を使い物にできなくすると言ってみたら、案の定、怒りだしそうな勢いで止めに来おった。正直、浣蓮にあの子の面倒を見させたいとは思ったが、万一発作を起こしたときのことを思うと心配でな。だれにもあの子を抑えることはできまいからな。あんたが浣蓮と一緒についていてやってくれたら万に一つの間違いもあるまい。浣蓮をかれとできるだけ仲良くさせてやって、あんたは端から守ってやるだけじゃがな」傅青主はそういうと豪快に笑った。

「それは構いませんが、この病人について少し話してはくださいませんか? たとえばどこでかれと知り合ったのか」

傅青主はゆらめく燭光《しょっこう》の下で驚くべき出会いについて語った。

傅青主と冒浣蓮は、武家荘で群雄たちと別れると、山西から陝西《せんせい》に来て陸路から四川に入り数日で剣閣に着いた。ここは有名な難所であり、「蜀道《しょくどう》の難、青天に上るより難し」という人口に膾炙《かいしゃ》した名句が示す場所こそすなわち剣閣なのである。

その日ふたりは山々がそびえ立つ「剣門関」を通過して史上名高い「桟道」を歩いていた。いわゆる「桟道」というのは切り立った崖を削って切り開いたまがりくねった小道のことだが、それすらも不可能な場所では、絶壁に杭を打ち込みそれを横木として上に板を渡し空の上に道を築いた。崖沿いに幾千もの階段が刻まれている場所もあった。仰ぎ見れば天日を遮る山が連なり、下を見れば波濤が轟く計り知れない深さの谷である。傅青主にとっては特にどうということもない道だったが、冒浣蓮はあたかも薄氷を踏むかのようにびくびくと歩いた。初夏とはいえ桟道の高い所では山風が冷たく、衣に耐えぬ寒さである。

傅青主と冒浣蓮は、一日かかっても山道を抜けることができず、迫りだした暮色にさすがに浮き足だってきた。そのときふたりは山間《やまあい》の平地で山藤を採集している少女に気づいた。少女は手で蔓を引きちぎっている。強靭な山藤は、普通の人間なら刀で切るのも重労働だが、少女は力をいれているようにすら見えなかった。浣蓮が声をかけると、少女はひどく嬉しげに近寄ってきてその手をとり、あなたは突風に吹かれて荒山に落ちてしまった仙女なのかとたずねた。山奥の暮らしが長く、外の人間を見る機会がなかったのだ。

あたかも谷間の百合のような美少女だった。冒浣蓮が自分たちは普通の旅人だと話すと、慌てたようすで自分の家に泊まるよう勧めた。娘の家はほど近い場所にあったが、遠くからでは全く気がつかなかった。ふたつの峰に挟まれた断崖絶壁の上に位置し、絶壁に突きだした二株のねじくれた松がちょうど目隠しになっていたのだ。屋内に入ると、六十歳ぐらいの老人がいた。色黒で痩せていて鳥の爪のような指をして、爪がえらく長く、活力にあふれたようすだった。傅青主たちも老人の姿に驚いたが、老人もまたふたりを見てひどく驚いたようすだった。道に迷った旅人であると告げると、半信半疑ながらもふたりを招きいれた。男はなにか心配事でもあるかのようすで、話をしていてもどこか心ここにあらずといったように見えたが、もてなしは行き届いていた。

食事が終わり、夜になると、突然男はふたりに告げた。「お客さん、どうやらあなたがたは普通の旅人ではないようだ。おふたりとも武芸がおできになると拝見したが、たとえ今夜どんなことが起きようと決して声を出してはなりませんぞ。手出しも無用です」

そのとき娘がたずねた。「お父さん、お母さんはまだ帰ってこないのね。あのときの悪いやつがまたやって来るの？　わたしもう大きいんだから、お父さんのお手伝いをするわ」

老人はこれを聞くなり顔色を変えて娘を責めた。「手出しはまかりならん。もし手を出したりしたら、わしはおまえを娘とは認めんぞ。かりにわしが撃ち殺されたとしても絶対に手を出してはならん。もしやつがおまえを連れていこうとするなら、おまえは一緒に行かねばならん。決してわしの仇討ちをしようなどと思うな。わかったか？」

「お父さん、一体なんの話？」泣き出した少女に、老人は厳しい声でいった。「おまえがわしのことばに背くなら、わしは死んでも死にきれんわい」

理屈の通らぬ老人の言葉に、部屋の中には重苦しい空気がたれこめていた。

男の両眼には生き生きとした光があり内家の使い手であることは一目で知れた。どうやら大力鷹爪の功夫を身につけているようでもあったが、傅青主には男が何者なのかさっぱり見当もつかなかった。恐らく江湖のだれかに仇とつけねらわれているのだろうが、ならば助太刀を喜ばぬはずはない。ところが老人は娘の手助けすら許さぬというのだ。男の意図が傅青主には図りかねた。

傅青主がそこまで話すと、凌未風がいきなりぽんと手をたたいた。「わかりましたよ、その老人がだれなのか」

いい終わらぬうちに窓の外からも同じ台詞が聞こえた。「わたしもわかりました、その老人がだれなのか」

凌未風が窓に飛びつくと黒い影がさっと窓から飛び込んできた。李思永である。かれもまた内心の疑惑にさいなまれ、夜が更けても眠れずにいたのだ。冒浣蓮が階段を駆け下りる足音に驚き、一緒についてきていたのである。

凌未風がいった。「かつてわたしの師父が各派の名の通った使い手について話すのを聞いたことがあります。それによると剣閣の桟道の絶頂にひとりの隠士がおり、その名を桂天瀾といって、大力鷹爪功と綿掌の技を極めているとか。鷹爪功は外家の絶技、綿掌は内家で最も難しい技のひとつです。外家も内家も共に納めたこの御仁は、武林の怪傑といえるでしょう」

冒浣蓮が思わず「まあ」と声をあげた。「そのひとの姓は桂というのですか?」

凌未風がうなずくと、冒浣蓮は視線をさまよわせると手で顎を支え、なにごとか考え込む顔つきになった。李思永がいった。「わたしも父が桂天瀾という人のことを話すのを聞いたことがあります。極めて武芸に秀でた人で張献忠が四川を総括していたときに張の部将の李定国の幕下にいたそうです。張献忠と李定国が相次いで敗北した後行方が知れなくなったのですが、後になって剣閣に隠棲しているという者があり、父は何度もひとを派遣したのですが、ついに捜しあてられませんでした。傅ご先輩は仇として狙われているのではないかとおっしゃいましたが、もしかしたら個人的な仇ではなく、清廷の使い手に追われているのかもしれませんね」

傅青主はかぶりをふった。「あんたの推測は半分しか当たっとらんよ。最初に仇を求めてやって来たのは清廷の人間ではなかった」

傅青主は話を続けた。

父娘が話を交わしていると、屋根の上から突然三本の鏑矢《かぶらや》が飛びこんできた。鏑矢は江湖で仇に警告を発する合図であり、相手を倒す自信がなければ決してこのような警告はしない。武林でもまれに見る使い手の父娘を相手に堂々と警告を発してくるとは、どれほどの腕を持った人物なのだろう? 鏑矢の後、案の定外から雷鳴のような叫び声が聞こえてきた。「まだ出てこんつもりか?」

老人は愁い顔でゆっくりと立ち上がると、娘にむかっていった。「絶対にわしのいいつけ通りにするんじゃぞ」そして傅青主らにはこういった。「あんたらも絶対に手出しは無用ですぞ」

男が家の外に飛び出すと、傅青主は堪えきれずに後を追ったが、振り返ると、娘と冒浣蓮も出てきていた。家の外に立っていたのは赤ら顔に渦を巻いた頬髭を生やした老人で、傅青主が出ていくとギロリと睨みつけて冷ややかに笑った。「恥も外聞もなく助っ人を頼みおったか」「わしはただの通りすがりじゃ」傅青主は慌てて否定した。江湖の仇討ちに他人の口出しは無用である。本来傅青主はその場を立ち去るべきだったが、好奇心の誘惑には勝てず、遠巻きにしてふたりの勝負を見物していた。そのとき桟道の下方、山腰の辺りを黒い影がやって来た。

赤ら顔の老人は「助っ人がいようが恐れるわしではないわ」とわめいた。両掌を交差させると、会話をうち切り、色黒で痩せた老人めがけ容赦なく攻めかかってきた。十余丈離れたところに立っていた傅青主の耳にもひゅっひゅっと掌風が聞こえてきた。

話を円滑に進めるために、かりにその老人を桂天瀾だということにしておくと、桂天瀾は狂ったように飛びかかってきた赤ら顔の老人に反撃しようとせず、力をこめて両脚で踏みつけるとあたかも箭のように二、三丈は飛んだ。「ちょっと待つわけにはいかんのか？　はっきり話をつけさせてくれんか」

赤ら顔の老人はこれを聞かず、影が形に添うごとく一歩一歩迫ってきた。桂天瀾はじりじりと後退して絶壁の縁まで来てしまいもう後がない。赤ら顔の老人は両掌を一斉に発して真っ向から押してきた。桂天瀾は両腕をさっと分けると、身体を傾けて前に踏み出し、右掌で横に遮ると左掌を翻して赤ら顔の老人の腕を打ち、同時に右手の指を揃えて曲げ身をのりだすや、いなずまのような勢いで老人の脇腹めがけて点穴を見舞った。赤ら顔の老人が両掌で封じると、続けて左掌を斬り下ろし、足をあげて横に払った。

しかし不思議なことに、桂天瀾は左斜めに動いて赤ら顔の老人の脇腹に点穴したが、なにやらわざと相手に譲るかのように、掌打が空を切ると、赤ら顔の老人が身をかわした隙に、さっと右に飛び出して絶壁の縁から離れた。

赤ら顔の老人は負けたにもかかわらず退こうとせず、どす黒く顔を染めるとすぐにまた命がけのようすで飛びかかってきた。ぴたりと桂天瀾にまとわりついてぐるぐるとその周りを回りながら、その動きは疾風のように益々速くなり、その足は九宮八卦の方位を踏んで少しも乱れがなかった。九宮神行掌である。

一方桂天瀾も負けてはいなかった。赤ら顔の老人がぐるぐる回るのにつれて、自分も一緒に回転しながら、その発する掌はあたかも綿花のように軟らかいのに、力のみなぎる敵の掌打はことごとく力を削がれてしまうのだ。

ふたりの闘いはまるで走馬燈のようだった。前後左右、ものすごい速さで動くので、しばらくすると、月光の下でふたつの黒い影が一団となっていなずまのように回転しているのが見えるだけで、技の見分けどころか、どちらが赤ら顔の老人でどちらが桂天瀾なのか、それすらわからなくなるほどだった。

桂天瀾ほどの腕をもってすれば、敵の一撃がはずれた隙に反撃に転じることもできたはずだが、しかし奇妙なことに、かれはいつまでたっても守るだけで攻めようとせず、しまいには明らかに敵が破綻《はたん》を見せたというのに、繰り出した点穴を寸止めにする始末だった。

見守る傅青主はハラハラして、桂天瀾に警告したくてたまらなかった。またひとしきり闘って、赤ら顔の老人がいきなり片足を飛ばして桂天瀾の脇腹の穴道に蹴りを見舞ってきた。桂天瀾は右掌で防ぐと、敵の左足の踵をつかんだ。押し出しさえすればすぐにも崖からつき落とせたところを、恐らく地面に押し倒そうとしたのか、腕を下ろしてしまった。たちまち赤ら顔の老人は鴛鴦連環腿《れんおうれんかんたい》を繰り出して、左足で素早く桂天瀾の胸を蹴り上げてきた。桂天瀾が大声で叫んで両掌をゆるめると、赤ら顔の老人は数丈もかすめ飛び、身体をそらせるなり三本の弩箭を射かけてきた。この箭の三番目が桂天瀾の下腹に命中したのである。

そのとき、いきなり娘が飛び出した。右手をうち振って長い山藤を投げつけると、左手で三本の鋼鏢を投げたのだ。ところが老人は避けるどころか逆に歩み寄ってくる。「悪者は撃ち殺した、嬢ちゃんや、わしと一緒に行こう」

娘が突然攻撃したというのにまるでなにも気づかぬように近づいてくるのだ。その脚には蔓が巻き付き左肩には鏢が突き刺さっているというのに。そのとき桂天瀾が大声で叫んだ。「竹君、手を出すな、かれはおまえの父親だ」

赤ら顔の老人は寂しそうに笑った。娘は雷にうたれたかのようにぶるぶると身体を震わせた。するとそこへ四人の黒装束の男が飛鳥のように襲いかかってきた。赤ら顔の老人は怒号をあげて両脚で飛び上がった。足を縛っていた蔓はいくつにもメリメリと裂け、老人は娘の肩を摑んだ黒衣の男に抱きついた。ふたりとも地面に倒れて転がるともろともに崖の下に転がり落ちてしまった。娘は呆然とその様を見ていたが、やがて急に狂ったように前に飛び出すと、崖の縁から身を躍らせてしまった。

黒衣の男たちは四人とも清朝内裏の使い手だった。赤ら顔の老人に抱きつかれて崖から落ちた男の顔を傅青主は見知っていたのだ。「八臂哪吒」の焦覇という男で、以前は江湖を股に掛けた大盗賊だった。清兵の入関後、一味を率いて投降し内裏侍衛にまでなったという話だが、その武芸のほどは決して傅青主に劣らぬものだった。ほかの三人の来歴はわからなかったが、身ごなしからして一流の使い手であるのはまちがいなかった。三人がたちまち桂天瀾に殺到しおったので、傅青主もそれ以上傍観しているわけにもいかず、急いで剣をひきぬくと桂天瀾の助っ人を買って出た。

傅青主が相手をした三人は、三人ながらに実に侮れぬ腕前で、傅青主には全ての攻撃を受け止めることはできず、その結果ひとりが桂天瀾に襲いかかった。しかしふたりを相手に精一杯だった傅青主は、助けに行くどころかようすを窺うことすらできなかった。

そのとき冒浣蓮が桂天瀾を助けに走った。しかしサーベルを使う男の腕は、冒浣蓮の剣では太刀打ちできず、刀風ひとつではじきとばされてしまった。桂天瀾は紙のような顔色で、ゆらゆらと身体をゆらしながら、片手で腹を押さえ、片手で応戦していた。衛士はただぎらつく刀をやたらと振り回すだけで敢えて懐に飛び込もうとはしなかった。恐らく桂天瀾の大力鷹爪功夫を恐れたのだろう。やがて焦りを感じだし、くるりと冒浣蓮の方に振り向くと、「雲龍三現」で颯々《さつさつ》と続けて三刀斬りかかってきた。

「きさまから片づけてやる」第二刀が繰り出されたとき、浣蓮の剣ははじきとばされてしまった。黒衣の衛士の第一刀は浣蓮を二歩退かせ、第二刀はその剣をはじきとばし、第三刀は頭めがけて振り下ろされた。冒浣蓮はただ目をつぶって死を待つのみだった。ところがなんと衛士が悲鳴をあげたのである。思わず浣蓮が目を開けると、桂天瀾が片手で男を摑んでいた。衛士が頭を後ろにふりあげ、返す手で桂天瀾の腰に斬りつけると、桂天瀾は怒号をあげ、下腹を押さえていた手を放して両手で衛士の身体をまっぷたつに引き裂いた。桂天瀾は血塗れの男を谷底に放り投げると、傅青主を指さして浣蓮に行けと促した。しかしそういう桂天瀾こそどくどくと腹から血を噴き出させ、全身真っ赤に染まっているのだ。冒浣蓮は慌てて頭巾を引き裂き包帯をした。かれは地面に座りこみ声すら出せない有様だったがそれでもなお、ひどく腹立たしげに傅青主を助けに行けと指をさした。

　そこで冒浣蓮は大声で叫んだ。「わたしたち、ひとり殺しました」

　傅青主は双袖で暗器をうけることができるので誤って傷つける気遣いはない。それを知る冒浣蓮は遠くから鉄蓮子を投げつけた。衛士たちは鉄蓮子の猛攻に右往左往して逃げ回った。ふたりの衛士は暗器を避けながら後ろを振り返り、なるほど仲間の姿が見えないことに気づいたのだろう、「まずいぞ！」と声をあげて浮き足だった。傅青主はそこに乗じて飛びかかり、無極剣の「展翼摩雲」の絶技でもって、一剣にひとり、一気にふたりをやっつけてしまった。

　しかし、敵は皆殺しにしたものの、桂天瀾も虫の息だった。慌てて傅青主が駆け寄ると全身血塗れだったので、金創薬で止血し、泉で洗い清めてやった。服の胸元が破れて鞋《くつ》の跡がついている。どうやら赤ら顔の老人の連環腿にやられたらしかった。あの蹴りをくらいながら、いままで持ちこたえたばかりか、敵を倒してのけるとは、その功力の深甚なることまさにまれに見るほどだった。胸以外にも下腹にも弩箭によって穿たれた穴があり、腸がのぞいていた。さらに脇腹には黒衣の衛士に「愈気穴《ゆきけつ》」を点穴された跡があった。桂天瀾が懸命に内功をめぐらせて穴道を封じているのを知った傅青主は、あわてて穴道を開いてやったが、しかし時間が経ちすぎていたために、穴道が開いても、身を震わせただけで、もはや口をきくこともできなかった。傅青主は桂天瀾を屋内に抱き入れて細かく診察した。医術の腕にはそれなりの自負もある傅青主だったが、所詮死人を生き返らせることなどできない。もう手の施しようがなかった。

桂天瀾は涙を流すと、身をふりもがいて地面に指で字をしたため始めた。

「どうか雲南の東、五龍幇《ごりゆうほう》に行って、ひとりの……」

書き始めこそ泥土をはじきとばすほど力強かった文字も、次第にうっすらとした痕跡のみとなり、ついに書き終える前に息絶えてしまった。

傅青主が話を終えると、だれもがみな暗然となった。しばらくして凌未風が頭をあげてたずねた。「では、黄衫の若者とはどうやって知り合ったのですか？　桂天瀾となにか関係でも？」

「わしにもわからん。あのときわしは桂天瀾の姓名すら知らなんだし、かれもまた最後まで口上を書き終えることができなかった。しかしその夜のことが五龍幇とやらに関係があることだけは間違いない。もしわしがかれのためにやり終えてやらねば、かれも死んでも死にきれまい」

続けて傅青主はゆらめく燭光の下で第二の驚くべき物語を始めた。

桂天瀾が死んだ翌日、傅青主と冒浣蓮は剣閣を過ぎて一路南下した。途中兵馬が往来するのを見て、傅青主は四川巡撫《しせんじゅんぶ》羅森が呉三桂と連絡をとり兵を集めて変事に備えているのだろうと推測した。韓志邦からもらった住所を頼りに四川の天地会の舵主を探し、事情を説明した後、呉三桂の反清の陰謀を報せ、かれらにも変事に備えさせた。その後四川より雲南に入り、二十日あまりで雲南の東についた。道中いくらたずねても五龍幇の所在は知れず、五龍幇がどういった幇会《ほうかい》であるのかすらよくわからなかった。やがて雲南東の霑益《てんえき》に着いた。街から百余里の小さな村である。十数人の大男がぞろぞろと一軒の飲み屋にはいっていくのが目に付いた。足運びからして一目で江湖の人間と知れる。好奇心を起こした傅青主は冒浣蓮と中に入った。飲み屋の地面には男がひとり横たわり、まわりを男たちが取り巻いていた。ひとりが按摩《あんま》をしてやっていたが、男は昏々と眠り続けていた。

傅青主は薬箱を背負い江湖の医者の格好をしていたが、遠慮なくひとびとをかきわけ進み出て男のようすを見ると、取り囲んだ男のひとりがいった。「なにを見ている？　おまえに治療できるような傷ではないぞ」

なるほど鉄沙掌で穴道を傷つけられている。確かに普通の医者に治せるものではなかった。傅青主はにっこり笑ってみせた。「傷を受けて二十四時間以内ならわしに治せるぞ」

男たちは驚いてたちまち恭しくかれに治療を請うた。傅青主が意識のない男に按摩をほどこすと、すぐに穴道が開き血の巡りがよくなって、まもなく男は体内にたまった悪い地を吐き出した。その途端男は口を開いて罵った。「きさまら五龍幇ごとき、あんなちっぽけな山寨《さんさい》なんかこのおれが踏みにじってやる」

傅青主はこれを聞いてまさに小躍りした。いままでさんざん捜して見つからなかった五龍幇の名が、こんなところで飛び出してくるとは。

男はゆっくりと意識を回復し、兄弟たちが取り囲む中、見知らぬ老人が自分に按摩しているのを見てひどく驚いた。傅青主が笑った。「もう大丈夫じゃ、あと二日も休めば普段通りに動けると請け合おう」

傅青主の医術の腕前にだれもがみなうなった。小柄で精悍な中年男が長兄然として近づいてくると挨拶した。「二弟の命をお救いくださりありがとうございました。ご尊命をお聞かせ願えますかな？」懐から小粒金を取りだして手渡そうとする。「報酬というにもつまらぬものですが、ほんの気持ちでございます」

傅青主は軽く笑ってその手を押しやった。「報酬はいただきますぞ。しかし金子《きんす》は結構じゃ」

「それはまた、なにをさしあげればよろしいので？」

「『五龍幇』です。五龍幇とはどこにあるのか教えてくだされ。あなた方は五龍幇となにか因縁でもあるんですかな？」

途端に取り巻いた男たちがざわめきだした。男はすぐに仲間を鎮めた。

「あなたはわれわれの兄弟を救ってくださったのですから、お教えするのが筋ですが、しかし事は関連がありすぎる。まずあなたの来歴を教えていただけますかな」

「わしは姓を傅、名前を青主と申す。五龍幇とはちょっとしたいざこざがありましてな」

男は「おお」と一声叫ぶとへりくだって挨拶をした。「どうしてもっと早くおっしゃってくださらなかったんですか。大水が水神様のお社を押し流すですな。お仲間ではないですか」

そういうと周りの連中に向かっていった。「傅先生はわれわれの総頭目が常々お名前を口になさっていたお方だ。かれは武林の先輩で、神医名人と言われている方だ。総頭目は何度か人を差し向けてご挨拶申し上げようとしたのですが、なにしろわれらは辺境に蟄居《ちっきょ》し、あなたは江南においでで、遠く山河に隔てられ思うようにはならなかったのです。思いがけず今日ここでお会いできるとは」

男は自ら名乗った。姓は張名は青原、李来亨の手下の将領である。「われわれの総頭目とはつまり、李錦の養子で李闖王の孫の代にあたります」

「お会いしたことはないがお名前はお慕い申し上げておりましたぞ。以前からお目にかかりたいと思っておったところです」

そこで張青原は五龍幇と対立している経緯について話した。李思永は単身で昆明に入る際、あらかじめ手兵を昆明に潜ませておくことにし、張青原は十八人を率いて雲南東の道をとって昆明に入ることになった。ところがここ霑益に来たとき、どうしたものか五龍幇に情報を知られ、行く手に立ちふさがられたのである。副将の蔣壮は負傷し、ふたりの仲間が連れ去られた。

張青原がいった。「五龍幇とはもとは根拠地も持たない山賊の集まりだったのですが、一年ほど前、六樟山《ろくしょうざん》中に居を定めまして、われわれの仲間になるよう勧めておったのですが、向こうは乗り気でなく、こちらも無理強いはせず、といった状態だったのです。ところがいまになってなぜかわれらに襲いかかってきおった。事後こちらも連中のひとりを捕らえて尋問したところ、五龍幇は先月呉三桂に買収されたことがわかりました。まだ改めて編入していないだけだというのです」

「五龍幇の首領はどんな人物じゃね？　仲間は何人おるのかね？」

「それが意外に武芸を身につけておりましてね。雲南の南で、故人となった武人、葛中龍の弟子だった五人なのです。話によると葛中龍には五種類の絶技があり、五人でそれぞれ一種類ずつ引き継いでいるそうです」

「その五種類の絶技とは？」

「葛中龍は鉄沙掌をもって知られた男ですが、ほかには『地堂腿』があります。これは『滾地《こんち》堂《どう》』の一種ですが、本来拳主体だったこの技に足技を持ち込んだ点が独創的です。あとは三節《さんせつ》棍《こん》、毒鉄菱、それに五行拳が葛門五絶と称されています」

「はて、地堂腿が多少目新しいほかは、極めて平凡なようじゃが、どうして『五絶』などと称することができるもんかね」

「昔の武人は自分で触れ回るのが好きでしたからな。いずれにせよひとりでこれだけの武芸を修得していたというのは、なかなかできないことだったのでしょう」張青原はここで一呼吸置くと続けた。「葛中龍の五人の弟子の名前には順に数字が入っておりまして、張一虎、李二豹、趙三麒、銭四麟と唐五熊、といいます。それぞれひとつずつ技を伝授され、師父の名を掲げて五龍幇と称したのです。後に匪賊に身を落とし、人数もさほど多くはありません。せいぜい四、五百人といったところでしょう」

傅青主は六樟山に行く道を尋ねると、去り際蔣壮に薬を渡した。「もう一度これを飲めば、明日にはわれわれと共に五龍と闘えるようになっているじゃろうて」

千万の禁衛軍に守られた五台山に夜間侵入したことのある傅青主と冒浣蓮である。こんな小さな山寨など問題ではなかった。真夜中にふたりは六樟山の大寨にもぐりこんだ。大寨とは名ばかりの狭小な場所で、茅葺き板張りの掘っ建て小屋が東に一列、西に一列、山によりかかるようにして建っていた。中央に黒い瓦葺きの建物が一棟あり、おそらくそれが議事堂のようだった。ふたりは闇に乗じ、軽功を展開して、黒瓦の上に到達した。屋上にふたり巡邏の者がいたが、たちまちふたりに啞穴と軟麻穴を点穴されて身動きできなくなってしまった。室内を窺うと、部屋の中心に五人の男が座っている。いわゆる「五龍」に違いない。中のひとりがいった。「李賊が派遣した人間を捕らえたんだ、平西王に送れば大した手柄だぞ」

「しかし平西王は李来亭と談判したがっているそうだぞ」

「そんなものは謡言《ようげん》に過ぎん。平西王はやたらと連中を警戒しておる。談判したところで埒《らち》があくまい」

「李来亭の手下はとにかく大部隊だ。早めに備えをせねば」

「やつらは遠い辺境に住んでいる。明日ここを出て昆明王府に入れば、追いつけんだろう」

「しかし急遽《きゅうきょ》使い手を揃えて襲撃して来られたら困るな」

「いずれにせよ今夜と明朝のことだ。いくら連中のつきあいが広くてもそうそうすぐには使い手を集めるわけにもいかんだろう。それにわれわれにも無敵の使い手がおるじゃないか。なにを恐れることがある?」

「まったくおまえときたらあの生きたお宝をうまいこと丸め込んだもんだな。ただ悪者を指さして殺せといえば殺しに行ってくれるんだからな」

傅青主は天井で首をひねった。どうしてそれほどの使い手が子どものように素直に他人のいいつけに従うのだろう?　そのとき、長いこと伏せているのが辛くなって冒浣蓮がかすかに身じろぎした。

「屋根にいるのはだれだ?　こんな闇夜に一体なんの用だ?」たちまち室内であがった誰何の声に、傅青主はそっと冒浣蓮にふれてささやいた。「急いで東棟に火をつけておいで」

冒浣蓮が幾棟もの茅屋《ぼうおく》の上を飛びすぎていく間、傅青主は大胆にも屋根の上に立ち、姿を露わにしてハハハと笑った。「わしは通りすがりのもんじゃ。友達に会いに来たぞ」

「五龍」の最長老張一虎が怒った。「この野郎、なにが友達を訪問だ。おれたち五龍幇をなめていやがるのか?」

五人が一斉に外に飛び出した。唐五熊が「行くぞ」と怒鳴るや、一斉に両手から四つの毒鉄菱を打ち出した。傅青主はカラカラと笑うと両袖を巻き上げ毒鉄菱を四つともきれいに巻き取ってしまった。次なる李二豹が三節棍を手に屋根に飛び上がると、ひゅっと傅青主の下半身めがけて横なぎに襲いかかった。傅青主は剣も抜かず両手を縮めて袖の中にいれると、ふわりと袖で三節棍を巻き取ってしまった。「下りろ」

思い切り左足で蹴り上げられた李二豹はぶざまに仰向けにひっくりかえるとほとんど起きあがることもできなかった。傅青主が大笑いしていると、黒い影が走り登ってきた。強風をはらんだ掌が真っ向から打ちかかってくる。長兄の張一虎である。

張一虎は葛中龍の鉄沙掌の精華を会得しており、掌で牛の腹に穴を穿つことができた。傅青主は半歩後ろに下がり掌をあげて迎え撃った。張一虎も掌打を繰り出したが、いくら打っても綿花を打つように手応えがない。傅青主は軽く「拿」字訣を使うと、擒拿手を展開し、三本の指で脈どころの関寸を押し、掌で払って地面に転がり落とした。

兄たちが次々にやられるのを見て怒り心頭に発した銭四麟は、疾風のように五行拳を七、八拳も繰り出してきた。傅青主がひとりごちた。「こやつはさっきのやつらより強いな」

五行拳は完全に攻めにかかってきたが、傅青主は再び一歩退いて無極拳でもって敵の勢いを無力化してしまった。無極拳は柔をもって剛を制する。十手もしないうちに銭四麟の攻勢は完全に効力を失ってしまった。

ようやくこのとき騒ぎを聞きつけた山寨の匪賊たちが駆けつけてきたが、冒浣蓮の放った火がいまやごうごうと燃え上がっていた。カラリと乾燥した秋の空気と激しい山風の影響で、瞬時に茅葺き板張りの小屋の列が火の海に飲み込まれてしまった。匪賊たちが慌てて消火にかかる中、傅青主と冒浣蓮は大寨から飛び去っていった。

大寨を出た傅青主が山をおりながら「五龍」とはとんだ虚名だと嗤っていると、山間に奇妙な笑い声が響き、明りの下にひとりの黒い影がまっすぐこちらにやって来るのが見えた。「何者じゃ？」傅青主がたずねると、男は両手で顔を隠し、夢遊病者のようにぼんやりと歩いて来る。「おまえはだれじゃ？　言葉がしゃべれんのか？」

男は両手をおろすと呆然と問い返してきた。「おまえこそだれだ？　どうしてこんな酷いことをするんだ？」

傅青主は素早く擒拿手法でもって、左腕を相手の脇の下にかけると、右腕を斜めに穿って瓦をまきあげる勢いで相手の腕をねじりあげた。男は左腕を沈めて払いのけると、右腕を後ろに退いてたちまち相手の攻撃をはずす。傅青主は掌を返して「撥雲見日」に変えると、勢いをつけて打ちかかった。相手は掌で迎え撃ち、両掌があわさったとき傅青主は思わず声をあげた。「お見事」続けて六、七歩退くと、相手は傅青主の掌力に押されてぐらりとよろめき、斜めに一丈ばかり飛び出してようやく身体の安定を取り戻した。

星明かりに相手が美しい若者であることが見て取れた。杏色の衫を着て大層垢ぬけたようすだったが、その顔は蒼白で目線が定まっていなかった。傅青主が再度問いかけようとしたとき、黄衫の若者は怒った声をあげた。「おまえは悪者なのか？　いきなり殴りかかってくるなんて」

「わしは悪者ではない。おまえさんがこんなところを歩いておるから、五龍幇の人間かと思っただけじゃ。で、おまえさんは五龍幇の人間なのか？」

「五龍幇ってなんだ？」

「ここの山寨の連中じゃ」

「ここの山寨？　ああ、わかった。おれはそこに住んでいるんだ。あいつらまさか悪者なのか？」

「むろん悪者じゃとも」

「信じないよ」

「どういう連中を悪者というか知っておるかね？」

「よくは知らないが、先に手を出す方が大抵悪者だろう」

「そりゃ違うぞ。たとえばおまえさんはある者が大悪人だと知ったとして、さきに手出しするかね？」

少年はうなずいた。「するさ」

「それでこそじゃ。この山寨の連中はな、清廷と結託しとるんじゃ。『清廷』とはなにか知っておるかね？『清廷』とは満洲の蛮族の朝廷じゃ。もっぱらわしら漢人を苦しめておるんじゃよ」

「清廷？ 蛮族？ ああ、随分前にだれかがいつもそんなことをいっていたような気がするな。間違いない。蛮族は悪者だ」

冒浣蓮がそっと近づいてくると小さな声でいった。「あなたがどなたか教えてくれますか？」

「おれがだれか？ だれもおれに教えてくれないんだから、知るわけないじゃないか」

「お父さんとお母さんは？」

少年の全身がいきなり震えだした。全く血の気がなくなり、すすり泣き始めた。冒浣蓮は子どものようなそのようすに、思わず頭髪を撫でてやったが、しばらくして相手がようすのいい若者であることを思いだし、頬を染めて手を放した。「わたしがいったせいで怒ったの？　どうか赦してちょうだいな」

少年は涙をとめて顔をあげると、冒浣蓮の優しい顔を見つめた。「あんたはいいひとだな。おれ、とても親しいひとがいたんだけど、そのひと、あんたに似てるような気がする」

そのとき山上からたいまつを手にした大勢の男がおりてきて大声で叫んだ。「黄衫児、黄衫児、どこにいるんだ？」

少年は一声答えて、冒浣蓮にいった。「やつらがおれを呼んでいる」

冒浣蓮は美しいまなざしでじっと見つめるとささやいた。「わたしたちと一緒に来て」

かつてこれほど温かく気遣いにあふれた声を聞いたことのなかった黄衫の若者は、心に暖かいものがこみあげてきてしばし冒浣蓮の黒々とした瞳に見とれてしまった。ちょっと考えてから一歩踏みだしたがふいにぴたりと立ち止まってしまった。「だめだ。山寨の連中が確かに悪者だと確認してから行く」

山間に再び若者に呼びかける声が響き渡った。傅青主はいった。「よし。ではおまえはさきに戻っていなさい、明日もう一度会いに来よう」

黄衫の若者は手をあげて別れを告げると、身を翻して飛鳥のように山をかけあがっていった。

「たいした武芸を身につけておるが、心の病を患っておるとは気の毒にな」

「不思議な病気ですね。自分の来歴まで忘れてしまうなんて。伯父さま、どうしてかれを帰らせたのですか？」

「おそらくあの子はひどい衝撃を受けるか、取り返しのつかない過ちを犯すかして、無意識のうちにそれを忘れようとしとるんじゃろう。こういった病気はな、その原因がみつけられん限り、治すのがひどく難しいんじゃよ。とはいえあの子は『過去』を忘れてしまっただけで、『現在』まで忘れたわけではないようじゃ。あの子が戻って考えてみるといったのを聞いたじゃろう。まだ考える力があるということは、知性が残っている証拠じゃ。ああいった連中には無理強いすることはできん。ただその意志を尊重することができるだけじゃよ」

果たしてそのとき黄衫の若者は一心に考えこんでいた。かれにはこの三年間山寨の連中と一緒にいた記憶しかない。その前のことは覚えていないのだ。おぼろな記憶をたどると、とある冬の日、大雪に覆われた山嶺に倒れていたような気がする。意識を失っているところを山寨の連中に発見されたのだ。そのとき刀で斬りつけられそうになったが、若者は雪玉を投げて相手の穴道に当て動きを止めさせた。後で張一虎という名だとわかった男が、みなを抑え食べるものをくれた。そして一緒に山寨に連れてきてくれた。どうしてその雪山にいたのかといったそれ以前の記憶はどうしても思い出せなかったが、どうやら自分が最も親しいひとを殺してしまったらしいということは覚えていた。しかしそのひとが一体だれだったかとなると、それもまた思い出せないのだった。そして過去のことを考えようとしてこのことに思い至るたびに、非常に気持ちが不安定になり、たまらなく苦しくなって、どうしても考え続けることができなくなってしまうのだった。

山寨の連中は、かれに部屋を与えてくれたが、どこへ行くにもだれかに付き添わせ、ひとりで出歩かせてはくれなかった。ただ、手強くて勝ち目がない相手と闘うときだけ助っ人に呼ばれた。しかし若者は人殺しなど御免だったので、いままで人殺しの手伝いはしたことがなかった。相手を追い散らせばそれで十分だと思っていたのだ。

それに最近ここの連中はしょっちゅう「清廷」だの「招安」だのといったことについて話し合っていて、若者の姿を見るとぴたりと話をやめてしまうのだった。「清廷」だの「招安」だのといったことについて考えたことはなかったが、今夜老人と少女に促されて、ようやくおぼろな記憶を思い出した。だれかがいつも清廷を覆せ、蛮族を駆逐せよといい続けていたような気がする。それはたぶんとても親しいひとだったと思う。そうすると当然「清廷」は悪いものに違いない。「招安」がなんなのかはわからなかったが、清廷と関係があるのなら、おそらくいいものではあるまい。

一方傅青主らが深夜宿に戻ると、部屋中にぎっしりとひとがつめかけ、立っている場所もない者は建物の外で地面に座っていた。

張青原は傅青主を見るとちょっと驚いたようすで笑った。「ここに来ている大勢の兄弟はみなわれわれの仲間です」

この僻地に短期間でこれだけの人数を集めるとはたいしたものである。

傅青主は六樟山のようすについて簡略に説明した。即座に大部隊が進発して昼前には山寨に到着した。寨門が開き、数百人の手下を従えた「五龍」が自ら出迎えに来た。傅青主は張青原と肩を並べ、張青原は「闖」の字を大書した旗を掲げ（闖王の死後、その部下は「闖」の一字を旗印とした）、前に出て声を張り上げた。「われわれと五龍幇にはかつてなんの怨みもなく、近年も特に恨みはない。なのにわが兄弟を拘留するのは如何に？　今日解放するなら全てを不問にするが、解放せぬなら大軍が到着するのを待たず、こんなちっぽけな山寨など踏みにじってくれるぞ」

張一虎は目をむくと大声で怒鳴った。「おまえらが闖賊の残党だろうが知ったことか。ほかのやつなら脅せても、おれを脅すことはできんぞ」

そういうと怒りをたぎらせて傅青主を睨みつけた。「昨夜は随分世話になったな」

背後から唐五熊が三つの毒鉄菱を打ち出した。二つが傅青主に、一つは張青原に迫った。傅青主は横っ飛びに飛ぶと、張青原の分をまず袖でたたき落とし、それから身体を回転させ両掌で震動を起こし、残りの二つを跳ね返した。李二豹が悲鳴をあげると咄嗟に三節棍で毒鉄菱を打ち落とした。傅青主はためらわず敵の陣地に入り込むと、両袖を二本の軟鞭のように舞い踊らせ、「五龍」をてんてこまいさせた。

このとき張青原の手勢が五龍幇の匪賊らと闘い始めた。匪賊たちは人数こそ多いものの、よりすぐりの壮士揃いの張青原の手勢にまたたく間に追い込まれ、まもなく壊滅しそうになった。

そのとき山の下で角笛《つのぶえ》が鳴り響き、またもや一群の人馬が登ってきた。「五龍」も立て続けに「黄衫児！　黄衫児！」と大声で叫んだ。

張青原が大斫刀を手に、自らひとびとを率いて陣中に突撃しようとした矢先、いきなりひとりの黄衫の若者が、武器も持たず頭をたれ、まるで食後の散歩でもするかのように歩いてきた。

なにやら一心に考え込んでいるようすで、剣戟の音も一斉に金鼓が打ち鳴らされる音も、まったく耳にはいっていないかのようだった。五龍幇の匪賊は若者が現れるとさっと両脇に道をあけた。張青原は訝しく思ったものの、考える間もあらばこそ、大斫刀を振り上げて黄衫の若者の頭上に振り下ろそうとした。ところが若者は少しだけすっと避けると、いかなる手だてを使ったものか、あっという間に張青原の大斫刀を奪い取り地面に叩きつけて叫んだ。「こんなひどいことをするな」

若者は右手の指で張青原の脈どころを押さえ、左拳で殴りかかった。李来亭陣営の勇士である張青原が一瞬のうちに黄衫の若者に制圧されてしまったのだ。張青原の一行は思わず驚愕の叫びをあげた。

第九回　失われた過去

張青原は慌てたが、すぐに少女のはっきりとした声が耳に届いた。「手を出さないで、その人は良い人よ！」

黄衫の若者はふと笑うと、拳を下ろし、「すまねえ」というや、もはや張青原には構わずそのまま声の主のほうへ進んでいった。張青原が振り返ると、冒浣蓮が剣を手にこちらへやってくる。張青原はわけがわからず、ため息をついた。手当たり次第に、襲いかかる賊を打ちのめし、槍を奪い取ったと思えばまた飛び出していった。いったい何事なのか。

このとき、山のふもとには四、五百ばかりの兵がおり、勢いよく山を登ってきていた。「大清平西王」の旗印がなびいている。もとはといえばこの軍勢は呉三桂配下の将が率いていて、霑益県の城に駐屯していたものが、呉三桂の命を奉じ、王府を代表して五龍幇を傘下に収めに来たのだった。この時点では、呉三桂はまだ正式に反清に転じてはいなかったので、軍旗にはあいかわらず「大清」の文字が残っていた。冒浣蓮は旗を指さした。「ごらんなさい、あそこに書いてあるのはなんという字？　わたしはあなたを騙したりなどしていないわ！」

黄衫の若者は、しっかりと見ていた。ふたたび五龍幇の者たちが二手に分かれて誰かを迎えにいっていた。兵を率いる武官の乗った馬を引いて、お辞儀をしている。兵を連れた武官は大声で怒鳴りつけ、すぐさま清兵の指揮を執り、張青原側の人間を取り囲んだ。黄衫の若者は怒りを禁じえず、忽然《こつぜん》とその陣中に飛び込んだ。五龍幇の賊たちが四方へ逃げてゆく。あっという間に、若者は武官の目の前にやってきた。

五龍幇の賊たちがあちこちへ散らばり、若者は目を怒らせて拳を握り締め、陣中を突破する。兵たちはそれを阻みきれず、若者の拳を喰らって倒されていった。武官は驚き怒り、手綱《たづな》を引くと、斜めから飛び出した。黄衫の若者は疾風の如く素早く数度身をかわし、馬の行く手を邪魔し、目を見開いて春雷のような大声を上げた。その声に驚いた馬は武官を乗せたまま前足を上げて棹立ちになった。武官はあたふたと馬の頭を押さえ、長矛を構えて馬上から力を込めて突き出した。若者は少しも退かず、さっと手を伸ばして長矛を受け止め、「降りろ！」と怒鳴ると、長矛を思い切り引っ張った。武官は悲鳴を上げて落馬した。そばの副将が必死で飛びかかってきたが、若者はさらに「おまえは帰れ！」と怒鳴りつけて左手を上げて、敵の胸元に渾身の一撃を与えた。副将の身体が宙に舞い、手にしていた刀までもが手から離れて飛び出した。

黄衫の若者は清兵の統領を押さえつけると、朴刀を奪い取って一薙ぎし、その首を刎《は》ねてしまった。兵も賊も、みな茫然としている。誰も敢えて若者の行く手をふたたび遮ろうとはしない。若者は縦横無尽に走り回っていた戦陣の中で、とうとう無人の場に入っていったのだ。

五龍幇の五人の首領たちは、はじめ黄衫の若者の声を聞いたとき、敵の腕がどれだけ高かろうと、恐れることはない、と喜びを隠せなかった。援軍が追いつき、黄衫児もやってきた。しばし経つと、毒菱藜で戦陣の加勢をしていた唐五熊は、黄衫の若者が人間の首を下げ、怒りつつ駆け戻って来たのをみて、「黄衫児が来た！」と、大いに喜んだ。李二豹が慌しく呼ばわった。「黄衫児、早く来い、向こう側の老いぼれは悪人だ！」

黄衫の若者は右手を上げ、血のしたたる生首を陣中に投げつけた。とん、という音とともに、李豹二の顔にそれが当たった。生首を投げつけた若者は、怒りに身を震わせている。「悪党なのはおまえだ！」李二豹は突然のことで不意を衝かれた。生首が命中し、三節棍を揮ってもなんの役にも立たない。

あとはもう、「五龍」は傅青主のなすがままだった。銭四麟は長袖を揮う「反手擒羊《はんしゅきんよう》」の絶技で、李二豹は傅青主の右足の飛び蹴りを決められて三丈の外に投げ出され、二人とも瞬く間に絶命した。「五龍」のうち二龍が斃《たお》れ、戦陣はあっけなく瓦解した。「五龍」の力をもってしても傅青主には敵わなかったのだ。まして、「三龍」では。逃げようとしても逃げ切れない。傅青主により、趙三麒は両足をつけ根から断たれ、唐五熊は自らの暗器を止められたうえに、止められた暗器を投げ返されて肩に重傷を負った。こうして「四龍」までが倒された。

張一虎はこのありさまを目の当たりにし、逃げを打とうとする。と、黄衫の若者が目の前に冷たい表情で立っていた。「は、早くおれを助けろ、おまえを何年育ててやったと思っている！」

張一虎は訴えたが、若者は無表情で、首を横に振った。もう逃げ場は無かった。鉄沙掌で若者とやり合おうとしたところを、折悪しく傅青主に追いつかれ、軟麻穴を突かれてしまった。

「五龍」のうち四人が死にひとりは負傷、清の武官も黄衫の若者に首を刎ねられ、清兵も五龍幇の賊たちも張青原らの猛攻に耐え切れず、一気に逃げ出した。張青原たちは強いて追わず、あっという間に清兵も賊もきれいにいなくなっていた。

このとき、両手を背に廻して、黄衫の若者はうな垂れてとぼとぼと歩いていた。冒浣蓮が背後から追いついて、若者と並んで歩いた。声を落として話しているのは、若者を慰めているらしい。若者は顔を上げ遠くを見遣り、涙を溜めていると思えば、突然、狂ったように笑い出し、冒浣蓮に低い声で言った。「あんた、いい人だな。おれ、あんたのいうことなら聞くよ」

そんなふたりを見て、傅青主は思うところがあったが、かれらには構わず、地面に投げ出されている張一虎に向かって自分の尋ねることに正直に答えれば、殺すのは勘弁してやると言った。それを聞くと、嬉しそうに張一虎は「どうぞどうぞ」と傅青主を促した。

「剣閣の桟道の頂に、色黒の痩せた老人がいるな？　それが誰か、おまえは存じておろう？」

「おれは剣閣なんて、行ったこともねえ！」張一虎は訝しげに答えた。

「そんなたわ言を信じろと申すか！」

「あんたを騙して何になる！」

傅青主は張一虎の背を、分筋錯骨の手法で押した。この手を受けてしまった人物は全身の筋骨が破裂しそうになる、とてもではないが耐え切れない拷問だ。

「俺に何を言わせようってんだ、おれは本当に何もしらねえんだよ」このようすでは、確かにあの痩せた老人については何も知らないようだ。ではなぜ、あの老人は死の間際だというのに自分に五龍幇内のひとりの人間を探してくれと頼んだのか。それはいったい誰なのか？　もしや、この黄衫の若者では。傅青主は張一虎の肩にもう一発拳を見舞い、さらに怒鳴りつけた。

「黄衫の若いのは、どこからやってきた？」

するると突然、張一虎は口から鮮血を溢れさせた。これ以上の拷問を恐れ、自ら舌を嚙み切ったのだ。

このときすでに張青原たちは皆で集まっており、傅青主に礼を言った。「傅御老人、われらとともに昆明にお越しくださらぬか」

傅青主は五龍幇についてはもはや知りようもなく、昆明に赴けば、ついでに凌未風と劉郁芳を訪《おとな》うこともでき、李来亨を援けることもできると考え、即座に快諾したのだった。

かくのごとき事情で、傅青主、冒浣蓮、黄衫の若者と張青原らの一行は、昆明に到着した。するとすぐに、意外な出来事に驚かされることになった。

張青原たちは昆明に着くと、李思永が前もって昆明に潜伏させていた人物を探し出し、そこでようやく事態が変わったことを知った。

李思永は、昆明に着いて数日は物見遊山《ものみゆさん》で過ごし、一方で間者とひそかに連絡を取っていた。四日目から音沙汰《おとさた》が無くなった。十数日後、王府の間者がようやく李思永と、そのほかに顔に刀傷がある男が王府の中に囚われているのを探し出したのだった。張青原らは熱い鍋の上の蟻のように焦れた。王府を襲撃したいのはやまやまだが、敵地でそれはかなわない。騎兵を揃えて攻め込もうにも、山々に隔てられてしまう。

　しかし、天もそこまで無情ではなかった。それから数日が過ぎて王府の人間が伝え聞いたところによると、呉三桂の最も寵愛する孫・呉正璠が怪病に侵され、半身が麻痺し寝たきりで、各地の名医を呼び寄せたものの、まったく手のつけようがないとのことである。傅青主はそれを聞くと、すぐさま薬嚢《やくのう》を背負い、自ら平西王府の門を叩いたのだった。

　王府の役人は、はじめは府内へ入ることを許さなかったが、傅青主が堂々と自ら名乗ると、飛び上がって驚いた。傅青主の医師としての名は全国に知れ渡っており、知らぬ者はないほどで、呉三桂もその名声を聞き及んでいた。ただし、名医としての評判は知っていても、武林《ぶりん》の名手たることまでは知らなかった。とりもなおさず傅青主と会い、上賓として遇した。傅青主はこの地の山水を慕い、それで千里を遠しとせずしてこの地を訪問したところ、偶然王府の名医招聘と出会い、応募したのだと語った。

　傅青主の高い技量で、薬を一服すると、呉正璠は身体が動かせるようになり、五日の後には常人と変わらぬようになった。呉三桂は傅青主を天人とも仰ぎ、傅青主も自らの意志は曲げて呉三桂にお追従《ついしょう》を言い、そのおかげで、ほどなく傅青主は王府内を自由に動けるようになった。それがちょうど、保柱が凌未風とともに水牢に落ちて数日が過ぎたころだったが、食べ物を差し入れてもいつも多くを残しており、水牢内の人間はどうも病のようだと看守が告げたのだった。呉三桂は李思永を盾に同盟を結びたいと考えていたので、当然ながら李思永には死んでもらってはこまる。まして、自分の寵愛する将・保柱も一緒なのだ。もし二番目の名医に診せたら、この秘密が外に漏れるかもしれない。呉三桂は考えに考え、傅青主のみがこの役目を全うできると思えた。傅青主は国きっての名医であり、それでいてこの地においては異郷の者である。たとえ水牢のことを知られても、特に妨げにはなるまい。

かくして、傅青主は医術に名を借りて、李思永と淩未風を救ったのである。さらには、王府内の間者を通じて、黄衫の若者と冒浣蓮とも落ち合い、平西王府を大いに鬧《さわ》がせたのだった。

さて、傅青主と冒浣蓮は一部始終についてあれこれと雑談していたことだったが、そろそろ夜も明けようとし、話を終えるころ、黄衫の若者はまだ熟睡しており、目を覚ましていなかった。李思永はまず傅青主へ命を救ってくれた礼をし、黄衫の若者を指さした。「この者には、なにか秘密があるに違いない。惜しむべきは、あれほどの武芸を修めながら、かくも奇妙な病をも得ていることです。いま、かれの病を癒すことができるのは、傅どのに冒姑娘をおいて他にありますまい」

「はは、わしこそ、李公子に礼を申さねばならん。李公子に淩大俠が、あの色黒の痩せた老人が桂天瀾というのだと証を立ててくれた。老人の名が桂天瀾と知れただけでも、あの若いのを治す手立てとなるやもしれぬ」

李思永がどういうわけかと尋ねると、冒浣蓮が微笑んだ。「きのうの夜、〝桂〟――つまり、木犀《もくせい》の木の下を通り過ぎたとき、この人、急にようすがおかしくなったでしょう？　そのあと、木犀の花で作った砂糖漬けを口にしたときも、突然怒りだして、砂糖漬けを地面に払い落としてしまったのよ」

「そなた、ますます冴えておるの。わしの本領はほどなくそなたに盗まれそうじゃ」傅青主は手を叩いて笑い、立ち上がると、こよりを縒《よ》って黄衫の若者の鼻腔をくすぐった。若者が軽く鼻をならし、手足を震わせる。傅青主は冒浣蓮に笑ってみせた。「われらは、みんな遠慮しようかの。おまえさんの医術の腕、見せてもらおう」

黄衫の若者は身体をよじると、跳ね起きて「虎だ！」と叫んだ。冒浣蓮は、静かに歩み寄り、穏やかな声で話しかけた。「怖くないわ、わたしはここよ。どんな悪い夢を見たの？」

若者は頭を軽く叩いた。大きく目を見開いて、周囲を見わたし、自分の二振りの長剣が地面に転がっているのを目にし、驚いて尋ねた。「おれは、誰かと、闘ったのか？　俺は誰かを殺してしまったのか？」

「いいえ。殺してなんかいないわ。階上から降りてきて、ここで眠っていたの」

若者は落ち着いてきていた。部屋の中には灯りが揺らぎ、外では夜風が低く音を立てる。冒浣蓮はゆったりと灯りの傍らに立ち、秋水のように澄んだ瞳で若者を見ていた。若者は困惑したように、また頭を掻いた。「これは、夢か？」

「夢じゃない。信じられないなら、指を噛んでごらんなさい」

「じゃあ、あんたはここでなにをしてる？」

「あなたが何者であるかを、あなたに告げに」

黄衫の若者は突然のことに驚愕し、両手を広げて教えてくれ！　と叫んだ。

「まず、あなたの見た悪夢をわたしに教えて。そうしたら、教えてあげる」

若者はしばし考え、話し始めた。「夢の中で、おれは大きな山の中にいた。山には、木犀の木があって、」木犀のことを話すと、黄衫の若者の顔面は真っ青になった。少し息をついて、ふたたび語りだした。「木犀の木の下に老いた綿羊と小さな綿羊がいた。そこに突然、空から翼をもつ虎が飛んできた。虎は小さい綿羊と遊びに来たようだった。やがて、どういうわけか老いた綿羊と虎が喧嘩を始めた。綿羊は角で虎にぶつかっていったが、虎のほうは飛びかかって嚙みついた。おれは恐しくなり、石を投げつけた。すると、虎の羽が折れ、二頭の綿羊は悲しげに鳴いていた。それから、ざっと風が吹き抜けて、木犀はそのせいで折れてしまった。木犀の幹が若者の鼻に当たり、そこでおれは目を覚ました」

若者の話が終わると、冒浣蓮は瞳をきらりと輝かせた。「わたしのいうことを、聞いて。あなたは、自分がむかし、自分にとってとても親しい人を殺《あや》めてしまったと疑っているけれど、その人が誰なのか、思い出せずにいるのね？」

若者は総身を震わせ、頷いた。

「でも、強いてそのことを考えないようにもしている。なぜって、それはあなたのお父さまだから。あなたは、自分の父親を殺したと思い込んでいるのよ」

それを聞くや、若者の顔色が変わった。冒浣蓮の頭につかみかかった。冒浣蓮はじっと立ったまま動かず、ひたと若者を見据えていた。若者の手はもう、冒浣蓮の髪にかかっている。その武芸をもってすれば、ひとつかみだけで十人の冒浣蓮を殺すことができるだろう。

冒浣蓮は、微笑みながら、若者を見つめていた。若者は、ほんの少しためらった。冒浣蓮が、ゆっくりと言葉を紡いだ。「けれど、あなたはお父さまを殺してなんかいないの。手を離してくれないかしら？　髪が乱れてしまう。離してくれないなら、わたしも怒るわよ！」

ため息が若者の口から漏れ、床に崩れ落ち、顔を覆って泣いた。冒浣蓮は髪をなおし、若者をひとしきり泣かせてから、ようやくその肩に手を置き、囁いた。「立って。自分が誰なのか、思い出した？」

若者は冒浣蓮の声に導かれるままに立ち上がった。「まだ思い出せやしない！　おれは、ほんとにおれの親父を殺しちまったことだけしか、思い出せないんだ！」

「あなたは殺していないって言ったでしょう、わたしの言葉、信じられないの？　わかったわ、じゃあこれを見てちょうだい」

冒浣蓮は椅子に座り、卓上で紙と筆をとり、筆を滑らせた。ほどなく、一幅の絶妙な山水画が描かれた。絵は、剣閣桟道の、あの頂の風景だ。桟道のそばには、さらに峰が突出している。谷底は二つの峰に挟まれた奥深い幽谷だ。絵を描き終えると、冒浣蓮は筆を置いてふと笑った。

「見て。ここは、あなたがよく知っているところではないかしら？」

あっ！　と一声、若者はその絵を凝視した。

「知ってるとも、ここに住んでたみたいだ」

冒浣蓮がもういちど筆を取った。突き出た峰の間に二株の松の木を描き、さらに松の木の下に茅屋を描き加えると、若者が声を上げた。「それ、間違ってる。この家は、右側の松のほうに寄ってるんだ。二つの松のど真ん中にあるんじゃない」

「そのとおりね。ここについては、わたしよりあなたのほうがよく知っているでしょう。わざと間違って描いたのだけれど、見破ったわね」

若者はまたも座り込んでしまった。かまわず、冒浣蓮は、茅屋に色黒の痩せた老人と、赤ら顔の老人を描き添えた。冒浣蓮は一代の才子・冒辟疆の娘である。筆使いは家伝のものであり、描き起こしたものはもとのものに酷似していた。描き終えると、冒浣蓮は若者のほうに絵を見せつけ、叫んだ。「よく目を開けて見るのよ、どちらがあなたのお父さまなの？」

若者はいわれたとおりに目を見開いたが、絵を見るや跳ね起きた。冒浣蓮が声を上げる。

「落ち着いて、慌てることないの！」

若者の顔色が、さっと変わり、絵のそばで立ち尽くし、化石のように固まって動くに動けなくなってしまった。どれほどの時間が経っただろう。若者は、「おれが殺したのは、こっちだ」と、赤ら顔の老人を指差した。

「この人が、あなたのお父さまなのね？」

「の、ような気がする。けど、そうでないような気もするんだ」

「どういうところが？」

若者は、こんどは色黒の痩せた老人のほうを指した。目を閉じて、呻くように言った。

「こいつは、もっと身近だったと思うんだ。けど、こいつを見てると、なんて言ったらいいかわからない気持ちがあって、おれはこいつを嫌っていたような気もするし、可哀想だとも思っていたような気もする。……たのむ、その絵をどけてくれ。結局俺は、そいつに会いたいとは思わないし、思い出したくもないんだ。冒さん、あんたどうしてこいつらと知り合った？　おれのむかしのことを、どうしてそこまで知ってる?」

冒浣蓮は若者の手を握り、姉のような物言いで言った。「聞いてくれる? あなたは、お父さまを手にかけたと思っているけれど、ほんとうは違うの。その、色の黒いおじいさんを思い出したくないというのは、実はこの人のことをずっと考えてるっていうことなの。あなたが今見た悪夢、年を取った綿羊というのがこの色の黒い人。小さな綿羊は、あなた。翼を持った虎は、赤い顔のおじいさん。あなたがどうしても自分で思い出そうとしないから、夢の中で姿を変えて、この人たちが現れたの。あなたが投げた石は、たぶん暗器よ」

「それじゃ、木犀の木が風で折れたのは? 木の枝がおれの鼻にぶつかったのは」

「木犀は、その色の黒いおじいさんを象徴しているんだわ。このおじいさんのほんとうの名は桂天瀾。あなたは知っているわね? おそらく、あなたはこの人を慕わしく思う一方で恨みもし、だから夢の中では桂天瀾が優しい綿羊と、風で折れる桂樹——木犀になぞらえられた。枝があなたの鼻にぶつかったのは、特に関わりはないと思うわ。わたしと傅おじさまで、あなたの鼻をこよりでくすぐったから、それが形を変えたのではないかしら」

若者は、声も出せなかった。しばらくして、突然泣いて訴えた。「なら、その赤い顔のじじいに会わせてくれ、でなきゃ、おれがその人を殺したんじゃないっていうのが信じられねえ」

冒浣蓮は、まだ若者の父親を見つけられる自信がなかったが、若者を治すためにはやってみるしかないと考えた。

ひと月後、峻険な桟道上に、三人の江湖《こうこ》の男女がいた。夜明けの風を迎え、有明の月影を踏みしめ、飄然として剣閣の頂にやってきた。かれらこそ、凌未風、冒浣蓮、黄衫の若者である。

平西王府を大いに鬧がせたのち、李思永たちとは別れた。李思永は呉三桂の反清の動きに乗るべく、危機を脱した二日目には、軍勢を率いて防ぐべき地に戻った。傅青主、劉郁芳らは李思永の招きを受け、しばらく李思永の軍中に留まることにした。傅青主は旅に出る前に、こっそりと冒浣蓮に告げた。「そなたの父が死んでからというもの、わしとそなたは一蓮托生、実の父娘とも思っておったが、父と娘は一生を共にすることはできぬ。黄衫の若者は、未だ磨かれざる玉じゃ。ひとたび心がもとに戻れば、必ずや大いなる光が見えてこよう。それに、これまでの記憶をなくしていてすら、心根は純粋なことこのうえない。よくよく、あれのことを頼むぞ」

傅青主はさらに冒浣蓮に精神の病についての注意を与え、ふたりは涙ながらにそれぞれの道へと歩いていった。劉郁芳もまた悄然として凌未風と別れていた。「浣蓮さんを手助けして、あの若い人が良くなったら、すぐに帰ってきて。私、いつかあなたと銭塘江の潮を見たいのよ！　そして、あの大波が攫《さら》ってしまった過去も見たい」

凌未風は驚き、即座に切って捨てた。「おれはあの若いのとは違って記憶をなくしているわけじゃない。いつかあんたに打ち明けられる日が来るだろう」

劉郁芳は双眸に涙をいっぱい溜めて、もう言葉を発することができなかった。そのまま、別れてしまったのだった。

凌未風と冒浣蓮は、ともに等しく日ごろから最も親しんだ人と別れてきたのだった。しかし、傅青主と別れてからの冒浣蓮は、黄衫の若者と旅するうちに、かえって表情は明るくなり、だんだんと成熟した乙女となっていくようだった。愛情の輝きが、冒浣蓮の身を覆っていた影を消し去っていた。凌未風の心持ちは、それとは逆につねならず沈んだものだった。呉三桂の王府の水牢で、自分が何者であるのかを、どれほど口にしてしまいたかっただろう。別れに臨んで、劉郁芳にどれだけ昔のことを話してしまいたかっただろう。けれども、凌未風は耐えた。つねひごろ、おのれの頑固な性格は気に入っているが、このときばかりは凌未風は、どこまでも頑なな性分を、少しは恨みたくもなっていた。

道行きの途上で、凌未風はいつも冒浣蓮と黄衫の若者の背後にいて、ふたりが肩を並べているのを見ていた。心の中でにんまりと笑い、また奇妙なお役を仰せつかったものだと思ったことだった。傅青主と李思永は、黄衫の若者がまた夜半に突如夢うつつの態となって冒浣蓮を傷つけてしまうことを恐れ、凌未風の武芸の腕を信頼し、万が一に備えさせたのだ。ところが、ふたりの親しげなようすを見るに、たとえこの若造が理性を失い、全世界の人間のことを忘れ去ったとしたところで、冒浣蓮の話ならばきちんと聞くだろうと思われた。実際、黄衫の若者は日を追って意識も冴えてきており、不測のことはなんら起きていなかった。

この日のたそがれどきに、一行は剣閣の頂に着いた。黄衫の若者の双眸は炯炯《けいけい》と輝き、荒れ果てた地にあってなおも道を求め、すぐに、あの絡み合う二株の松の下にある茅屋を探し当てた。中へ入ってみたが、ひっそりとしていて人ひとりいない。

若者は、屋内に残されているものに手を触れていった。机、椅子、弓に矢、ひとつひとつ。

そのすべてに思い入れがあるように。わあっと、若者は声を上げて泣きだした。外へ駆け出して、下に見える幽谷を指さした。「おれはここで、身内を殺したんだ。この家でおれは育った。あの色黒い痩せたじいさんはおれに武芸を教えた。だからおれははじめ、あの男を自分の親父だと思っていたが、後になってそうではないとわかったんだ。蓮ねえさん、いま、おれは、おれの家に戻って来たんだ。おれの身内はどこにいる？　早く会わせてくれ！」

生まれ育ったところへ行けば、若者は記憶を取り戻すだろうと冒浣蓮は考えていた。ところが、このありさまだ。躊躇していると、急に凌未風が駆け上がってきて、あちらの幽谷を指し示した……。

幽谷ははるか遠く、かすかにかがり火が見えるのみ。目がよほどに良い者でなくては、見つけられないだろう。かがり火があるのならば、きっと人家があるはずだ。絶壁の縁に立ち、凌未風は真っ暗な深い谷を見下ろした。脳裏に、楚昭南との、雲崗での死闘が甦る。あのときは二人とも絶壁から転落したが、どちらも命は助かったのだ。剣閣の桟道は雲崗よりもなお険しい。しかし、武芸を極めた者ならば、また、誰かが援けてくれるのならば、落ちたとしても死ぬとは限らないだろう。

覚悟を決めて振り返ると、黄衫の若者はまだ茫然と涙を流し、心持ちもどこかたよりないようすだ。凌未風は冒浣蓮に若者についていてやるように言い、谷底へ飛び降りていった。

軽功の限りを尽くし、山あいに突き出た岩を次々に足場にして蹴り降りてようやく足を地につけ、谷底までやってきた。谷底には奇岩が高くそびえ、地表もごつごつとしていた。凌未風は松明《たいまつ》に火をつけ、辺りを見回したが、何も変わったところはない。頂上から見たかがり火のほうへと歩いて行くと、不意に一陣の風が凌未風を薙いだ。敵襲には慣れたものだ。凌未風は軽くひと飛びすると、襲ってきた暗器を避けた。が、手にしていた灯りは敵に消されてしまった。

驚いた凌未風は、灯りを地面に放り出したが、時すでに遅く、早くも次なる風が、その音も強く鋭く、斜めに吹きぬける。凌未風は風に乗る暗器の音を聞いた。腰をさっとひねると、暗器が身体を掠め、飛び去っていった。さらに身を返す勢いを借りて、二番目に飛来した暗器を手で叩き落した。そして手を伸ばし、三つ目の暗器を手中にした。

この三つの暗器は、漆黒の闇のなか、凌未風の致命傷となる穴道を正確に狙ってきていた。凌未風は二本の指で暗器をさぐった。形はとても小さく、内部は空洞になっていて耳環のようだ。凌未風は大きな声で呼ばわった。「おまえたちは何者だ？　闇討ちとは、好漢のやることか！」

低く沈んだ声が、遠くから聞こえた。「おまえたちのような賊が、闇夜に恥知らずにも人を傷つけ、そのうえ私に道義や規範を説くか？　もう三発喰らうがいい！」

声が終わらぬうちに、ふたたび暗器が三つ続けざまに飛んでくる。凌未風はなんとかしのごうとするが、相手はいかなる手を使ったものか、後で飛ばしたものが先に飛んでくる、そのうえ暗器は左から音がしたと思えば右から音が聞こえ、凌未風はようやく一つを避けることができたものの、残りの二つの暗器が穴道に的中してしまった。

草が鬱蒼と茂る林のなかから、黒衣をまとった長身の婦人が現れた。婦人は凌未風の穴道に暗器が当たったとみて、声の限りに罵倒した。「こわっぱめ、この婆の威力を思い知ったか」

言い終えぬうちに、凌未風は老女の前に姿を現し、自分の暗器を三つ飛ばし、叫んだ。

「あんたこそ俺の天山神芒をとくと味わえ！」

老女は三本の黒光りする軌跡を見た。真正面から向かってくる。身体をすっと揺らし、手中の剣でひとなぎしたが、カン！　と音がして火花が散った。老女は押された勢いで右足を踏みしめ、左足を空に伸ばし、頭を後ろに仰のかせて「鉄板橋」の身法で暗器の第二波をやり過ごそうとした。ところが、凌未風の技は奇怪で第一の神芒はそのまま、第二の神芒はやや遅く頭上を過ぎていったところへ第三の神芒が第二のそれに追いつき、二本の暗器はぶつかって斜めに飛んでゆく。老女は驚くべき技量で、片方の足を軸にして上半身を旋回させ、立ち位置を先ほどとは真逆にした。しかし、なお第三の神芒がまだ残っており、老女の頭巾を飛ばして、真っ白な頭髪を露わにした。

老女は立ち上がり、心中で「危ういこと！」と呟いた。剣先に目を落とすと、第一の神芒を当てられたせいで小さく欠けている。こんな手ごわい相手に出会ったのは、はじめてだった。一方で、この男が仇なす者ではないかとの疑念が湧き、怪鳥《けちょう》のごとく飛び、凌未風に向かった。操るのは五禽剣法、はるかな高所から下へと撃ちつける。尋常にない勢いだ。

凌未風は剣を逆さに持ち替え、背後に飛びのいた。着地して振り返らぬうちに、風を薙ぐ剣の音が後ろから聞こえ、さらに剣を返すと、たちまち相手の剣をまともに受けることになった。剣先はきいんと音を立て、剣身のほうは小刻みに震えっぱなしだ。凌未風は思った。劉郁芳に預けてしまったが、もしも游龍剣さえあれば、この婆さんの武器など真っ二つにしてやるのに。老女も思っていた。五禽剣法で打ちかかったときには、まだ剣法に変化を加えられなかった。もしそれができたら、こんな小僧などひとひねりなのに。

凌未風が剣を払って身を返し、慌しく叫んだ。「先ずは手をとめろ、あんたはなにさまだ?」

老女はフンと一声、いささかも構わず、剣を次々にくりだしてくる。

「あんたが年寄りだから、少しは譲ってやろうかと思ってたんだ。あんた、おれがあんたをやっつけられないとでも思っているのか!」

「誰がおまえに譲ってほしいと頼んだ?」

老女の剣は左に右に、疾風や暴雨のように動き、凌未風を剣光のなかに取り込めている。

凌未風の身体が揺れ、その手中の剣が、下から上へと巻き上がった。老女の使う剣法は五禽剣法であると、凌未風は見当をつけていた。五禽剣法は剣の勢いを駆り、上空から下へと突く、つまり自分の剣で敵の剣を押さえ込むということで、もしも敵が上につこうとすれば、きっとその隙を衝かれるだろう。凌未風の剣法はそれとは相反するもので、剣は下から上へ、敵ののど真ん中を撃つものだ。剣の突き、払いの一つ一つが、すべて天山剣法の巧みな技だった。もとが、各流派の剣法の長所を集めた天山剣法である。型には拘らない。五禽剣法を制する技を使いながら、さらにその他の剣法の長所をも備えている。このうえなく手に負えない。

ところが、老女の功力は深く、剣法においてわずかに劣るとはいえ、凌未風はすんでのところで勝ちを逃すのだった。二人とも攻守相譲らず、瞬く間に百手ほども闘わせている。相手の先手で攻撃をしのぎ、こちらも反撃しようとしているときだった。ふと、山上に二つの黒い影が見えた。鈴を転がすような声が遠くから聞こえてくる。

「凌大俠、誰と手合わせを？」

「浣蓮さん、あんたたちも来たか！　妙なばばあがいて、手がつけられん。少し待て、こいつを片づけてからだ」凌未風は叫んだ。この老女は恐ろしく強いし、暗器を使う技もみごとなものだ。凌未風は冒浣蓮が老女と出くわして、酷い目に遭わされるのを恐れていた。

叫んでいる間にも、老女は続けざまに十数手を浴びせて来、少しも危険が去るようすがない。老女は不意に右腕を返し、「旋風掃葉」の手を使った。上から下への攻めを変え、凌未風の右足のくるぶしのあたりを剣の勢いのままに掃おうとした。凌未風は剣を返して防がざるを得なかった。凌未風が剣で老女を阻むと、老女は身を退いて、数丈の外に飛びのき、憤然として言った。「この悪党が、わたしになんの恨みがあって、なんどもなんども絡んでくる？　こっちを袋叩きにしたいなら、相手をしてやろうじゃないの。度胸があるなら、かかっておいで！」

話を聞くと、どうもわけありのようだ。凌未風は老女を飛んで追いかけ、呼ばわった。「ばあさま、おれたちは悪党じゃない、話を聞いてくれ！」

このとき、黄衫の若者も山のふもとからここへやって来ていた。若者が声を上げた。「話しているのは誰だ？　誰が話してる？　俺はここだ！」

老女が身を返して剣を掲げた。凌未風は老女がふたたび技を繰りだそうとしていると思い、剣を突こうとしたが、老女はなぜか呆けてしまったように、剣を胸の前で捧げ持っているだけで、なんと身動きを忘れていた。凌未風は慌てて剣を引いた。老女の呼ぶ声だけが耳に届いた。

「おまえなの？　せがれや！」

そもそも、冒浣蓮は黄衫の若者と剣閣の頂をそぞろ歩きしていたのだ。凌未風が谷底へ降りていってから、しばらく経っても何のいらえもないので、すぐさま若者を引っ張って降りてきたのだった。が、冒浣蓮には凌未風ほどの功力はないため、黄衫の若者の助けを借りて、絶壁を手を使って降りる技を駆使して這い降りた。とても凌未風のような、優れた軽功であっという間に谷底へ、というわけにはいかなかった。若者と冒浣蓮はともに幽谷へ入っていたのだが、老女の「せがれや！」の叫びを聞くや、若者は全身を震わせ、すぐさま冒浣蓮の手を振り払い、飛ぶようにして去って行った。凌未風が、さっと身を避けると、若者は老女に飛びついた。老女の手にした剣が、かん、と音を立てて地面に落ちた。両手を広げ、若者を抱きしめる。「どうして、こんなに長いこと帰ってこなかった。わたしたちのことは考えなかったの？」

母と子はようやく巡り会った。黄衫の若者はようよう立ち上がった。そばには冒浣蓮がいて、涙を含みながら微笑んでいた。若者が我に返り、冒浣蓮を母に紹介した。

老女は冒浣蓮の手をとり、「お嬢さん、あなたがこの子に付き添ってくれたの？　ほんとうにありがとう」と礼をいった。

「おばさま、この人はもう迷いがなくなったのです。どうか、連れて行ってあげて」

「そうだ！　親父に会わせてくれ、みんな一緒に行こう！　なあ、母さん、あの赤い顔のじいさんがおれの親父なのか？　おれはあの日、親父を殺したんじゃなかったのか？」

若者の言葉に、老女は声を震わせた。「ちがう、ちがうのよ！　まず、父さんに会ってから話しましょう」

「わかった。神さまってやつは、おれにいいだけ苦労をさせやがる」

老女は顔を覆った。涙がはらはらとこぼれてくる。

冒浣蓮はかがんで剣を拾い、「おばさま、剣を」と老女に手渡した。老女ははっとして、涙を収めた。「そう、あなたたちを連れていかなくては。賊がまたやってくる」

凌未風は長幼の礼儀を以って老女に向かい、なんども詫びを言った。老女は凌未風の肩を叩いた。「おや！　あなたたちは連れだったのね、これは失礼したわ。あなたの剣法はほんとうに見事。今晩、もう一度わたしたちを助けてもらえないかしら？」

「おば上、なにかあればこのわたしになんなりとお言いつけください」

老女は黄衫の若者を指差した。「これの父は重傷を負い、わたしがここで面倒を見ています。かれこれ三カ月余にもなるか。ここは誰にも知られぬ秘境であるのに、なぜか、最近よく人が訪ねてくる。暗器の金環で何人かは追い払ったけれど、わたしが乗り出すと、やつらは逃げてゆく。だからあいつらが友であるのか敵であるのか、わからない。ただ、この山谷じゅうに、なにかの符合を書いためじるしが目についてね」

「おば上のおっしゃる賊というのが、その、最近訪れる人間どものことでしょうか？」

「いいえ、どうもひとところの奴が来ているわけではないようなの。いつも見つけるのはひとり、ふたりばかりの手練《てだ》れだし、かといって、お国の手先とも思えないし」

「では、賊というのはそれとは別にいるのですか？」

「一昨日と昨晩のは、違う。あれは、清の宮廷の衛士たちね、とうとうこの荒谷にお出まし、かしら」

そこへ冒浣蓮が口を挟んだ。「清の宮廷衛士ですか？　ああ、それでは衛士たちは桂老先輩がまだ生きていらっしゃると思って、またこちらへ訪ねてきたのですね。それか、あのとき訪ねてきた四人が、衛士だったのかしら」

老女は冒浣蓮が「桂老先輩」と呼ぶのを聞いて、白髪を震わせ、満面に悲痛な表情を浮かべ、むせび泣いた。「あの人は、清の四人の衛士とともに、ここに骨を埋めました！」

言い終えると、失意のさまで何も語らなかった。と、黄衫の若者が、急に泣き叫んだ。思い出した、桂、桂天瀾は……。

老女が後を引き取った。「おまえの養父よ」

若者は呆けたようになり、ただただ老女を見つめるだけだった。

老女は袖《そで》で黄衫の若者の涙を拭いてやった。「このことは、父さんがおまえに話してくれるのを待ちましょう？」

ふと、若者へ話すのをやめ、老女は凌未風のほうを振り返った。「一昨日と昨日の晩、清の衛士が数人、続けざまにうちに来たのよ。最初の夜は、わたしとお父さんの弟子とで追い払ったけれど。二日目にまたやってきて、竹君が油断して、あいつらの投げ矢で左腕を怪我したの。幸い、軽い怪我ですんだわ。そうそう、忘れていた、竹君というのはあの子の妹のことよ」

「わたし、存じ上げています。とても美しい方」

冒浣蓮の言葉を聞いて、老女は自分の頭を叩いた。「わたしも、年をとったものね。お嬢さんが話したときに、思い至らなかったのかしら。あの日、儒冠の老人と若い娘さんが宿をとり、加勢してくれて、衛士を数人片づけてくれたと竹君が言っていたわ。その娘さんが、お嬢さんだったのですね！」

冒浣蓮は頷いて、そのときの〝儒冠の老人〟こそが、伯父の傅青主であると告げた。「では、あの方が名医の傅先生、江湖で慕われる傅青主どのだったのですか。あの晩、もしお嬢さんたちがいなかったら、この子の養父も、もっと酷い目にあって死んでいたのかもしれません」

一行が歩きつつ話しているうちに、かがり火がはっきりと見えてきていた。と、老女はさっと身体を翻した。「さあて、賊がまたお出ましだわ！」

その声に、凌未風がごろごろと石の散らばる坂道へ身を転じると、怒声が聞こえてきた。見ると、体格のよい人影と、衛士二人が必死に闘っている。凌未風は一喝し、老女が金環の暗器を使う前に神芒を放った。前方からふたり分の悲鳴があがり、衛士がひとり、飛ぶように逃げた。老女は金環を放ったが、もう衛士には届かなかった。

老女のほうが先にその場へたどり着いた。衛士の死体が一つ、地面に転がっている。神芒でやられたのだろう。大柄の男が、「師母、早く師父のもとへ」と老婆を促した。

一行は男の後について石造りの家へ入った。部屋には牀台が一つ、周りには十数本の柱があったが、そのうちの三本が折られていた。寝床には老人が横になっており、少女がひとり、その前で剣を携え守りについている。この部屋の中にも、衛士の死体があった。老女が部屋へ入りながら「無事だった？」と尋ねると、少女は「うん、大丈夫だった。父さんはこいつをひと蹴りでやっつけたのよ！」と答えた。

黄衫の若者も部屋に入ってきた。少女は若者を見ると、驚喜して若者の手をとり、「兄さん！」と声を上げた。その声に応えると、少女の手をふりきって、若者は風のように寝台に向かい、老人を抱きしめて泣いた。「親父、死んでなかったのか？」

老人は力を出し切ったばかりで、少し休んでいたのだが、若者の声を聞くと、急に目を開けて怒鳴った。「誰がわしを殺す、じゃと？　あ……ああ！　おまえ、帰ってきたのか！」

双眸が光を帯び、突然寝台の上に飛び起きたが、老人は倒れて気絶してしまった。老女が顔色を変えたときには、冒浣蓮はもうその前に進み出て、老人のようすを見、脈を取っていた。

「急に激しく動いたので倒れてしまっただけで、さほど心配はいりません」

少女は手にしていた剣を置いて、冒浣蓮の手をとり礼を言った。「ねえさま、あたしのこと、覚えていらっしゃる？　あたしたちのこと、二度も助けてくださって」

「お気遣いは無用よ。おじさまは半身が動かせず、ついさっき敵と闘ったのね？」

少女は床に倒れている死体を指した。「激しくやりあったわけでは……。あいつは父さんに向かってきたけど、柱に邪魔された。父さんが肘を支えにして片足で横なぎにして、柱三本ともあいつも飛ばされて、死んだのよ」

凌未風は心中で舌を巻いた。この老人の下半身の功力はたいしたものだ。なるほど、だからあのとき桂天瀾が老人の足技で負傷したのだ。

一盞《いっさん》の茶が入るほどの時間が過ぎたころ、老人はゆっくりと目を覚まし、黄衫の若者を抱き寄せて、じっと若者を見続けた。部屋のなかにいる者たちは息を詰めてそのようすを見守っていた。冒浣蓮の目じりには、涙が光っている。どれほどの時が経ったろう。若者は小さな声でつぶやいた。「親父、おれのこれまでのことを、教えてくれ」

老人は青ざめたが、若者を手招きした。「まず、母さんに話してもらおう。母さんの話に欠けたところがあれば、わしが話す」

老女は小さくふるえつつ若者を支えた。「お前の名は石仲明といって……」

「桂仲明と言わねばならん」老人が老女を遮った。老女が目を丸くしたが、老人は続けた。

「わしはこれに、これの養父のことを思っていてほしいんじゃ」

老女はため息をつき、気持ちを落ち着かせ、ようやく話を始めた。若者の父は石天成といい、石天成と桂天瀾は、ふたりとも若者の祖父の弟子である。桂天瀾があに弟子で、若者の父がおとうと弟子だ。若者の祖父は、五十年前に川中大俠とうたわれた葉雲蓀。葉雲蓀のひとり娘が、老女だった。

葉雲蓀には男児がおらず、石天成と桂天瀾をわが子同然に思っていた。老女は二人と時を同じくして武芸を習ったが、なんのわだかまりもなかった。弟子同士も仲が良く天成は荒っぽく短気な気性で、天瀾は反対にとても物静かだった。老女はふたりを兄弟同然に思っていた。どちらかといえば、石天成はまっすぐで気短だったが、老女とはうまがあったわ。

「数年が過ぎて、三人とも大きくなったある日、おまえのおじいさまがこっそりとわたしに尋ねたの。おまえもそろそろ家庭を持つとしごろだ。ふたりのうちどちらが好きなんだ？　と」

老人は、そんな話は初耳だと、熱心に老女の話に聞き入っている。

桂天瀾は老成しすぎているところがあり、石天成は気が短いのが玉に瑕《きず》だった。前後してふたりが人を介して求婚してきて、葉雲蓀はどうにも決めかねていた。それで娘に決めろといいつけたのだが、若い娘がそんなことをはっきりといえるわけがない。だが、そのときのやりとりで娘の気持ちを察した葉雲蓀は、翌日、石天成の求婚を受け入れたのだった。

ここまで聞くと、老人は口も裂けんばかりに、嬉しそうに笑っていたが、老女は逆に顔色を曇らせ、ため息をついた。「間もなくわたしは、おまえの父さんと結婚した。二年目におまえが生まれ、仲明と名づけたの。あっという間に六年が経ったけれど天瀾はずっと独り身だった。父さんが天瀾に、どうしてまだ結婚しないのかと尋ねても、天瀾は話してくれなかった。わたしはなんとなく、天瀾の心持ちがわかったような気がしたわ。でも、話せなかった。だけど、あの人はわたしになんの未練もなかったし、妙なちょっかいも出さなかった。

父さんとわたしが結婚したころは、清は中原《ちゅうげん》を始末するのに必死で、こちらには攻めてこなかった。のちに張献忠が戦死して、配下の孫可望と李定国が依然として四川を占拠していたけれど、外のことなど知らず、私たちはまるで桃源郷のようにこの世から隔てられたところに住んでいたのよ。おまえが五歳になるころ、清が四川攻略を始めた。父さんは、故郷の川南に戻って、実家の家族を川北に逃がさなくてはならなかった。私は二カ月の身重で、一緒に行くことができなかったから、天瀾に私たちのことを託して、安心して故郷に帰っていったの。

父さんが故郷に行って半月も経たないうちに、清の大軍が四川に怒濤の勢いで攻めてきた。道は断たれ、人々は離散した。おまえのおじいさんは晩年に、あんな悲惨な戦乱に遭う前に亡くなった。死の間際、天瀾にわたしたちを守って逃げるよう言い置いて。

戦に次ぐ戦で、逃亡の日々は悲惨を極めたわ。飲み食いにも宿にも困り、荒野の竹林のなかで竹君を生み、二年経ったころには、すっかり痩せ衰えて。父さんの消息も尋ねたけれど、何も見つからなかった。武林の人が、戦の中で死んだとも言っていた。わたしには、死んだとも、死んでいないとも、どちらとも思えなかった。

生活は苦しくなる一方で、ふたりの子連れでの逃亡は苦労のしどおしだった。そのころ、天瀾と、身体がまだ丈夫な数百人の難民とで、張献忠の部下の李定国のもとへ身を投じようという話になっていた。天瀾はわたしとおまえたち兄妹を心配していたけれど、ある難民が教えてくれたの。李定国のところには『女営』という、女だけの軍がある。だけど入隊できるのは兵士の家族だけ。逃亡し続けるには、なにかと面倒が多い、おふたりは夫婦になったらどうだ、と、皆に言われて……」

そこまで話すと、老女は老人をちらりと見た。老人は老女を促した。「続けろ、わしはもうわかっておるよ。これは、おまえが悪いんじゃない」

「若い娘たちの前だけど、はっきり話したほうがいいわね」老女はため息をつき、口調を変えて続けた。「天成の消息は知れず、子供たちもまだ幼い。このまま逃げまどう生活を続けるのも辛すぎる。李定国のもとへ行くよりほかに、第二の道というのは、おそらくもう有り得ない。しばらく考えて、わたしは天瀾との再婚を決めた。天瀾は言ったわ。天成とわたしのことは、実の弟妹のように思っていた。師父のもとで武芸に励んでいたときには、正直に言うと、天瀾はわたしを好いてくれていたと。でも、わたしたちが結婚してからは、天瀾はその想いを打ち消したのだと。天成に疑われることのないように、わたしへの想いを隠し通してきたと。

けれど、ここまできたら、もうあの人とわたしでいっしょにいるよりほかはない。ただ、亡き天成賢弟には、わたしたちの結婚をその御霊に報告し、許しを請おう、と。再婚を決めると、難民たちは喜んでくれた。天瀾兄貴が結婚したら、兄貴を頭領にして、李定国のところに行くんだって、皆は言っていたわ。でも、誰が、こんなことになると思ったかしら。その夜、私たちが床に入る前に、父さんが帰ってきたの」

老人が頷いた。「妻と別れたあと、故郷へ家族を迎えに行ったが、そのときに清兵とぶつかってしまった。道中は肝を冷やしながら、できるだけ裏道を取ったが、着いたときには、わしの故郷も、家も、瓦礫《がれき》の山。家族も皆、死んでしまっていた。わしは悲憤にくれ、義軍に身を投じようとしたが、妻子のことが気にかかり、ふたたび戻って消息を尋ねることにしたのだ。が、あの折はどこもかしこも戦で、流民について逃げていくのがやっとだった。

二年を過ぎても、おまえたちの足取りはつかめなかった。あの日の夕方、わしと十数人の難民は、ある小さな村に着いた。見ると、別の難民たちが楽しそうに歌ったり踊ったりしている。不思議に思ってなかのひとりに尋ねてみると、その難民たちの大兄貴の桂天瀾が結婚するという話だった。新婦はふたりの子持ちの寡婦で、「川中大俠」葉雲蓀の娘というではないか！わしは、はらわたが煮えくり返り、怒り心頭に発した。天瀾を実の兄とも慕い、なればこそ妻子を託したのに、わしと妻が離ればなれになったことにつけこんで結婚を迫るとは。そんな悪《あく》辣《らつ》なことを、許せると思うか！　妻を想うがゆえに、婚儀のことを聞くと、すべて天瀾が悪いのだと思い込んだ。が、妻が心変わりしたのかもしれん。それ以上は考えず、夜になって天瀾たちの新居に向かったんじゃ。

……まだ、覚えておるよ。月のない、風の強い夜だった。ふたりの家を探すのに、見つからないように、わしは顔をすすだらけにした。ふたりに会って、もし妻が天瀾に迫られて夫婦となるのなら、その人面獣心の輩を殺そう。もし、妻が自ら望んで天瀾へ嫁すというなら、ふたりながらに殺してしまおうと思っていた。わしは、三更になってから出かけようとしていたが、日が落ちると我慢がならず、遠くに難民たちが次々に新居から出てくるのを見て、夜行術でふたりの新居へ向かい、門外で盗み聞きをした。

ここで聞いたことで、わしの怒りを頂点に達した。妻は部屋で子供たちに、明日からは桂伯夫さんを父さんと呼べと言いつけていた。妻の声には、何の悲しみも苦しみも感じられなかった。わしが手を出そうとした瞬間、天瀾が『賊だ！』と叫ぶのが聞こえた。怒りに震えて数本の矢を放ったが、妻も耳環を放った。耳環は、妻が幼いころから修練していた、妻独自の暗器なのだ」

老女は顔を蒼白にして、後を引き取った。「そのときは、あなたがやって来るなんて夢にも思わなかった。あなたはとっくに死んだものと思っていたし、死なないまでも、生きて会うのは難しいだろうと。わたしは天瀾に嫁ぐと決心していたから、子供たちにも自然に、父さんと呼ぶように言ったの。もう、無我夢中で暗器を飛ばし、賊と思ったあなたの穴道を突いたのよ」

「言うな。すべてわかっておる。わしの誤りじゃ。しかし、あのときわしは怒りのあまり、何もわからなくなっておった。天瀾が姿を現すと、わしは考える暇も与えず攻めまくった。

ところが、天瀾の功力はわしよりもずっと深く、わしは自分が天瀾の敵ではないことを悟った。お前も加勢に出てきたし、ふたりがかりかと、怒髪天を衝いた。今日は恥を忍んで逃げを打つが、ふたたび江湖の名師のもとで腕を上げ、どうやってでも妻子を奪われた恨みを晴らしてくれる、とな！

この手合わせで、天瀾はわしの同門のものだと見抜いたんじゃろう。おまえは何者なのか、早くいえ、過ちを犯さぬうちにと怒鳴った。そう大声を出されたときには、わしは妻の耳環で三里穴を突かれていて、まだ新居を辞していなかった来客たちからは石や矢が飛んできた。わしは身につけていた黄衫を脱ぎ捨てた。妻がわしと結婚したときに縫ってくれたものだ。捨てきれずに着ていたが、あの夜は特別な想いで身につけていたのだ。しかしお前は気づかなかったんじゃな。わしは黄衫を脱いで、鉄布衫の技で、石と矢を払い落とした。が、お前の耳環を避けようとして隙ができ、矢を二つ受け、手にした黄衫が血に染まった。わしは黄衫を天瀾の頭に放り投げ、叫んだ。その度胸があるなら、俺を殺すがいい！と。どん、と音がして、天瀾が倒れた。わしは身を返して逃げた。それからどうやってその場を収めたのか、わしは知らんが」

「わたしも、あなたの声を聞いていたわ。ただ呆然としていて、われに返ったときには、あなたの姿を見つけられなかった。わたしは、天瀾を正気づかせることしかできなかった」

老女はそこまで語ると、その場の全員が皆、重苦しく感じ、空気が固まってしまったようだった。冒浣蓮が、そっとため息をついた。これが戦《いくさ》なのですね、と。老女が独り言のように言った。「そう、誰も間違ってなんかいない、間違ってるのは戦そのものなのよ。戦が家庭を壊し、友を引き裂き、誤解を引き起こし、悲劇を作り上げる。この借りは、あの清の蛮人たちに、きっちり返してもらうわ！」

老女は、口調を緩め、さらに話を続けた。「天瀾が目覚めると、泣き続けてね。どれだけ経ったころだったか、ようやっと天成がまだ生きていることを教えてくれた。わたしたちは冷静になったあと、これからのことを相談した。こうなったからには名前だけの夫婦でいよう、まずは李定国の元に行こう、と。そして私たちは難民を率いて、李定国の軍へ入った。表向きは夫婦だったけれど、実際はこれまでどおり、わたしたちは兄と妹として接していたのよ。いまはもう、わたしは何も恐れずに言える。わたしと天瀾は、ずっと清い仲だった。少しも世間を憚《はばか》るようなことはなかった！」

老人はそれも、とっくにわかっていたと、袖口で涙をぬぐい、老女が何か言いたげにするのを遮った。あのときの老人は妻たちを恨みとおしていた。老人はあちこちをさまよい、やがて回疆へたどり着いて、天山の南の辺境に落ち延び、漠外に隠居していた武当派の名師・卓一航と出会ったのだった。卓一航について、九宮神外掌と鴛鴦連環腿、二種の絶技を学んだ。お前たちを恨むあまり、葉雲蓀から伝授された技は、二度と使わぬと誓っていた。わしもわかっていた。葉雲蓀から学んだ武芸でいうなら、桂天瀾と妻のほうが、老人よりも上にあることを。

このとき、凌未風が「卓一航には幼いころに会ったことが」と口を挟んだ。「卓一航は、わが師父・晦明禅師の友でした。惜しいかな、私が天山に入ってほどなく亡くなりましたが」

老人は大きく目を見開いて凌未風を見、うむと頷いた。「なるほど、あんたは晦明禅師の末弟子だったのか。回疆に流れ着いたとき、晦明禅師の御名も耳にしていた。禅師に剣を学びたいと願い、三たび天山に上ったんじゃが、三度とも断わられた。のちに、わしにさんざんねばられて、他の師につくように仰せになり、そしてわしを卓一航と引き合わせてくださったのじゃ。おそらく、そのときにはもう百歳の大寿に近かったのではないかな」

老女も深く頷いた。「だから、あなたの剣法はそこまで凄まじいのね。ということは、あなたとわたしたち年寄りふたりは、御同輩ってことね」

凌未風は、それは恐れ多いと苦笑した。老人が続ける。「卓一航は晦明禅師のよき友で、武功においても最高峰の人物じゃった。わしは七年、卓一航に学び、二つの絶技を会得《えとく》したと、自分では確信しておった。お前たちへの恨みを晴らそうと、すぐさま四川に取って返した。そのころには、四川は清軍に平定され、わずかに李闖王の残党がいて、雲南との境を占めているだけだった。さすらっているうちに偶然、剣閣の頂に、武林の名手が隠棲しているとの噂を聞いた。これは天瀾にちがいない、ようやくおまえたちに復讐できると思ったんじゃ！」

老女が、さらに続ける。「李定国の元に馳せ参じ、私たちはほどなくして重用された。天瀾は李定国腹心の愛将となり、私も女営を取りしきる手助けをするようになった。本来なら、将官は家族と同居できるのだけれど、私たちは自ら願い出て別居していた。ある日、李定国からその理由を尋ねられ、天瀾はすべてを李定国に話したの。李定国は、必ず天瀾を助け、天瀾と天成の兄弟弟子が仲良く、そしてわたしと天成が夫婦円満となるようにしてやると快諾してくれた。李定国は義侠心に溢れた人で、軍務で忙しい中でも、人を遣って天成の行方を調べてくれたけれど、回疆にまで流れているとは、誰も思わなかったわ！

その黄衫は、新婚のときに私が手ずから縫って天成に贈ったもので、大事にしていたの。天成の血がまだ点々とついているけれど、仲明に残してやりたかった。仲明が大きくなって服を作ってやるときに、作るのはきまって黄色の服。だから軍中では、仲明は黄衫児と呼ばれていたの。親子が顔を合わせたらそのときに、どうしていつも黄衫を着せているのか教えてやろうと思っていたの。天も哀れんだのね、今日ようやく、会うことができた！」

それを聞くと、黄衫の若者は涙で顔をいっぱいにして、「母さん」とつぶやいた。老女は若者の髪を優しくなでてやった。

李定国は、はじめは四川と雲南を占拠して清軍に抵抗し、勢いも大きかった。しかし、清は中原を平定し、兵を三手にわけで大挙して押し寄せた。洪承疇、呉三桂たち漢族の裏切り者たちが清の先駆けを務め、孫可望が戦いを前に投降してしまった。李定国は一路敗退し、ミャンマーまでたどり着き、モンラーで吐血して死んだ。死に臨んで李定国は病床で軍務の引継ぎを行い、一通の書簡を桂天瀾に渡した。もし他日、石天成を見つけたら、この書簡を石天成に渡せ。石天成は武林の名家の弟子、あに弟子を信じなくとも自分のことならば信じるはずだと言い遺した。李定国は一軍の主将であり、俠気に満ちて、あらゆる尊敬を受けていた。そんな李定国の言葉には重みがある。死の床に在ってなお、李定国は桂天瀾のことを忘れてはいなかったのだ。

「李定国の死後、私たちは四川に帰った。もはや四川の義軍は瓦解していて、天瀾と私は剣閣に隠居したの。天瀾は李定国の命で剣閣へは何度か来たことがあって、果樹も獣も多いから、生きていくのに不自由はないってことだったわ。剣閣に何をしにいったのか、天瀾は言わなかったし、私も特には尋ねなかった」

老人が後を引き取った。「おまえたちが剣閣にいるのをつきとめて、おまえたちを探した。そのとき、わしは弟子の于中を連れて剣閣に向かった。谷底でわしを待っているように于中にいいつけた。万一敗れて野山に朽ち果てるとしても、後の始末をしてくれる者がおらねばと考えての用意だった。

夜になるのを待って出て行くと、天瀾はひどく驚いて、わしに弁明しようとしたが、わしは長年の屈辱に耐え、恨みを深くしておった。天瀾の話を聞く余裕などなかった。顔を合わせるや、九宮神外掌の絶技を天瀾に見舞った。天瀾は追いつめられ、わしはすでにこの絶技を会得したと思い込んで、勝ちを確信した。ところが、天瀾の武芸は少しも衰えてはいなかった。本領である大力鷹爪功《たいりきようそうこう》は至純の域に達していたのみならず、武林の絶技『綿掌』をも会得しておったのじゃ。わしの九宮神外掌よりもなお上にある技じゃ！　わしは、天瀾にはやましいことがあって、それで手心を加えていると思うと、さらに怒りが増し、天瀾と相討ちになるよう考えた。

わしが攻め込めば攻め込むほど、天瀾はひたすら退き続け、そうしているうちに、天瀾は崖の先まで追いつめられた。誰かが「天成！」と呼ぶので、目を凝らして見ると、妻と黄衫の少年ではないか！　それが自分の子なのだと知った。幼いころに別れたきりで、どんなに成長したかまるで知らず、茫然として、その子を見ようと進み出た。どうしたことか、少年は手を揮って金環を飛ばしてきた。天瀾がわしに代わって金環を払い落とした。わしは魂が抜けたようになり、逃げも躱しもせなんだ。もう二つ飛んできた金環はすべてわしに命中し、穴道を塞がれて激痛が走った。あのときのわしは悲憤の極みにあった。もはや妻はわしを夫とは思わず、子もわしを父とは思わず、ふたりしてわしを謀っている。追いつめられ、身体を捻って崖を飛び降りたんじゃ！　妻の悲鳴と、子供の泣き叫ぶ声が、わしの耳に届いた」

老人はそこまで語ると、話を止め、重苦しく喘いだ。老人の弟子の于中が、果樹を載せた盆を持ってきた。山茶も淹《い》れると、なにかお口になさいませんと、と老人に手渡した。老人が低くつぶやいた。「良い弟子じゃ。お前には余計な苦労をかけた。さ、みなで食べよう」

しばらくして、于中が口を開いた。老人の言いつけで、于中は剣閣の下で師父を待っていた。老人はなぜ剣閣に行くのかを、前もっていってくれなかった。ただ、生涯唯一の強敵を見つけにゆくのだといった。于中は谷底で老人の叫びを聞き、肝を冷やしたが、ほどなく老人が落ちてきて、于中は慌てて受け止めた。幸い老人の傷は軽く、于中に早く行くようにと言いつけ、こうして老人と于中は一旦剣閣を離れた。老人になにがあったのか尋ねても、答えはなく、ただ、于中が老人と共に絶技を苦学するよう、命じた。

老女は山茶をひとくちすすった。「あの晩、夜中に目が覚めると、突然外から争っている声が聞こえて、急いで飛び出すと、仲明はもう飛び出していて、わたしが仲明に話す間もないうちに、いきなり攻撃を仕かけていた。天成、許して。わたしは、死ぬときが来たら真実を話そうと思っていたの。子供の純粋な心を傷つけたくなかったのよ。だから子供たちは、あなたが父親だとわからなかったのよ。仲明が金環を放つと、天瀾が叫んだわ。この人は、おまえの父親だぞ！　と。でも、もう遅かった！」

「おれは、剣閣で育ったけど、父さんと母さんのようすが、どこか違ってると思ってたよ。仲はいい、だけど、夜になるとおれは父さんと一緒、妹は母さんと、何年も同じ毎日だ。どこかよそよそしいんだ。小さいころに軍で見たおじさんやおばさんたちとは違ってた。でも、ほんとうに思いも寄らなかった。そんな入りくんだ事情があったなんて！　あの夜は、父さん……養父と、母さんが、泣きながら事情を話してくれた。おれは誰を恨めばいいのかわからず、だからもう自分を恨むしかなかった！

　おれはぼうっとしたまま、双剣を持って、剣閣を下りた。父さんは気づいていたけど、止めなかった。山を下りてからも考えたが、なにひとつわからなかった。どこをどう探せば本当の親父に会えるのかも。ただ、昼に夜に、耳元でこう呼ぶ声がするんだよ。おまえは自分の親父を殺した！　俺はもう耐え切れず、ある晩、荒野をがむしゃらに駆け巡った。自分で自分を責め続け、大雪の舞った日、とうとう野原で倒れたんだ！」

　そこまで話したところで、外からかすかな物音がした。老女は凌未風を指さしたが、老女が口を開くより前に、凌未風はすでに剣をすらりと抜き、軽く薙ぐと、外へ飛び出していった。

「この音は、人とは限らないわね。だけど、防備しておくにこしたことはないでしょう。凌大俠が見回ってきてくれるから、小悪党が来たところで騒ぐこともないわ！」

若者が続ける。「どれくらい気を失っていたんだか。そこに、五龍幇の賊どもが俺を助けてくれたってわけだ。それからは記憶をまったくなくしてしまって、自分の名前や、どういう暮らしをしていたのかすら、忘れてたんだ」

冒浣蓮が、そのあとを引き取った。黄衫の若者に出会い、どうやって治療を施してきたかを、ひとつひとつ、老人と老女に語って聞かせた。老女は悲しみ、また喜び、冒浣蓮の手を取って改めて礼を言った。

老人もじっと冒浣蓮を見つめ、山茶を飲んで言った。「お嬢さん、思い出したぞ。あの日、剣閣で手合わせを見ていたな。竹君が話していた、わしらを大いに助けてくださったとか。お嬢さんが剣閣に来たあの夜は、二度目に天瀾師兄とかたをつけに行ったときだった。事がここまでうまくできているとはな。竹君も大きくなり、兄と同じようにわしを暗器で負傷させたのだ。しかし、わしは竹君を助けるため、清の衛士を抱き込んで、いっしょに谷底につっこんでやった。わしはやつを殺しはしなかったが、やつとてわしに大怪我をさせられたわい」

竹君は軽く頭を撫で、冒浣蓮の手をとった。「あの夜はとても焦っていたの。崖から飛び降りようとしたけれど、幸い、あたしは山奥育ちで、いつも山猿といっしょだったから、軽功を極めているとはいえないまでも、身体のキレはあるほうだと思うの。あたしは転がりながら谷底を指して下りた。そうしたら、父さんが于中師兄に助けられていて。すぐさま父さんのほうに駆け寄ると、あたしを見てとても喜んで、わたしにあれこれと尋ねたわ。何年もの間、いつも母さんといっしょに眠っていて、母さんはわたしをほんとうにかわいがってくれていたと答えると、父さんは、もしやあいつらは、夫婦とは名ばかりだったのかってつぶやいたわ。どういう意味かわからないけれど」

老女はこっそりと頷いていた。なるほど、だからさっき、もう知っていたと言ったんだわ、と。老人は苦笑しつつ、続けた。数日経ち、老女が帰ってきたときには、老人は重傷を負っていて、身動きできなかった。于中と竹君が、谷の中でよく面倒を見てた。老女が帰ってきてから、力を合わせてこの石づくりの家を造ったのだった。

「わしら夫婦は再会したが、隔世の感があった。妻はわしの病床で涙ながらにこれまでのことを訴えた。わしもすべてを悟り、怒りもなにもみな消し飛んでしまった。さらに妻は、一通の手紙を取り出してきた。李定国がいまわの際に天瀾師兄に託したあの書簡だ。一軍の将という身分を後ろ盾に、天瀾は悪人ではないと証し立てていた。加えて、天瀾と妻が、ただの名ばかりの夫婦であったことも！」

老人はそこまで話すと、黄衫の若者の髪をなでた。「天瀾師兄はわしにとって深い恩義があったお人だというのに、わしは師兄に死を迫ったのだ！　わしは真の人でなしじゃ！　お前は今後、姓を桂と改めよ、天瀾師兄に報いるのじゃ。さきざき結婚して子を生したら、ひとり目は桂天瀾の血筋のものとし、桂家の香華を継がせるがよい。ふたり目を我が家の孫とし、石家を継がせる。よいな、生涯お前の養父の、お前に対する恩徳を忘れるな！」

石天成老人と桂天瀾との間にあった恩讐は、これですべて明白になった。みな等しく暗澹《あんたん》たる思いで、ため息しか出なかった。老女が突然、若者の背に負うた行李を取った。なかを開けて、数着の黄衫を取り出して広げた。「天成、この黄衫を見て。これはあのとき、わたしが縫ってあげたもの。表面にいくつか、あなたの血の跡があるでしょう？　仲明が十八になったあの年に、仲明に渡して取っておいてもらったのよ。これは我が家の家伝の宝、将来この服が必ず、失われた身内のもとへと導いてくれる、と天瀾とわたしとで言い聞かせて。この子は素直な子、やっぱりこうして大切にしていたんだわ。ご覧なさい、長いこと放浪していたのに、きちんと取っていたなんて」

老人は黄衫を広げてみた。往事のできごとが、涙の中で甦る。この黄衫はどうしようもなく古びていたが、老人の眼中には、あの新婚のころ、妻が縫ってくれたときのことが甦っていた。老人は急に、黄衫の若者に言いつけて、松の枝を取って来させた。若者が、部屋のなかの灯りとなっている松のひとつを取ってくると、老人は黄衫を火にくべた。瞬時に黄衫が燃え上がる。

「今日の一家団欒に、これは不吉なもの。もう、取っておくこともあるまい！」

皆が、火の中で燃えて姿を変える黄衫を見ていた。万感の思いが迫るなか、突然冒浣蓮が「あれはなに？」と声を上げた。皆の視線が集まる。燃え上がる黄衫の炎のなかから、一幅の図画が現れた。画中には瀑布が描かれており、滝はまるで真珠でできた簾《みす》のように、山の洞穴の前にかかっている。山洞の石門は堅く閉ざされている。炎のなかから、こんどは一行の大きな文字が現れた。

「左三右四中十二」。

皆はたいそう訝《いぶか》しんだが、これが何を意味するのかがまったくわからない。黄衫はあっという間に燃え盛り、みるみるうちに灰と化した。冒浣蓮は絵をじっと心に留めて、のちのちに思い起こすことができるように備えた。老人がどういうことなのか尋ねるのへ、冒浣蓮が答えた。

「傅青主によると、ある野草は灰になったあと、水に混ぜると文字を書けるようになる。文字は、その場では見えないが、ひとたび火を通すと現れるという。秘密裏の会合があると、昔はその野草を使って墨汁とし、秘文書として伝達したそうです。が、その野草はとても見つけにくく、用法を知る者もごくわずかのはず」

「文字は天瀾師兄のものだとわかるのだが、この絵の意味はなんだろうか」

老婆も戸惑っていた。剣閣に隠棲してからというもの、以前にもまして桂天瀾は口数が減っていた。いつこの絵を描いたのか。

さて凌未風はといえば、老女から頼まれたとおり、剣を携えて見回りをしていた。山谷では水の流れる細い音や、蛍火が見え隠れして、あの石造りの家に住まう人々の悲惨な境遇や、自分の来し方を思い起こし、凌未風は悲しみが去来するのを堪えきれなかった。ちょうどそのとき、遠くに二つの影が飛来するのが見えた。すぐに身を伏せ、草むらのなかに隠れる。ふたりの動きは早く、瞬く間に凌未風の目の前にやってきた。

「聞けば、桂の老いぼれめは、剣閣に身を隠しているというが、見つからん。見つかったのは荒れた茅屋だけとはいったいどういうわけだ?」

「韓大兄が来ればなにか手立てもあろうさ、しかし、ほんとうに来てくだされればいいが」

ふたりは話しているうちに、もう凌未風から四、五丈のところまで来ていた。凌未風はこっそりと泥団子を作って指で飛ばし、後ろの男の肩に飛ばした。そいつは突然のことに驚き、あちこち見回したが人っ子ひとりいない。このとき都合よく風が吹きぬけ、そばの大木から葉が数枚落ちた。肩に泥団子を当てられたそいつは、内功の手練れだった。はじめは木から落ちてきたのだと思ったようだが、はたと考えると、木から落ちたぐらいで痛みを感じるわけがない。そいつは、前を行く連れの肩をとんとんと叩いた。「並んで歩こう、お友だちがおでましだ!」

陶大兄、なにか見たのか? と、前を行っていた人物が振り返った。陶大兄と呼ばれた男は息を殺し、服を端折《はしょ》って木に飛び乗った。あたりを見渡すと、突然足元の枝がガサッと音を立て、根元から折れた。幸い陶の軽身の技は俊敏だったので、「細胸倒翻雲」で軽々と地上に降り、さっと辺りを見回した。凌未風は笑いを堪え切れなかった。

「兄弟、出てこい。お手並み拝見といこうじゃないか。闇討ちとは、英雄とは言えまい?」

二人の罵声に、凌未風は笑いながら立ち上がった。「おれはここだ。見えなかったのか?」

このふたり、ひとりは『八方刀』の張元振といい、もうひとりは『黒煞神』の陶宏、どちらも陝西の大泥棒で、武芸においては非凡だが、軽功や暗器については、遠く凌未風に及ばない。暗がりのなかで凌未風にからかわれ、怒りに満ちたふたりは、左から右から、猛然と凌未風に突進してきた。

凌未風は片手で胸元を守り、じっとして動かない。左の張元帥が拳を繰り出すと、ようやく凌未風は拳を横に払った。張元振は驚いて、ひとまず「手揮琵琶」の手で凌未風の横からの力を分散させた。陶宏は右から身を返して突き進み、指を伸ばして凌未風の「湧泉穴」を点く。

凌未風は身体を横にしてやり過ごし、手を返して陶宏の腰間にある「璇璣穴」をつき、「お前ごときですら、点穴ができるのか?」と、にやりと笑った。凌未風は素早く陶宏の胸と腹をついた。陶宏は呼吸して腹を引っ込めたため穴道に命中はしなかったが、服は凌未風に突き破られて穴が開き、勢いに乗じて二つの指でひっかけると、大きく引き破られた。

陶宏は即座に退き、「きさまは何者だ?」と声を荒げた。凌未風も同じことを聞き返す。張元振は、凌未風の顔にある刀傷を見て、驚いた。「あなたは、あの名高い天山神芒の凌未風どのでは?」

「おまえ、俺の名を知っているのか?」

「西北ではうまくやっているそうなのに、なんで厄介ごとに首を突っ込んでいるんです?」

凌未風には、張元振の話している意味がわからなかった。「なにが厄介ごとだ! 天下の人間は天下の事に関わるもの、おまえたちがわざわざ怪我で不自由しているご老人を痛めつけようというなら、俺も見過ごせん!」

陶宏は慌てて拱手の礼をした。「桂天瀾が負傷したと? われらは元より敵ではござらぬ、桂大兄はどこに? どうかお引き合わせを」

凌未風が答えぬうちに、遠方からこんどは三人が飛ぶようにやってきた。見ると、皆五十ばかりの老人だ。張元振、陶宏は礼をして言った。「羅当家、達土司、それに盧舵主も。我らは合字の友、一瓢の水は皆で飲みましょうぞ!」

緑林の人間の隠語だった。緑林の者が財宝を強奪しようというとき、他の集団の邪魔が入った際には、仲間割れを避けるため、お宝を見た者皆で山分けをする。「合字」とは同業の者で、「一瓢の水」とはお宝のことだ。かれらはこの谷で、何の「売買」をするつもりなのか？

張元振が凌未風を皆に紹介したが、あとから来た三人は特に気にかけるでもなくうなずいた。張元振は凌未風にもかれらを紹介する。「こちらは、川北は眉山にて商いをなさっている羅当家・羅達どの、こちらは石砥の土司、達三公。こちらは、青陽幇の舵手・盧大楞子です」

三人は皆、四川では鳴らした者たちだった。凌未風は西北では名を馳せているが四川にはこれまで来たことがなかった。道理で、三人は凌未風の名を聞いてもさして気に留めなかったわけだ。しかしわからないのは、なぜたった一夜の間に、緑林の手練れたちがここに集まっているのか、だった。おまけに、そのうちのひとりが、肉体の頑健さでその名を武林で知られた外家の達人・達土司とは！

すぐさま、張元振が続けた。「これなる凌大俠は、桂老人のご友人で、桂老人は怪我をされているとか。ぜひお引き合わせ願いたいものですが」

あとから来た三人も、声を揃えてそれが良いという。凌未風は、桂天瀾がすでに死んでいることをまだいわないでいることにした。友人と自称しているが、まず石老婦人と会ってからの話だと思ったのだ。

さて、石老人と石大娘は、桂天瀾の残した図画の謎を解こうとしていた。突然、外から話し声と足音が聞こえてくる。老女が剣を抜いて外へ出ると、凌未風が馬前で、声高に呼ばわっているのが見えた。「石夫人、ご友人が数名、お会いしたいとのことです。桂老先輩をよくご存知だと言っていますが」

張元振と達士司は、凌未風が「石夫人」と呼ぶのを聞いて訝しがったが、深々と礼をして凌未風に続けた。「桂の奥方、われらを覚えておいでか？　天瀾兄はこちらか？」

老女は顔を強張らせ、即答した。「桂天瀾はすでに、清の衛士に殺されました。あなたたちは来るのが一歩、遅かった。夫・石天成はここで臥しており、いまはもう廃人です。どうかご友人がた、お引き取りを！」言い終えると、剣を横にして門前に立った。

張元振と達士司、ふたりとも桂天瀾と老女が李定国の軍にいた折に知り合った者たちだった。ふたりは老女の言葉を聞いて、すっかり驚いてしまった。老女には他の「夫」がいたことを知らなかったのだ。老女を疑ったが、剣を手に立ちはだかるさまを見るとうかつに攻撃できない。なぜなら老女は昔、李定国軍中第一の女傑と言われ、その五禽剣法が四川じゅうに轟いていた桂天瀾の妻だったのだ。達士司はそうでもなかったが、張元振はすでにどこかで怯えている。躊躇している間に、突然遠方からまた一群の人影が現れた。

皆が目を凝らしていると、こんどは急に青陽幇の舵手・盧大楞子が呼ばわった。「石夫人でしょうか？　私は盧大楞子、当年は御主人の恩を受け、かつて華燭《かしょく》の宴にて祝いの酒を賜った仲。石大兄はこちらにおいでか、どうかこの弟めに面会をお許しいただきたい」

盧大楞子は峨嵋派の俗家の弟子で、若いころにはよく酒で諍《いさか》いを起こし、江湖でも特に厄介な人物をふたりも怒らせたのを、葉雲蓀が仲裁に入り、なんとか無事に済んでいた。この一件で、盧大楞子の気質は大いに変わり、そのために葉雲蓀にもすこぶる好意を持っていた。石天成が結婚したとき、盧もまた祝いにやって来ていたのだった。喜びの酒を飲んで一別してより、石の奥方と桂天瀾とのことは、盧大楞子はまったく知らなかったのだ。

　老女は盧大楞子にも、申し出はありがたいが引き取ってもらうよう訴えた。やりとりしているうちに、遠くに見えたあの人影が、とうとうこの石造りの家までやってきた。盧大楞子が頭を捻ると、はたして、青い衛士の制服を着た五人の男が、四方に散って、周囲を取り囲んだ。

　俺が相手だ、と盧大楞子がそう言って身を起こそうとすると、羅達が盧の身体を引いた。

「盧大兄、ちょっと待て、慌てて厄介ごとを増やすことはない」

　五人の衛士のうち、三人は宮中でも一流の使い手だった。首魁が王剛と言い、かつて金剛散手を以って名を武林に轟かせた男だ。残りのふたりは、それぞれ申天虎、申天豹という兄弟で、呉鉤剣法の使い手である。この三名以外は、どちらも王剛に連れてこられた川陝総督府の衛士で洪濤・焦直と言い、以前は川中の緑林の者で、のちに川陝総督のお手先となった者たちだ。

　洪濤、焦直と羅寨主、達土司、張元振たちは皆知り合いで、それぞれの武芸が非凡であることを知っていた。王剛に向かって話しかけると、王剛はすぐに礼を返し、国賊・石天成を捕らえに来た、道を開けろと言った。盧大楞子が「できるか！」と怒鳴ったが、羅達が引き止めた。

　羅達、張元振、陶宏、達土司たちは、つまるところ緑林ではごくありふれた者たちでしかなく、李自成や張献忠と同列に語ることはできない。羅達たちはただ山林に集って、自分たちの足場ができていればよかったから、官兵とは、ときには互いに相手を立て、それぞれの平和を保っていたいのだ。ここで衛士たちと事を構え、国賊を庇うというのは、かれらがそうそう望むことではなかった。まして、羅達、張元振、陶宏、達士司らと桂天瀾や石天成とは、命を賭した交流はなかったのである。

老女は剣を胸に、盧大楞子に向かって言った。「この婆から、こちらの親切なご友人に礼を言います。しかし、敢えて苦難にさらすことはできません。老いたりとは申せ、まだまだ衰えはしていない、わたしが清兵の相手をします！　ご友人がた、おどきください！　帝の老族の狗《いぬ》とやらの顔を、拝んでみたいものだわ！」

老女は剣をすらりと構えると、今にも飛び出そうとした。凌未風が一歩先んじて突進し、老女の前に立ちはだかって叫んだ。「老夫人、この子兎どもは、おれに残しておいてください。おれは久しく兎を喰っていないもので。もし手持ち無沙汰なようなら、二匹ほど廻してやってもよろしいが！」言い終えると、つま先を突いて巨鳥のように飛び上がり、一陣の風を巻き起こし、五人の衛士の正面に降りた。

「ふふ、いいわよ、あなたにあげる。食べたいならみんな食べておしまいなさい！」

凌未風は片足で立ち、身体を一旋させると、待ち構える五人の衛士をひととおり見渡して、冷たく言い放った。「ここでのことは、家の主からおれに託された。皆、おれにかかって来い！」

洪濤は群雄に向かって、声も高らかに言い放った。「われらはそれぞれの道を行けばよい。山と河があるかぎり人付き合いは絶えぬもの、今後あんたは友達だ！」

凌未風の口調が乱暴なのに、洪濤がかれに対しこんなにも鄭重なのはといえば、さきほど盧大楞子があのようにごねたうえに、洪濤は羅達や達士司らもその仲間だと知っていたからだった。ただ恐れるのは、凌未風が動いたら、かれらが凌未風の側につくのでは、ということだった。かれらは皆、緑林の手だれたちだ。凌未風のことはわからないが、繰りだしてきた軽功を見るに、見くびってはならぬ相手だ。自分の側には五人がついている。たとえ石天成夫婦や、これにあいつらの娘や弟子を加えてもまだ余裕がある。が、もしこの者たちまで束になってかかってきたら最悪だ。そこで、言いたいことは腹に収め、取り引きをもちかけようとした。ところが、洪濤が取り引きを口にするや、凌未風は猛然と言い放った。「阿呆。誰がおまえの友人だ！　おまえたちはおれが一人で相手してやる！」

言い終えると、凌未風は羅達たちのほうを振り返った。「お歴々、もしもわしに一目置いてくださるなら、加勢は無用に願う。多勢に無勢のそしりを受けたくはないのでな」

夜が明け、暁が見え始めていた。朝の微かな光の射すなか、衛士の首領の王剛がはっきりと凌未風の顔を見た。すっと一歩前へ踏み出し、声を潜めた。「お前は凌未風ではないのか？」

「ならなんだ？」

王剛が奇妙な笑い声をあげ、衛士たちを手招きした。「よく見ろ、こちらにおわすはその名も高き、天山神芒の凌未風だ。五台山を鬧がせ、仏舎利を強奪したのも、全部この男の仕儀。凌未風、他の誰がお前を恐れてもわしらは恐れん。大人しく縛《ばく》につけ！」

そもそもは、楚昭南が雲崗から逃亡し、都へ戻って報告し、清の宮廷で凌未風の手配書きの絵を描かせ、各地に配り、国賊としていたのだった。王剛は意外にも、ここで凌未風とかち合って驚喜した。王剛は禁営軍の統領の地位に執着していた。しかしその地位には楚昭南が据えられ、副統領の張承斌ですら昇級されなかったのだ。王剛はそれが大いに不服で、機会があれば凌未風を倒し、間接的に楚昭南の気勢を削ごうと考えていた。

凌未風は冷笑すると、鋼の剣を抜き、剣尖に指で触れ、相手の話を待った。すると、背後から誰かが怒鳴り声を上げた。「凌大兄、俺にもひとり、分けてくれ！」

手に双剣を持ち、旋風のように飛び出したのは、黄衫の若者・桂仲明にほかならない。

凌未風は剣を放りあげて受けとめ、にやりと笑った。「こちらは、石老先輩のご子息だ。お前たちが捜している奴のひとりだろう、この子が来たからには、おれが独り占めするのも悪いってもんだ」

王剛が顔色を変えた。「おまえたちが石の老いぼれの代わりに受けて立つというなら、そうしろ。もしおまえたちが負けたらどうする？」

「おれが負けたら、家族全員引っ立てていけばいいだろう！」桂仲明が答えた。凌未風が、おれも頭数に入れろと笑って茶々を入れる。盧大楞子が、それでは不公平だ、衛士が負けたらどうするのかを決めていない、と横から口を挟んだ。話す必要もないだろう、どのみち奴らは逃げられやしない、と凌未風がにやりと笑った。王剛の怒るまいことか。「よくぞ抜かしたな、わっぱ。なにさまのつもりだ？　口喧嘩には慣れとらん、表に出て実力を見せてみろ！」

しかしここで、洪濤がなだめた。「待て。わしらは国賊を捕らえるのが務めとはいえ、ここにいる全員が武林の人間だ。この場にいる羅大兄や達土司らに証人になってもらおう。これは奴らが決めたことで、わしらが強きを助け弱きをくじいたわけではない」

洪濤は、かれらが凌未風に加勢するのが怖かったが、そのため、言質でもってまず押さえておいたのである。そのうえかれらを証人とするのだから、加勢しようとしてもできなくなる。盧大楞子は、フンと息を吐いた。羅達が口を挟んだ。「それは当然のことだ。われらも目を開いてよく見ていようではないか！」

凌未風は剣を構えて礼をした。「どうか、おのおのがた、俺をひとかどの人物と見ているなら、どちらも手助けなどしないように！　石老夫人、あなたにもお越しいただくことはない！」

老女はなおも剣を手に門前にいたが、声高らかに言った。「わたしに何をしろと言うの？　あなたを信頼できないなら、一家全員の命を預けたりしない。やりたければ、さっさとやりなさい。だけどもう少し遠くでお願い。夫は療養しているのだから、ここで騒ぐのは許しませんよ！」

凌未風は呵呵大笑した。「お前たち、聞いたか？　石夫人はここでの手合わせをお望みではあらなんだ。外面の山谷が広いから、そちらでやろう」

王剛が手を振り、五人の衛士は同時に外面の谷にある盆地へ駆けていった。中天虎が密かに問うた。「あいつら、逃げませんかね、ついて来なかったら？」「ありえん」王剛が答えるのへ、中天豹がさきほどまで自分たちがいたところを振り返って言った。「王大兄、そうでもなさそうだ。あいつら、まだこっちに来ない！」

申兄弟が足を止め、まさに罵声を浴びせようとしたちょうどそのとき、あっという間に二つの黒い影が、稲妻のようにまっすぐに向かって来た。その姿をはっきりと目に留めぬうちに、衣が風をはらむ音が、顔を撫でてゆくのを感じた。王剛は身をさっと起こし、飛鳥のような速さで、前を行く者を追いかけた。申家の兄弟も、はっとわれに返り、慌てて駆けていく。

申兄弟が山のくぼみを通り過ぎ、盆地に着いたころには、すでに二つの影が待ち受けていた。凌未風は一振りの剣を胸の前に構え、桂仲明は二振りの剣を交錯させ冷笑した。「衛士の旦那がた、たったこれだけの数歩の道を、随分のろのろやって来るなあ」

申兄弟は驚くやら悔しがるやら。敵は、わざと自分たちの力量を測ったのだろう。心のなかで、「えらそうに、軽功がどれほどのものか？　我らの呉鉤剣法を、たっぷりと味わわせてやる！」と罵った。

しばらくして、羅達たちも全員が揃った。そのなかに、紅衣の娘がひとり、増えていた。秋水のような涼やかな瞳が、黄衫《は》の若者・桂仲明をみつめていた。

娘は冒浣蓮で、腰に剣を佩き、手にはひとつかみの奪命神砂を握っていた。本来なら助太刀したいところだが、門を出たところで老女に告げられた。もしも敵がお嬢さんを傷つけないのなら、決して手を出してはならない。また、凌未風の名を損ねることも避けなくては。それで、冒浣蓮は群雄のなかに在って、双眸はじっと桂仲明を見つめているのだった。王剛は、突如少女が姿を現し、また娘の想いを見取って、思わず少女をちらちらと見てしまっていた。

このとき、朝日は昇りはじめ、朝もやが映え、幽谷の奇岩がその姿を露わにし、群雄と冒浣蓮は足を崩して座り、手合わせの行方を見つめている。足場の悪い盆地のなかで、両陣営はまさに一触即発の状態で相対していた。

第十一回　将軍の秘宝

「勝負はどうつける？　総がかりか、それとも車がかりか？」

凌未風が大声で呼びかけるのへ、王剛は弱味を見せてはならぬと、やはり大声で答えた。

「こちらは多数、そちらはふたり。そっちの好きなようにしろ！」

凌未風が、きりりと眉を上げた。「武林の先輩がた、ひとこと賜りたい！」

盧大楞子が言った。「凌大俠側はわずかにふたり、二対五では不公平だ。どちらからもふたり出し、それで一対一か二対二にするのがよろしかろう」

王剛は、申兄弟を出そうとした。が、焦直、洪濤が割り込んできた。「われら、石老先輩の武芸の精強なるお噂は久しく伺っている。どうか、石公子にお手合わせ願いたい、凌師匠も加わりたければそれで構わんが」

宮中の手練れに及ばないことを自覚している焦直、洪濤のふたりは、軽視されないよう、敢えて凌未風に待ったをかけるような物言いをし、黄衫の若者のほうを指名したのだった。

はたして、凌未風は薄く笑い、剣を抜かずにいる。桂仲明は声を上げて笑い、双剣を引っ提げ、特に緊張したようすもなく進み出た。「来い！　おまえらごとき、凌大兄の手を煩《わずら》わせるほどのこともない！」

焦直の得物は二振りの方天画戟だった。桂仲明がものぐさそうにいうのを聞いて、すぐさま五寸もの長さの切っ先を桂仲明の左腕に向けてきた。洪濤の得物は紫金刀で、桂仲明の背後に廻ると、腰を目がけて横薙ぎにした。前後から挟み、桂仲明を死地に置こうとした。桂仲明はいきなり一声吼え、右の剣を振り上げた。がさっと音がして、焦直の画戟の切っ先は、瞬時に断たれていた。振り返りもせず、桂仲明は左手を後ろに廻すと、洪濤の刀を受け止め、勢いに乗じて一押しした。洪濤が、恐ろしい圧力を感じるや、二十八斤の重さを誇る大刀は、洪濤の手から飛ばされていった。「洪二弟、左に回れ！」焦直が慌てて叫んだ。切っ先のなくなった一対の方天画戟を振り回し、見かけばかりの技を次々に繰り出して、必死で桂仲明の双剣を受けていた。

これは、桂仲明が記憶を取り戻してから、強敵との初めての闘いだった。岩にもたれて、こぼれるような笑みで見つめる冒浣蓮に大いに鼓舞され、桂仲明は双剣を駆使し、ほどなく焦直洪濤の二人は剣光に取り込められた。羅達らはただ驚かされるばかりだった。石天成の息子が、このような武芸を修めていたとは！

それから間もなく、桂仲明は焦直の繰り出す戟法の手がすべて見かけだけで、自分と敢えて向かい合おうとしていないことを見抜くと、相手の手を正確に見極め、「巧女穿針」で突きに出た。焦直は右足を後ろに掃い、左の戟を「挙火撩天」で僅かに振り、右の戟は「白鶴掠翅」で下に向かってぐるりと薙いでみせた。右が攻めの主体だが囮の手であり、左が防御で、こちらは見かけではない、本来の仕掛けである。ところが、桂仲明の突きもまた見せかけだった。焦直は左の戟を上げると、桂仲明は素早く足の運びを変え、形を変えて「猿猴摘果《えんこうてきか》」とし、青光を一閃させるや面前に迫り、股座を切り上げて腹を突き、とどめを刺しにきた。焦直は大声を上げ、二つの戟を同時に引っ込めた。桂仲明は剣で方天画戟の一つを真っ二つにし、右足で、もう一つの画戟を空に蹴り上げた。絶叫が響くなか、焦直の片腕は身体から断たれており、桂仲明は焦直の体軀を数丈の外に足払いで飛ばした。飛ばされた焦直の身体は岩にまともにぶつかり、たちまち絶命した。

この数手は電光石火の如く速く、洪濤がそれをはっきり見取って慌てて引きさがったときには、もう遅かった。空中に飛び上がった桂仲明は、洪濤の頭上にかぶさるように下りてきた。洪濤が紫金刀で防ごうとしたが、間に合うはずもなかった。まず腕が断たれ、続けて肉体も真っ二つにされた。これこそ五禽剣法の「蒼鷹撲兎《そうようぼくと》」の絶技で、すべて桂仲明がその母から教わったものだった。

王剛たち三人の宮中の手練たちは、この川陝督府の衛士たちを見くびってはいたものの、それにしても一杯の茶を入れるほどの短い時間でふたりとも片付けられるとは予想外のことだった。しかも、本命である凌未風は、いまだ手を出していない。王剛は眉を顰め、自ら闘いに臨もうとした。金剛手で、桂仲明の双剣と対峙しようとしたのだ。そこへ、申家の兄弟二人が、揃って進み出た。桂仲明が双剣を上げ、待ち構える。凌未風が叫んだ。「桂賢弟、お前はもう十分喰っただろう、この二匹は俺によこせ！」

　中家兄弟の呉鉤剣法は、滄州の洪四把子の真伝で、ふたりで使うものだ。中天虎は一対の護手鉤を使い、鎖で敵の刀剣を奪い取る、守りのなかに攻撃があるもので、中天豹は長剣を使うが、これは完全な攻めの為のものだ。かれらの攻守一体となった息の合った呉鉤剣法は、武学の一絶とすらされている。三十年来、兄弟が勝負をして敗れたことはない。都にいた折、楚昭南と兄弟が手合わせをしたが、楚昭南ですら引き分けに終わっている。

　凌未風は、滄州洪家の呉鉤剣法の凄まじさについては噂を聞いていた。中家兄弟の得物や共に現れたときの形は、まぎれもなく洪門の弟子だ。桂仲明の武芸はたしかに見事だが、経験が浅いぶん急な変化に対応できないかもしれない。そこで、急いで割り込んで、桂仲明に取って代わったのだった。

「行くぞ！」中天豹が叫ぶや、長剣で素早く凌未風の胸元を突こうとする。凌未風はかれらの手を承知していたので、微笑したまま動かず、中天豹の剣先が胸に届くのを待って突然身体を揺らし、かん！　と音を立てて鋼の剣で中天豹の剣の切っ先を掃い、剣を返したちょうどそこへ、中天虎の双鉤が打ち込まれ、測ったように弾き返す結果になった。中兄弟は驚き、三人は一触即発となり、互いに睨み合った。盧大楞子が囁いた。「よほどの遣い手同士でないと、こうはならんな。あの兄弟は凌未風が先に手を出すのを待って、隙を衝いて攻めようとしている。どうやらこの『天山神芒』は、かなり腕が立つようだ」

　その言葉が終わらぬうちに、凌未風が一喝し、中天豹に向かって剣を横薙ぎにした。中家の兄弟も、双鉤と長剣で、どちらとも判別のつかぬほど、凌未風を攻めたてている。

百余手も合わせたころ、兄弟の額には汗が浮かんでいたが、凌未風の顔色は変わらぬままだ。傍の者は見出せなかったが、王剛にはその破綻がわかっていた。「お二方、退かれよ。まずはわしが、凌師父の剣技、ご教示いただこう」

兄弟は必死で数手繰り出しながら退いていく。凌未風が突然、長々と笑ったと思うと怒鳴りつけた。「負けを認めようとしても無駄だ」

剣法が一変し、兄弟を寒気が襲った。いたるところに、凌未風の影があるのだ。王剛はその場から飛び出した。三人は闘いを止めず、剣を揮い続けている。割り込む余地などなかった。そのうえ、先に約していたのに、二対一で大いに面子《メンツ》は失われているところへ、自分がまた出て行っては、勝ちを得ても天下の英雄の失笑を買うだろう。

ためらっていると、桂仲明がゆっくりと進み出て、声も高らかに言った。「凌大兄はおまえと手合わせしている暇はない、おれが相手をしてやるよ」

王剛は引き際を測りかねていた矢先だけに、桂仲明が出てきたのを見て内心しめたと思った。

「ならば、剣を抜け！」

「あんたの得物はどうした？　先に三手、出させてやるよ」

王剛は大笑いした。この小僧はかけだしですらないひよっこだ。王剛は金剛散手を以って武林に名を轟かせ、武器など使わないのだ。自分に得物を使わせようとは、世間知らずも甚だしい。すぐさま両手を広げ、周囲を仰ぎ見た。「ここの先輩がたにお尋ねするんだな。この王剛が、いつ武器を使うと言った？　双剣を使って全力で向かって来い、受けてたつぞ」

桂仲明は冷めた声で言った。「笑うのは少しばかり早いぞ。勝負がついてから笑え！　尤も、そのときあんたが笑えたら、好漢と認めてやるよ。よし、あんたが得物を使わねえなら、おれさまも素手でお相手しようか」

言い終えるや、桂仲明は双剣をものすごい勢いで崖に向かって放り投げた。「さあ、おれにも得物がなくなった。ほっとしたか？　おらおら、とっととかかってこい。それとも、やり合うのが怖いのか？」

傍観していた群雄たちの驚くまいことか。桂仲明の武芸は大したものだが、王剛の技の凄まじさを知る者には、双剣があっても勝つのは難しいと見えるのに、この若さでどこまで自惚《うぬぼ》れているのか、徒手空拳で武林でも知られた人物に相対しようとは。

緑林の者たちの潜めた声や驚愕の表情から、王剛は衛士五人の束《たば》ねであり、腕も相当立つのではと見えた。冒浣蓮は、思わず歩を進める。盧大楞子は冒浣蓮を石天成の娘と思い込み、そっと声をかけた。「兄を呼び戻せ。王剛どのの外功は無敵だ。凌大侠ならば勝負になるかもしれんが」

それを聞いて、冒浣蓮は驚きはしたが、かえって安心していた。桂仲明の腕は凌未風と比べても遜色ないし、凌未風で相手になるのなら、桂仲明とてある程度は耐え切れるだろう。そのころには、凌未風はあの兄弟とも片を付けているだろう。しかし、それでも不安は抑えきれない。思わず、一歩一歩、闘いの場に進もうとしていた。盧大楞子が気づいたが、こうしてこの娘を加勢に行かせるのもよかろうと思われた。あちらはすでに三人もの手練れが出揃っているのだ。この娘があの黄衫の若者を助けようというなら、ようやくそれで三対三になり、決まりどおりになるではないか。

先にかかって来いと言われ、王剛は憤懣やるかたなかった。この手で握りつぶしてくれようか。すると、桂仲明の覇気のない声がした。「まだかよ。遺言でも考えてるのか？」

王剛は怒声を上げ、大きく手を広げ、桂仲明の太陽穴を目がけて打ちに行った。桂仲明は軽く避ける。王剛の左手がそれにつれて繰り出されるが、桂仲明は三歩退がって、ふたたび避けた。王剛は猛然と一躍し、両手を拳にして、「二鬼拍門」で桂仲明の頬を挟み込もうとした。それは目にも止まらぬ速さで、盧大楞子が驚愕し、冒浣蓮は思わず瞳を閉じ、もう見ていられなかった。その場に居た手練れたちも、全員が桂仲明はやられたと思っていた。しかし、桂仲明の動きは恐ろしく速く、間髪《かんはつ》容《い》れず王剛の拳の下に潜りこんでいた。

「三手、出させてやるっていっただろう？　違うか？」

桂仲明は義父の桂天瀾について、幼いころから大力鷹爪功を教わっていた。大力鷹爪功と金剛散手は同種のもので、桂天瀾曰く、この種の技の鍛錬で重要なのは、一気に勝負を決め、必ずしとめることだ。猛攻をかけて攻め落とせず、鋭気を挫かれることはなんとしても避けねばならない。桂仲明は、剣閣の頂で成長し、常に猿を友としていたから、軽功の絶技は天性のものといえた。そこで、わざと王剛を激昂させ、三手を躱すことで、その勢いを削いだのだ。ただ、王剛の拳風が桂仲明の肩を撫でていき、そこはまるで火傷を負ったように疼いたが。

桂仲明も傷を負ったことには気づいていない王剛は、まんまと三手を避けられ、驚き怒った。

もはや相手を見下してはいない。左手は胸を守り、右手は桂仲明の胸を狙う。金剛散手の「排山運掌」の手だ。桂仲明は、とてつもない力が胸元に迫って来るのを感じていた。

　おのれを奮い立たせ、大力鷹爪功で真正面から王剛に摑みかかった。ふたりはまともにぶつかりあった。桂仲明は一喝すると、両手の指を鉄鉤のようにし、王剛の腕を摑んだ。王剛は両手を返し、「捽」字訣で、手の甲を上に向けて掃った。桂仲明の身体は空を飛び、第二手を繰り出した。五禽掌の最も危険な技で、空中で後転すると、左足を伸ばして王剛の胸に蹴りを入れようとした。王剛は力いっぱい払いのけ、桂仲明は両手を伸ばし、「細胸巧翻雲」で、数丈の外に後転しつつ飛び出していった。桂仲明が蹴りを入れたとき、王剛も咄嗟に身を躱したが、左の股座にまともに喰らい、桂仲明と同じように数丈の外に転がり出たのだった。

　桂仲明がふと見ると、反撃されたときに王剛の指先が触れたところは、皮が破れて血が流れている。王剛が立ち上がると、腕が火縄で焼かれたように、十筋あまりの赤い跡になっていた。ふたりは互いに驚いていた。双方の功力がここまで深いとは、思いもよらなかったのだ。

　この一戦については相打ちだったわけだが、傍観者にとってみれば、桂仲明は絶妙な軽功で危機を脱し、王剛は地上に転がり身を躱したのだから、明らかに王剛が負けたように思われた。各派の使い手たちは、めったに見られない闘いに称賛を禁じえなかった。さほどのことはないと見ていた桂仲明を、今は刮目《かつもく》して見ている。

　江湖に名を馳せてから、王剛はこれほどの強敵にはまみえたことはなかった。こんな小僧にしてやられるなど考えもしなかった。もはや、勝ちに急ぐことはない。まず守りを第一とし、内力を整えたら、金剛散手の絶技で攻守を尽くし、桂仲明の大力鷹爪功に対抗するのだ。

ここから、形勢は逆転する。功力において、ふたりに差はない。若い桂仲明には極めて高い天賦の才があるが、王剛は年を重ねてようやくこの域に達している。しかし、王剛は江湖にあること三十余年、これまでに数多くの英雄好漢と手合わせをし、経験の豊富さは桂仲明の比ではない。ひとたび落ち着いて、見せかけの技で攻めようとすると、桂仲明は防戦一方になった。ふたりとも、勢いよく掌風を出たと思えば、すぐに互いの手を収め、連続で技を繰り出せずにいる。手練れの者から見れば、ふたりは直接には接触していないが、さきほどまでの絶技のぶつかりあいにくらべると、いまの闘いぶりのほうが却って目を引いた。地上では小石が飛び、ふたりの掌風が当たる近くの木の葉がすべて、はらはらと落ちた。

ここに至り、桂仲明は徐々に自分が圧《お》されているのを感じていた。突然、声を張り上げると、両手を素早く打ち出し、ふたりは双方の掌力で数歩たたらを踏んだ。桂仲明は王剛が向かってくるのを待ち、掌法を突如一変させた。掌風は前とはうって変わって凄まじさはなくなったが、繰り出すどの手も力を溜めながら出し尽くしてはいない。偶然、王剛が手先に触れると、敵の手は柔らかで、しかし大きな力を溜めて自分に向かってきていた。慌てて、全力で平生使っている妙技を以って桂仲明と対峙した。

桂仲明が使ったこの手は、『綿掌』の内勁が鷹爪功に配されたものだ。桂仲明の義父・桂天瀾は、本門の大力鷹爪功に精通しているだけではなく、長年の苦難のうえに、武当派の綿掌をものにしていたのだ。武林中で、二種の武芸を修め、そのうえその二種を融合させたものは、桂天瀾ただひとりである。

一方、凌未風と申兄弟のほうは異常なまでの熱気に包まれていた。二申とて日ごろ学んだ呉鉤剣法の絶技を次々と繰り出し、決めているはずなのだが、凌未風に翻弄されている。凌未風の天山剣法と、申兄弟の呉鉤剣法との勝負は、本来ならばそうそう見られない闘いなのだが、桂仲明の登場で、凌未風たちは却ってそっぽを向かれてしまった。盧大楞子が嘆いた。

「こんな手合わせは、生きているうちにそうそう見られるものではない。惜しいかな、今日はあまりにも好勝負が続けざまに繰り広げられている。あちらの掌法勝負は、もはや武林の奇跡に近い。ああ、自分にもう一対の眼があればいいのに！」

皆が固唾《かたず》を呑んで桂仲明と王剛の闘いに視線を注ぐなか、凌未風と申家兄弟の勝負は、もはや決まっていた。凌未風の剣を封じようとする申天豹を嘲笑うかのように、鋼の剣は申天豹の首筋に喰い込んでいった。申天虎は双鉤を手に素早く凌未風の背後に廻ったが、凌未風は身体を捻った。双鉤は空を打ち、手を変えるいとまもなく、凌未風の掌打を胸に喰らい、と同時に、青鋼剣は申天虎の背中から腹を貫いていったのだった。

凌未風が剣についた血をぬぐい、首をめぐらせて四方を見渡し、剣を弾いて長嘯すると、山と谷に殷々《いんいん》とこだまが響き渡る。周囲の者は顔を見合わせ驚くばかり、王剛はさらに驚愕のあまり青ざめていた。

桂仲明は綿掌と鷹爪功を続けざまに使い、両手の起こす掌風はすべて力強いものだった。王剛はこれ以上の手合わせを望まず、姦計を施した。突然、左の肩を前に向けて、桂仲明の手とぶつけたのだ。王剛は前のめりになったが、五指を鉤のようにして桂仲明の右腕を捉え、力を込めて捻った。王剛の肩も無傷ではなかったが、王剛は負けのなかで勝ちを拾いにいった。禽拿手法を展開し、桂仲明を生け捕りにし、人質にしようとしていた。申兄弟が凌未風の手によって葬られるのを見ていた王剛は、自分はもはや凌未風の敵ではないと悟り、桂仲明を捕えて、そこにつけ込もうとしたのである。

ところが、桂仲明は罠にかかったとはいえ、おのれの危機に際しても動じることなく、右腕をひと振りした。王剛も桂仲明の腕をひねり上げられない。そこへ、桂仲明の左手の拳が王剛の顎に命中した。うおっと声を上げると、王剛の口からは血が溢れ、思わず右手を離し、後ろに倒れた。

冒浣蓮は、桂仲明が危ういと見るや、委細顧みずに飛び出していった。そこへ王剛が倒れ、立ち上がったところに鉢合わせてしまった。王剛は冒浣蓮を捕まえた。冒浣蓮は、王剛の顔に奪命神砂を投げつけた。王剛は避けもせず、細かい粒が皮膚に吸い込まれたが、冒浣蓮の脈どころを押さえてしまい、喚き声を上げると、冒浣蓮の身体を武器にして振り回した。桂仲明は暗器の金環を打とうとするが、冒浣蓮に当たってしまいそうで手が出せずにいた。

「浣蓮さんを放せ、そうしたら命だけは助けてやる！」

王剛は獰猛《どうもう》な笑いを浮かべた。桂仲明は岩場で双剣を抜き、凌未風が剣を構えて追いかける。群雄たちもついて行くが、王剛の凶暴なありさまを見ては、誰もうかつには手を出せない。

瞬く間に、山あいの二つの盆地を追い続けると、前方に視界が開けた。朝陽が降り注ぎ、皆は勢いよく水の落ちる音を聞いた。山頂からの瀑布が、白い練り絹のように落ち、谷底に淵を作っている。淵のそばには山洞があり、瀑布は周囲の岩に当たって飛沫を上げている。山洞の前は水のすだれが掛かっているようで、朝陽が映えて、七色の虹を作っている。絶景であったが、だれも皆、風景を愛でるどころではなく、一言も発せずひたすら前を追い続けていた。

凌未風は、群雄を追い越し、桂仲明にも追いついた。王剛の姿も遠くない。凌未風は桂仲明の肩を叩き、声を落として呼びかけた。「どいていろ、あの子を助けてやる！」

桂仲明がいわれたとおりに横に退くと、凌未風は右手から三本の天山神芒を放った。

「あんた、何してんだよ？」桂仲明阻もうとしたが間に合わない。

王剛は冒浣蓮を盾にすれば、万に一つのしくじりもないと思っていた。ところが、凌未風の飛ばした天山神芒は、全部見せ掛けだけで、冒浣蓮を盾にして振り回したが、命中しない。気が緩んだところに、すかさず四本目が飛んでくる。ふたたび冒浣蓮を盾にしようとすると、ぱしっという音がして、王剛の右腕に神芒が突き刺さった。すぐに、骨まで響く痛みが王剛を襲い、王剛は冒浣蓮を地面に突き飛ばした。王剛は耳元に凌未風の怒鳴り声を聞いた。もう、冒浣蓮には構っていられなかった。数丈も先に、命からがら逃げていく。

凌未風がひと飛びして、冒浣蓮を助け起こした。点穴を解いてやり、追いついてきた桂仲明に笑いかけた。「お前に返すぞ。この子は髪の毛先ほども傷ついていない。安心しろ！」

王剛はひたすら走り続けた。神芒を喰らった右腕の痛みに加え、冒浣蓮の放った奪命神砂のために全身がかゆみを襲い、意識も朦朧としていた。凌未風が背後から飛ぶようにおいかけてくる。錯乱状態のなか他に選択肢はなく、王剛は数丈も飛んで、瀑布によって作られた淵へ飛び込んだ。凌未風が叫び、ふたたび天山神芒を放つ。王剛は避けられず、猛然と前に突き進み、山洞前の水の簾をも越えて、全身の力を左腕に集中し、山洞にある石門を撃った。

　死に物狂いの一撃が驚くべき力を生み、石が粉々に砕かれ、石門が軋《きし》んで半分ほど開けられた。石門のなかは、千斤もの石が柵のようになって門を閉ざしていたのが、王剛の掌力によって断たれ、石門も開かれたのである。王剛の掌力は、あまりに激しく、石門を撃ち開いた反動で身を弾き飛ばされ腕は断たれ、瀑布の水の勢いで底なしの淵に転落し、もがきにもがいて、やがて姿は見えなくなった。凌未風や他の者たちが水辺に着いたときには、水面に波紋が浮かぶばかりだった。武林の叛徒にして外功の使い手は、こうして波の花と散ったのだった。

　各派の手練れたちは滝壺の前に立ち尽くし、黙して語らなかった。あの、心を震わす一戦に加え、王剛の惨《むご》たらしい死にざまを目撃し、ただ茫然としていた。どれほど過ぎたころだったろう、盧大楞子が深いため息をついて沈んだ王剛に罵声を浴びせ、達土司は凌未風の暗器・天山神芒に舌を巻き、羅達は双眸を見開いて、石造りの洞窟を見つめて呆けている。

　冒浣蓮は桂仲明の後について、ゆっくりと歩いていた。光に映える水簾、眼下には瀑布の水を湛え……。途端に、あの絵のことを思い出していた。

「あの、黄衫に隠されていた絵か？」

「まちがいないわね、水簾洞も絵と同じ場所にあるわ」

　冒浣蓮が凌未風を手招きする。声を落として話すふたりを見て、おれは野暮な真似はしたくないんだが、と凌未風が笑った。

「凌大俠、わたしは真面目にお話ししているのです」

燃やしていた黄衫から一幅の絵が現れたことについては、凌未風はまだ知らなかった。今ようやく、冒浣蓮から詳細を聞かされた。瞑目して思いをめぐらせ、しばらくして口を開いた。

「この絵については、石大娘にすら知らされなかったのだから、きっと重要なものには違いない。探ってみるにこしたことはない」

「絵にある『左三右四中十二』の文字は、どういう意味なのかしら？　ご教示願える？」

「なにかの暗号だろう。たとえば、隠してある物の数だとか、場所だとか」

このとき、洞窟を隔てた向こう側にいる緑林の群雄たちは、冒浣蓮たち三人がこっそりと話しているのを見て、互いに目配せをした。なかでも羅達がいちばん焦っているようで、立ったり座ったり、水簾洞と凌未風の間で視線をうろつかせている。

皆がそれぞれの思惑を抱きつつ息を詰めていると、突然、幽谷の上空から鏑矢《かぶらや》が一本、二本と飛んできた。羅達が急に立ち上がり、口笛を吹いた。凌未風が奇妙に思っていると、茶の一杯も沸かぬほどの時間に、谷から背の曲がった老人が現れた。顔は醜いが、身体の運びはきれがあり、飛ぶように駆けても足元には埃ひとつ立てず、たちまち群雄たちの前にたどり着いた。

羅達が嬉しそうに、「韓大兄、待ちかねましたぞ！」と大声で呼びかけた。盧大楞子と達土司も礼を取る。陶宏と張元振は、この老人とは面識がなかったが、羅達たちのようすを見ると、やはりかれらに従って老人を出迎えた。凌未風、桂仲明、冒浣蓮は、滝壺のそばに座ったまま無言で顔色も変えず、緑林の豪雄たちと老人を見守っていた。

韓大兄と呼ばれた老人は、水簾洞の門が開いているのを見るや、顔色を変えた。羅達の肩を叩いて尋ねる。「賢弟、ここに違いない！　誰か、入ってみたか？」

羅達は頭を横に振り、達士司が口を開いた。「われら、ともに参りませんか。一瓢の水は六つの碗に分けて、皆で飲みましょうぞ！」

盧大椤子が凌未風たちを指さした。「もう三つ、碗がいるだろう」

「あいつらは宝のありかなぞ知らぬだろう」達士司が答える。凌未風は恐ろしく耳が良く、遠くで交わされる緑林の者たちの隠語を使った会話を聞き取っていた。この洞穴のなかにはなにか宝が隠されており、良からぬ者たちが山分けの相談をしている、ということなのか？

達士司、羅達らは、陶宏と張元振を行かせようとしたが、老人が突然口を開いた。「待て、先にひとり行かせてみよう。先駆けした者にもう一杯飲ませてやろうじゃないか」

「俺が行く！」と、羅達が勢い込んで六、七丈もの幅の沼を飛び越え、水簾を突き抜けて、山洞のなかへと突き進んでいった。群雄たちはじっと目を凝らして待ち、凌未風たち三人も立ち上がって見ている。誰もみな声を出さず、空気は張りつめていた。しばらく経つと、山洞から絶叫が響いて来、全員がそちらを見ると、羅達が髪を振り乱し、血だらけになって飛び出してきた。山洞からは矢が次々に飛んできて、伏兵が潜んでいるようだった。羅達は矢を受けてなお、滝壺のそばまで来て片足で立ち、「一鶴冲天」の軽功で飛び越えようとした。しかし、滝壺の幅は七丈あまり、いかな手練れの羅達でも負傷しているため功力は落ちており、半ばまで飛んだあたりで突然落下した。盧大楞子が悲鳴を上げ、身を捻ると滝壺の中央まで飛び出した。そこへちょうど落ちてきた羅達の身体を摑むと、そのまま滝壺の外へ脱した。皆からいっせいに「よし！」と声が上がった。凌未風は盧大楞子の軽功に舌を巻いた。

盧大楞子と羅達は三十年来の友であり、二人とも酒が入ると気が荒くなり、殺人も強盗もしでかした緑林のつわものだが、盧大楞子のほうは川中大俠・葉雲蓀の薫陶により、荒い性格も徐々に変わっていった。ところが、羅達は荒っぽい気質がよりひどくなり、本来持っていたはずの豪俠な性質は、少しずつ失われていったのだ。盧大楞子とはもはや交わらぬ道を歩んでいたが、盧大楞子は危機に在って友人を救おうとしていた。

羅達は身体のあちこちに矢傷を受け、血が泉のように溢れ出し、息がぜいぜいと急いている。「羅大兄、落ち着いて呼吸を整えるんだ、恐れることはない」盧大楞子は声を落としてそう言うと、羅達を抱え、軽功で滝壺を越えた。

こちら側にやってくると、盧大楞子は達土司に雲南白薬を所望した。矢傷に塗って血はなんとか止まったものの、昏睡状態だ。重傷を負ったあとに死に物ぐるいで逃げ出し、力尽きてこんなありさまになったようだ。盧大楞子が悲壮に言った。「羅大兄は、持たぬかもしれん！」

凌未風が、懐中からすっと青緑色の丸薬を取り出して、「これを」と盧大楞子に渡した。「天山雪蓮で作った碧霊丹だ。毒矢に当たっても命は助かる」

緑林の者たちは皆驚いていた。天山雪蓮は極めて入手しにくく、雲南白薬よりも効能ははるかに上だ。白薬は外傷を治すだけだが、碧霊丹は身体の内部の傷も治してしまう。偶然出会っただけの人間に、ためらうことなく貴重な薬を差し出す凌未風に、盧大楞子は感激していた。

皆が羅達の手当てをすると、ふたたび沈黙が流れた。達士司が口を開いた。「李定国はお見通しだったのでしょうかな。数十年後に我らが自分の物を奪いに来ると、見当をつけていたのだろうか」

「さて、それでも参りますか？」張元振が達士司にいうと、老人がしばし考え、口を開いた。

「ふたりが来るのを、待とう！」

緑林の者たちの話している内容は、凌未風にはおおよそ察しがついたが、考えている間に突然、冒浣蓮が立ち上がり、桂仲明の手を引き、凌未風の背を叩き、声も朗《ほが》らかに言った。「わたしたち三人、先に行かせていただきます！」

張元振は考えた。奴ら三人に先に行かせて「厄介ごと」に当たらせよう。「それがいい！凌大俠あれば、万に一つの誤りもあるまい！」

「凌大俠、しばし待たれよ！」

盧大楞子が叫ぶ。凌未風は冒浣蓮をちらりと見た。冒浣蓮の瞳は自信に溢れている。心を決めて、「心配はいらん！」と声を上げると、腕を振って滝壺を飛び越えた。桂仲明と冒浣蓮がそれに続く。激流の作る簾を通りぬけ、洞穴の前に来た。冒浣蓮がふたりを見ると、凌未風の身体には水滴がほんの少しついているだけで、桂仲明にもかかった飛沫はわずかだった。自分の身体はすっかり濡れてしまっている。傅青主について武芸を学び、軽功を最も得意としていたが、凌未風とは比べ物にならない。凌未風は、軽功もだが、どの武芸も神の領域といっていい高みに及んでいる。西北で名を轟かせているのももっともだと思われた。

洞穴の前で足を止め、凌未風は剣を横にして入り口で構え、桂仲明に言った。「おまえは左の扉を開け。なかを良く見てやろう」

桂仲明は「わかった」と答え、両手の功力を使って石門を押し、「開け！」と一喝した。たちまち石門が動き、そのまま壁にぶつかって止まった。外の陽光が、水簾を通って、洞窟内に降り注ぐ。三人が目を凝らすと、左右二列に石でできた人間の像がある。石像の間は一丈ずつあり、各々刀剣や矛を手にしている。その表情は獰猛で、洞窟内に陰鬱な空気をもたらし、底知れぬ恐ろしさを感じさせた。

さらに見ると、地面には矢が散乱し、折れた矛の穂や刀剣もいくつかある。そこでようやく、一部の石像が手にしている兵器は根元の半分しか残っていないことが見て取れた。しかし、この洞窟の中央の通路は広く、何の配置もない。外の陽光はあれど、石洞はあまりに奥深く、内部は漆黒の闇で、もっと見たいと思ってもはっきりとは見えない。

凌未風はしばらく考えると、ふたりに言った。「ここには、石像さえも操って動かせるほどの仕掛けがあるな。地上の矢や折られた刀剣や矛の先は、羅達のしわざのせいだろう。心して行くぞ。羅達と同じ轍《てつ》は踏まないように」

「もう後には引けやしねえ。もしも逃げちまったら、絶対あいつらの笑いものだ」

桂仲明の言葉に、冒浣蓮はくすりと笑った。地面に転がっていた石をいくつか拾い、ふたりを数歩下がらせると、石を凌未風に渡した。「あなたの暗器の腕はいちばん確かだから試してみて。第一の石を入り口の左側に。第二の石は、普通の人が、一歩、なかに進んだ位置に。三番目の石は、二番目の石より一歩進んだところに投げて。どうなるか見てみましょう」

そして、桂仲明にも剣で凌未風を守り、矢が飛んできたら、剣ではね飛ばすようにいった。

凌未風がいわれたとおりに三つの石を投げると、なにも起こらなかった。「では、四つ目の石を」冒浣蓮に促され、凌未風が石を投げると、トンと地面がほんの少し窪んだ。と、すぐさま矢が前後左右に乱れ飛び、二、三本の矢は入り口まで飛んできた。桂仲明が払い落とすより前に、凌未風が掌風で叩き落した。

「冒姑娘、考えたな。こうすれば、同じ要領で右側に石を投げてみて、四つまではなにもないが、五つ目の石を投げたら矢が出てくる。そういうわけだろう。もう一度やってみよう」凌未風は石を五つ拾い、洞穴の入り口に投げてみた。ところが、一つ目を投げたところで、早くも矢が飛んできた。

不意を衝かれ、また距離も近かったので、凌未風の掌力もとっさには及ばなかった。さっと身体を躱し、桂仲明が双剣を揮って矢を地上に叩きつける。凌未風は苦笑して、冒浣蓮を見つめた。「お嬢ちゃん、左はあれであっていたが、右側は違うようだ。さあ、どうする?」

冒浣蓮はしばらく「左三、右四、中十二」反芻し、急に顔を上げた。「凌大俠、もういちどやってみて。これで間違っていたら、もう引き返すしかないわ。洞窟の左側の三歩目のところから始めるわよ。あなたの想像で距離を測ってもらっていい。そこから横に一跳びすれば、ちょうど石像の間に着くはず。そこから四歩行って、それでなにごともなければ、正解だわ。石でやってみてちょうだい」

ふたたび、凌未風は言われたとおりにした。一番目の石を右側の、洞穴の入り口から三歩目のところへ投げる。なにも起こらない。二番目、三番目、四番目と石を投げた。落ちたところはすべて正確に一歩ずつの距離で、まったくなにも起こらなかった。冒浣蓮が弾んだ声を上げた。「間違いないわ、じゃあ五番目の石を投げてみて。これできっと、また矢が出てくる」

すぐに石を投げると、やはり矢がひゅんひゅんと飛んでくる。こんどは距離も遠かったので、矢は入り口に届くより前に凌未風に落とされた。

「この方法でいくと、右側に四歩行ったあと、通路の真ん中に飛んで十二歩行って、そこからまた左へ飛んで三歩進む、そして右へ……と行けばいいんだな?」

冒浣蓮が頷いた。凌未風はさらに石を拾い上げ、同じ方法でひとつひとつ飛ばしていった。中央の通路に十三番目の石を投げたところで、矢が飛んできた。凌未風から笑いがこぼれた。

「やったな!　じゃあ、行くぞ」

「ちょっと待って。石像の位置も歩数に含めるかどうかを計算してみなければ」冒浣蓮に念を押され、凌未風は石を石像の横に投げた。はたして、矢が飛んでくる。もしも正しく数えていれば、前に投げても矢は飛んでこないだろう。凌未風が思わず手を叩いた。「これで、すべて明らかになった。石像に行き当たったら、横を通らず、頭を飛び越え、しかも遠くに飛ばないように、ちょうど前一歩のところに下りれば、もともとの計算に合うわけだ」

「そう。もう一度、あの石像のところに石を投げてみて」

凌未風は一つの石像を選び、それに向けて投げてみると、その石像はいきなり身体を前に向けて、手中の大刀を一閃し、地上に切りつけた。しばらくすると、また石像の身体はぐるりと廻り、もとの姿勢に戻った。

「この石像にはぶつからないようにしなくては」

「ぶつかっても構わんさ、石像は石像にすぎん。歩けるわけでも身動きが取れるわけでもない。ぶつかったら避けるまでのこと。無論、避けるのが面倒なら、ぶつからなければいいだけだ」

凌未風が笑いながら言うと、桂仲明が尋ねた。「もう、入っていってもいいんだろう?」

「ああ。冒のお嬢さんの機転のおかげで、黄衫の秘密が解けたな」

「あなたがここにいてくれたから。でなければ石で試すこともできなかったし、謎も解けなかった。ほんとうに正確に、石を投げてくれて」

桂仲明が笑う。「冒ねえさん、そりゃあちょっと上っ面だけの話だ。石を正しいところに投げるのは、さして難しくはない。いちばん厄介なのは、あの小石を地面に落とすときに、おとなが実際に足を踏み入れるのと同じ強さで落とさなきゃならねえってことだ。あんたもやってみな、できるかどうか」

「つまり、わたしが〝おみそれいたしました〟といえばいいんでしょ? さ、行くわよ!」冒浣蓮も笑顔で応えた。

凌未風を先鋒に、桂仲明は剣を手にしてしんがりを、冒浣蓮は間に挟まれて、一列になって左側から洞窟に入っていった。三歩進むと、凌未風が横に飛び、右の二つの石像の間に下りる。

冒浣蓮はすでに一歩踏み出しており、凌未風の立っていた位置に立ち、凌未風と離れて向き合い、ふたりの位置は、ちょうど直線になっていた。

凌未風が右側の二歩目を踏んだとき、「来い！」と手招きをした。桂仲明は思った。横とびに飛ぶのは簡単だが、飛び降りる先は凌未風の足跡と寸分違わぬ場でなくてはならない。冒浣蓮の軽功がある程度の域に達していなければ、できない話だ。思わず、桂仲明は冒浣蓮の手をそっと引いていた。「あんたはここで俺たちを待ってろ。俺と凌大俠が行けば大丈夫だろう」

冒浣蓮が振り返って微笑した。桂仲明の双眸が、じっと自分を見つめている。感動もし、なにやらおかしくもあった。「安心して。これくらいの軽功ならわたしにもできるの」小さな声でそう応え、冒浣蓮は桂仲明の手を掃《はら》い、軽くひと飛びし、凌未風が立っていた場所へぴたりと下り立った。冒浣蓮の軽功は、ふたりには及ばずとも、武林においては第一流の域にあったのだ。

三人は「左三右四中十二」の方法で一歩ずつ進んでいき、まもなく洞窟の奥にたどり着いた。凌未風が灯りをつけてさらに進んでゆく。暗がりの中で、三人は徐々に恐怖を覚えつつ、歩を進めていった。すると、眼前に多くの仏像が現れた。凌未風が灯りを掲げて見ると、十八羅漢の塑像だった。どの羅漢も一丈余の高さがあり、ここが洞窟の最奥になっていた。

件の歩き方で、三人は一列になって主座を占める仏像の前にやってきた。凌未風が桂仲明に、仏像の左右両側に暗器の金環を投げてみるように促した。桂仲明が金環を放っても、辺りは静まり返っている。

「もし山奥に宝を隠そうというのなら、仏壇の上か、羅漢像の下に置くものだ。仏像の前になんの仕掛けもないのは、宝を隠しに来た者がやりやすいように、だろう」凌未風がいうのへ、桂仲明が疑問を投げかける。「じゃあ、宝を埋めた後で仕掛けを置かなかったのはなぜだ?」冒浣蓮も眉を顰《ひそ》め、思案に暮れたが、ゆっくりと答えた。「おかしいわよね。宝物を隠したのだとして、それがとても重たいものだとしたら、多人数でようやく動かせるということで、だからこのあたりには仕掛けがなくて出入りもできるということ、なんでしょうけど。でも、ふつう、隠すような宝物がそんなに重いものであるはずはないし。どういうことなのかしら……もちろん、これはわたしの当て推量でしかないのだけれど。この羅漢像の前には、ほんとうになにも罠がないのか、もう少し見てみましょう」いい終えると、凌未風と手分けして周囲を調べ始めた。ところが、桂仲明は心ここに在らずで動かない。目は羅漢像にじっとみつめ、なにを考えているのかわからない。

凌未風は右側の九柱の羅漢を調べた。どの羅漢も表面は黒々としており、触ると堅く、鉄で鋳られたものらしかった。西北の寺にある羅漢像と、まったく同じである。冒浣蓮には左側の羅漢たちを見てもらったが、こちらも特に変わったところはない。凌未風が、羅漢像を動かそうかと考えていると、突然、冒浣蓮の悲鳴が上がった。「仲明、あなた、なにしてるの!」

桂仲明は、憑かれたように主座の仏像を見つめ、微動だにしなかった。また、あの記憶をなくした症状が再発したのかと、冒浣蓮は思わず声を上げてしまったのだった。

桂仲明が凝視していたその羅漢像は、かれの良く知っている顔だった。やがて記憶が甦り、それがかつての川滇義軍の元帥、抗清の大将・李定国であることを思い出していた。桂仲明はその義父・桂天瀾について李定国の軍中で幼少の四、五年を過ごし、李定国も桂仲明をかわいがってくれていたのだった。冒浣蓮が心配したのとは反対に、桂仲明はゆっくりと記憶を取り戻し、幼いころのことまで、すべてを思い出したのだ。

嬉しさのあまり、「李おじさん、俺を覚えているか？」桂仲明は仏像の腰に縋りついた。

すると、桂仲明の手に、蛇のような滑らかなものが触れ、するりと動いた。驚いた桂仲明は、掌力で押しのけると、自分も背後に飛びのいた。ちょうどそれが仕掛けの範囲に及んだらしく、矢が乱射されてきた。幸い、軽功が得意なのが幸いし、かかとから地に落ち、それで我に返り、慌てて前に踏み出した。凌未風は両手で石を投げつけ、矢を叩き落した。

桂仲明が前へ飛ぶと、ふたたび不思議なことが起こった。主座の仏像の腰から、一条の光が射しこんできたのだ。凌未風は一本の神芒を放ってこれに対し、神芒とぶつかった白光はほんの少し緩んだが、やはりこちらに飛来してくる。桂仲明は勢いのまま双剣を抜いて振り上げたが、かん！　と鋼の鳴る音とともに双剣はどちらも断たれ、あの白光も地面に落ちていた。

凌未風と冒浣蓮が見てみると、剣のようでも、そうでもないようなものが、地面の上を蛇のように顫動《せんどう》していた。剣幅は非常に狭く、剣先は丸く、剣の柄はごく短い。桂仲明は、そっと柄を握り、持ち上げてみた。柔らかく、腰帯のようなものとしか思えなかった。ためしにくるりと巻いてみると、あっさり円の形に巻くことができ、桂仲明は、これが得物と言えるのか、と落胆を隠せなかった。しかし、凌未風の瞳は爛々と輝いている。

「桂賢弟、力を込めてまっすぐに揮ってみろ」声が弾んでいる。桂仲明がそのとおりにしてみると、円を描いていたそれは四、五尺の長さにまで伸びた。ひゅんと振ってみると、光が動き、剣の起こす風が人を打ち、すこしも、さきほどまでの柔らかさを感じさせない。ひとしきり剣を縦横無尽に揮い、収める。「なんて妙な剣なんだ！」

冒浣蓮はもどかしく、急き込んで尋ねた。「それが宝剣かどうかなんてどうでもいいわ。あなた、今、大丈夫？　昔のことを思い出したのではないの？」

「何もかも思い出した、子供のころのこともすべて」そう言って、桂仲明は主座上の仏像を指さした。「この仏像は、李おじさんだ」

「どこの〝李おじさん〟なんだ？」

凌未風が、合点《がてん》がいったというふうに微笑した。「なるほどな、剣を見せてみろ」

「ほかにいるかよ、李定国将軍だ！」

桂仲明が剣を渡すと、凌未風の目がきらりと光った。剣の柄にある文字を指し、桂仲明に読ませる。「騰蛟宝剣《とうこうほうけん》、前賢より伝わる。留めて英豪に贈る。李定国、拝」

「ならばこれは、李定国の佩剣《はいけん》なのね。それで、こんなに見事な。けれど、どうしてこの言葉を残したのかしら？　それに、なぜこの洞穴のなかに隠しておいたの？　もっと不思議なのは、この剣が突然飛び出してきたことよ。この世に、自ら飛んでくる剣なんて、あるのかしら？」

「そんなものがあるわけがない。飛び出してきたのは、桂賢弟が力を込めて触れたからだ。信じられないなら、俺について来い」

凌未風は切られた神芒を拾った。「天山神芒は剛鉄よりも堅い。それも、俺が技の限りに発したんだ。それがこうして真っ二つになっている。この剣は、楚昭南の游龍剣よりも上だ」

語り聞かせながら歩を進め、凌未風は主座の仏像の前に来た。桂仲明と冒浣蓮がその背後に従う。凌未風が、神壇にある一本の長い物体を指さした。「あれはなんだと思う？」

桂仲明が持ってきてみると、漆黒の腰帯のようだった。捻ってみると、なかは二重になっている。ためしに、たったいま手に入れた宝剣を挿してみると、これがぴたりとはまり、剣の鞘となった。凌未風が笑った。「この鞘は巻きつけられるようだ。やってみろ」

言われて桂仲明がためしてみると、はたして、本当に腰に巻くことができた。

凌未風は主座の仏像の周囲をつぶさに見、桂仲明に言った。「この剣は、もともとこの仏像の腰にあった帯だったんだ。お前が力を込めて抱きついたときにばねに触れて、鞘から飛び出てきたんだろう」

「凌大俠、あんた、この剣について、どうしてそこまで知ってるんだ？」

「天山で剣を学んだとき、晦明禅師が有名な武林の人物と宝剣について教えてくださったことがある。『騰蛟剣』とは、明朝の遼東経略史・熊延弼の佩剣で、白金を鍛えて作ったもの。自由に曲げ伸ばしができるため腰に巻くこともでき、『百錬鋼柔かなること指を繞《めぐ》るが如し』の言葉どおりというわけだ。熊経略はこの剣で多くの蛮族を仕留めた。のちに奸臣・魏仲賢により死に至ったが、剣の行方は知れなかった。まさかここで見つかるとはな。剣のこの文字は、恐らく李定国がこの剣を手に入れ、四川で敗れたあと、腹心の愛将に将来これを所持するに相応しい豪傑に贈るよう、託したんだろう。『前賢より得る』、〝前賢〟とは、熊延弼のことだろう」

桂仲明は、驚きを隠せなかった。いつも父から愛国の名将、熊延弼については聞かされていたよ。その剣を李定国が持っていたのは、伝えられるべくして伝えられたのだろう「そんな剣を、俺が使っていいんだろうか？　凌大俠、あんたの剣法は他に並びない。あんたにこそ、相応しいよ」

凌未風は笑って応えた。「これはお前が見つけたんだ、だからお前が持っていろ。口幅ったいことを言えば、俺とお前が学んだ剣法は違う。俺のは、そこらの剣を適当に使っても相手の宝剣と闘える。俺がこんな宝剣を持っていても大した助けにはならんが、お前にとっては、かなり役に立つものじゃないのか。もし、自分には過ぎた剣だと思うなら、いまはとりあえず留めておいて、将来良い奴がいたら、そいつに渡せばいいんじゃないか」

なるほど、そう言われたら、桂仲明はそれ以上言い募らなかった。

突然、洞穴の入り口から光が射した。凌未風が桂仲明の肩口を叩いた。「剣を試す準備をしておけ！　誰か来る」

三人が息を潜めて待っていると、洞窟のなかに数人の人影が現れた。左右に跳躍しつつ、ほどなくして仏像の前にやって来た。ひとりは、あの背の曲がった老人・韓荊、もうひとりは達士司、残りのひとりは判然としない。

凌未風たちが水簾洞のなかへ入ってから、緑林の者たちは更に緊張を高めていたのだが、いくら経っても、三人が出てくる気配がない。達士司がまず入って行こうとしたが、韓荊が遠くから口笛が響くのを聞き、達士司を止めた。「慌てるな。あの三人に洞穴の仕掛けを解かせて、わしらはあとからゆっくりお宝をちょうだいすればいい！」

張元振や盧大楞子たちがじっと洞穴の入り口を見ていると、一人の老人が韓荊を呼んだ。韓荊がそれに手を振って応える。

「賀老兄が来たな、ちょうど良い。賀老兄はそのむかし、李定国のもとにおり、桂天瀾がこの山洞にいろいろと仕掛けを作るのに手助けをしたお人じゃ」

すぐに韓荊に紹介され、緑林の群雄たちは、この老人が三十年前に名を馳せた職人・賀萬方であることを知った。賀萬方はさまざまな暗器を作るのに長《た》け、武芸にも秀でていた。韓荊が賀萬方に尋ねた。「あとのお二人は？」

「山に入るときに、二手に分かれた。あの二人は桂のじじいを探しに行き、わしはここに向かったというわけじゃ」

それを聞いて韓荊が笑った。「我らも、ここへ来たときには桂の老いぼれに邪魔されるのではと思い、手練れたちを差し向けていたんじゃが、桂がはやくたばっておったとは、ここへ来てはじめて知った次第で」

「おお、そうと知っていればあのふたりを呼ぶのでなかった。分け前をふたり分減らせたものを」

達士司が口を挟んだ。「そうでもありませんぞ。桂老人は死んだものの、まだまだ邪魔がないとも限りませぬ。たったいまこの山洞に入っていった『天山神芒』なにがしとやらと黄衫の若造、やつらは桂天瀾に勝るとも劣らぬ。人数は多いほうが。備えあれば憂いなしとも申します」

盧大楞子が続ける。「ひとりずつわけてやればよかろう」

達士司らと合流したときには、すでに王剛が倒されたあとだったので、韓荊は凌未風と桂仲明の武芸を見てはいなかった。ふん、と鼻で笑う。「お前ほどの、少林拳を極めた者が、あんな尻の青い小僧どもを恐れるとはな！」

「誰が恐れてなど！　相手は相当の使い手だ、見くびるのは禁物だ。絵をよこせ、私はひとりで行く」と憤る達士司を、賀萬方が慌ててなだめた。「わしらは洞窟を探らねばならん。人が多くても良くないのなら、三人で行けば良い。達士司の言葉は助言じゃろう、わしらも心してかからねばな」

韓荊は冷ややかに頷き、達士司、賀萬方と水簾を飛び越え、山洞に入っていった。

賀萬方は洞穴の仕掛けを熟知していたので、歩の進め方ももちろん承知していた。間もなく、賀萬方は二人を連れて壇の前までやってきた。韓荊は、桂仲明が仏像の前にいるのを見てはっとした。すでに秘密を知ってしまったのだと思い、考える暇もなく、得物である龍頭の杖を振り上げ、桂仲明の頭上に叩きつけようとした。この杖は精鋼を鍛えて作ったもので、この上なく硬い。が、桂仲明が手を返して一閃すると、騰蛟宝剣は凄まじい勢いで剣身を伸ばし、韓荊の杖を真っ二つにしてしまった。韓荊は驚き怒り、二つにされた杖を横に掃い、密かに内力を運用して振動させた。桂仲明は眼前に十数本もの杖が打ち込まれたように見え、跳躍して杖を避け、騰蛟剣で輪を描く。剣光が入り乱れて頭上を覆うように降り注いだ。

韓荊の杖法は迅速を極めたが、剣を避けきれず、また音を立てて杖を断たれてしまった。韓荊は血眼になり、桂仲明がかかとを地に着ける前に、「天魔杖法」の絶技「披星趕月」で斜めに飛び、すっかり短くなった杖で、桂仲明の丹田穴を乱れ撃ちにしてきた。桂仲明は未だ剣を引いておらず、軽功を使って逃れようとし、剣をさっと掃うと剣先が杖の先に当たり、力に押されて背後に飛ばされてしまった。冒浣蓮が驚愕の声をあげ、桂仲明は左側の一座の仏像のそばに倒れこんだ。剣は収めきれず、仏像の腕にぶつかり、仏像の腕が切られてしまった。腕が落ちると、光が発せられた。思わず桂仲明が下を見ると、そこには鉄で覆われた純金があるではないか。「こいつは、金の羅漢だ！」

韓荊が声を立てて笑った。「そうともよ、十八羅漢はすべて黄金でできておる。しかしこれは持ち主が決まっておるもの、お前たちが欲しがっても叶わぬことじゃ」

「誰が、持ち主だ！」怒鳴る凌未風に、韓荊が自分の鼻先を指した。「わしらじゃ、さっさとわしらを通せ！」

凌未風は鼻で笑い、歩み寄った。「おまえのような財宝に目の眩んだ野郎には、棺桶代ならくれてやる！」

韓荊の怒るまいことか。凌未風がこちらへ来ようとすると、ふと手を伸ばして主座の仏像を一押しすると、ゆらゆらと揺れて、後ろに倒れそうになった。凌未風が怒鳴り声を上げ、両手で遮ると、仏像はがらんと音を立てて地面に落ちた。韓荊は大いに驚いた。仏像を押し倒すつもりだったのに、気力が足らず、却って凌未風の押す力に負けてしまったのだ。

仏像が倒れると、台座の下から美しい細工の箱が現れた。凌未風が箱を開けると、中から一枚の便箋を取り出した。そこに、桂仲明が剣を構えて、凌未風の身辺を守るようにやってきた。韓荊は断たれた杖を手に喘いでいた。うかつに近寄ることができない。達土司をみると、達土司は冷たい視線で事の次第を見守っており、凌未風たちにかかってゆくようすはない。

便箋には、こう書かれていた。「乙酉の年、孟秋の月、大盗、国を移し、宗室南遷す。滇辺に奔命すれど、ひとたび去って帰るもの為し。中興の望みは後世に期せん。定国、大西王の遺命と永歴帝の御旨を奉じ、黄金十万八千斤を以って十八羅漢を鋳成し、此の洞に蔵す。留めて豪傑の士を待ち、以って復国の資と為せ。若《も》し取りて私用と作す者有らば、人天共に殛せん」

この黄金は李定国がミャンマーに落ち延びる前に、桂天瀾に命じて洞穴内に隠させたものである。大盗とは呉三桂を指し、大西王とは張献忠の王としての称号、永歴帝とはのちに呉三桂によりミャンマーで捕えられ弑された桂王・由榔（崇禎帝の時代に永明王に封ぜられた、明朝の神宗の孫）である。李定国は、もとは張献忠配下の大将であり、のちに桂王を皇帝に立てて清に対抗した。張献忠は敗走し、怒りに任せて金銀財宝を長江《ちようこう》へ沈めたが、実際は数万斤の金塊がなお李定国の軍に残されていた。張献忠は書簡を送り、金塊をすべて廃棄するよう命じたが、李定国はこれに従わず、黄金は保存すべきと返書した。李定国は永歴帝を擁立後、ふたたび呉三桂の大軍に追撃された。永歴帝はもはや復国の望みがないことを悟り、自ら所有していた数万斤の金塊を李定国に託して収蔵せしめた。さきに保存していたものと併せて十万八千斤、李定国は三百人の部下を選び、全員に血盟を立てさせ、決して外には漏らさぬと誓わせた。この三百名は桂天瀾に統率され、秘密裏に山谷へ運び、洞穴のなかで十八羅漢を作ったのだった。

仏像が完成すると、多くの匠が軍中に帰されたが、最後に残った、わずか六、七名の細工師が、内部の仕掛けを作ったのだ。賀萬方は、その折に加わっていた細工師のひとりで、韓荊は桂天瀾の助手を務めていた。仕掛けが完成間近になると、桂天瀾は助手の韓荊さえも軍に戻してしまい、秘密が漏れないようにした。当時、韓荊はこれがたいそう気に入らず、かといって口外することもできず、二十年を悶々として過ごしたのである。

十万八千斤の黄金をきちんと隠しきって、桂天瀾は細工師たちとともに軍中に戻った。連年の激戦を経てミャンマーまで退却した。李定国の三百人の親衛隊で、残った者はわずかだった。李定国が死ぬと、遺された者たちも散りぢりになった。

桂天瀾は李定国の遺命を奉じ、剣閣に隠棲し、一方で清の捜索を避け、一方で埋蔵金の保護に当たった。血盟のことがあったので、存命中に石大娘にもなにも告げなかったのだ。月日は瞬く間に過ぎ、清は中原を平定し、各地に点在する義勇軍も悉《ことごと》く退けられ、桂天瀾はその時点での復国は難しいと判断した。そこで、黄衫に絵を隠し、桂仲明が成長するのを待って、秘密を告げるつもりでいた。しかし、石天成の怨念により、桂仲明が家出をし、桂天瀾も無残に荒山で落命するとは、想像もできなかったことだろう。

さて、韓荊のほうは、李定国が死んでからは四川の東に隠居すること二十年、一身に武芸に励み、ひそかに川東の武林の雄となっていた。各地の武林の達人が皆、韓荊を尊敬していた。韓荊にはふたたび大事を図るつもりなどまったくなかったし、埋蔵金を盗もうというつもりもなかった。思いもよらず、当時羅漢像の製作に当たっていたひとりの匠が、艱難辛苦《かんなんしんく》のすえに眉山寨主・羅達のもとに身を投じ、悪心を起こして埋蔵された黄金について羅達に語ってしまったのだ。詳細を聞いた羅達は喜んで韓荊宅まで赴き、黄金の発掘に協力してくれるよう求めた。羅達は非常に言葉巧みに韓荊を誘い出した。一方で英雄として緑林に覇たらんことを煽り、一方で桂天瀾と雌雄を決することで、武林での名声も上げることを煽る。もとが自尊心の高い人間である韓荊は、年を重ねた悪弊か、この黄金は、すでに主無きものになっているのだから、自ら取りに行けばすぐにでも裕福になると、これもまた欲に駆られ、羅達と行動を共にしたのである。さらに、そのほかにもふたりの手練れを呼んで、桂天瀾にも備えていた。

事は秘されていたはずなのに、どういうわけなのか、どこからかこのことが漏れていた。四川の腕自慢の武林の人間たちが、時を同じくして剣閣にたどり着いた。羅達同様、復国の大志などどこへやら、ただただ黄金を奪おうと、それだけのために。

騰蛟宝剣は、李定国が桂天瀾に、のちの英傑に贈るためにと託したものである。桂天瀾は主座の仏像の腰に繋いで、宝剣と鞘で腰帯を作った。李定国の紀念とするために、この羅漢像の顔を李定国のものにしたのである。宝剣はうまいぐあいに、桂仲明の手に収まった。

李定国の遺書を読み終えた凌未風は、ようやくこの金塊の由来について知ることができた。

韓荊に冷笑を浴びせると、さも億劫そうに声をかけた。「これは失敬、あんたがこの金塊の持ち主か？　じゃあ、あんたは、李定国将軍なんだな？　李定国将軍はミャンマーにて客死されたと聞いたが、まだご存命とは思ってもみなかったが！」

韓荊は顔を真っ赤にして怒った。「李定国のものだ、お前たちのものではない。わしが李定国と生死を共にしておったころ、小僧、きさまらはまだ乳飲み子であったろう。なんといっても、わしは李定国とはいくばくかの縁があるのじゃ、きさまがなにほどの者か！」

凌未風がにやりと笑う。「李定国と生死を共にしていたというならなおさら良いな。あんたはもちろん、将軍の意思を知っているんだろうな？」

韓荊は、半分に断たれた杖を凌未風に投げつけて怒鳴った。「貴様ごときが邪魔立てしようとて、そうはゆかぬ！」

凌未風は手を揚げて、杖をそのまま韓荊のほうへ弾き返した。「邪魔してやるさ！」

韓荊が慌てて身を躱し、杖を受け止める。見てみれば、杖の先には五、六寸ばかりの矢のようなものが嵌っている。この小僧、こんな小さな暗器で、わしの龍頭杖を跳ね返したというのか。この功力は並ではない、こやつに勝つのはたいそう骨だ……。韓荊は驚きつつも、武林の頂点に立つ者として、どうしてこの憤懣を耐え忍べよう。こんな屈辱には耐えられない。

「持っていきたければ、かかってこい！」凌未風は鋼の剣を手中にして韓荊を睥睨《へいげい》している。

桂仲明も騰蛟宝剣《そうこうほうけん》を手に、凌未風の傍に立っていた。

この埋蔵金について一部始終を知る賀萬方は、黄金の羅漢像の重さは六千四百斤で、六千斤が純金で、四百斤が鉄であることを知っていた。韓荊は羅漢像を揺らすだけだったが、凌未風は地上に押し倒したのだ。韓荊は力負けしている。慌てふためいて、訴えた。「腕比べしたければ、ここにはあちこちに仕掛けがあるからまずいじゃろう。外に出て、海底を数え、筋道を立てて決まりをつけよう」

〝海底を数える〟とは、裏社会での暗号である。武林の人物同士で紛糾したとき、おのれの来歴、目的、要求をひとつひとつ挙げていくことを言う。賀萬方はつまり、凌未風たちに、外に出てよく相談しようと持ちかけたのだ。達土司も同意する。「なにも黄金のために仲違いすることもあるまい。武林の同道として話し合い、一杯の水を皆で分ければ良いではないか！」

実のところ、達土司には凌未風に黄金を分けてやるつもりなどなかった。しかし、凌未風と桂仲明は、ともに強敵だ。洞穴のなかでやりあえば、自分はどうしても押されてしまう。外で話をするにこしたことはないと考えた。

凌未風は剣を鞘に収めた。「そうだな！　やりあうにも、良い場所を探さんとな。では外に出るか」

韓荊たちは一言も口を聞かず、「左三右四中十二」の進み方で洞穴を出、一行はそれについて外に出た。六人は水簾を飛び越えると、待っていた者も含めて、分け前についてあれこれと言い募り始めた。「われら七人は、早くに黄金のありかを知ったんだ。当然、取り分はあるはずだ。あの三人は……」

張元振が言うと、盧大楞子が後を引き取った。「凌大俠たちにももちろん、取り分はあるだろう。まず十に分けて、争いが起きないようにすればいい」

それへ、いまは矢傷の血も止まった羅達が、地面で呻きながら言った。「俺が先になかに入ったんだ！　皆のために負傷したのだから、俺に二分の分け前があるべきだろう！」

韓荊が、呆れたように声を上げた。「お前が探し当てたなら二分もやろうと思うが、なかに入ったと思ったそばから矢に射られて出てきたではないか！　金塊はこんな方法では分けんぞ！」

皆が、ではどうやって分けるのだ？　と愕然として尋ねる。韓荊は、まず賀萬方を指した。

「この黄金はわしが埋め、仕掛けは賀老弟が作ったんじゃから、わしらふたりで二分ずつ取る。お前さんたちは五人でそれぞれ一分ずつの取り分。それから、賀老弟といっしょに来た友人が二人おるの。まだ会ってはおらんが、やはり一分ずつくれてやろう。あっちの三人は……」

韓荊は凌未風たちを指さして続けた。「三人で一分の取り分にすればよかろう。やつらは単に、偶然見つけただけじゃ。われらと同じような分け方はできんじゃろう」

矢傷まで受けたのに、一分の取り分しかないとは。いまだ会ってもいない韓荊の友人とやらが、一分もらえるというのに。羅達は大いに不満だったが、血がようやく止まったばかりで力が入らないので、強いて口を挟まなかった。達士司もまた不服だった。物言おうとすると、盧大楞子が割り込んできた。「韓大兄と賀大兄で二分ずつというのには、異存ないが。凌大侠たち三人合わせて一分のみとは、公平を欠く。水は皆で飲めばよい。あの三人にも一分ずつ分け与えては。韓大兄のおふたりのご友人については、まだ顔も合わせておらず、本来ならばご友人の取り分を出すのは難しいところです。しかし、韓大兄が特に呼ばれたのですから、おふたり合わせて一分とする。これで、公平に十三に分けられますが」

羅達には凌未風に命を救われた恩があるので、真っ先に諾と応えた。達士司は、凌未風たちが割って入るのは気に食わなかったが、韓荊と凌未風を争わせれば、座して漁夫の利を得られるのでは考え、やはり賛成した。韓荊は、三人までが凌未風たちにも分け前を公平に与えることに同意したことに焦りはしたが、思い直せば、あの三人が束になってかかってくれば、自分は敵わないのだ。すぐに、作り笑いを浮かべた。

「わかった。争いは誼を結ぶ始まりとも言う。金銭など些細なこと、義を以って先に為さん。盧舵手のお言葉どおり、十三に分けようではないか」

韓荊と凌未風が争うだろうという当ての外れた達士司は、大いに失望した。

緑林の人間たちがあれこれと取り分について言い合っているとき、凌未風は冷ややかにそのようすを見ていた。気の進まぬふうで、まったく意に介していなかったのが、取り分を十三に分けて、となった途端、目を見開いて立ち上がり、怒鳴りつけた。「だれがおまえらと山分けするといった？　おまえたちが勝手にそういっているだけだろう！」

「ではどうやって分けるというのじゃ？」

「あの金塊は全部おれのだ。欲しければおれと勝負しろ！」

凌未風の言い様に、緑林の者たちだけでなく、桂仲明と冒浣蓮も不審に思っていた。なぜここへ来て、凌大俠は突然、金塊に心を奪われてしまったのか。桂仲明は、そっと凌未風の袖を引いた。「おれたちがあんなたくさん金塊をもらっちまっても、どうするんだよ？」

「構うな。おれはあの黄金を盾にこいつら悪党どもをねじ伏せて、大きいことをやってやる」

凌未風が埋蔵金を独占したいと言い放ったのは、緑林の者たちにはあまりに意外で、しばらく口も利けなかった。そのうち、桂仲明となにやら小声で話し始め、ふたりが自分たちにどう向かい合うかを相談していると思い、憤っていた。特に盧大楞子は、凌未風の男気に感じ入っていたので、にわかに信じがたかった。韓荊がなにか口を挟む前に、盧大楞子は二歩進み出て、拱手して言った。「凌大侠、貴兄が『天山神芒』の名を盾に何もかも独占しようというなら、われらはこれを避けるべきかもしれん。われら兄弟は遠方より苦労してここまで参ったのだ、このまま手ぶらで帰れとは、いくらなんでも無理ではござらぬか！」

他の者からも、「そうだ、それが道理というものだ！」の声が飛ぶ。凌未風は冷たい目でかれらを見、ふっと小馬鹿にしたように笑った。「それはあんたたち、ならずものの道理だろう。金塊は俺たちが先に見つけたんだ、一杯の水を分けることはない。俺が持ち主だ！」

緑林において財宝を奪った際には、もし同業の者が宝を強奪しているその場に出くわしたら、緑林の道理に従って分け前を請うことができる。が、それには先にその場にいた者の同意がいる。もしも同意を得られず、分け前を求める側も引かないとなれば、あとは腕で解決する。つまり武林では出くわした者が取り分を要求し、また先にいたものがこれを拒むのは、どちらも掟《おきて》から外れたことにはならない。凌未風の言葉は、緑林の者たちへの明らかな挑戦だった。

盧大楞子は凌未風に言下に切って捨てられ、もはや何も言い返せなかった。盧大楞子は凌未風の強引な独占のやり方に納得がいかなかったが、凌未風とここで事を構えるのは本意ではなく、そのまま引き下がって、口も聞かなかった。韓荊と達土司は怒りのあまり目を血走らせ、冷笑した。「では、おまえの腕のほどをみせてもらおうか」

「金塊はいまのところ、すべて俺のものだ。おまえたちのうち、欲しい奴は、俺と腕だめしだ。どういう技でも、相手をしてやる。これは賭けだ。どの技でも、一体の羅漢像を賭けるんだ。勝ったらそれがおまえたちの元手だよ。それを次の賭けにしてもいいし。この方法でよければ、俺がひとりで相手してやる。袋叩きにしたいというなら、こっちも三人でお付き合いだ」

自分たちはそれぞれ、独自の武芸を修めている。いかに凌未風が強くとも、どの派のどの技にも通じているとは思えない。この賭けは、集団でいくより有利だろう。韓荊はひそかにそう考えた。この場にいるのは、いずれも名のある連中なので、いきおい多勢で無勢を圧するような真似はしないし、もしも乱闘になったら、桂仲明のあの宝剣がどんな武器をも叩き落してしまうだろう。盧大楞子は、この方法ならば、わたしの番がきたら知恵比べをして、和気を保つこともできる、そう考えていた。

緑林の者たちは、全員合意した。凌未風は微笑むと、山谷中の盆地へ飛び込んで、大岩の上に降り立った。「だれが最初だ？」

達土司が、すっと前に出た。「下りて来い、おれが先に遊んでやる」

凌未風が礼を取って、なにをして遊ぶのかと問うと、達土司は上着を脱ぎ捨て、黒く日焼けした肌を露わにし、両腕を振るって骨を鳴らした。「〝借三還五〟だ！　きさまが先に私の拳を三発受けろ。それをきさまが五発で返す。打ちかかるときにはどちらも軽功で避けてはならん、反撃もだめだ。死傷したら、それが天命だとあきらめろ」

　達士司は外功の一流の使い手で、鉄布衫の絶技を会得している。凌未風が我が三手を受けたなら、死なないまでも重傷を負うだろう。たとえ負傷せずとも、拳が五手戻ってきたところで恐れるに足らん。達士司はそう考えた。

　先に受けるのが凌未風のほうなら、きっとそれを良しとはしないだろう。盧大楞子がそう思っていると、はたして凌未風が、それは不公平だと応えた。

「なら、さきにお前が俺に三手打ちかかれ。俺はお前に五手、打ち返す」達士司がそういうと、凌未風は達士司の提案など構わず、続けた。「それは不公平だ、なんでお前より俺のほうが二手も多いんだ？　おれは余分になぞいらん。そっちが三手で来るなら、俺も三手で還す！」

　達士司は怒った。侮られたと思ったのだ。「なら下りて来い、手合わせだ！」

　凌未風は岩の上に片足で立ったまま、両手を伸ばして達士司を呼んだ。「お前こそ上がってこい、この岩は手合わせするにはもってこいだ。岩から落ちたほうが負けになる」

　なるほど、岩は軽功で避けるどころか、身を躱すのすら難しい。自分で自分を追いつめたな。達士司は心中でそう嘯くと、勢いをつけて腕を振り、岩を昇った。凌未風は相変らず片足で立っている。「しっかり立っていろよ、ここは狭いのに。ほら、来い！」

　片足で立っているのは、明らかにこちらに場所を譲っているのだ。武林を渡ること三十余年、舐められたと思った達士司は怒りが頂点に達した。「きさまこそちゃんと立っていろ！」

ひゅっと、拳が凌未風の胸を打った。巨木を打つような音がして、片足で立っていた凌未風の身体がゆらゆらと揺れる。いまにも倒れそうになり、桂仲明が驚いて助けに行こうとすると、凌未風の身体が安定した。うわっと声を上げながら、凌未風は笑っていた。

「無傷だぞ」

達士司の繰り出した拳は、鋼のような一打で、実は達士司自身の拳にも痛みがあり、さらには身体も衝撃で揺れていた。桂仲明が注視していたのは凌未風だったので、達士司の狼狽は見て取れなかった。緑林の群雄たちは気づいていて、大いに驚いていた。

凌未風はわざと拳を打ち込ませ、達士司の力を見極めようとしていた。結局凌未風は、倒れはしなかったものの、胸倉はひそかに痛む。すぐに呼吸を整え、気を巡らせて全身に伝え、内傷のないことを確かめると、安心して笑った。「第一打は済んだぞ。さあ、二打目だ！」

こんどは、達士司は無言で力を運用し、凌未風の丹田を目がけて拳を振るった。凌未風は体をやや左に傾けたので、拳は肉を掠めてするりと過ぎ、力の掛けどころがなかった。凌未風は「卸」の字の訣を使って、達士司の力を削いでしまった。また、凌未風が笑った。「第二打も終わったな。さて、最後の一打。気合を入れろよ！」

達士司はくわっと目を見開き、咆哮一声、両手を一気に発した。凌未風の身体が突然のけぞり、片足が空を駆け、頭は大きく後ろへ反り、上半身はすでにこの岩の枠外だ。達士司の双拳の力は千斤にも及んだが、凌未風は身体を反らし、岩に踏み込んだ右足はびくともしない。腹が凹み、達士司の双拳は命中していたが、凌未風の身体に吸い付いてしまい、腕が伸びきって力が出せずにいる。凌未風が身体をぴんと伸ばし、「手を引け！」と叫んだ。達士司は、おそろしく大きな力がこちらに向かってくるのを感じた。拳がぽん、と弾き返され、身体が揺れて倒れそうになり、幸いその深い功力のために両足で踏ん張ることができた。群雄の目は驚きで釘付けになり、思わずわっと声が上がった。

凌未風は、三手を受けた。最後の三打目は両手を使っているが、武術家の言う「一打」は、両手を使ってのものも一打とされる。凌未風は落ち着き払っており、いまは両足で地を踏みしめ、笑顔になっている。「俺の番だが、立っていられるか？」

達士司は内心、総毛だった。「ちょっと待て」

自分の拳の反動で危うく下へ落ちそうになったのだ。呼吸を整え、全身の骨をばりばりと響かせて、ようやく落ち着いた。凌未風の功力は深いが、この達士司の鉄布衫の技は破れまい。両足を岩の上にしっかりと踏み込んで、「来い！」と呼ばわった。

凌未風は微笑し、左手を上げ、右の拳を左の手の下から真っ直ぐに突き出した。「一打目が来るぞ！」

達士司は身体を落とし、肩口を前に出す。凌未風が拳をまともに当て、大きな反動が返ってくるのがわかり、素早く拳を収める。達士司ははっと息を吐くと、凌未風が拳を引く際に「黏」訣を使って引きつけたので、二歩引きずられてしまった。凌未風はその傍からわずかに手を一閃すると、「動いてるぞ！」と一喝する。達士司は顔を紅潮させ、無理に重身法を使って身体を安定させた。

一打で達士司を倒せなかった凌未風は、その功力の深さに感心していた。ならば、達士司の鉄布衫の技がどんなものか、見たくなってくる。にこりと笑うと、きびすを返して、拳を側面から達士司の胸の右側へ突き出した。これが二打目だ。

達士司は敢えて反撃せず、じっと堪えてこの拳を受けた。まるで千斤もの鉄槌のような一打に、達士司はうめき声を上げた。身体がゆらゆらと幾たびも揺れたが、なんとか踏みとどまった。達士司は無傷だ。凌未風も、敬服せざるを得ない。

二打までを受けて、達士司は少しずつ安心していた。群雄たちの前で、なんとか顔は立てられそうだからだ。無理に平気なふうを装い、呵呵と笑った。「年を取ったりといえど、骨はますます頑丈になっている。あと一打あるだろう、しくじるな！」

笑い声が終わらぬうちに、凌未風は突然、双拳を同時に繰り出した。達士司の両脇を狙っている。達士司も気を運用して受けようとしたが、凌未風は拳を咄嗟に手のひらに変え、力を込めて、両脇の「湧泉穴」を衝いた。湧泉穴は人三十六の大穴のひとつである。それが、凌未風の力で衝かれたのだから、受けきれるはずもなかった。全身がしびれ、達士司の身体はゆらりゆらりと岩を動き、落ちてゆく。盧大楞子が達士司の身体を受け止めて助け起こした。達士司もさるもの、「鯉魚打挺」で身を起こした。顔じゅうが赤い。「金塊なぞいらん！」

達士司はすぐにでも逃げ出したかった。故郷へ戻り、ふたたび絶技の鍛錬をするのだ。韓荊が慌てて達士司を止める。「慌てるな、まだわしらがいる」

韓荊は、万一の備えのために達士司を引き止めておきたかった。しかし、達士司は思っていた。もう負けは負けだ。これ以上、どうしてここで皆の顔色を窺わなければならない？

「達土司、俺はあんたの鉄布衫の技に勝ったわけじゃない。俺は点穴して、勝ちを拾っただけだ。あんたにも、ご指導賜りたいところだ」

達土司にはわかっている。こうして凌未風は達土司の面子を立ててくれているが、これは賭けなのだから点穴が禁じ手という制限はない、そう言われて残らないわけにはいかなくなった。

凌未風の第二の相手は、黒煞神の陶宏だった。達土司と比べて功力が著しく劣る陶宏は、凌未風の敵ではなかった。数合相手をしただけで、あっさりと凌未風に倒された。

三番目は、凌未風には、いささかためらいを覚える相手だった。盧大楞子である。凌未風は盧大楞子を好漢と認めていた。もし盧大楞子が分をわきまえずに武芸で挑んできて、傷つけてしまってはよろしくない。

躊躇していると、盧大楞子が丁寧に拱手の礼をした。「凌大俠、軽功でお手合わせ願いたい。金塊については、この盧大楞子、裕福とは言えぬが、なんとか喰っていくことはできる。凌大俠、金子《きんす》がご入用ならば、私は強いて賭けをしようとは思わない。勝ち負けにかかわらず、私の分の羅漢像は、あなたがお持ちになれば良い」

盧大楞子には、財を貪るものと誤解されたままらしい。凌未風は苦笑したが、いまはまだ真実を話すときではない。凌未風も、丁重に礼を返す。「盧舵手のお言葉、痛み入ります。金塊については、手合わせのあとにまた。軽功で、どのように勝負をつけますか？」

盧大楞子は向かい側にある峰を指した。「われら、あの峰の頂上まで駆けのぼりましょう。

途中での休みはなしです。この上り下りで、軽功のほどはすぐ知れる。ここにいるのは名だたる人物ばかり、軽功の優劣の判断はつくはずです」

「よろしい、そうしましょう。盧舵手、お先にどうぞ」

剣閣は天険の地だ。どの峰も滑りやすい絶壁で、猿ですら登るのに苦労するのだ。軽功に少しでも粗忽《そこつ》があれば、それは死を意味する。

「それでは、お先に」足をぽんと蹴りだし、四、五丈の高さまで真っ直ぐに突き進む。両足で壁面を蹴り、左右を巡りながら登ってゆく。そのさまは独楽《こま》のようで、右に左に回りながら、瞬く間に頂上に着いた。これは「盤陀功」といい、「之」の字の体勢で平衡を保つものだ。絶壁の上を自由に動き回るとは大したもので、この技は至純の域に達している。

盧大楞子は、頂上についても足を停めず、また旋回しながら下りてきて、地面まであと五、六丈というところで、突然腕を振って跳躍した。その型は美しさの極みだった。群雄たちから、喝采が漏れる。桂仲明は思った。自分は剣閣で育ちながら、軽功は盧大楞子にはるかに及ばない。ならば、凌未風はどうやって盧大楞子に勝つつもりなのか。

盧大楞子が着地するのを待って、凌未風は声をかけた。「俺の技はつたないものですが、どうかお笑いになりませぬよう」言い終えるや、つま先で地面を軽く衝くと、身体をさっと沈めて起き上がり、「一鶴冲天」で十余丈の高さにまで跳ね上がった。絶壁に着くと、足を使わず両手のみで壁面を次々に移動し、また身を跳ねて、次々に移動していった。そうして鳥のように「飛び」続け、頂上に着くや、身を翻して、やはり手だけで下りてきた。地面まで十五、六丈のところで、急に頭を下に、足を上にして、流れ星のように真っ直ぐに落ちてくる。皆が悲鳴をあげるなか、あと一丈というところでとんぼをきって、すとんと地上に降り立った。敵ながらあっぱれと、群雄たちからも称賛が沸き起こった。

「私の負けだ」そう言うと、盧大楞子はすっと身を退いて、口を閉ざした。

凌未風の三連勝。韓荊は苛立ちを隠せず、半分に断たれた杖を腰に挿して歩み寄った。「凌大俠、手合わせ願おうか！」

第十二回　再起

「いかなる方法で?」

「凌師父の軽功、暗器、いずれもすでに目にしたもの。内功を拝見したい」

「ご存分に」

　韓荊は枯れ枝を数本拾い、五つの束にして火をつけ、分けて地面に挿した。「劈空掌《へきくうしょう》で片をつけよう」袖《そで》を捲り、曲がった背をさらにかがめ、両腕に力を入れる。両腕に青筋が浮き出て、全身の骨が音を立てる。一目で内功の達人と知れた。

　韓荊は内力を運用すると、両手を交差させた。周囲を、徐々に速さを増して駆け巡り、不意につま先をつくと、火をつけた五つの薪のうちの、中央のもののまえに来た。韓荊との距離は五尺足らず、「推窓望月」の型で掌風を起こす。炎が後ろになびき、消えようとするそのとき、韓荊は右手を素早く突き出した。火花が飛び散り、灯りが消えた。続けざま、身を転じて手を返し、左手を突き出して炎を長くなびかせ、右手でなびいた炎を圧して消してしまう。二束の火を消すと、構えを取ってふたたび駆け巡り、こんどは「双龍出海」で強風を二カ所で同時に起こした。三番目の薪の火が消え、火花が五、六尺の遠くにまで飛んだ。さらに、両手を同時に出して、四つ目の薪も消してしまう。それぞれ違う型で火を消してみせ、韓荊は得意の絶頂だった。左右に廻り、数種の拳法を披露すると、手のひらを押し出して、そこから七、八尺もある第五の薪の炎を消した。群雄が喝采する。韓荊が凌未風を睨《ね》めつけた。「愚老の腕は、ざっとこんなものじゃ。おまえもやってみい！」

韓荊の劈空掌は、たしかに一流と言ってよいが、凌未風の見るところ、深みに欠けている。内力だけの消火ではなく、拳や跳躍といった勢いを借りた消火であるし、五束の火を消すのに三度に分けている。韓荊の内力が持たないためだ。凌未風は微笑すると、桂仲明に五束の薪を用意させ、地上に挿した。中心の火から五尺のところまでゆっくりと歩くと、すっと身体を伸ばし、左手を火に向けて打った。炎は手の動きに応じて消えた。速い。すぐさま身を返し、右手を上げて、二番目の火を消す。そのまま旋回して左右両手を揮い、三番目、四番目の火も同時に消した。韓荊は、先の三束の炎を消す際、両手を使った技を続けて、やっと消したのだが、凌未風はここまで、片手で一つずつ消していっている。これだけでもすでに勝負はついている。最後の一束、凌未風は近づくこともなく、「鷂子翻身」で足を滑らせ、手のひらを返してさっと揮い、炎を消した。皆から「見事！」の声が飛ぶ。

「なにか、言いたいことは？」凌未風の言葉に、韓荊は青くなった。眉を逆立て、あくどい笑いを浮かべている。

「劈空掌は、わしの負けじゃ。凌大俠は、黄金の羅漢像を一体賭けて勝負……といったな？」

「まさしく」

「わしには、二体の羅漢がある。あとひとたび、勝負させてもらおうか」

「どのような?」

「軽功、内功、暗器などすべて小手先のものに過ぎん。得物《えもの》で白黒つけさせてもらう」

「仰せのままに。参られよ!」

韓荊は腰に手を伸ばし、騰蛟剣に断たれた杖を取り出し、上手側を占めた。「来い!」

韓荊の龍頭杖は天魔杖法直伝の得物で、短くなってもまだ使える。そのうえ韓荊は点穴にも長けているから、ちょうど五行剣のような点穴用の得物としても応用できる。

「杖は断たれているのに、これが武器と言えるのか?」凌未風が冷笑を浴びせると、韓荊は傲然と言い放った。「わしは、この得物をこそ武器とするのじゃ!」

凌未風は一束の枯れ枝を拾った。先の勝負に使ったものだ。薪の上のほうは、まだくすぶっている。凌未風は、韓荊と同じ型を取った。「俺も、この得物を使う。かかって来い!」

韓荊は杖を逆手で持ち、凌未風の頭上に振り下ろそうとする。凌未風は慌てず騒がず、敵の行方を見定める。あと半尺あまりでぶつかる、というところでさっと身体を右に避け、薪を軽く掃《はら》って韓荊の顔を扇いだ。韓荊はかかとを軸にして身体を半回転させたが、凌未風はそのあとに影のようにぴたりと着いている。

十数手も過ぎると、韓荊はようやく相手の恐ろしさを知った。凌未風の手中の薪は、まるで蛇のように滑らかで、鞭のようにしなり、また棍棒のようでもある。韓荊はぎりぎりと歯を食いしばり、天魔杖法を駆使した。四方八方から数十本もの杖が同時に突き出されるかのような技である。これを天魔杖法の「顫」の手と見抜いた凌未風は、型を一変させ、薪を揮って駆ける。韓荊の杖のように、四方八方に凌未風の影が見える。

韓荊は手を変え、凌未風の三十六の穴道を衝くことに集中しようとした。凌未風がにやりと笑う。「あんたも点穴なんかできるのか」

「なにをほざく！　怖いのならさっさと逃げよ！」

韓荊の三手連続の点穴を躱しながら、凌未風は笑った。「点穴なぞ珍しくもないがな！」その言葉の終わらぬうちに、「旱地抜葱《かんちばっそう》」で数丈も跳躍した。韓荊は短杖をくり出し、かれの足裏へ突き入れたが、凌未風のほうが速かった。上から驟雨《しゅうう》のように襲いかかる。日はすでに高く、凌未風の怒濤のような十数手を、韓荊はまともに太陽に向けて受ける形になってしまった。陽光に遮られ、凌未風の穴道を衝くどころか、技を受けることすら辛くなってきた。なんとか数手はやりすごし、逃れようとしたが、凌未風は「玉帯纏腰《ぎょくたいてんよう》」の手で韓荊の脇腹を薙ぎ払おうとした。韓荊は「盤龍繞歩」で避けようとしたが、凌未風はこんどは胸元を突いてくる。これを受けて、それから攻めに転じて逃げようとしたが、韓荊は胸に急激な痺れを感じ、呻き声を上げると、全身から力が抜け、地面に倒れてしまった。

凌未風は晦明禅師から、剣法だけではなく「払穴」という、禅師により編み出された、払子《ほっす》で穴道を払う技をも学んでいたのである。韓荊は起き上がることができず、群雄から悲鳴が上がった。凌未風は薪を放り捨て、助けにやって来た達士司たちの前に進み出て、韓荊の身体を引き上げて、腰の「伏兎穴」を打ち、穴道を開いてやった。

「韓老先輩、ご無礼の段、平にお詫び申し上げる」

韓荊は怒りと恥辱のために、一言もない。達士司が助け起こして歩かせようとする。それを、凌未風が「お待ちください」と遮った。他にも、まだこの賭けに乗っていない者たちがいた。しかし、賀萬方にせよ、張元振にせよ、もはやだれも凌未風の敵ではない。

「黄金は全部おまえにくれてやる、せいぜい楽しむがよかろう！　十万八千斤の金塊、お前の棺桶でも作ってみるか？」韓荊が怒りながら退こうとすると、ふたたび凌未風がそれを留めた。まさか、退くことも許さぬというのか。達士司らが振り返ると、凌未風が呵呵大笑した。

「黄金は、皆のものですぞ！」

この言葉に、韓荊は凌未風がどういうつもりなのか分からないし、盧大楞子はその心こそが黄金よりも大事だと感動しているし、達士司は自分は物乞いではないと憤るしで、その場は騒然となった。桂仲明と冒浣蓮にも、凌未風の考えが読めなかった。黄金を独占する気がなかったのなら、どうして勝負などしたのだろう。

「武林のご同道がた、まずはお聞きください」凌未風が話し出そうとすると、谷から呼ぶ声がする。すわ、敵かと思って目を凝らすと、先頭に石大娘、その後ろに傅青主、李来亨配下の張青原と続き、しんがりのふたりについては、凌未風にはわからなかった。凌未風は思わず、おいと叫んでいた。

韓荊も、驚きと喜びの入り混じった声で叫んでいた。「朱三兄、楊四弟、なぜいまごろ！」後ろの二人は朱天木、楊青波といい、韓荊が桂天瀾と石大娘と対峙させるために招いた李定国の旧臣であり、武芸においても韓荊に引けを取らない者たちだ。

朱天木が列から抜け出して、韓荊に呼びかけた。「黄金はわしたちのものではない、黄金の真の主人がお越しじゃ！　これなるお方こそ、黄金のあるじが寄こされた黄金の検視人、天下に名高い神医・傅青主さまじゃ。早くご挨拶《あいさつ》を！」

緑林の群雄たちは大いに驚いた。天下一の医師としてだけではなく、武林の名手としても、その名はとうに承知している。傅青主もまたこの黄金の話を聞きつけて、わが物としようというのだろうか。韓荊は唇の端で笑い、「これはこれは賑やかしいことじゃの！　こちらの凌大俠は、この金塊の主人だと自称しておる。傅老も黄金のあるじとしてお越しとは！」

こうして煽って、凌未風と傅青主を争わせ、その間に漁夫の利を得ようとした。

ところが、韓荊の話が終わる前に、傅青主と凌未風は大声で笑っている。

「凌大俠、すでに黄金の羅漢像を見つけたらしいの？」

「冒お嬢さんの機転で。傅老、あなたもどうしてこのことをご存知なのです？」

「話せば長くなる。まずはこちらの友人たちに挨拶を」

凌未風は懐から一通の書簡を取り出し、声高らかに言った。「朋友がた、あの黄金はおれのものではなく、またあなたがたのものでもない。皆のものだ。黄金の主人は、この書簡にはっきりと記されている！　これは、李定国将軍の遺書だ！」

そう言うと、凌未風は音吐朗々と書簡を読み始めた。「留めて豪傑の士を待ち、以って復国の資と為せ。若《も》し取りて私用と作す者有らば、人天共に殛されん」まで読み終え、さらに続けた。「韓老先輩は李将軍の配下であられた。将軍の遺志を継ぎ、黄金は復国のために用いられるがよろしかろう！」

「ではなぜ、皆に取り分があるといった？」達土司が尋ねると、凌未風は傅青主を指さした。

「傅老先輩は、自分のために来られたのではない。李来亨将軍麾下の十万の兄弟たちを代表してお越しになった。李来亨将軍は李闖王の甥に当たられ、李闖王はかつて張献忠と義兄弟の契りを結ばれていた。張献忠と李定国の遺した黄金は、李来亨将軍を除き、誰がげよう？」

凌未風がいい終えぬうちに、傅青主が後を引き取った。「さよう、凌大侠のいうとおりじゃ！　いうなれば、この黄金は誰のものでもなく、同時に誰でも手にすることができる。復国の大業に加わりさえすれば、誰でものう。李来亨将軍は、かたがたのお噂をかねがね耳にしておられ、特にわしに、かたがたにお越しいただくよう、申しつけられた」

朱天木が進み出て、韓荊の手を取った。「韓二兄、傅老先生のお話に偽りはござらぬ。われら相知り合うて数十年、責めてくれるな。わしは二兄によかれと思い、李来亨将軍に願い出てきた。義勇軍にお戻りいただけぬか。軍の者はみな、二兄ら先輩がたを懐かしがっている」

この言葉を聞いて、韓荊の目が潤み、なにも言葉にできなくなった。

朱天木、楊青波、桂天瀾、韓荊の四人は、李定国軍に在った当時「四傑」と称されていた。桂天瀾が最も武勇に優れ、朱天木がそれに次いだ。四傑のなかでは、朱天木は韓荊と最も仲が良かったが、埋蔵金の一件については、李定国は桂天瀾と韓荊にのみ命を下していたため、朱天木と楊青波はなにも事情を知らなかった。李定国敗れてのち、四傑も散りぢりとなり、韓荊は四川の東へ、朱天木は川西へ隠棲した。そんなある日、朱天木は韓荊が緑林の者たちと頻繁に往来していること、羅達らに説得されて黄金を奪い取る準備をしていることなどを聞きつけて大いに驚いた。朱天木は韓荊の頑固な性格をよく知っていた。そこで、無理に諭《さと》すようなことはせず、韓荊と日を期して、剣閣の幽谷で落ち合うことにしたのだ。韓荊が出立したところで、朱天木はすぐに、密かに李来亨に事の次第を知らせていた。

楊青波のほうは朱天木ほど道理をわきまえていたわけではなく、黄金欲しさでこちらも韓荊を手助けをすることになり、剣閣に行って、まず桂天瀾を訪ね、黄金を山分けするよう説得しようと考えていた。そこで偶然、石大娘と出くわした。石大娘は楊青波から、黄金の山分け云々の話を聞くや怒りに震え、五禽剣で楊青波を攻め立てた。幸い、そこへ、傅青主と張青原に出会っていた朱天木がやってきて、楊青波を助けてやった。ここでようやく、楊青波は桂天瀾が、この二十年にわたり金塊を守り続け、惨死したことを知った。かつてのことを思い起こし、楊青波は心中、深く後悔するのだった。

朱天木は経緯を話し終え、さらに堅く韓荊の手を握った。「韓二兄、わしの話をきいてくれ。こちらの英雄たちとともに、李来亨将軍のもとに参られよ！」

韓荊がなお応えずにいると、盧大楞子が突然、声を上げた。「凌大俠、先にその旨お教えいただいていれば、このように黄金のことで争うこともなかったではないか」

「では……！」

「私は青陽幇の兄弟を引き連れて、あなたに従いましょう！」盧大楞子は羅達の手を引いて、羅達にもどうするか尋ねた。羅達には、凌未風に薬を貰った恩がある。一瞬躊躇したのち、羅達もまた眉山寨の兄弟たちとともに、凌未風の命に従うことを決めた。「羅寨主、そのようにおっしゃられるな。我らは今後は、家族も同じです」凌未風は羅達を抱きしめる。

達土司が手を叩いた。「腹蔵なく申そう。わしはご両所のように、李来亨将軍には従えぬ。この身は土司、眷属のためにしか生きられん。ただし、ここに誓おう。この達某、かつて李定国将軍にしたように、李来亨将軍にも応対させていただく」

それはすなわち、李来亨に協力するということだった。凌未風が声高く叫んだ。「よろしい！　これで決まりですな！」

達土司は、傍にある小さな木を手で払って真っ二つにした。「誓いに背けば、この木のようになるだろう」

韓荊の目からは涙が溢れていた。朱天木は、ずっと韓荊の手を握り締めている。朱天木の手からは韓荊への穏やかな思いが伝わり、その目は韓荊を、期待を込めて見つめている。韓荊は突然、短くなった杖をさらにへし折った。「わしも皆とともに参ろうぞ！」

張元振や陶宏たちも、李来亨軍に身を投じることに否やはなかった。かれらを帰順させることができ、凌未風も嬉しくおもっていた。

さて、石大娘の案内で、皆があの石作りの家にやって来た。今朝方は頑なに中に入れることを拒んでいたが、今は皆さんを招待しているなんて、と石大娘が笑った。石天成と群雄たちは顔をあわせ、既知の者、初めて会う者、それぞれに意気投合し、石天成の胸の内の憂悶は、すべて晴れていくのだった。一方で、長年、桂天瀾や石大娘への恨みのみで過ごしてきたことを、強く後悔していた。

「長い年月、なんと無駄に過ごしていたことか！　わしは師兄に死んでも詫びきれん。ここは、泉下の師兄の遺志を継ごうと思う。傷が癒えたら、わしも李来亨将軍のもとへ馳せ参じよう。それまではここに留まり、李来亨将軍が黄金を受け取りにこられるまで、ここで羅漢像を守る。師兄は二十年もの間守り通したのだ。こんどはわしらが、この役割を担う番だ」

石大娘ははらはらと涙を流しながら、きっと、と笑顔になった。傅青主は、かれらふたりが守ってくれるならば、と喜ばしく思っていた。

そこへ、石天成の弟子の于中がやって来た。「師父、大事をお忘れです。こちらの豪傑がた、半日も手合わせをし、なにも召し上がっておられません。我らは主人、ただお客人と語り合うばかりで食事もなしとは、いかがなものでしょう？　人は、食わねば死すばかり。大事ではありませんか？」群雄がどっと笑い、これまでの張りつめた空気が緩み、なごむのだった。

笑いのなか、竹君が、母と作った心づくしの料理を出してくる。皆で舌鼓を打った。

食事を取りつつ、傅青主は桂仲明をじっと見つめていた。もうすっかりよくなったようすに、心から安堵していた。そっと、冒浣蓮に囁いた。「娘よ、ようやったの。あれは、そなたにしか療治できなかった」

「いやだ。伯父さま、またからかって」冒浣蓮が、頬を染める。

「からかいなど、しておらぬよ。あとで話があるのじゃが」

石大娘は冒浣蓮をすっかり気に入ってしまった。間をおかず、冒浣蓮に羊の肉を切り分けてやっている。竹君が唇を尖らせた。「ねえ、見て。母さんたら、冒ねえさまばかりかまって。あたしはほったらかし！」

それがまた、皆の笑いを誘ったのだった。

桂仲明は、真夜中に目を覚ました。父がそばで眠っている。こみあげるものがあり、ふたたび眠ろうとしても眠れなかった。自分の来し方を思った。自分を育ててあげてくれた養父・桂天瀾は、今日の一家団欒を、夢にも思わなかっただろう。喜びと悲しみが去来し、ぐっすりと眠る実父を見ては哀れと思い、養父を思ってはさらに養父を憐れんだ。明日は、皆とともに李来亨将軍のもとへ旅立つ。いまのうちに、養父の墓に別れを言いにいかなくては。冒浣蓮から、「義士桂天瀾之墓」と墓標を刻んで養父を葬ったことは聞いていたが、どこに葬られたのかがわからない。桂天瀾の胸が波立ち、男女のへだても構わず起き出して、静かに部屋の間仕切りの奥を垣間見た。母と妹がすやすやと眠っている。冒浣蓮の姿が見えない。驚いて、家から飛び出した。頼りなく光る星明かりの下、幽谷じゅうを捜しまわった。聞こえるのは、猿の鳴き声、松を渡る風、秋の虫、瀑布の水の音ばかり。剣閣で育ちながら、こんな秋の気配をしみじみと味わったことなどなかった。幽谷をひとりわびしく歩いていると、さまざまな感情が沸き起こる。急に、誰かに肩口を押された。驚いて飛び跳ねると、耳元で「誰を捜している？」と囁く声が聞こえた。振り返ると、凌未風だった。「凌大俠、すごい身のこなしだな！」

「家から飛び出していくのが見えたからな。ずっと後をつけていたんだが、お前、前と左右しか見ていなかっただろう。心ここにあらずなのは間違いなかったから、誰かを捜しているのかと。俺にまったく気づかなかったらしいな」

「冒のお嬢さんを見なかったか？」

「はは、おそらくそうだろうと思った。ついて来い」桂仲明を連れていくつもの山の盆地を通り過ぎ、ふと、ある場所で桂仲明の身体を一押しした。「耳を地面に当てて聞いてみろ」

地に臥して聞いてみると、遠くの音までよく聞こえる。集中して聞いていると、年老いた声が聞こえてきた。「浣蓮、あれの心は完全に回復したな。このことを任せても良いと思うか？」

傅青主の声か。お前のことを話しているみたいだぞ、と凌未風が言い終わらぬうちに、傅青主が急に大声で笑った。「盗み聞きなぞ無用じゃ、早うこちらへ来い」

凌未風が飛び上がり、桂仲明を引っ張っていく。傅青主は、冒浣蓮と岩にもたれて話をしていたが、ふたりがやってくるのを見て手招きをした。「来ると思っておったよ」

「傅おじさん、冒ねえさん、なにか大事なことでも？　それで話し合いを？」

「今日の日中に、浣蓮にあることを話したら、眠れぬと言うてわしを引っ張り出したんじゃ」

「いったい、何事です？」

凌未風が、訝しげに問うた。傅青主が笑う。「そなたたちがこの幽谷にいるあいだ、下界ではまた事情が変わっての」

「呉三桂の奴が、事を起こしでもしましたか。こんなに早く？」

「まさしく。そなたたちが李思永公子を救ったはよいが、呉三桂は事が露見するのを恐れ、先手を打ったのじゃな」

「我々とは、つなぎはなかったのですか」

傅青主が一枚の紙を取り出した。呉三桂の檄文である。いったいなにを言い出したのやら、凌未風は読んでやることにした。

檄文は、先年の清との戦い当時のことから書き起こされていた。李闖王を賊と罵り、李闖王入京後のことを記している。あまねく天の下、ついに義によりて師を興し、王に勤め賊を討つ者無し。傷ましきかな国運、それまた何をか言わんや？　本鎮は関外に独居せり、矢尽き兵窮まり、涙乾き血有り、心痛み声無し。已むを得ず血を歃《すす》り訂盟し、虜により藩に封ぜらるるを許す。暫く夷兵十万を借り、身を前駆と為さん……。

凌未風は、ふん、と鼻を鳴らした。「よくもぬけぬけと。まだ罪を逃れるつもりか」

さらに読み進める。はからずも蛮族めは盟に背き、われらの虚を衝いて都を占拠し、弁髪を強要までした。そこでやっと、毒を制するにさらに強い毒を以ってしたことの過ちを悟ったのだ。ゆえにここに兵を起こす云々ということが、くだくだと書かれている。

凌未風は檄文を地面に叩きつけた。歯を食いしめる音がぎりぎりと響く。傅青主が口を開いた。「こういうわけで、わしは仲明と浣蓮に一働きしてもらおうと思ったのじゃ」

「李来亨将軍の備えは？」

「呉三桂と我らは不倶戴天の敵、やつをそう軽々しく許してやるつもりもない。しかしこたびの挙兵は畢竟満奴を打つためのもの、そこで李公子は、たとえ呉三桂が清とわれらの双方に抗しようとも、われらの方では当面やつを敵とすべきではない、とおっしゃった。李公子の策はこうじゃ。時機を見て、我らも反清の動きを大きくする。呉三桂とはそれぞれに動くこととし、あやつがわれらを攻めずにおれば、われらもあやつの地に攻め上ることはせぬ。川濵一帯を保ちつつ、各地の英雄たちを動かし、兵を起こすのじゃ」

「李公子の慧眼には恐れ入る。李来亨将軍は、弟たる李思永公子の言をお聞きなのですか？」

「すでに兵符を弟君にお与えになっている。李公子にお任せになるということじゃな」

「なるほど、我らもぜひ加勢させていただきたい。しかし、仲明賢弟は英雄ですが、これが初陣となります。李将軍は仲明賢弟にどんな重大な任務を与えようとしているのですか？」

凌未風は、桂仲明の経験が浅く、誤りが起こったときのことを心配していた。傅青主はしかし、笑っていた。「初陣なればこそ、江湖《こうこ》に仲明を知る者もなく、こたびのことにはうってつけなのじゃ」

冒浣蓮が、凌未風に問うた。「易蘭珠おねえさまと張華昭公子のこと、覚えている？」

凌未風ははっとした。易蘭珠になにかあったのか。

「五台山での騒ぎのあと、張華昭が捕えられ、易蘭珠は勇敢にも、都へ張華昭を助けに行ったのじゃが、その後の消息が杳《よう》として知れぬ。が、張公子のほうは、消息が知れたぞ」

冒浣蓮は五台山で、張華昭にぶつかったときの印象が強く残っている。どこにいるのか、傅青主に尋ねた。「監禁されているのですか？」

「いいや、ある明の降臣が納蘭相府に客分として居るのじゃが、納蘭公子の近侍の者が、張公子とよく似ていたらしい。その降臣は昔、張公子の父・張煌言と面識があったとかで、こっそり打ち明けたたそうじゃ」

「張公子の武芸は非凡です。監禁されていないのなら、なぜ逃げ出さないのでしょう?」

「わからんよ。それゆえ、そなたと仲明に都へ赴き、探りを入れてほしいのじゃ。張公子を救い出せぬときには、都にいる天地会と魯王の旧配下たちとつなぎを取り、助け出すのじゃ」

凌未風が口を挟んだ。「それは、劉郁芳の考えですか?」

「さよう。李将軍も賛同された。張煌言は明朝における抗清の大将であったし、魯王は張煌言が擁立したんじゃ。江南一帯には魯王の旧臣も少なからず、多くの降臣ももとは張煌言の部下じゃ。劉郁芳は、いまは江南に戻れぬでの、わしらに助けを求めた。張公子を救い出す方法を考え、張公子に張煌言将軍の旧配下を招集させ、江南でわれらと呼応してもらおうというわけじゃ。わしらは考えに考え、仲明と浣蓮が適任と、ふたりを選んだのじゃ。仲明の武芸は高く、かつ人に知られておらぬ。都へ潜り込むのは、難しいことではない。浣蓮は多年わしのそばにあり、江湖のこともよく存じておる。仲明の良き助けとなるじゃろう」

それを聞くと、冒浣蓮はうつむいてしばらく考え込んでいた。顔を赤くして、小さな声で桂仲明に尋ねるのだった。「あなたは、どう思う? 教えて」

桂仲明は顔を上げ、じっと冒浣蓮を見つめ、長いこと経って、ようやく口を開いた。「おれ、おれは……」

冒涜蓮が口をとがらせて、少し怒ったようにいった。「ぼうっとして何を考えているの？」

桂仲明はうつむいてしまった。「俺は！　ねえさんと旅をするってことを考えてたんだ。それって、どうなんだよ？」

思わず、凌未風と傅青主が吹き出した。冒涜蓮は、顔を通りこして首まで赤くしている。傅青主が咳払いをし、故意に面を正した。「いや、それはまことの話じゃ、わしも……」

話が終わらぬうちに、松の木の上から、忽然と人影が横切り、くすくすと笑った。

「そこまでです、傅老先輩。あとは私が取り計らいましょう」

それはまさしく、石大娘だった。桂仲明が起きたときに、石大娘も目を覚まし、後を追っていたのだ。話に夢中になっていた傅青主たちは、石大娘に気づかなかったのだ。

「傅老先生、あなたと冒お嬢さまは実の親子も同然です。お嬢さまの一生の大事は、あなたさまが主となり計るべきでしょう。私は、ふたりに結婚の約束をさせてはどうかと思うのです。道行きにも、そのほうが都合がよろしいでしょう」

「それは、この子らに尋ねてみないと、の？　さあ、そなたたち。婚約したいか、どうか？」

桂仲明も冒涜蓮も、うつむいたまま、口を開こうとしない。凌未風が笑った。「からかわないでやってください。まだ子供なんですから。自分たちの口から声高に言わせようとは、ご老人のように酸いも甘いも嚙み分けて、面の皮が厚くなっているわけではないんですよ」

そうして、桂仲明の手を引き、もう片方の手で冒涜蓮の手を取って、ふたりの身を近づけた。

「主宰は、傅伯父上と石大娘。仲人はこのおれだ！」

げるものは」

凌未風は声を落として桂仲明の耳元で囁いた。「仲明賢弟、何かないのか。冒お嬢さんに捧
唐突に言われ、すっかりのぼせ上がった桂仲明が咄嗟に取り出したのは、三つの金環だった。

「あんたからお嬢さんに渡してくれ。俺は他に気の利いたものは持っちゃいない、母さんから
もらった暗器だけだ」

「よろしい、婚約の贈り物として相応しい。浣蓮嬢、お受け取りなされよ！」凌未風は声高らかに宣言し、冒浣蓮に三つの金環を放った。思わず、冒浣蓮が受け取る。傅青主が促した。

「そなたもなにか、仲明賢弟にさしあげるがいい」

冒浣蓮は頬に血を昇らせて、ふところから一幅の絵を取り出し、無言のまま傅青主に渡した。開いてみると、剣閣の頂上の風景画である。二株の松の間にある茅屋、それはまさしく冒浣蓮が桂仲明の記憶を呼び覚ますために、描いてやったものだった。この絵は、桂仲明にとっては、かけがえのないものだ。傅青主から渡されるのを待たず、桂仲明が手を伸ばして絵を取った。

傅青主は、にっこりと笑った。「そなたたちの贈り物は、おもしろいのう。以後、桂どのは冒浣蓮によく金環打穴の技を教え、冒嬢はよろしく桂どのに文章字画を教示するように」

桂仲明も冒浣蓮も、恥ずかしくてたまらなくもあったが、また、嬉しさもこのうえなく、人生がたちまち充実し、互いに拠りどころを得たかのようだった。ふたりして顔を上げる。幽谷の秋声は、ふたりにとっていまや天上の仙楽に変わっていた。

第十三回　美女と妖人

翌日、息子と冒浣蓮の婚約を知った石天成は大いに喜び、群雄たちも口々に祝いを述べた。傅青主と石大娘に導かれ、皆は桂天瀾の墓へ向かった。韓荊たち一同は墓前で落涙しつつ前非を悔い、生ある限り、桂天瀾が為しえなかった志を遂げてゆくことを誓った。

墓参後、傅青主に凌未風は韓荊たちを連れて李来亨軍へ、石天成夫妻に于中、竹君、張青原らは剣閣に残って黄金の守りにつくことになった。桂仲明と冒浣蓮は、都を目指した。呉三桂の大軍はすでに雲南から湖北に出ている。ふたりは甘粛から陝西を廻って河南へ、そこからさらに河北を目指す道を取った。冒浣蓮は男装し、桂仲明とは兄弟を装った。

桂仲明にとって、この長き旅路で見聞きするものすべてが新鮮だった。無邪気にあれはなんだ、これはなんだと尋ね、冒浣蓮は姉のように、辛抱強くひとつひとつに答えてやった。甘く優しい空気のなかで、日々が過ぎてゆく。江湖の危うさは知らぬものの、桂仲明は細心な冒浣蓮がそばにいたおかげで、なんとか騒ぎを起こさずにすんだ。

月は満ち欠け、冬が去り春が来て、四カ月あまりが経っていた。年が明けた初春のころ、ふたりは河北に入った。あと十数日もすれば、都に着く。

「燕や趙はいにしえの昔から悲歌慷慨の士が多いと聞いたのに、結局そういう人間とは会わずじまいか」つまらなそうに言う桂仲明に、冒浣蓮は許婚者の頰をつついた。「旦那さま、わたしたちはなにをしに来ているのかしら？　そんなに江湖の人間に会いたいの？　わたしはただ、なにごともなく平穏のうちに北京に入りたいのよ。万が一にも、争いごとなんて」「ちょっと言うと、すぐそうやってわんさと叱るんだからなあ。俺は三つの子供じゃない。なにも怖いことなどあるものか」

口論しつつ、ふたりは幸せそうにまた歩を進めてゆくのだった。

その日、鋸鹿という大きな町に着いた。町に入ると、騾馬に引かせた六輛もの車が、町の通りをまるごと塞いでいた。車輛の両側には起毛の覆いがかかり、騾馬引きも随行の者も屈強な男たちで固められている。冒浣蓮は視線を走らせると、桂仲明に囁いた。「なにか、訳有りの人たちみたいだわ。回り道をして、関わらないようにしましょう」

以前傅青主とともに鋸鹿に来たことのある冒浣蓮はこのあたりの道に詳しく、桂仲明を連れて横町を通り過ぎ、ある大きな店に宿を取ることにした。

ところが、ふたりが一息ついたところへ、店の外がにわかに騒がしくなった。あの六輛の車の者たちもここへ投宿するようすだ。桂仲明は好奇心を抑えきれず部屋の外へ出た。車は庭へ停められた。扉が開くと、各車輛から六人ずつ、三十六人の花のような美女たちが降り立ち、桂仲明を呆けさせた。冒浣蓮が背後できゅっとつねり、部屋へ戻らせた。数人の巨漢の眼光がふたりに向けられていた。

部屋へ戻ると、冒浣蓮はおかしい、不審だと言い募った。三十六人皆が尋常ならざる佳人ばかり。冒浣蓮とて、古来美女有りと名高い蘇州の生まれだが、あそこまで多くの美人を見たことはなかった。

「もしや、攫《さら》われてきたんだろうか？」

「絶対違うわ。もしそうなら、あんなに賑やかに町に入ってくることはないでしょう？」

「それじゃあ、大金持ちの娘が、人を雇ってどこかへ送ってもらっているのかな」

「富豪の家といっても、数十人の娘さんが一緒に過ごすというのはおかしいわ。しかも、皆がみな、あんなに若くて綺麗だなんて、そんなことは有り得ない……」言いながら、冒浣蓮は吹き出して、桂仲明の顔を指さした。

「なるほど、だからあなたはあの子たちを見て天にも昇るような夢見心地だったのね」

「馬鹿言え、あの娘たち三十六人かかっても、お前にはかなわないよ」

「まあ、お上手だこと。言っていて歯が浮いてこない？」

若いふたりはひとしきりあれこれと推測し合った。「お上の選んだ秀女ということは？」

「ほんとうに世間知らずね。もしそうなら、旅のあいだはずっと役人が付き従って、こんな宿には滞在しないのよ。帝の威風というものは、あなたも想像できないほどのものよ」

冒浣蓮が笑ってそう答えるのが、桂仲明には奇妙に思われた。「お前、帝にあったことでもあるのか？　そんな口ぶりだな」

さっと、冒浣蓮の顔色が沈んだ。小さな声で「あるわ」と返事をした。

話しながら笑っていたのに、急に、顔が憂いに覆われてしまい、桂仲明は慌てた。「どうした？　皇帝であろうとなかろうと、俺たちは俺たちで話しているだけじゃないか」

冒浣蓮はため息をつきつつ、「あなたの身の上もじゅうぶんつらいものだけれど、わたしのほうがもっと寂しい。あなたにはご両親がいる。わたしの身内は、傅伯父さまだけだわ」

「もうひとり、俺だっているじゃないか！」桂仲明が慌てて自分を指さす。冒浣蓮が思わず吹き出して、桂仲明を押しやった。「あまり、言わないで。帝に会ったことがあるというのは本当よ。いつか詳しくお話しするわ。けれど今は早く休んで朝早くに発って、道を急ぎましょう」

大事のある身だ。些細なことに関わってはいられない。あの美女たちの一行がどこへ行くかはわからないが、一緒になるべきではない。実を言えば、冒浣蓮には、あの一行と同じ宿に泊まったことすら心配だったのだ。桂仲明は腰の騰蛟宝剣を叩いて、怖いものなどありはしないと言ってのけたが、冒浣蓮は桂仲明を床に押し倒した。「早くお眠りなさい。これ以上、あなたと口論したくないわ」

道中、桂仲明は床で、冒浣蓮は牀で眠っていた。聞き分けよく桂仲明は眠りについた。この夜は何事もなく、翌朝一番鶏が鳴くと冒浣蓮は桂仲明を起こし、宿の勘定をして旅を続けた。二、三十里も行くと夜が明けて、ふたりの眼前には突如きらめく水面が現れた。大通りの両側に港と林が面している。「地形は、申し分ないな」

ああ、と冒浣蓮が説明した。ここは蘇村と言い、冀・魯・豫の三省の堺にある有名な険要の地である。かつてこの地に落ち延び、地の利を生かして商売を始めた三人の盗賊の頭目がいたが、結局その行いが改まることはなく、やがて官軍に攻め込まれ、誰の助けも得られずに盗賊たちは逃げていったという。

たとえ物取りがやって来たところで、自分たちをやっつけることなどできやしない、と桂仲明が気勢を上げていると、車輪の音と馬の嘶《いなな》きが聞こえてきた。ふたりが振り返ると、あの六輌の馬車が、追いついてきていた。

冒浣蓮が目を凝らすと、一輌目の車の前には「武威」の二文字を刺繍された鏢旗が駆けられ、風を受けてはためいていた。しんがりの六輌目には、四十がらみの男が煙管《キセル》を手に煙を吹かし、周囲に視線を走らせている。ふたりを目にすると驚いたようだったが、車を停めることもなく馬に鞭を当てて駆け去っていった。

この大所帯の一行が去ったあと、冒浣蓮は桂仲明に笑いかけた。「あなたはずっと、江湖の人物に会いたいと騒いでいたわね。あれが、まさにその江湖の人物のひとりよ。武威鏢局は南京でも最も名の知れた鏢局で、鏢頭は孟武威と言い、傅おじさまよりも少しばかり年上で、独自の武器である煙管を使っての点穴を得意としている。十二、三歳のときに、傅伯父さまと南京で孟武威を見たわ。孟武威の絶技は息子の孟堅だけに伝えられたと聞いたから、さっきのあの男が孟堅に違いないわね」

「昨日は鏢旗も、煙管を持った男もいなかったじゃないか」

「昨晩は町に入って宿を取るだけだったから、旗を持ち出す必要はなかったのよ。有名どころの鏢局の者たちには風変わりな決まりごとがあって、たとえば孟武威なら、危うい橋を渡るときに手練れが潜んでいるのを察知したら、あの煙管で煙草を吸って、煙で自分が護衛に当たっているのを示すけれど、普段はあまり吸わないそうよ。あの男も、父親と同じではないかしら。わたしも、あの男が煙管を持っていたからそのことに思い当たったのだし、夕べはあの男がだれかなんて、気にも留めていなかったもの」

「ふん。なにか見落としていないか？ 点穴の技はなにも特別なことじゃない。俺が見るに、あの車輛に貼りついてる痩せた小柄なふたり、あいつらの腕は六輛目にいた奴より上だ」

冒浣蓮は思わずふたりを凝視したが、変わったことはなにも見出せなかった。

「俺は大力鷹爪功を学んだから、少しは見分け方も心得てる。あの二人は小柄だが、乗っている馬はあんなに大きいうえに、馬は重さに耐え切れないみたいだ。さっき俺たちの横を通り過ぎたときに馬の蹄の音を聞いたが、奴らの外功はそこそこだな」

「どうしてそこそこだとわかるの？」

「鷹爪功や金剛手といった内功と外功をともに修める類の武芸は、動作すべてに力がみなぎり、自制できないほどになれば、外功を極めたが内功はまだ極めていないということだ。内功まで極めれば、力は自分の望む時、望む場で発揮できて、外からはどれくらいの力が溢れているのかは見受けられない。あのふたりの外功はなかなかだが、内功はまだ極めていないようだ」

「それでは、わたしはあの人たちの外功すら見抜けなかったのだから、まだまだ修行が足りないのね」くすりと笑う冒浣蓮に、桂仲明は色を正して言った。「そんなことはない。お前の功力はあのふたりと変わらないぐらいだと思う。孟堅よりも高い。お前の学んだ無極剣法は内功を極めるうえで最高の剣法だ、自分を卑下するな」

冒浣蓮は頭を上げて道の先を見遣った。あの車列はもう半里ばかり先に行ってしまった。煙管を吸っていた男が時折こちらを見ている。思わず冒浣蓮は笑ってしまう。「わたしたちのこと、強盗だと疑っているみたいよ。けれど、南京の名鏢頭がどうして三十六人もの娘さんたちの護衛についているのか、それがわからないわ」

話していると、六輛の車列が突然停まった。砂埃を立てながら二頭の駿馬《しゅんめ》がこちらに向かって駆けてくる。車列を通り過ぎ、ふたりに近づいてきたと思うと、急に馬の首を引いて、また凄まじい勢いで引き返してゆく。なにごとかと冒浣蓮が桂仲明の袖を引く。桂仲明は足を止めず、まっすぐに歩を進めた。

瞬く間に路傍の高台から、鏑矢が射かけられる。鬱蒼とした林のなかから百人ばかりの人馬が現れ、車列の前を塞いでしまった。しんがりにいた孟堅は先頭に移動し、煙管からさかんに煙を出した。はじめは一つの丸い円を、続けてその円の煙の中に矢のようにいくつかの煙をくぐらせる。煙はやがて薄く霧散した。これは武威鏢局の老鏢頭・孟武威直伝の暗号で、円の煙は誼を結ぶこと、その後の輪くぐりの線の煙は武力を示す。つまり、この場ではお互いに友として接しようではないか、もし友情を無視して武力に訴えるようなことになればどちらも傷つき、江湖の義理も果たせない、ということを訴えていたのである。

相手の陣中からゆったりと、ひとりの中年の男が現れた。袖をふわりとなびかせて、瀟洒な態で、目のあたりには艶を含み、まるで女のようである。「かれ」は袂から扇子を取り出し、孟堅の吹き出した煙をさっと扇いで消してしまい、女のようなか細い声を出した。「どなたかと思えば、武威鏢局の若旦那御自らお出ましですかえ」

「だれかと思えば、郝寨主はこちらにおわしましたか。我らはよく知った仲、無礼はお詫び申し上げます、日を改めてお伺いいたしましょう」言い終えると、孟堅はふたたびいくつか煙を吹き出して、相手のいらえを待った。

ふたりの話を、冒浣蓮と桂仲明は遠くの道端で立ち聞きしていた。

「あの三悪人が、また昔の縄張りに戻ってきたというわけね」

「あの男か女かわからない奴はだれだ？」

「傅伯父さまによると、三悪人の束ねで、十数年前の江湖の面汚し、人妖の郝飛鳳だわ」

「なんだって人妖なんて呼ばれてるんだ？」

「あいつ、男だけど綺麗な顔立ちをしているから、いつも女装をして大家の令嬢を誘惑していたのよ。ほんとうに〝ふたなり〟だって言っている人もいるわ。だから人妖と呼ばれているの。でも、武芸にも優れているから、何人かの侠客があいつを仕留めようとしたけど、みんな逃げられてしまった。そのうち、たぶん年を取ったせいで女装もそう似合わなくなってしまって、それで盗賊にまで落ちぶれた」

桂仲明が好奇心たっぷりに尋ねた。「〝ふたなり〟って、なんのことだよ？」

冒浣蓮は顔じゅうを赤くして、思い切り桂仲明をつねってやった。桂仲明からうわっと悲鳴が上がったが、双方は張り詰めた空気のなかにおり、ふたりに注意を払う者はいなかった。

郝飛鳳はまたも扇をひらひらと舞わせ、低く笑った。「若旦那、なんのわだかまりがあって、そんなに煙をお吐きなさる？　ざっくばらんにお話ししようじゃありませんか。あたしたちには、そちらの面子を守ってほしいんでしょう？　それは構いませんから、若旦那もあたしたちの面子を保ってほしいんですよ」

この仕事を引き受けて、運ぶものが三十六人もの美麗な娘たちと知ったときには、孟堅とて心中奇妙に思ったのだ。しかし、父の威勢を頼りに、ここまでやってきた。道中、三、四度ほど裏街道をゆく怪しい人物に出くわしたものの、煙を吹かせれば、そやつらは引き下がっていった。河北に入って、まさかこのような三悪党に出会ってしまうとは。孟堅は不安でいっぱいだったが、郝飛鳳の話ぶりにはまだ相談の余地がありそうで、せわしなく尋ねた。「郝寨主にはいかなるご言い分がおありか、この孟堅にできることならばなんでもお聞きしましょう」

郝飛鳳は不気味な笑いを浮かべると、扇子を車輛に向けた。「若旦那のお荷物を奪おうっていうんじゃないんですよ。そんなにごたいそうなものは、いりません」

荷はいらぬ、というのを聞いて、孟堅は喜んだ。郝飛鳳の言葉を聞き終えぬうちに、孟堅は拱手《きょうしゅ》して「道をお譲りいただいて」と礼をした。郝飛鳳はせせら笑い、ぴしりと言いつけた。

「あんたの車の紅貨や白貨――金や銀なんぞいらないんだよ。三十六人の娘全員、いただこうか。ひとりでも欠けたら許さないよ！」

怒りを堪え、孟堅は煙管を払ってどういうことかとなじった。郝飛鳳は憐れなものを見るように言った。「鏢局が守るものは金や銀のお宝だろう。〃人〃は守っちゃいないはず。こちとらあんたの荷はいらない、人が欲しいと言っているんだよ。だったらこれは、物盗りとは言えないだろう、え？」

孟堅は怒りに眉を逆立てて、声の限りに罵った。「なるほど、江湖の面汚し、武林の人妖とはよく言った。我が武威鏢局の旗印を前にして好きにしようとしても、そうはいかん！」

郝飛鳳は扇子を舞わせ、声を立てて笑った。「お前の親父さんが出てきたって、娘はもらうよ。よく目を開けてみておいで。あたしのこの鉄扇で小娘三十六人、もらい受けてやるよ」

孟堅は、扇子の黒光りする閃光を一瞥した。「ふん、きさまはそもそも鉄扇幇の者だったな、ならばなおのこと、この煙管で相手をしてやる」

鉄扇幇は長江以南に勢力を持つ秘密結社である。幇主の尚雲亭は高い武芸を身につけていたが、その手段は悪辣《あくらつ》で、堅気のものであろうとなかろうとどちらの顔も立てず、見つけた財宝はすべて略奪するというありさまだった。窮迫した郝飛鳳は尚雲亭のもとに身を投じた。はじめは郝飛鳳を受け入れなかった尚雲亭だったが、どういうわけか、郝飛鳳に惑わされ、とうとう郝飛鳳を鉄扇幇の幹部に据えてしまった。郝飛鳳も鉄扇幇の頭目の名声を恃みとし、失地を回復して盗賊の一派を復興したのだった。

もう四十の年を数えているとはいえ、これまで父の威勢に頼り切っていた孟堅は、鏢局の任に就いて以来、腕の立つ者と真剣で闘ったことはなかった。が、孟堅の煙管での点穴の技が一門の絶技なのは確かであり、それで孟堅は自分がひとかどの人物だと思い込んでいた。ここで三人の悪党どもに行き当たりなんの心配もないわけではなかったが、もはや引きどころもなく、内力を巡らせて煙管を握り、敵の攻撃に備えた。

郝飛鳳は軽く身を躱すと、孟堅の手も受けずに笑った。「あたしと手合わせしたいのかえ？　あたしとじゃ差があり過ぎるだろう。三弟、相手をしておやり」

背後にいた豪傑が、おうっと声を上げ、右手に単刀、左手に鉄の盾を持ち、孟堅の前に立ちはだかり、「孟家の打穴の技とやら、見せてもらおうか！」と威勢良く言い放った。この男こそ、三魔・柳大雄である。

癇に障った孟堅は、柳大雄とは口も聞かず、鉄煙管で胸を撃とうとした。柳大雄は盾で防ぐ。がん、と煙管が音を立て、吸い尽くしていなかったきざみ煙草が飛び出て火の粉となり、地面に落ちた。柳大雄は盾の下から単刀をすっと突き出し、孟堅の腕に斬りつける。孟堅の武芸も並ではない。煙管を横薙ぎにして単刀を払いのけ、気合一閃、身をかがめて足を移動し、煙管で柳大雄の背後の「魂門穴」を突こうとした。柳大雄は身を転じて煙管を盾で受け、そのまま体を返した反動を借り、刀を回転させた。孟堅が続けて二度跳躍し、なんとかこの手を防いだ。

桂仲明と冒浣蓮は、路傍に伏してこの闘いを見ていた。孟堅は獅子奮迅といった態で煙管を打ち込もうとしているが、どれも敵の穴道には達しない。柳大雄は盾でよく単刀を守ってもいて、攻守がうち揃い、攻撃も激しい。孟堅が徐々に圧されてきていた。武芸の技で言うならふたりとも互角だが、柳大雄は盗賊であり、幾度もこういった場面に遭遇している。孟堅は、いわゆる実戦の経験にはるかに乏しかった。

そろそろ頃合いと見て、柳大雄は左手の盾をおとりに、身体は孟堅の下へ向かって飛びかかり、急所へ向けて刀を振るった。孟堅はすぐさま退いて、「倒打金鐘」の手で煙管を敵の背骨の「天樞穴」へ向けた。柳大雄は唸り声を上げ、突然身を起こすと、盾を「横托金樑」で力を込めてぶつけ、右手の単刀で煙管をぎりぎりと持ち上げて掃おうとした。このとき、孟堅が手を退けなかったら、孟堅の指は断たれていただろう。

孟堅の危機を目にし、路傍に伏していた桂仲明は冒浣蓮に「あいつに加勢してくる」と囁くと、冒浣蓮が止める間もなく金環をひとつ飛ばした。それは絶好の時機だった。さあこれで、と柳大雄が思った瞬間、突然きんっと音がして、金環が単刀を揺らした。単刀を引いて見てみると、切っ先がほんの少し欠けている。孟堅はわけのわからぬまま煙管を引き、よろよろと退いた。

暗器があまりにも絶妙に打ち込まれ、双方の人間は皆孟堅と柳大雄の闘いに目を奪われていたため、どこからこの金環が飛んできたのか知る者はなかった。柳大雄は単刀と盾を構え、大声で呼ばわった。「闇討ちをしかけた恥知らず野郎はどこだ！　正々堂々と勝負しろ！」

幸い、孟堅はこのたったひとつの金環で武威鏢局の面目を保ったのだった。内心、自分は相手にはならぬと、煙管を収めて逃げに入った。郝飛鳳がひゅうっと口笛を吹くと、たちまち一騎の馬が現れ、馬上から人が降りたと思うと孟堅の前に立ちふさがり、「孟の若旦那、逃げるな！」とにやりと笑った。江北三魔の第二魔・沙無定だ。ついさっき、車列のほうへ向かってきていた者である。

一難去ってまた一難、孟堅は狼狽《ろうばい》していたが、車列のなかから突如二騎が飛び出してきた。乗っているのは色の黒い痩せた男ふたりで、下馬すると「孟どの、退がれ！」と叫ぶと、ひとりは素手で沙無定の手にした槍を奪おうとした。もうひとりもやはり素手で、追ってきた柳大雄を迎え撃つ。

孟堅は驚きのあまり大声を上げそうになった。このふたりは過日、車列の警護につかせてくれと言ってきた者たちで、富豪の家の使用人とのことだった。名を陸明・陸亮という兄弟で、南京のある武林の先輩のつてで、武威鏢局の用心棒にと志願してきたのだった。ふたりとも身体は薪のように痩せ細り、雇った当時はどこの富豪が物好きに執事としていたのかと孟堅は嘲笑したものだったが、こんな絶技を身につけていようとは思ってもみなかったのだ。

陸兄弟は北派鷹爪功に擒拿手を交えている。十数手も交わしたころには、孟堅はただただ見とれていた。沙無定の大槍は七尺有余、功力も柳大雄よりはるかに強いが、陸明は徒手でじゅうぶんにそれに抗しており、陸明に傷ひとつつけられない。陸亮は柳大雄を相手にしており、やはり素手で柳大雄の単刀に向かってゆく。ほどなく、柳大雄を圧していた。

孟堅はふたりの腕を見抜けなかったことを恥じたが、一方で、それではなぜ自分よりも優れた武芸を誇るふたりが、わざわざ自分の鏢局の用心棒になりにきたのかがわからず、なにか裏があるのではと、疑心暗鬼に駆られるのだった。

やがて、対峙している二組の力の差が現れてきた。沙無定はまだまだ耐えられるが、柳大雄は陸亮に単刀を奪われ、盾だけでなんとかしのいでいるようすだった。郝飛鳳が陸亮の前に現れ、鉄扇を突き出して顔面を狙い、左掌を立てて上方に動かした。陸亮は肩を揺らして後ずさりした。「顛倒陰陽」と呼ばれるこの手は擒拿手と異曲同工のもので、力に訴える技である。

柳大雄を救い出し、「二弟、お退がり」と金切り声で沙無定を制した。沙無定は陸明に三手くれて、引き下がった。息を喘がせ、郝飛鳳のそばに戻る。「陸家のご兄弟は素晴らしい技をお持ちだこと。どうかご教示いただきたいもの」

陸兄弟はぞっとした。この人妖は神通力でも持っているのか、ふたりは早々に江湖を引退したというのに、かれらの来歴を一目で看破していた。ふわりと扇子を扇いで、癇を立てたような声で郝飛鳳がふたたび喚いた。「陸のお師匠がた、お教えいただけるのかどうなんだい！」

「今日という今日は、おまえという人妖を捉えてくれる！」

怒髪天を衝いた陸兄弟は、ふたりがかりで郝飛鳳に拳を向けた。郝飛鳳はけらけらと笑い、するりとふたりの手をかいくぐった。郝飛鳳の右手の扇子は点穴を、左手は剣法に通じる掌法を駆使しており、陸家の兄弟はこのような技を目にするのは初めてだった。幸いしたのは、かれらは鷹爪功の擒拿手をすでに会得していたことである。ふたりともに極めた擒拿手は合わせ技で威力を増し、郝飛鳳もうかつには手を出せずにいる。

三人は走馬灯のように百余手も合わせ、郝飛鳳の奇怪な技はいささかも衰えることはないが、陸兄弟のほうはなんとか持ちこたえている状態で、防御に廻るほうが多くなってきていた。桂仲明が頭を横に振った。鷹爪功の擒拿手は攻めるに有利で守るには不利な技だ。このままではそう経たずして敗れてしまう。はたして、ひとしきり闘っていた陸兄弟は突然大声で喚き立て、背を向けて逃げようとした。しかし、郝飛鳳のほうが速かった。身を起こし、かれらの行く手を阻み、叫んだ。「二弟、三弟！　車を奪え！」

沙無定と柳大雄はおうっと応えると、百余人の盗賊を従えて嵐のように車列に襲いかかった。

「娘だけを奪え、荷はいらないよ。孟の旦那の面子は立てておやり」と、郝飛鳳の鋭い声が飛ぶ。孟堅は顔色を変え、なんとか煙管で応戦したが、混乱のなかで沙無定に弾き飛ばされ、傍らにいた盗賊に馬の足をからめ取られて投げ出され、柳大雄には脈門を押さえて身動きが取れぬようにされ、路傍の木に縛られてしまった。車輛の護衛についていた他の大男たちも、武芸の心得があるとはいえ多勢に無勢、あっという間に一隅に追いやられ、沙無定と柳大雄が馬車を強奪するのを目の当たりにするしかなかった。

車列から十余丈も遠くにいた桂仲明と冒浣蓮は、車輛のなかにいる娘たちの悲鳴を聞いて、もう我慢がならなかった。冒浣蓮も柳眉《りゅうび》を逆立て、助けに向かう桂仲明に続く。「あなたはあのふたりをお願い、わたしは賊どもを！」

騰蛟宝剣を抜いた桂仲明は、もう車列の前にいた。十数人の盗賊が槍で阻もうとするが、桂仲明は目を見開き、大声を上げると騰蛟剣を一閃させた。十柄の槍がことごとく断たれ、沙無定は愕然とした。槍を斜に突き出すが、桂仲明は身を翻してふたたび奇声を発し、宝剣を揮った。がしゃんという音とともに、沙無定の四十二斤の大槍が真っ二つになった。断たれた槍を引いて、沙無定は慌てて逃げ回った。

桂仲明が大いに威勢を見せつけていたころ、冒浣蓮も馬車に着き、車の覆いを捲ってなかに押し入ろうとしている賊に向けて、奪命神砂を雨あられと浴びせた。痺れと痒みが賊を襲う。

「こいつは毒砂だ！」と悲鳴が上がり、賊は四方へと散っていく。冒浣蓮が目を転じると、三輛目の馬車になおも数人の賊がおり、娘たちを無理やり外に出して人質にしようとしている。怒り心頭の冒浣蓮はさらに神砂を放ち、剣を抜いた。ふたりの賊を叩き伏せるや馬車から蹴落とした。そのまま三人目の賊に向かおうとしたが、娘を盾にしている。それを躱して剣を突き出したが、跳ね返された。

それは、盾を持った柳大雄だった。柳大雄はなおも車輛に向かい、なかにいる六人の娘たちのなかから特に美しい者を人質にして、馬車に陣取った。冒浣蓮はなんども突きをくれるが、すべて返されてしまう。娘のひとりを人質にし、盾をも防御に使われては、いかに冒浣蓮の武芸が柳大雄より秀でていても、如何ともしがたい。そんな冒浣蓮を嘲笑い、柳大雄は人質の娘とともに背後の馬車へ飛び移ろうとした。が、その笑い声が終わらぬうちに、背に激痛が走っていた。柳大雄の両手が緩み、そのまま糸の切れた凧のように落ちていった。沙無定を追っていた桂仲明が、ふと振り返って、冒浣蓮が苦闘しているのを見、とっさに金環を放ったのだ。

人質になっていた娘も、車から落ちそうになっている。冒浣蓮は剣を鞘に収め、両手で娘を受け止めた。娘はやがて落ち着いたが、自分が少年の腕のなかにいることに気づくと、あたふたと少年を押しのけようとした。しかし、娘の両手に、思いもよらぬ柔らかなものが触れた。

闘いのなかで、冒浣蓮は自分が男装していたことをすっかり忘れていた。娘に触れられてようやく思い出し、娘の耳元で囁いた。「おねえさま、声を上げないで。わたしもあなたと同じ、女なのです」そう言われ、娘ははじめは冒浣蓮に「おねえさまがお救いくださって」と礼を取ったが、訳有りとみて、すぐに機転を利かせて「公子さま、ありがとうございます」と言い直した。冒浣蓮はくすりと笑うと、娘の名や、どうして連れてこられたのか、ほかの娘たちとは姉妹なのかどうかを尋ねた。

娘の名は紫菊と言い、蘇州の歌い女で買われてきたという。同行している娘たちとは面識はなかった。皆も、紫菊と同じく買われてきたとのことだった。冒浣蓮はもっと尋ねたかったが、あたりは大混乱で、盗賊は四方に逃げてゆく。桂仲明が冒浣蓮を大声で呼んでいた。

柳大雄を金環で倒した桂仲明は、ふたたび前へ向かっていた。盗賊たちは騰蛟宝剣を恐れて逃げ惑うばかり。郝飛鳳は陸兄弟をうち捨てて駆けつけたが、それでも抑えきれない。

敵の姿を見るより早く剣光が目に入り、ぎょっとした時にはすでに冷気が迫り、寒光が顔を切る。なんとか三手は躱したものの、とても自分の敵う相手ではないと悟った。四手目が繰り出されるや、郝飛鳳は急に背後に飛び、鉄扇を刃に向かって投げた。その途端、かんかんと続けざまに音がして、火花が散ったそばから、十数枝の短箭《たんせん》が桂仲明に向けて飛んできた。桂仲明は両足を突いて三丈の高さまで飛ぶと、宝剣で弧を描き矢を払い落とし、すとんと地上に降り立った。その隙に郝飛鳳はすでに河辺まで駆け、そのまま水へ飛び込み逃げていった。

沙無定は郝飛鳳より先に逃げていたのだが、敏捷さは郝飛鳳には及ばず、河辺に着いたところで桂仲明の放った金環が後頭部を打ち、瞬時に絶命した。悲痛な叫びを上げつつ逃げ回る盗賊たちは敢えて追わず、桂仲明は冒浣蓮を呼んだのだった。

冒浣蓮はその声を聞いて、車輛から降りると縛られていた孟堅の縄を解いてやった。煙管を拾い、小さな声で礼を言うと、孟堅はばつが悪そうに煙をやたらと吹かし始めた。

陸家の兄弟が周囲を調べてまわった。二輛の車の扉が壊され、覆いも破れてしまったが、それ以外は無事だった。二十歳をいくつも越えていないであろう桂仲明と冒浣蓮のふたりに、陸兄弟は五体投地せんばかりに礼を言うのだった。陸兄弟にとっては、まったく驚くべきことだった。若いうえに、その剣法も暗器も優れており、しかも見聞きしたことがないからだ。

片や、孟堅は陸兄弟が自分より腕が立つのに、それを隠して仕事を頼んだことに立腹していた。自分がいなくてもあんたたちだけでやれるだろう、とごねている。しかし、陸明が一所懸命とりなした。なにより、ここまで来られたのは武威鏢局の名があってこそのことだ。

尤も、孟堅の決意も固かった。上には上がいる。このふたりや、若者たちがいなければ、武威鏢局の名声は保てなかった。孟堅はこの仕事が終わったら蘇州へ戻って父へ報告し、鏢局を辞めることに決めた。もう、江湖の飯は食わぬと誓っていた。

結局、桂仲明と冒浣蓮は都までの十日あまり、孟堅と陸兄弟の三人と同行した。北京の宮城の威容を前にでして、桂仲明の心は逸っていた。しかし、ここで驚くべき真実が語られた。三十六人の娘たちの行方である。それは、陸兄弟がなぜ武威鏢局の護衛として着いていたかの謎解きでもあった。

三十六人の娘たちの行き先は、納蘭相府——納蘭容若の父・納蘭明珠の屋敷だったのだ。陸兄弟は内々に、北京に向かう娘たちの護衛を依頼されていた。宰相の命で、無事に娘たちを北京まで届けるために、南京の名の通った鏢局を使い、かつ、秘密理に事を行うように、とのことだったのだ。とはいえ、孟堅は陸兄弟が「見てくれだけで小鬼を嚇す役にしか立たない張子の姜太公」とばかり、自分を飾り物にしたと憤りを収められない。鏢局の決まりごとで、荷の引き渡しは雇い主の家で行われるべきことではあるが、相手が宰相とあらば宰相府にのこのこと上がることもできまい。危機を救ってくれたことについては、桂仲明と冒浣蓮のふたりにきっちりと礼をして、皆が止めるのも聞かず、孟堅は南京へと戻っていった。

さて、ではなぜ納蘭明珠が三十六名もの娘たちを買ったのかといえば、康熙帝の歓心を買うために他ならない。

息子の容若は詞を以って全国に聞こえた第一の才子であるが、父の納蘭明珠は文才などまったくなく、俗人の極みであった。皇族に連なる家であるのを良いことに、微官から大学士――宰相にまで登りつめた男だが、順治康熙の両帝が文学を重んじていると見るや、多くの文人を屋敷内に抱えて文章を練らせ、それをおのれの作として献じ、皇帝の歓心を買ったのだ。そのたまものか、納蘭容若は多くの文人の薫陶を受け、天性の資質もあったのだろう、幼いうちから文才を以って知られ、似た年回りの康熙帝からも寵愛されることとなった。

そんなある日、納蘭明珠と西の書斎でつれづれなるままに語り合っていた康熙帝は、荘子の南華経の一節を思い出せず、宦官に書を取りに行かせたのだが、宦官は誤って老子の道徳経を持参した。愚か者め、と罵声を浴びせ、康熙帝はつくづくと「目から鼻に抜けるような才智を持った娘が、夜ごと朕《わたし》と読書に興じてくれたなら。南唐の李後主は亡国の君主だが、詞を善くし音律に通じた大周后と小周后のふたりの后に恵まれ、その風流は万古に伝わったのだ。ひきかえ、余は亡国の君主にも敵わぬではないか！」と、納蘭明珠に語ったことである。

屋敷に戻り、納蘭明珠は考えた。古来、蘇杭二州は美女の産地として知られている。そこで、彼の地から選りすぐりの娘を呼び寄せ、宰相府で文人や楽師、舞手たちに詩作や歌舞音曲《かぶおんぎよく》を仕込ませて皇帝に献上する。が、こういうことに宰相府の名を端から出すのは、外聞が憚られる。そこで陸亮陸明の兄弟を選び、さらに武威鏢局を使って娘たちを都まで連れてきたのだった。

陸兄弟が三十六人の娘たちを送り届けると、納蘭明珠は当然のことながら大いに喜んだ。もう、納蘭明珠の脳裏には娘たちをいかに教育するかしかなかった。陸明陸亮のふたりは桂仲明と冒浣蓮のふたりを納蘭明珠に引き合わせたが、そんな些細なことなど面倒とばかりに、「そうか、お前たちの友人というなら屋敷内の庭廻りでもやってもらえ」と追い払われてしまった。陸兄弟は申し訳なく思ったが、意外にもふたりは喜んで庭廻りの役を引き受けたのだった。

納蘭容若に会って、張華昭の消息を探る。そうしたかったが、三カ月も経つというのに桂仲明と冒浣蓮のふたりは納蘭容若にも張華昭にも会えずにいた。花園の見回りとはいえ、屋敷のなかを好きに出入りできるわけではなく、桂仲明は苛立っていた。冒浣蓮も桂仲明をなんとか宥めていたものの、呉三桂挙兵のその後のことがまったく伝わらず、焦りを禁じえなかった。

春も過ぎ、とうとう五月になってしまった。ある日の朝まだき、桂仲明は園内の修理をする庭師の監督に遣られてしまったので、冒浣蓮はひとりで花園をそぞろ歩きしていた。知らぬうちに築山を通り過ぎ、園内でも奥まったところへ来ていた。それは、まさしく「天上の神仙府、人間《じんかん》の宰相家」と讃えられるに相応しい空間だった。木々は青々と茂り、珍らかなる花は咲き乱れて清流が流れ……。見惚れていると、音の調べが聞こえてくる。さらにいくつもの築山を巡ると、さっと視界が開け、鏡のような池に何千何百という紅い蓮が咲き誇っていた。四面を紅の蓮が巡る、その中心には数十の白蓮が、白い衣装をまとった仙女のように、今を盛りと咲いている。池の周囲には白石の欄干と九つの小橋が渡されており、池の中央に小さなあずまやがある。数人の舞姫が翩々と舞い、あずまやのなかではひとりの若き公子が自ら琴を爪弾いていた。舞姫たちの数人が、琴の音に合わせて歌いながら舞っていた。

冒浣蓮には、音曲の心得がある。遠くに聴こえる琴の音は、どこか痛ましく感じられ、意外に思われた。若くして富貴栄華を極め、古来より稀に見る文才と賞賛され、それでまだなにか満たされないものがあるというのか。知らず、冒浣蓮は小橋を渡り、あずまやへと歩を進めていた。小橋を半分渡ったところで、歌声が不意に止んだ。納蘭容若の声が聞こえる。

「この一首は合唱ではなく独唱のほうが良いようだ。紫菊、唄ってみせてくれないか」

言い終えると、ふたたび琴を弾き始めた。橋を渡る人物には注意を払っていないようだった。

紫菊、という名をどこかで聞いたような気がしていたが、またあの物悲しい琴の響きが聴こえてきた。ひとりの少女が容若のほうを向き、冒浣蓮に背を向けて譜面どおりに独唱した。

つかの間の生、はかなき命、そぞろ迷うて忘れがたし。思うは繡《ぬい》の寝椅子のつれづれに、並んで花の嵐に吹かれ、欄《おばしま》のすみに身を預け、ともに夕陽を眺めしこと、美《うま》し夢は消えゆき、詩に和する人もなく、余すはさらなる嘆きのみ……。

歌がまさに終わろうとすると、裂帛《れっぱく》の音とともに琴の弦が幾絃か断たれていた。納蘭容若は琴をすっと推して立ち上がり、深くため息をついた。歌を聴いていて、冒浣蓮は酔ったように感じていた。納蘭公子はすっかり情に囚われている。かれの夫人が死して一年経つというのに、いまだこのようにその死を悼み、惜しんでいる。この悼亡詞は千古に伝えられる文字だろう。

「美しき夢は消えゆき、詩に和する人もなく……」冒浣蓮は唄われた詞を反芻していた。年若い夫婦は互いへの想いが深く、それが天の妬みを買ってしまうのだろうか。愚かな。心のなかで笑いを禁じえなかった。どうしてこんなに、妙に感じやすくなっているのか。わたしと仲明は天に定められた愛する者同士なのだ。そう思えば、自分は納蘭容若よりもずっと幸せだ。

そのとき、唄っていた娘が振り向いた。冒浣蓮の姿を認めて、あ、と声を上げる。ああ、あのとき助けた娘さんだわ。どうりで、その名に覚えがあったはず。冒浣蓮は慌てて紫菊へ目で訴え、あずまやへと向かった。

紫菊の小さな声を聞いて、納蘭容若は頭を上げた。見ると、ひとりの賢そうな少年がいる。思わず驚いて「そなたは何者か？　琴が好きなのか？」と尋ねた。

「庭の見回りをしております。公子の『沁園春』、見事な作ですが、少し痛ましく思われます」

「そなた、詞がわかるのか？」

「いささか」

冒浣蓮は微笑して答えた。納蘭容若は冒浣蓮に座を勧めた。「見事と申すが、いくつか、字音が高くはないか。音律と合っておらぬ」

「公子は雅人であらせられます、字音に拘《こだわ》らずともよろしいのでは。古代の詞は、先に音律があり、のちに音に合わせて詞を付けております。周美城、姜白石の両大詞家が作詞研究に特に力を入れました。しかし、それも過ぎると自然なものとは言えず、機微を欠いたものとなっております。ゆえに、蘇東坡、辛棄疾よりほしいままに詞を為し、字音によるものが大いに異彩を放つものとなりました。ただ、ときにそれが粗雑に過ぎることもございます。公子の御詞は、南唐の李後主の流であり、性情を備えつつ、読めば華やかであり、かつ綺羅なること星のようでもございます。一文字、一音に囚われる要はないやに心得ますが？」

納蘭容若は聞きながら目を丸くしていた。庭の番人役が、ここまで自分と合致した詞の見解を持つとは。納蘭容若は喜びに耐えず、冒浣蓮の手を取り立ち上がらせた。「ここの腐れ儒者どもよりも、そなたのほうがずっと上だ。どうして庭番などという身分に甘んじている？」

冒浣蓮の顔に朱が走る。紫菊がくすっと笑った。冒浣蓮は思わず手が出て、納蘭容若を思い切りはねのけてしまった。たんたんたん！　とたたらを踏んで、危うく欄干で留まり、納蘭容若は心を落ち着けると「そなたはこんな武芸もできるのだな！」と笑った。どうやら、冒浣蓮のことを、不遇をかこつ者で、故意に文武両道たるところを見せたのだと思い込んだらしい。はねのけてしまってから、冒浣蓮は自分が男装していたことを思い出し、かえってこれで女だと見抜かれてしまったのでは、だから笑われたのではと焦っていた。

「私の近侍の書僮が、そなた同様に詞を解し、武芸にも通じている。武芸の心得はあるのだろう？　是非私の近侍の者と引き合わせたい」冒浣蓮は喜んで、ぜひにと答えた。納蘭容若は頓着することもなく、冒浣蓮の手を引いて小橋を渡った。すでに冒浣蓮は納蘭容若にとっては友人だった。宰相の息子がたかが「庭廻り」と手を携えて歩いてゆくなどとは、当時では驚天動地の出来事だったのだが。

あずまやを出て、また小山や花園を巡ってゆくと、こんどは突出した大きな岩が現れた。表面には初めて見る植物の葉が枝垂れており、あたりの部屋はすべて葉に遮られて見えない。これらの不思議な植物には藤のように垂れるものあり、蔓を伸ばすものあり、或いはきざはしに這うようにして茂り、あえかな香りが漂ってくる。さきほどの蓮の池と比べても、よりいっそう清雅といえた。

「このような場所は、ただ公子のようなお人にのみ相応しい」冒浣蓮はただただそう讃えるのみだった。納蘭容若は忽然と現れた理解者に、日ごろの憂いも解け、不思議な植物についてひとつひとつ解釈した。藤蘿薜茘、杜若蘅蕪、紫芸青芷……。すべて「離騒」「文選」で目にした名前だが、実物は目にしたことのないものばかりだった。

話しているうちに、これも非常に品の良い広間に着いた。座を占めると、納蘭容若は手を叩いて近侍の者を呼び、「昭郎をこれへ」と命じた。間もなく、二階から凛々しい少年が現れた。冒浣蓮はすっと視線を走らせた。間違いない、五台山で出会った張華昭だ。いくぶん痩せたようで、その瞳にはなにか抑鬱されたものがあり、気がかりなことがあるらしい。冒浣蓮に見覚えはあるようで、はっとしたが、何処で出会った何者なのかは、思い出せないようだ。

広間の卓上に将棋の駒があるのを見て、容若はふたりに一局、交わしてみよと言いつけた。

「興が乗っておいでなら、こちらの御仁と一局指して、わたくしに眼福をさせてはくださいませんか」

「はは。傍から見ているほうが、より興が増すというものだ」

「かしこまりました。わたくしが負けたら、どうか仇を討ってくださいませ」

盤を見ながら、納蘭容若は微笑んでいる。張華昭はひたすら攻め続けた。兵、馬、車を縦横に動かし、七個の駒を漏れなく使い、中央突破を狙っていた。冒浣蓮は慌てず応戦し、馬と車で陣地を固め、攻守織り交ぜて巧みに進み、先手を奪ってしまった。

「昭郎、そなたの手は呉三桂の戦法だな」

「なんですと？」

「このたびの呉三桂の挙兵、王輔臣は西北より兵を起こし、尚耿両藩は南方から呼応して起ち、呉三桂は自ら大軍を率いて湖北、江に沿って下り、全国の中心を陥れようという魂胆だ。攻撃は激しいが、私の見るところ、必ず敗れる」

「では、わたくしの将棋の手が呉三桂と同じとおっしゃるなら、わたくしもきっと敗れるのでしょうか？」

納蘭容若が笑った。「言うまでもなかろう？」

言い終えて間もなく、冒浣蓮の大軍が両陣地の境界の河を渡り、張華昭の力が分散され、敗色濃厚となってきていた。納蘭容若がにわかに顔色を改めた。「我ら満洲人、そなたたちの郷土を占領することは、この私も望むところではない。ただ、呉三桂が満族を追い払い明を復興するというなら、それはならぬ」

冒浣蓮は冷ややかに口を挟んだ。「皇族に連なる御方のお言葉とも思えませぬが」

その言葉に、納蘭容若が眉を顰《ひそ》める。「満人と漢人、どちらも流れる血は等しく赤いのだ。われらは皆兄弟たるべきなのだ。満洲の貴族は自ずと罪業を背負っているというのに、それに気づいている者がおらぬ」

冒浣蓮はひそかに嘆いていた。納蘭容若の父は俗臭にまみれた汚吏だが、息子である容若はここまで清雅である。其の父有らば必ず其の子有りとは、まったくの誤りだと。

「実のところ、朝廷が恐れているのは、呉三桂ではない。山中の奥深くに潜む李来亨、あの者は兵力こそ小さいが、脅威としては絶大だ。こたび、朝廷は兵を呉三桂と李来亨に差し向けたが、三峡の要害の地にあって李来亨軍の伏兵に遭い、全軍全滅とか」

「勝ったのですか！」

思わず冒浣蓮は喜びの声を上げた。うかつなことに、それで張華昭に馬の駒を獲られた。納蘭容若は驚いて冒浣蓮を見、冒浣蓮も我に返って、慌てて頭を垂れて将棋を続けたが、結果は馬の駒を奪われたのがひびいて、張華昭の勝ちとなった。そこへ、侍女が納蘭容若の母である宰相夫人がお呼びですと伝え、そこでお開きとなり、納蘭容若は冒浣蓮の名を尋ね（もちろん偽名だ）、明日も人を寄こすと言い置いて、張華昭とともに席を立った。冒浣蓮も、後からついて歩いた。突然、張華昭が手を後ろに回した。冒浣蓮が急いで手を伸ばして張華昭の手を取ると、中に何かを握らされた。小さく折りたたんだ一枚の紙箋だった。

開いてみると、良い香りとともに、「今夜天鳳楼まで来られたし」の文字が見える。色は淡く、紙には一片の花弁が揉み込まれていた。納蘭容若と起居しているうちに、風雅というものを学びでもしたのか、花の汁を墨がわりにして文字を綴ったようだ。冒浣蓮は笑いつつ、また敬服してもいた。将棋に興じていたとき、時おりはらはらと花びらが舞っており、張華昭が花弁をいらっていたのは目にしていたが、気にも留めていなかった。まさか、自分が同志であることを見抜き、こうして文字を綴っていようとは、まったく驚かされた。納蘭容若だけでなく、自分の目も欺いていたのだ。

納蘭容若と張華昭が側仕えの者と去っていくのを見送り、冒浣蓮は裏門から庭へと廻り、桂仲明を捜した。路の途中で出会う人々がみな、自分を驚きの眼差しで見ているようだった。

築山を巡って花の小道を通り、しばらくすると、桂仲明が花園のなかで庭廻りの長と話しているのが見えた。冒浣蓮は桂仲明を呼んだが、振り返りもせず無視している。長は事情など知ったことではなく、くだくだと若さまはどんなお大臣が来ても会いたがらないのに、お前の同僚とはずいぶん親しくなって、御自ら手を引いてお庭を散策されていた、お前だってそのおこぼれに預かることができるんじゃないか、なあ、俺たちは兄弟だろう云々と言い募っていた。桂仲明は鼻であしらうと、肩を聳やかした。長がその肩に手をやろうとして、突然悲鳴を上げて地面に転がった。桂仲明は身を翻して駆けてゆく。冒浣蓮は必死に後を追い、大声で呼び止めた。

ふうっと息を吐くと、桂仲明がようやく振り返った。「おれの後を追ってどうするんだよ?」

冒浣蓮は怒り悩み笑い、桂仲明の手を引いた。「あなたっていう人は、お父さまのようね。わたしが男装しているのを忘れたの? 納蘭公子が手を取ったら、あなたがあの長にやったように、ひっくり返してしまえばよかったのかしら」

お父さまのよう、という一言で、桂仲明は棒立ちになってしまった。父の石天成は誤解が元で、養父を死に追いやり、家族を離散させてしまったのだ。それで、頭が冷えた。しかし、顔をしかめずにはいられない。「おまえがあの若殿さまと仲良くしてるのが気に喰わない」

冒浣蓮はにっこりと笑って、声を落とした。「あなたが言っているのは、どこの若君のこと? 納蘭公子は、他の若殿さまとはどうも違うようよ」そして、納蘭容若のようすや考えを、事細かに桂仲明に言って聞かせた。桂仲明もいちいち頷いて、もう余計な口は挟まなかった。

片や、桂仲明はといえば、陸明陸亮と会ってある頼みごとをされていた。昨晩、陸兄弟が当直を務めていると、宰相府の西の楼閣に武林の手練れが現れた。見事な軽功を使い、陸兄弟でもとても敵わないと見るので、今晩から数日の当直の加勢をしてほしいとのことだった。自分たちの当初の目的とはなんの関わりもないのでどうしたものかと迷っていたのだが、宰相府の護衛をする義理はないとはいえ、武林の手練れと会っておくのも良いかもしれない。冒浣蓮とふたりでそう結論づけた。

話していると、庭廻りの長がようやく起き上がって、こちらへ向かってきていた。冒浣蓮が天鳳楼の場所を聞くと、「西の庭だ、若君さまの書斎になる」と答えたのだが、言い終えるや長は目を見開いて冒浣蓮をつくづくと見つめ、突然「若君さまに天鳳楼へ来いと命ぜられたのか、なんとめでたいことだ！」と拱手の礼をした。冒浣蓮はただ笑って、とりあえず長に礼を言って、桂仲明を引っ張っておのおの部屋で休むことにした。天鳳楼で張華昭と会うために、しっかりと夜に備えるのだ。

ふたりとも昼寝をして、ふたたび部屋を後にすると、花園には香が焚かれ、花の季節でない樹にはすべて、色とりどりの絹や紙などでできた造花が枝に貼りつけてあり、なんとも艶やかな光景を形作っていた。あまりに華美なようすに、花園の小間使いをつかまえて尋ねてみると、ちょうど昼の時分に帝の妹君・三公主がお出ましになったという。三公主は宰相夫人と懇意にしており、以前は毎月のようにお越しになっていたのだが、ここ数カ月はお出ましがなく、今日は久しぶりのご来訪とのことである。

夜になり、花園の光景はさらに華やかさを増した。花園じゅうが、玻璃《はり》水晶で作った灯籠や木の実などで飾られて、一面が宝石の輝きで溢れていた。しかし、ふたりにはそれを愛《め》でる暇もなく、三更の鐘を聞くと目立たない黒の衣装を身につけ、軽功を駆使して西の庭まで駆けていった。やがて、紅の楼閣が視界に入ってきた。下げられている灯籠に「天鳳楼」の三文字が見える。ここで桂仲明と冒浣蓮は、外の警護と張華昭の探索と、二手に分かれた。

冒浣蓮は天鳳楼を、一階ずつ上がるたびに耳をすませたが、奇妙なことにどこの部屋からもなんの物音もしなかった。最上階まで上って、ようやく人の話し声が聞こえてきたが、それはなんとも怨みを含んだ女性の声だった。

窓に耳をそばだてて、冒浣蓮はその声を聞いた。

「人はみな、帝王の家に生まれた栄耀栄華を羨む。しかし妾《わらわ》は存じておる。宮中はあの世も同じ、一日過ごすも一年のよう。妾はまだ良い、容若が幼いころよりともに遊んでくれ、こうしてそなたとも知り合えた。そなたは清々しい、一陣の風。宮中に閉ざしていた簾を開け、外の光を見せてくれた。妾の姉妹は、もっと不幸じゃ。公主とは名ばかり、乳母の思うがままで、父君にもなかなかお会いできず、嫁しては、嫁したはずの駙馬にすら一生会えずじまい。これが、尋常のことなのじゃ。張公子、妾を少しでも、憐れと思ってくれぬか？」

驚くあまり、冒浣蓮はこっそりと窓の覆いに小さな穴をあけ、そこからなかを覗き込んだ。なかには、満族の正式な旗装を身にまとった少女が座っている。この世ならぬ美しさで、気品に満ちている。向かいに座っているのは、昼間に会った張華昭その人だ。この少女が三公主なのだろうか？　いったいどうして、三公主と張華昭が、こんな夜更けに楼閣で話し込んでいるのか。張華昭がため息をついた。「わたしになにができましょう」

ふと、張華昭は三公主に背を向けて、たったいま冒浣蓮が開けた穴から丸めた紙箋を放った。受け取って開いてみる。「しばしのち、再度来られたし」とあった。と、そのとき、外で騒ぎが起こった。

第十四回　天鳳楼

口笛が聞こえ、眼前の岩山に人影が走ったと思ったときにはもう、その身は蔓草の間に埋もれていた。速い！　桂仲明は人影の身のこなしに驚きつつ後を追った。

相手は短剣を使ってきた。桂仲明は鷹爪功で応戦する。相手は強いて桂仲明と闘う気はないらしく、十手も交わさぬうちに草むらから飛び出して岩山へ移動する。そうはさせじとなおも追うと、天鳳楼の前まで来て、相手はくるりと向き直り短剣を構えた。ほっそりした身体、覆面からのぞく大きく輝く瞳。女だろうかと疑ったとき、「あたら腕を持ちながら、お上の犬をとめるか」と吐き捨てるような声がして、相手が猛然と桂仲明に向かって来た。

声は女のように澄んでいた。尋ねようとした瞬間、すでに攻め込まれていた。これ以上は素手では無理と、桂仲明は騰蛟剣を抜いた。銀の軌跡を目にした相手は、あっと声をあげ、素早く迎え撃つ。またたく間に、四、五十手も交わしたが、攻めては引くの繰り返しで、刃を交えることはない。桂仲明は目を疑った。相手の剣は、凌未風の天山剣法とあまりにもよく似ている。天山剣法は、今は亡き楊雲驄と、清に仕える「游龍剣」の楚昭南、そして凌未風の三人にしか伝えられていないはずだ。では、この相手はいったいどこで天山剣法を学んだのか？

剣法は見事だったが、内功においては桂仲明のほうが一枚上だった。騰蛟剣がその手から短剣を弾いた。相手は慌てて飛ばされた短剣を摑み取る。その表情は意外さに満ちていた。切先が、ほんの少し欠けていたからだ。この短剣は宝剣である。それが傷つけられた。片や、桂仲明も驚きを隠せなかった。騰蛟剣で両断した武器は数知れず、いまも存分に力を込めたのだから、得物は真っ二つになるはずが、いささかの傷もないように思われる。

「おまえはだれだ？　凌未風とは知り合いか？」

「凌未風を知っているの……？」

相手がはっとし聞き返したとき、突然ふたつの人影が飛び出した。ひとりは青光りする長剣を携え、獰猛な笑い声をあげた。「この女賊めが、宰相府に押し入るとはな！」

「やはり女かと確信すると、長剣の男は〝女賊〟の行く手を阻み、もうひとりが桂仲明に加勢するように言いつけた。が、桂仲明はとりあわずに戦いを注視している。長剣のほうが罵声を浴びせた。「きさま、どこから我が師兄の遺した宝剣を盗みだした？」

「まだ〝師兄〟などとほざくか！」女賊も剣を揮わせ、ふたりは剣を交わし始めた。十手も合わさぬうちに、女盗賊のほうが押されてゆく。ふたりの手合わせを見て、桂仲明は驚かずにはおられなかった。ふたりとも、天山剣法を使っているのだ。

天鳳楼の最上階にいた冒浣蓮が、武器の交わされる音を聞き、急いで地上に降り立った。女盗賊を見て驚くまいことか。悲鳴を上げた。「早くあの人を助けて、易おねえさまだわ！」

女盗賊は易蘭珠で、長剣の男は楚昭南だった。易蘭珠の短剣は、晦明禅師より楊雲驄に授けられた「断玉剣」で、楚昭南に伝えられた游龍剣と並ぶ鎮山の宝である。かつて楊雲驄に娘を託された凌未風は、この短剣を証として天山に晦明禅師を訪ねた。易蘭は凌未風について幼いころから天山剣法の極意を学んだが、楚昭南や桂仲明に比べると、功力においてはまだ遅れをとっていた。

易蘭珠がいよいよ追いつめられたとき、急に楚昭南が絶叫し、後ろへ退いた。易蘭珠は自分の背後で風が起こったようにしか感じられず、呆気に取られていた。楚昭南が両手に得物を持ち、易蘭珠に向かってくる。易蘭珠が剣で払うと、があんと音がした。地面を見ると、折れた剣がある。なにが起こったのか、易蘭珠にはわからなかった。顔を上げると、楚昭南の両手にはなにもなく、あの不思議な剣を手にした若者が、味方であるはずの男を倒していた。易蘭珠を救うべく、桂仲明は軽功と五禽剣法を駆使し、宙へ飛んで身を翻し、楚昭南に向かった。易蘭珠の感じた風はこれである。楚昭南は相手が丸腰と見てとりあわず、まず易蘭珠の短剣を弾き飛ばしたが、騰蛟剣を輪にして手中に隠していた桂仲明が、いきなり騰蛟剣の剣身を伸ばしてかれの剣を叩き切った。

楚昭南は慌てることなく、折たれた剣を暗器として易蘭珠と桂仲明に投げつけた。ふたりが躱す隙に体勢を整え、桂仲明の攻めを受けて立った。桂仲明の騰蛟剣は、楚昭南にとって大いに魅力となっていた。この剣は、游龍剣よりも上だ。もしもこれを手にできたならば、凌未風など恐れるに足らぬ。

このとき、〝女賊〟の側についた桂仲明に腹を立てた楚昭南の助手が飛び出してきた。楚昭南が「おまえの剣をよこせ！」と叫ぶ。助手が自分の長剣を楚昭南に向けて放った。長剣を受け取った楚昭南と桂仲明の闘いはなおも続いた。

一方、冒浣蓮がようやく易蘭珠に追いついたが、いくつも言葉を交わさぬうちに、庭から人の声があちこちから聞こえてきていた。

「冒おねえさま、わたし、もう行きます。もし張公子を見かけたら、わたしに代わってお声をかけてください。早く宰相府から離れて、と！」言い終えるや、易蘭珠は逃げ去った。楚昭南の助手が追おうとしたが、冒浣蓮の鉄蓮子暗器で肩をやられ、もんどり打って倒れた。

すでに、納蘭相府の護衛たちが四方から駆けつけてきていた。冒浣蓮はもう易蘭珠のことを考えている暇はなく、奪命神砂を取り出した。

手にした得物はごく普通の剣であるにもかかわらず、楚昭南は桂仲明を圧倒していた。桂仲明は騰蛟剣を奪われそうになりながら、なんとか持ちこたえている。

もう百余手ほども合わせただろうか。宰相府の護衛たちが大勢集まってくる。冒浣蓮は焦っていた。ただでも、桂仲明は楚昭南に圧倒されつつある。そこへこの護衛たちがやって来たら、逃げおおせるだろうか。歯を食いしばり、もし護衛たちに取り囲まれたら、奪命神砂を撒き散らしてやろう。そう思ったそのとき。

天鳳楼の華やかな五色の灯りの下、扇子を手にした儒冠素服の洒脱な若者が三階の欄干にもたれ、扇子ですっと下を指し、よく通る声で呼ばわった。「公主さまがこちらにおわしますに、いったいなんの狼藉三昧か？　みだりに騒ぎ立てて、許されると思うてか！」

護衛たちが一斉に振り向く。はたして、納蘭公子である。楚昭南は三手繰り出し、桂仲明を追いやると、天鳳楼の前に進み出て剣を捧げ持ち礼をした。「禁衛軍統領楚昭南、公子にお目見えつかまつります。今晩、女賊が宰相府に侵入したため、捉えようといたしましたがかないませんでした。しかし、まだふたりの仲間がこちらにおります、どうか公子、ご家来衆に命じて捉えていただきたく」

「だれが、その女賊の仲間だというのか？」

楚昭南は振り返って桂仲明を指し、また数歩下がって冒浣蓮を見つけ手を挙げかけた矢先、冒浣蓮は袖を払ってさりげなく顔を隠し、納蘭公子に向かって叫んだ。「公子、お助けくださいませ！　わたしを盗人と、女賊の仲間などと！」

納蘭公子は冒浣蓮に「上がっておいで」と手招きをした。冒浣蓮が天鳳楼を駆け上る。五台山で楚昭南と出くわしていた冒浣蓮は、正体を見破られるのを恐れ、急いで身を隠した。

納蘭公子は笑いながら言った。「楚統領、それは違う。この両名は、我が家の家来で私のよく知る者たちだ。女賊の仲間だと？　さっさと出てゆくがいい！」

楚昭南は納蘭容若が帝のお気に入りであることを熟知して知っていた。ましてここに三公主もおいでとなれば如何ともしがたく、くり返し詫びてから風のように庭を後にした。衛士や相府の家来たちも散ってゆき、桂仲明だけが天鳳楼に残された。

納蘭容若が笑いながら話しかけてきた。「そなたの武芸、見事であった。楚昭南と互角にわたりあうとは、いったい何者だ？」

「庭廻りですが」

答えを聞いて、納蘭容若は面食らった。今日一日で、どうしてこう型破りな「庭廻り」と幾たびも出会うのだろう？　冒浣蓮は詞を解し音律に通じ、当代の名士に勝るとも劣らない。それだけでも驚いたのに、桂仲明の武芸は、冒浣蓮の文才と比べてもはるかに納蘭容若を驚愕させた。納蘭容若は楼閣から降りて、その手を引いた。

「名はなんと言う？　なかで話そうではないか」

桂仲明は軽く腕を振り払った。「お、おれ、私にはなんのとりえもありはしません！」

納蘭容若は思わず数歩後ずさり、苦笑した。昼間に会ったあの庭廻りと同じことをする。見れば相手はなんとも厳しい顔つきになっているので驚いた。いくら世俗にまみれていないとはいえ、宰相の子息である。このように冷たく当たられたことなどなく、心中すこぶる不快だった。「壮士どの、私のような凡俗の徒とは交わりたくないというのなら、好きになさるがいい」

ところが、桂仲明は立ち去るでもなくちらりと納蘭容若に目を遣ると、「おれの連れは？」と尋ねてきた。

「私が行って、呼んでこよう」

「あんたには頼まない、自分で探す！」さっと身を翻し、桂仲明は楼閣に登った。納蘭容若は驚いて楼閣の前で立ちすくんだ。いったい自分のなにが、かれの機嫌を損ねたのだろう？

しばらくすると、天鳳楼の最上階まで登った桂仲明が、ふたたび地上に飛び降りてきた。

「連れをどこに隠した？」

納蘭容若とて不思議だった。まさか張華昭があの秘密の部屋にこの庭廻りの連れを案内したのだろうか？　しかし三公主もなかにいるのに、見ず知らずの男を引き入れるような真似をするだろうか？　思案しつつふと見れば、桂仲明が自分を睨みつけている。おのずと口調が冷たくなった。「そなたの連れとやらも、子供ではあるまい。誰が隠しおおせるものか。あれがこの楼閣を登っていったとき、私は楚昭南と言葉を交わしていたのだぞ？　なぜわたしがあれの身を隠すことができる？」

それも道理だ。桂仲明がなおも尋ねようとすると、納蘭容若はすでに袖を払って楼閣を登っていってしまった。

納蘭容若の推測したとおり、冒浣蓮は張華昭に最上階の部屋へ入れられていた。三階まで上がったところで張華昭に出会った。「冒さん、外のことは納蘭公子に任せておけば大丈夫だから、ついてきてくれ」と、そこにある大鏡を使った隠し通路を使ってここまでやってきたのだった。冒浣蓮のことは、楚昭南の助手を倒した技を見てようやく気がついたようだ。無極派の技を使っていたので、五台山で出会ったときのことを思い出したのだ。

言いながら部屋へ入ると、旗人の装束をした美少女が座っていた。張華昭が見も知らぬ「男」を連れてきたので跳ね上がるほど驚き、誰何《すいか》しようとすると、冒浣蓮が笑顔でその手をとった。「公主、わたしも女ですわ」

頭巾の下から黒髪が現れる。美少女――公主はまじまじと冒浣蓮を見つめ、ふと柔らかく笑った。「ああ、董鄂妃によく似ておる。幼きころ、董鄂妃と遊んでもらうのが好きだった。董鄂妃は妾に詩作も塡詞もお教えくださった」

「董鄂妃はわたしの母でございます。わたしが三歳のころ、公主のお父さまに宮中に召し上げられました」

冒浣蓮が呟くと、公主の面がにわかに改まった。「お姉さま、いったいなんとお詫びを申せば！」

「もう過ぎたことです。今さら持ち出して何になりましょう」

初めて聞く冒浣蓮の身の上に、張華昭は驚きのあまりしばし口を開けなかったが、やがて穏やかに公主を促した。「公主、この方はわたしたちの友人です。なんでもお話しください」

「冒どの、妾は帝王の家に生まれたわが身が恨めしい。いったいどれほどの罪を重ねたものか。あなたの家族を別れさせて、あなたはきっとわが一族を恨んでおいででしょう。でも、妾の話も聞いて。妾も、決して幸せではないのだから。宮中深く、ひとりの友もなく。姉上、もしもお嫌でなかったら、お聞きください。公主というものが、日々をどう過ごしているのか」か細い声で、公主は言葉を紡いだ。眉を顰め、憂いを帯び、幽谷の白百合のように人の憐れを誘う。冒浣蓮は「公主、お話しください」と公主のそばに座した。

着物の裾をいじりながら、小さな声で公主は話した。生まれてから父や母とは引き離され、宮中の奥深く、二十人の宮女、八人の乳母に囲まれる生活。父帝に寵愛されているならまだ良いが、それがなければすべては乳母の思いのまま。長姉の大公主など、夫の駙馬に会おうとするたび、乳母に法外な袖の下を求められ、降嫁してより父帝に直訴するまで、一年もの間対面すら叶わなかった。他の歴代の公主たちは、いまだ関外にあった三代前の祖先のころより、皆がこうして乳母のひどい扱いを受けている。

聞いたこともない話に冒浣蓮は茫然とした。公主はさらに続けた。宮中の決まりで、公主が亡くなると、調度や衣類はすべて乳母に下げ渡される。それで、乳母たちは公主をがんじがらめにし、行動の自由をまったく奪い去ってしまい、公主は宮中の奥深くに留め置かれ、鬱々《うつうつ》として死んでゆく。そういった公主に比べれば、自分はまだ良いほうなのだ、と。

これでは、妓女をいじめる遣り手とそう変わりはないではないかと、冒浣蓮が思っていると、公主がひとつため息をついて、訊ねた。「姉上のような、普通の家の娘たちも、このような扱いを受けているのですか？」

張華昭が微笑して、「いわゆる良家の淑女であれば厳しい躾も受けましょうが、公主さまのようにそうまで多くの乳母はおりませんし、躾をするのは乳母だけではございません。おそらく、皇族は名門中の名門であり、なればこそ帝は女色を漁り放題な上、公主と家法を守らねばならぬのでしょう」

（わたしよりもよくわかっているわね。乳母だけを責められません。乳母もただ、帝に代わって礼法を執り行っているに過ぎないのですもの）冒浣蓮はひそかに思った。

公主はさきの帝・順治帝の第三皇女で、五、六歳のときに父帝が世を去り（実際は五台山に出家したのであったが）、兄の康熙帝が帝位についた。他の公主に比べれば、乳母の束縛は軽かったものの、宮中の奥深くに囚われているのは同じことで、一日を一年にも思い、憂鬱でならなかった。のちに康熙帝の寵愛厚い納蘭容若が頻繁に宮廷を訪れるようになり、公主が鬱々として楽しまないのを見て自分の屋敷に連れ出してくれるようになった。容若の母も公主を気に入ってくれ、それからはなにかと理由をつけて、相府に出かけるようになった。

「去年の夏のある日、容若が突然妾を訪ね、内傷に効く宮中の聖薬はないかと聞いてきました。聞けば、江湖の大盗賊を手当てすると言うではありませぬか。妾は容若に、その盗賊とやらを見てみたいと所望し、決して口外せぬと誓って見にゆきました。どれほど恐ろしげなようすなのかと思えば、まさか、年端もゆかぬ若者だったとは」

「しかも、とても美しい若者ですものね」

公主の話に、冒浣蓮が口を挟んだ。張華昭の顔に朱が走った。「姉上はおからかいになるが、五台山では鄂王妃の暗器に加え、禁衛軍の兵士に囲まれて重傷を負ったのです。もし公主のお薬がなければ、私はいま生きてはおりません」

聞きながら、冒浣蓮は思った。公主のようにあまりにも侘《わび》しく鬱々と日々を過ごす人は、きっと常とは違う不思議なことを夢見るものなのだろう。〝江湖の大盗賊〟がこのような美男と知って、宰相府へ出かけては張華昭と語らい、そのうちにおのずと淡い想いも芽生えたに違いない。では、張華昭は公主をどう思っているのだろう？

「容若が、昭郎はまもなく出て行ってしまうといっていた。姉上、あなたが連れていってしまわれるのですか？　ならば、妾もともに連れていって。あなたたちにはおわかりにならないでしょうが、時折、この身に翼があって、宮中から出ることがかなうならと思うのです」

（たとえあなたがそう願っても、それは天上の月を取ってくることよりも難しい）冒浣蓮が考え込んでいると、突然足音が聞こえた。慌てて頭巾を被ったところへ納蘭容若が入ってくる。公主と冒浣蓮が寄り添って語りあうのを見て、納蘭容若は驚いた。「三公主、もう遅うございます。お部屋にお戻りになり、お休みください」

「容若兄さま、あなたも乳母のように妾を縛りつけるのね」

冒浣蓮が暇乞いすると、納蘭容若はその行く手を阻んだ。「そなた、昭郎とは昔からの知り合いか？　そなたはいったいいつ相府にやって来た？」

「同じく異郷に在りて異客と為り、傾蓋に相逢えばすなわち相親しむ、ということです」

唐詩の一節を答えにして冒浣蓮は笑っている。張華昭とは知らぬ仲だったということのようだが、冒浣蓮と自分や公主のことを言っているようにも取れる。はぐらかされて納蘭容若は眉を顰めたが、相手の才智を認め、そのまま冒浣蓮を辞去させた。

冒浣蓮が天鳳楼を下りてくると、桂仲明がうろうろとその場を行き来している。慌てて袖を引くと、桂仲明はその手を振り払った。「あの若君とやらにくっついて行かなかったのか、なにしに戻ってきた？」

「そんなこと！　張華昭と話してきただけよ、納蘭公子は関わりないわ」

「そうか？　納蘭公子はお前がお気に入りみたいじゃないか。じゃなければ、おまえはあいつが良い奴だと言うが、どうしておれにはあんなに冷淡なんだ？」

「どういうこと？　お話してちょうだい。聞いてから、あなたが正しいか正しくないか、判断するわ」

桂仲明がああだこうだと細かく話をすると、冒浣蓮は腹をかかえて大笑いをした。「乱暴なことをしたものね！　よくお考えなさいな、もし普通の宰相家の若君だったら、一介の庭廻り風情がそんな態度を取ろうものなら、さっさとつまみ出しているはずよ」

なるほど、それも道理で、桂仲明は黙り込んでしまった。散々笑いはしたが、冒浣蓮は顔色を改めた。「けれど、納蘭公子はもう、わたしたちを疑い始めているわ。浮世離れしているとはいえ、つまるところあの人もわたしたちの側の人間ではない。いちど疑いを持たれたら、もうここにはいられないでしょう」

一晩経って、ふたりは納蘭相府を辞することにした。行くあてはあった。傅青主の北京の知己で石振飛という者がいる。自ら躡雲十三剣を編み出し、江湖に名高い人物で、この三十年来鏢頭としていちどもしくじったことがない。それも、剣だけではなく人望によるところも大きいとのことである。数年前に引退し、世事との関わりを絶っているものの傅青主との付き合いからしてかれらに助力はしてくれるはずだ。いずれ、張華昭を宰相府から助け出す折、頼りにしたい人物である。庭廻りの取りまとめ役に暇乞いをして、ふたりは宰相府を後にした。

秦聖胡同にある石振飛の邸を訪ねると、いきなり紹介状はないのかと切り出された。役人でもないのに対面するのに紹介状を要するとは、江湖に人望の高い御仁頭のすることとは思えない。傅青主の名を出しても、「今日は主は不在だ」と、けんもほろろに追い返されそうになった。腹を立てた桂仲明は、「居留守を使うとは、それでも江湖の人間か！」と罵りだした。冒浣蓮が止める暇もなかった。

騒ぎを聞きつけて、「小僧、騒ぎ立てするか！」と怒声を上げて、館の門からひとりの頭陀が現れた。それが桂仲明の怒りに火を注ぎ、鷹爪功の擒拿手法で頭陀に襲いかかる。威嚇したつもりが本気でかかってこられ、坊主もこれに応戦した。桂仲明の鷹爪功に頭陀は勾拳で対抗したが、頭陀は相手の強さに驚かざるを得なかった。さらに桂仲明が技を繰り出そうとすると、冒浣蓮が飛び出してきた。「通明叔父さまでしょう？」

頭陀は「ええっ」と声をあげ、拳を引いた。桂仲明がなおも攻めようとすると、坊主は後ずさり、身体を翻して桂仲明を睨みつけている。

「仲明、お詫び申し上げて。こちらは凌未風のお友達、江湖で怪頭陀と呼ばれる通明和尚よ」

通明和尚に続けて、喪門神の常英や鉄塔の程通まで現れた。先年、劉郁芳とともに五台山で大立ち回りを演じた、天地会の首領たちである。冒浣蓮を見て、「そんなに美男子に化けられては、我らの醜さが映えるというものだ！」と大いに笑った。さらに、その後ろからすっと現れ、冒浣蓮の手を取ったのは、なんと易蘭珠である。皆は冒浣蓮と桂仲明を、石振飛に引き合わせた。

石振飛のもとには、総勢十数人もの豪傑がいた。冒浣蓮が見ると、その只中に痩せた老人がいる。それが石振飛で、一同のなかには李来亨配下の張青原の姿も見えた。石振飛は大股でふたりに近づき、出迎えなかった非礼を詫び、通明にふたりを紹介するよう促した。

「そちらが冒浣蓮嬢、こちらは、なんと言ったかな。おい、冒お嬢さん、さっきこちらの名前を呼んでいただろう、よく聞き取れなかったからもういちど呼んでみてくれ」

しょうのない坊主だの、と石振飛が笑い、冒浣蓮が改めて石振飛に挨拶する桂仲明を紹介し、傅青主の言いつけでふたりでやって来たことを告げると、石振飛は「よいぞ、よいぞ」と鬚を捻りながら笑った。冒浣蓮は赤面し、耳までが赤くなった。通明和尚が喚く。

「なにが〝よいぞ、よいぞ〟じゃ？　こいつの腕の凄まじさといったら、あんたに代わって応対してえらい目に遭うたわい」

石振飛はふたりを豪傑たちに紹介してまわった。ここにいる客たちの半数は天地会の者だった。通明和尚、常英、程通は五台山の武家荘で集った後、広東に赴いて平南王尚之信の動静を探り、彼の地の豪傑たちとつなぎを取ることにした。広東に着いたところで、思いがけず呉三桂が挙兵し、尚之信もそれに応じて兵を発した。通明たちと江南の天地会の頭領たちは魯王旧部の者たちと連携したが、一年にも満たぬうちに尚之信はまたも清に投降し、長江以南の幇会の衆がことごとく捕えられたために、通明和尚たちも足元が危うくなって都に入り、こうして石振飛を匿《かくま》われている。張青原は李來亨の命を受け、密かに都に入ったのだった。

易蘭珠はそれより先に都に入っており、もう二度もドドの王府に侵入していた。一度はドドに直接出くわしてしまい、軽功を駆使してなんとか逃げおおせた。捕方に追われていたある日、通明和尚と偶然出会い、石振飛の人となりを聞いて、そこへ身を置くことにした。二月の間、ずっと外へ出ず天山剣法の鍛錬に勤しんでいたが、張華昭が納蘭相府に囚われていると知り探りに入ったところ、一度目は陸兄弟に、二度目は楚昭南に捕えられそうになったのだ。

再会した一同は大いに盛り上がった。特に桂仲明の五禽剣法が「川中大俠」一葉雲蓀直伝のものと知ると、石振飛はいたく興味を引かれたようだった。石振飛独自の躡雲十三剣は、友人の言によると五禽剣とよく似ているらしい。今日、せっかく会えたのだから、これを逃す手はないと、石振飛は桂仲明に剣法の披露を願い出た。酒の勢いもあり、桂仲明も快くそれに応じた。騰蛟剣を舞わせれば、剣風が四方の窓を鳴らし、人々の袖をはためかせる。「見事！」と称賛するや、石振飛がいきなり桂仲明に向かってなみなみと注がれた酒を浴びせた。常英や程通も続けて酒を飛ばす。

一声の長嘯とともに、風が止んだ。桂仲明は剣を腰に巻き、徒手で立っている。あたり一丈ほどの地面が酒で濡れていた。酒は綺麗な円を描き、円のなかには一滴の酒もない。皆から拍手が起こった。

次は石振飛の番である。剣を取って桂仲明が剣を舞わせた場所に立つ。はじめの数手はゆっくりとしたものだったが、それは五禽剣法とよく似た技で、桂仲明はじっくりと石振飛の動きを見ていた。と、突然石振飛の身が翻り、凄まじい速さで剣を舞わしはじめた。龍が踊るようでもあり、一撃の電光のようでもある。ひとりの老鏢師が「我らが大兄の功力をご覧あれ」と、瓜の種を「満天花雨」の手で放った。他の者もそれに倣う。小さな種を弾くのは酒をはね返すよりも難しいと思っていると、剣風に弾かれた二粒が顔に当たって虫に刺されたようにちくりと痛み、冒浣蓮は大いに驚いた。

皆が地面を見ると、桂仲明のときと同じく種は大きな円を描いていた。雷鳴にも似た絶賛の声が一斉に上がる。石振飛が功力においては、桂仲明より優れているのは明らかだった。石振飛が座に戻ると、桂仲明は跪いて、教えを受けたことに深く礼を言った。

そのうち石振飛は皆を裏庭に案内した。石振飛は旧友の娘である冒浣蓮をいたく気に入り、桂仲明ともども越してくるようしきりに勧めたが、易蘭珠が割り込んだ。「冒ねえさんは今日まだ用があってあと二日しかないと動けないそうです」

そんなことを言った覚えはないと冒浣蓮が不審に思っていると、易蘭珠に丸めた書き付けを握らされた。そこで話を合わせ、二日後にと申し出た。海千山千の石振飛は、ふたりのしぐさに気づいていささか鼻白んだものの、無理には引き留めず、用事があるのなら、と冒浣蓮と桂仲明を丁重に見送った。

桂仲明と冒浣蓮のふたりは、一旦納蘭相府に戻った。ところが、三公主の御輿はなく、庭を飾っていた灯籠もなくなっている。尋ねてみると、三公主はすでに宮中に戻り、納蘭容若もお上のお召しがかかって不在という。冒浣蓮は、なにか良くないことが起こる予感がした。府内の部屋へ戻り、易蘭珠から渡された書き付けを見た。

「今宵、すみやかに張公子と宰相府を出て下さい。手遅れにならぬうちに」

冒浣蓮の胸は跳ね上がった。

第十五回　蘭花の誓い

もう黄昏《たそがれ》どきで、庭はとりわけ幽雅にみえるが、とてもそれを鑑賞する気にはなれない。冒浣蓮は、少し休んでから三更を待って天鳳楼に行き、張華昭を呼ぼうと提案した。

ところが、三更になる前に事は起こった。桂仲明と冒浣蓮が身の回りのものを片付けて、いかにして張華昭を迎えに行くかを相談していると、突然外で凄まじい音が響いた。窓辺に駆け寄ると、空に花火が上がっている。元宵節でも、慶事があるわけでもないのになぜ花火が、と訝しく思ったそばから、庭じゅう、いたるところから禁衛軍や宰相府の護衛たちが次々に現れた。驚いた冒浣蓮は、慌てて桂仲明を引っ張った。「囲まれたわ、逃げるわよ！」

桂仲明も騰蛟剣を抜き、窓を打ち破って冒浣蓮を連れて外に飛び出した。

納蘭容若に一喝され、楚昭南は憤懣やるかたなかった。五台山で易蘭珠の顔を見ていた楚昭南は、昨晩の〝女賊〟が易蘭珠だと見抜いていた。しかも、そいつが手にしていたのはあに弟子の楊雲驄の形見で、天山剣法を使っていた。楚昭南は晦明禅師の叛徒であり、同門の人間を最も恐れていた。易蘭珠と出会ってしまったからには、ドドの命がなくとも見逃してやる気は毛頭ない。

その夜、楚昭南は宮中に戻って康熙帝に謁見を求め、納蘭容若が〝女賊〟を匿ったことを説明した。康熙帝は笑いながら言った。「容若は子どもじみて気ままゆえ、まさか宰相府内に賊が入り込んでいたとは知らず、お前が屋敷内を騒がせたのが気に障ったのだろう。こうするがいい、朕が明日、容若を書房に呼ぶ。三公主も引き取らせよう。明日、お前は禁衛軍を率い、納蘭宰相とともに賊を捕縛するがいい」

楚昭南の喜ぶまいことか。すぐに御前を下がり、今晩数人の手練れを含む三百の禁衛軍を率いてやってきたのだ。

さて、窓を打ち破った桂仲明と冒浣蓮は、片や騰蛟剣、片や神砂を揮って活路を開いていた。そもそも、納蘭相府の庭はすこぶる広く、あずまやや楼閣、築山、花木、池や小川に橋と、迷路のようになっている。長く府内に住む者でさえ、時々迷うことがあるぐらいだ。見通しのきく冒浣蓮は庭に入るたび道を記憶し、分かれ道の多いところは書き留めておくようにした。三、四箇月も経つころには、すべての地形が頭に入っていた。今や禁衛軍や宰相府の兵たちが庭じゅうに配置されていたが、たくみに物陰や小径を選び、とうとう包囲から逃げおおせた。人知れぬ脇の道でさえ伏兵に出くわすことがあったが、数は多くとも三、五人というところで、神砂でなければ騰蛟剣で片づけていった。敵が退くと、また別の脇道へと逃げた。

地形を熟知している冒浣蓮のおかげで、ふたりは半刻も経たずに天鳳楼にたどり着いた。楼閣の近くの築山に身を潜め、様子を窺ってみて、ふたたび驚愕した。

七層ある天鳳楼の、第三層の屋根の上で楚昭南と張華昭が闘っていた。下では百余名の兵士が弓を手に控えている。楚昭南が踏み込んで突きを入れると、突然張華昭の身体が翻り、第四層へ飛んだ。楚昭南もすぐさま後を追う。勢いのままに張華昭の両脚を断つこともできたのに、なぜか楚昭南は敢えてそれを避けた。剣尖で瓦をひと突きし、弾かれように躍り上がって、ほぼ同時に第四層に降り立ち、ふたたび相手を追い込んでいく。

楚昭南は先に天鳳楼を捜索した際、陸兄弟の進言により楼内の隠し通路を通り、張華昭を見つけたのだった。張華昭は五台山でドド暗殺を図ったひとりであり、清涼寺でも易蘭珠といっしょにいるところを見ている。女賊は無理でも、この男のほうを捕えれば、手柄になる。

楚昭南には敵わないとはいえ、張華昭は無極剣の使い手である。生け捕りにしようと思えば取り抑えるのは容易ではない。業を煮やして嵐のように剣を突きに突くと、張華昭は左腕を刺されて、悲鳴を上げつつも、第五層に飛び上がった。

楚昭南は逃さじと素早く跳躍して、一歩先に第五層に降りて退路を断ち、張華昭の背が外側に向くようにして、防御もままならぬようにした。

桂仲明と冒浣蓮は激しく動揺し、まさに手を出そうとしたその瞬間、いきなり第六層からひとりの娘が飛び出して、欄干を蹴って燕のように身を躍らせ、楚昭南の剣に切りつけた。長剣の刃がわずかに欠ける。この娘こそ、楚昭南が追っている易蘭珠だった。天鳳楼を捜したが張華昭を見つけられず、第六層で待つうちに建物を取り囲まれてしまった。鉢植えの陰に身を潜めていると、張華昭が楚昭南に追われているのが見えた。そこでやむなく、危険を冒して姿を現したのだった。

娘を見ると、楚昭南は標的を変えた。長剣を揮って易蘭珠を追いつめる隙に張華昭はふたたび第六層に飛び上がった。

易蘭珠の腕は張華昭よりわずかに上だが、楚昭南は娘を捕えようと、次々に凶悪な手をくり出してくる。十数手も交わすともう抗しきれず、第六層へふわりと飛んだ。そこでは、張華昭が傷を手当てしていた。「具合はどう?」易蘭珠がせわしなく尋ねた。そのようすに、張華昭は自分への気遣いを垣間見た。嬉しくなり、痛みも消え、長剣をひと振りした。「大丈夫だ」ろくに言葉を交わす間もなく、楚昭南も上がってきた。その剣の勢いは増すばかりで、易蘭珠は短剣で応じ、張華昭は身を屈めて足を狙った。楚昭南は易蘭珠の脈所を狙い、ついでに剣を「倒枝垂柳」で下に向けて払いかけ、張華昭の剣を天鳳楼の最上層に跳ね上げた。易蘭珠が短剣を返して身を防ぎ、張華昭が最上層へ跳び上がり、易蘭珠と楚昭南も続けて後を追った。

張華昭はこんどは無理をせず、易蘭珠の宝剣で正面を防いでもらい、自分は「無極剣」の絶技を駆使して側面から楚昭南を攻める。依然、楚昭南が攻勢とはいえ、一時経っても勝負がつかない。と、第三層から四人の人影が飛び出した。ふたりは陸明・陸亮の兄弟で、もうふたりは禁衛軍でも一、二を争う達人である。

桂仲明と冒浣蓮は岩蔭に潜んでいたが、闘いがいよいよ凄まじさを増すのを見て、冒浣蓮が促した。「早く上がっていって。もしもあの人たちを助け出せたら急いでここに戻ってきてちょうだい、わたしの後についてここを出るわよ」

固唾《かたず》を呑んで闘いを見守っていた兵たちは、築山に潜んでいたさらにふたりの「敵」には気づかなかった。頭頂に痛みを覚えて頭を上げたときには、桂仲明がかれらの頭を踏み台に、天鳳楼まで駆け登っていた。兵たちは騒然となり、雨のように矢を射かける。飛んでくる矢を払い落として一層ずつ飛び上がり、あっという間に第四層に着いた。ここまでくると矢の勢いも弱くなる。ふと見上げると、禁衛軍の統領のひとりが最上層に登りついていた。桂仲明は金環をその背に飛ばした。統領は真っ逆さまに落ちてゆく。禁衛軍が怒号してその体を受け止めたときには、すでに事切れていた。

陸兄弟はようやく第五層まで来ていたが、そこへ猛然と桂仲明が飛び込んできてふたりには構わず、最上層へ登ろうとしているもうひとりの統領に金環を放った。しかし、この統領はさきほどの者のようにはいかなかった。この統領は胡天柱といい、禁衛軍では楚昭南と張承斌に次ぐ手練れである。軟鞭を使い、桂仲明の放った金環を払い落とす。桂仲明はひるむことなく、矢のような勢いで最上層へ登った。それへ向けて胡天柱が軟鞭を揮うが、あっさりと騰蛟剣に鞭を削がれてしまった。その隙に最上層へ入り込んだ桂仲明は、楚昭南の背の穴道に向けて金環を放った。

ふたりを相手にしていた楚昭南は、背後に気配を感じて後ろ手に金環を受け止めたが、それで剣勢が緩み、易蘭珠はなんとか退くことができた。楚昭南が金環を投げ返す。相手の功力はおのれより上、桂仲明は手で受け止めず、騰蛟剣で切り割った。

桂仲明が加わったことで、楚昭南には桂仲明と易蘭珠が、後からきた胡天柱には張華昭が対峙した。桂仲明と易蘭珠はよく楚昭南に抗していたが、左腕を負傷している張華昭は徐々に圧され、じりじりと外側へ追いやられている。下の層からはさらに禁衛軍の手練れが迫りつつあった。桂仲明は「行くぞ！」と叫ぶと、張華昭を抱えて、迫り来る追っ手をなぎ倒しながら楼閣から飛び降りた。易蘭珠、楚昭南、胡天柱が後に続く。築山まで来ると、後を追う兵たちから悲鳴が上がった。冒浣蓮が奪命神砂を放ったのだ。

庭の道筋をすべて心得た冒浣蓮の先導で、桂仲明、易蘭珠、張華昭は迷路のような園内を駆け抜ける。追っ手はほとんどまかれていたが、さすがに楚昭南や陸兄弟、胡天柱ら手練れたちはぴたりと背後につけている。そのまま邸の門衛も振り切って、桂仲明たちは納蘭相府を後にした。

時はすでに五更に近く、街は静寂に覆われている。楚昭南は通りを逃げ回る桂仲明たちを追い、ついにある袋小路で四人を追いつめた。すでに冒浣蓮は神砂を使い果たしており、追っ手は楚昭南のほかにも七、八人の手練れたちがいる。これは混戦になる、と見えたそのとき、ひとつの住居の門が開いた。

外に出てきたのは老人と中年の男で、老人は長い鬚を蓄え、手には煙管を持ち、煙を勢いよくふかしてから、楚昭南と桂仲明の間に立ちはだかった。中年の男も、老人のものよりやや小ぶりの煙管を持っていた。中年の男は陸兄弟を指さした。「親父どの、われらを虚仮《こけ》にしたのはあのふたりです」

「邪魔立てするか？」と大喝して、楚昭南は老人を避けて桂仲明に向かっていった。桂仲明がこれを受け、易蘭珠と冒浣蓮も剣を抜いた。禁衛軍が袋小路に迫ってくる。

中年の男が桂仲明を見て、「あの方はわれらの恩人です！」と叫んだ。「ならば、先に恩に報い、あとで怨に報いるか」そういうや、老人は一躍、煙管を楚昭南の「魂台穴」に向けた。楚昭南は大いに怒って剣で受けたが、相手の力にはね返された。

この老人と中年の男は、南京鏢局の領袖・孟武威とその息子の孟堅である。孟武威と石振飛は南北の名鏢頭とされ、これまで事を仕損じるということはなかった。納蘭相府に三十六人の娘たちを送り届ける一件で危うく江北三魔の手に落ちるところだった次第を息子から聞き、孟武威は激怒した。陸兄弟が納蘭相府お抱えの衛士かなにかは知らないが、かれらもまた江湖の人物と数えていいはずだ。それが、この南京鏢局を欺く形で事を運ばせ、しかも賊に襲われるという醜態を演じることになるなど、筋が通らぬと憤ったのである。父子は仇を奉じるべく、南京の鏢局を畳んで都へやってきた。石振飛に取り持ちを頼んで陸兄弟を呼び出し、土下座して詫びを入れさせるか、さもなくば都から追い出すつもりである。

親子はこの日の昼に都に到着した。贈り物も整わぬので、明日準備をしてから石振飛を訪ねようと、昔の手下の家に投宿していたところで、騒ぎを聞きつけ、恩人と仇が揃って対峙しているのに出くわしたのだった。

煙管と剣がぶつかりあい、互いの功力が匹敵していることに、ふたりともが驚いていた。孟武威は得物だけではなく拳脚を駆使して楚昭南に立ち向かう。桂仲明たちは禁衛軍と闘っていたが、そんななかでも桂仲明は金環を取り出して楚昭南に擲《なげう》った。ところが楚昭南は金環を受け止め、そのまま孟武威に投げつけた。孟武威が煙管で暗器を叩き壊した。その隙に、背後を取り、右肩に突きを入れようとする。

孟堅は焦っていた。父はもう老いている、このままでは抗しきれない。それを見ていた桂仲明が、宝剣を払って微笑した。「おれがあのご老人と代わろう」

桂仲明は、孟武威が老いたりといえど功力において楚昭南に引けを取っておらず、勝てないまでも負けもしないだろうことを見抜いていた。父の技量を見抜けない息子に苦笑しつつ、その心持ちはわかるのでそう申し出たのだ。

「この老いぼれは、ひとりに対してふたりがかりなどということはしたことがない。不満なら、南京の武威鏢局までやってくるがいい！」

楚昭南に冷笑を浴びせ、孟武威は桂仲明に後を任せた。

楚昭南はただでも天鳳楼から桂仲明たちと死闘を繰り広げていたところへ、こんどは互角の腕を持つ老人との闘いで、やや疲れが見えている。それを見逃さず、桂仲明は攻勢に転じた。

孟武威は、仇の陸明・陸亮兄弟のそばにやってきていた。楚昭南と互角に闘う孟武威が、鷹爪功をいまだ極めていない陸兄弟に遅れをとるはずもなかった。瞬時に兄弟の脈門を封じ、ふたりともどぶのなかに放り込んでしまった。禁衛軍の兵士たちは老人の威勢に気づく。胡天柱が軟鞭を揮い、冒浣蓮を退かせたところへ孟武威が煙を思い切り吹きつけた。噎《む》せた胡天柱に、易蘭珠が横から剣を突き出す。鞭で返そうとしたところ、張華昭が背後から蹴りを入れた。最後に孟武威が掌打で、陸兄弟の後を追わせてどぶに叩きこんだ。

自分の配下たちが次々に倒され、自分も桂仲明に圧されている。楚昭南はひとまず剣を収め、兵士を連れてその場から退いていった。

「一対一でやってみないか？」孟武威が呼ばわったが、楚昭南は怒りのままに罵声を浴びせた。「この楚昭南が、きさまごとき老いぼれなどを恐れるものか！　一対一の勝負なら、二日後に場を決めろ！」

ここでようやく楚昭南の名を聞いて、孟武威は呆気に取られた。楚昭南の噂は聞いていた。たしか禁衛軍の統領となっていたはずだ。もしや自分は、お尋ね者の加勢をしてしまったのだろうか。

孟武威は俠儀の士だが、鏢局という家業のこともあり、お上と事を構えるにはとかくのはばかりがある。そこで、桂仲明たちに、お前たちは何者か、どこへ行くのかと訊いた。桂仲明は拱手の礼をして応えた。「われらは李来亨の配下、石振飛どののもとへ参るところでした」

孟武威が、おお、と声を上げた。「これは、石鏢頭のご友人で、しかも李來亨将軍の配下の方々とは、この老いたる身を役立てた甲斐があったというもの！」

桂仲明が加勢してくれたことへ礼を言うと、鬚を撫でつけながら孟武威はにっこりと笑った。「わが鏢局の威名を保ってくださったとか。こちらこそ、まだ礼を申してはおりませんぞ」

こうして、皆は夜が明ける前に石振飛の屋敷へ向かった。石振飛はかれらが事前に自分への相談なく事を起こしたことを、非常に不快に思っていた。易蘭珠が「伯父さまを巻き込みたくなかったものですから」と恐縮すると、むっとしていう。「わしと傅青主は生死を超えたつきあい、あれの友人や門人ならばわしは必ず守ってみせる。たとえ天下の大事だろうと、喜んで引き受けよう」

孟武威は石振飛のこの豪胆さに、役人を向うに廻していささかの躊躇をみせたわが身を恥じた。ふたりの老人は互いに会えたことを喜び、話に花を咲かせるのだった。

さて、易蘭珠と張華昭は、広間で歓談する一同から離れて庭に下りた。槐の木の下で、易蘭珠は張華昭の左腕の傷を手当てしてやった。「今日はこうしてわたしが手当てをしてあげられるけれど、いつか、わたしが死んだら、こんどはあなたがわたしの墓前に蘭の花を手向けてくれるかしら？」

思わず、張華昭は目を見開いた。どうしてそんな話をするのだろう。易蘭珠は大きな瞳をくるくると動かして微笑した。「わたしたちがどうしてあなたを連れ出したか、わかっているの？」

張華昭の顔に朱が走る。暗に、三公主とのことを言われたのだと思った。弁明しかけた矢先、易蘭珠が小さな声で続けた。「桂仲明と冒浣蓮は、李来亨将軍と劉郁芳お姉さまの命ではるばる都へやってきたの。あなたを宰相府から連れ出して、江南一帯の魯王の旧勢力に招集をかけてもらうために」

「わたしは先月、回復したばかりだ。宰相府に未練があるわけではない」

「だれもあなたが納蘭相府に居続けたいと思っているなんて、いっていないわ」

易蘭珠は口をすぼめて笑った。

夜が明けようとしている。風に衣をはためかせた易蘭珠は、どこか心が激しく揺れているように見える。張華昭は、この神秘に満ちた娘（なにしろ今に至るまで張華昭は易蘭珠の来し方をまったく知らないのだ）を見つめた。五台山清涼寺で、命がけで自分を救ってくれたことを思い出すと、張華昭も心の揺れを抑えられない。が、易蘭珠は色を正した。最近の情勢は変わってきている。江南の魯王の残党は三藩の変であぶり出され、ついに清の大軍に大敗を喫した。今後江南で挙兵するのは容易なことではない。そこで李来亨は、まず四川の勢力を保持することが肝要であり、そして、都で死を厭わぬ烈士を探し出し、ある大事を成し遂げさせたい、と考えているという。「命を賭《と》して事を成す人物を探すなど、容易なことだ。いったいどんな事だろう？」

「清はすでにドドを征西統帥とし、八旗の精鋭を率いて西南へ赴かせ、呉三桂を叩くと同時に、李将軍をも滅ぼそうとしている。そこで、李将軍はわたしたち都にある者に、あのドドの賊めを暗殺せよとお望みなの」

張華昭は、身体じゅうの血が滾るのを感じた。「わたしが行こう！」

易蘭珠が凄然と笑う。「わたしと争わないで。もうわたしは、皆に宣言したわ。この手で、ドドを仕留めると。そうでなければ、わたしは死んでも死にきれない。あなたを納蘭相府から救い出す前に、わたしは二度、親王府に侵入してドドと手を交えたわ。そのせいで親王府の守りも堅くなった。しかも、楚昭南がわたしたちを捕えよとの命を受けて、親王府じゅうに衛士を配置させて待ちかまえている。いま、ドドを殺そうとするのは、それはたやすいことではないわ」

「それなら、ひとりでやるのは無理じゃないか！」

「皆もそういったわ。刺客は、ドドと運命を共にする心づもりのある者でなくてはならない。犠牲は少なければ少ないほど良いわ。多くの人々を、あいつひとりの命のために犠牲にしてはならないのよ。李将軍はこうも言っているわ。将軍は、本来は暗殺ということは考えていなかった、でもいまは事情が緊迫してきた。ドドを暗殺しても、清はまた別の人物を選んで四川へ攻め入るだろう。でも、わずかでも時を稼ぐことができる。清の進軍を少しでも遅らせることができれば、軍もじゅうぶんに迎え撃つ準備ができる」

「なんと言われても、あなたをひとりで行かせられない。易ねえさん、やはりわたしにやらせてくれ。あなたは命がけでわたしを救ってくれた。なのにわたしは何の礼もできないでいる」

張華昭の口調があまりにも優しいので、易蘭珠は目の縁を赤く染め、涙をじっと堪えた。

「おわかりにならないの？　他のだれを措いても、あなただけはだめなのよ！　あなたは張煌言大将軍のご子息、お父上の勢力は散りぢりになったけれども、まだ再起の望みはある。あなたにはもっと大切なことを成してもらいたいの。だから、わたしは都に入り、ドドを殺す前にあなたを助けたの。ドドの妃が納蘭宰相の従妹で、納蘭容若の叔母だということは知っているでしょう。納蘭容若はあなたによくしてくれるけれど、用心しないわけにはいかない」

張華昭は、じっと易蘭珠を見つめていた。易蘭珠が「納蘭王妃」と言ったとき、声がつまり、その瞳から涙がこぼれた。

張華昭の胸を冷たいものが掠めた。五台山で捕えられたあの晩、突然納蘭王妃が自ら牢にやって来た張華昭を釈放し、さらに翡翠の令箭を渡したのだ。あのときも、易蘭珠は王妃と席を並べて、いまと同じように目に涙をためていた。なにか、尋常ならざる事情があるのだろうか。張華昭は思わずそっと易蘭珠の手を取り、その双眸を見つめながら言った。「あなたは霧のように捉えどころのない人だ。でもわたしはとても感謝しているし、信じている。自らの手でドドを仕留めたいというのなら、きっとなにか訳がおありなのだろう。あなたのお邪魔はすまい。が、きっと全力でお守りしよう」

易蘭珠は涙ぐんでいた。「あなたはほんとうに良い人ね。もしもわたしが死ななければ、いずれ雨の晴れるときもあるでしょう。もしも死んだら、凌未風を捜して、父の墓前にお香を上げてもらってください。そして、こう言ってもらうの。あなたの娘は、見事にあなたの仇を報じました、と」

そこまで言うと、易蘭珠は絶望に満ちた笑いを浮かべて、さらに続けた。「それから、わたしは蘭の花が大好きなの。忘れないで、わたしの墓前に蘭の花を手向けてください」

その晩、張華昭は悪夢ばかり見た。翌日、張青原は皆を密室に集め、ドド暗殺の命を伝えた。石振飛は北京で名声が高く、役人とも付き合いがあるので、捕方たちもやって来ない。石振飛は命を惜しまず、援護を自ら願い出た。孟武威親子については、群雄たちはふたりを巻き添えにすまいと考え石振飛がかれらをひそかに北京から送り出した。こうして孟武威親子は恥をすすぐべく、「人妖」郝飛鳳探索の旅路についたのだった。

話変わって、楚昭南はあえなく退却した翌日、鄂親王ドドに謁見し、昨夜の天鳳楼での出来事を報告した。女賊の仲間が若い男であると知り、ドドは注意を惹かれ、その特長を聞き出した。それは、かつて五台山で捕えられ、のちに女賊に救出されたあの若造ではないか。楚昭南が辞したあと、ドドは疑念でいっぱいになり、後堂にいる夫人に会いに行った。納蘭王妃は女賊が親王府に現れてからというもの、心が落ち着かず、病を得たようであった。典医が診ても理由は分からない。

ドドの姿を見て、納蘭王妃は強いて笑顔を作った。「女盗賊は捉えられましたか？」

「楚昭南ですら敗れるということがあるのだな。あの女盗賊にはもうひとり仲間がいる。以前、五台山で捕えられ、その後で救い出された男だ」

納蘭王妃は、ああっと声を上げた。「あの女賊は、あの子だったのだわ！」

「あの子とはだれだ？」

「あの晩、若者を助けに来た、紗を被った娘です」

「あの女どんな恨みがあるというのだ？　しつこく命を狙ってきおるではないか！」と、ドドはなにかを思い出したように、突然笑い出した。「あの女が前に現れたとき、いずれもそなたはいなかったのだったな。灯りの下ではっきりと女の姿かたちが見て取れた。そなたに少し似ていたぞ。不思議だとは思わぬか？」

納蘭王妃は、手にしていた茶を落としてしまった。がちゃんと音を立てて湯呑が割れる。無理に心を落ちつけて、「そうでしょうか」と、笑ってみせる。

ドドは驚いて王妃を見た。やつれながらも楚々と可憐な面を見て、病身に衝撃を受けたのだと思った。やにわに何かに衝き動かされるように、心中を妃に打ち明けたくなった。王妃のほつれた髪を優しくなでてやり、ささやいた。「妃よ、そなたに詫びねばならぬ」

納蘭王妃は驚きのあまり、言葉も出なかった。

この作品は徳間文庫オリジナルとして初めて訳出されました。

徳間文庫をお楽しみいただけましたでしょうか。どうぞご意見・ご感想をお寄せ下さい。
宛先は、〒105－8055　東京都港区芝大門2－2－1　㈱徳間書店「文庫読者係」です。

徳間文庫

七《しち》剣《けん》下《か》天《てん》山《ざん》 上

2005年10月15日　初刷

著者　梁《りょう》羽《う》生《せい》
監訳者　土《つち》屋《や》文《ふみ》子《こ》
発行者　松《まつ》下《した》武《たけ》義《よし》
東京都港区芝大門二―二―二〒105―8055
発行所　株式会社徳間書店
電話　編集部〇三(五四〇三)四三五〇
　　　販売部〇三(五四〇三)四三二四
振替　〇〇一四〇―〇―四四三九二
印刷　凸版印刷株式会社
製本　株式会社明泉堂

〈編集担当　青山恭子〉

ISBN4-19-892325-6　(乱丁、落丁本はお取りかえいたします)

徳間書店

徳間書店

徳間書店